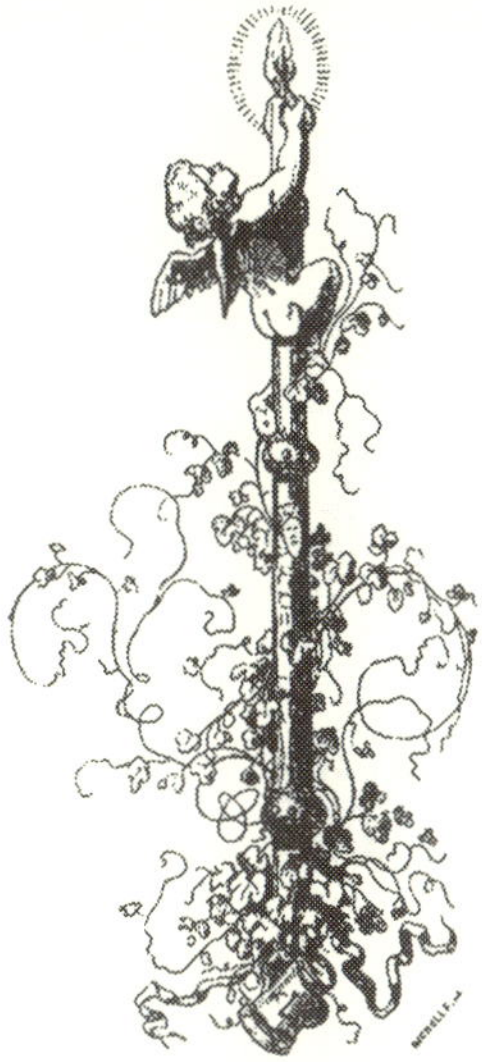

STUMME LIEBE Johann Karl August Musäus

# 沈黙の恋 ドイツ人の民話

J・K・A・ムゼーウス 著　鈴木 滿 訳

国書刊行会

装幀　澤地真由美

# 沈黙の恋＊目次

# 沈黙の恋

LR
HB
heute·roth
morgen·todt

# 序の巻

昔昔、ブレーメン*のメルヒオールと呼ばれる富裕な商人があった。この御仁《ごじん》、新約聖書の例の金持ちの男*がお説教の種にされるたび、自分と較べれば高が小《こ》あきんどだ、と鬚《ひげ》を掻《か》き撫でながらにんまり嘲嗤《あざわら》ったもの。金子《きんす》がどっさりあったので、食堂の床を良質のターラー銀貨*で舗装させたくらい。あの倹《つま》しい時代にも今日と同様ある種の豪奢な浪費はあったのである。ただし、父祖の場合、子孫よりもずっと手堅い性格のものだったという違いはあるが。こうした傲慢不遜な行為は市民仲間や同業者たちからひどく悪く取られ、ひけらかしなんぞしおって、と言い触らされたが、それでも羽目外しというよりむしろ商人らしい投機ではある、と看做《みな》された。この目から鼻へ抜けるブレーメン人、思いあがった虚栄と見えるこうした所業をやっかんだり、非難したりする連中が彼の豊かさぶりを広めてくれ、信用を高めてくれることを見越していたわけ。この目的は完全に達成された。かように思慮深く食堂で展覧に供されているターラー古銀貨なる死んだ資本は、あらゆる商館で対価を約束する沈黙の担保となってくれているお蔭で、百倍もの利息を齎《もたら》した。けれども結局のところ、やがてこれが順風満帆の当家が座礁する巌根《いわね》になったのである。

　ブレーメンのメルヒオールは鱈料理の宴会の折、身辺整理の遑《いとま》も無いまま頓死してしまい、全財産を花も盛りの青春にある一人息子に残した。この若者は丁度父の遺産を適法に受け継げる年齢に達していたのである。フランツ・メルヒャーゾーン［メルヒオールの子フランツ］は素晴らしい青年で、天性この上もない資質を授かっていた。均整の取れた体つきは、頑丈で強靭、気立ては明朗で磊落《らいらく》。まるで燻製の牡牛の肉と年代物のフランス葡萄酒が彼の心身をこしらえあげたかのよう。両の頬は健やかな色艶、鳶色の目は屈託なく天真爛漫な若さに輝いている。すくすく生育するには水と貧弱な土壌で充分事足りる頑強な植物にさも似たり。けれどもこういうのは、土地が肥沃過ぎると勢い猛に生い茂りはびこって、実をつけるもしゃらしゃらもあらばこそ、になってしまう。よくあることだが、「父の遺産が子の破産」というやつ。大層な身代《しんだい》の持ち主となり、好き勝手にそれが遣《つか》えて嬉しい、と思ったのも束の間、今度は肩の重荷に他ならなくなったこれを厄介払いしようとし始め、文字通り新約聖書の金持ちの気になって、連日すてきな歓楽に明け暮れる。司教様の御殿の饗宴だって、豪勢で贅沢な点、彼のとは比較にもならない。ブレーメン市開闢《かいびやく》以来、毎年フランツが宰領する習いとなった牡牛祭*は前代未聞。というのは市民一人ひとりに香味焙り肉《クリューゼルブラーテン》*とイスパニア葡萄酒の小さい壺をふるまったのである。そこで市は挙げて、ご老体の息子殿万歳(1)、と歓呼し、フランツは時の英雄となった。

　こうして飲めや歌えの歓楽に打ち続き耽溺している最中、残高勘定に思いをいたすことなどありはせぬ。これこそは昔の商賈《しょうこ》のいろは。もっとも今では廃れる一方。さればこそ、商い秤の指針が磁力に引かれて破産に傾くのだ。幾年か過ぎたが、ぱっぱと遣い放題の椋鳥殿、実入りが減る一方なのにとんと気づかずじまい。なにしろ父親が亡くなった折には、お金がお蔵にどっさりこ、だったのでね。がつがつ群がる陪食仲間、吹けば飛ぶようなのらくら者ども、遊び人に穀潰し、並びにこの放蕩息子にたかって甘い汁を吸っているその他もろもろ、こういう手合いはフランツがいくらかでも考え深くならないようよくよく用心、この娯しみ、あの愉しみ、としょっちゅう引っ張り回し、せっかくの獲物がふいと素面《しらふ》になって分別を取り戻し、こいつらの貪婪な鉤爪《かぎづめ》からすっぽり逃げ出さないようにと、ろくさま息もつかせなかった。

　けれどもお大尽暮らしの水の手がはたと切れ、父が遺した黄金の樽の数数は底の澱《おり》に至るまですっからかんとなった。ある日フランツが多額の支払いを命じたところ、番頭《ばんとう》は主人の約束手形を決済できず、拒絶証書を添付して返したのである。贅沢息子はこれが大いに癪に障った。もっとも、意に逆らった使用人に腹を立てご機嫌を悪くしてみたものの、だからといって、自分の経済状態が芳しからぬことになったのは、この男の資産運用がなってないからだ、とは絶対に言えぬ。で、原因究明に努めようともせず、埒も無い繰《く》り言《ごと》をありきたりにぶつぶつ唱えてお茶を濁し、何十遍もこんちくしょうを連発したあげく、肩をすくめる番頭にご下命あそばしたのは、スパルタ人みたいに簡潔な一言の「なんとかしろ」。

そこで出番となったのが、高利貸かつ両替商である金銀周旋業者。間もなく、目の玉の飛び出るような利子と引き換えに、莫大な金額がからっぽだった金櫃に流れ込む。それというのも、良質のターラー銀貨が敷き詰められた例の広間はその頃、十八世紀の今日アメリカ大陸会議の公開信用状、あるいは連邦十三州全ての公開信用状*にも増して、債権者の目には価値があったのである。この一時凌ぎの対症療法、しばらくの間は大いに効き目があった。しかし、食堂の銀の舗装がこっそり剝ぎ取られて舗石に替えられた、との噂がひそひそと広まると、貸し主たちの要求で、事の真相は即刻検証され、事実である、と認定された。嵌石細工《モザイク》の彩り豊かな大理石の床が鈍色《にびいろ》の古銀貨より遥かに美しく見えたことは否定できない。けれども債権者たちは、家の主人の洗練された趣味にはろくすっぽ敬意を払わなかったので、遅滞なく返済を催促。これが果たされないとなると、破産審判が開かれ、父祖の館は数数の倉庫、庭園、農地といった付属不動産の全て、およびあらゆる動産もろとも燃える蠟燭のもとで競売に掛けられ*、持ち主は、自衛のためなおいくらかの法的な対抗策を講じて防波堤を築こうとしたものの、法律に基づいて強制退去を命ぜられた。

さて、こうなってみると、おのが無思慮についてあれこれと考察をめぐらすのには遅すぎる。なにせ、どんなに賢明な分別を働かせようが、どんなに有益な決心を固めようが、今さら取り返しがつくものじゃない。当節の洗練された思案に従えば、これで立役者はきっぱり見得《みえ》を切って舞台から退場、広大な世の中へ長旅に出るか、さもなければ、ごろごろと息を引き取るかといった具合に、なんらかの方法でおのれの存在を抹消しなければならなかったところ。なにせ名誉ある男子として故郷の町でもはや生活することがかなわないからである。けれどもフランツはどちらもやらなかった。ゴール［ガリア＝フランス］風の道義

心が愚行や無分別を抑制する馬《ば》勒《ろく》*や馬銜《はみ》*として考え出した例の世間の思惑《カン・デイラ・トン》(2)なんて、裕福だった時にはこのどら息子、ついぞ思いもしなかったし、やりたい放題の浪費は恥ずかしい、と感じるほど彼の感覚は洗練されていなかった。フランツの気分は酒の陶酔から醒めたばかりで、我が身に何が起こったやらとんと分からぬ酔っ払いのようなもの。破産した放蕩者の定石《じょうせき》通りの暮らしを始め、身を恥じもせず、悲しみもせぬ。幸い家伝来の装身具のうちいくばくかの遺物を難破からこっそり持ち出していたので、しばらくの間は赤貧洗うがごとき暮らしからなんとか免れた。

彼は町外れの路地裏のとある宿に引き移ったが、そこは一番日の長いころ高い屋根の向こうにちょっぴり姿を現すのを例外として、一年中お天道《てんと》様が拝めないという所。今はもう欲望が極めて限られていたから、ここではフランツに必要なものがすべて見つかった。宿の主人の質素な厨房《くりや》は飢えを、部屋の暖炉は寒さを、屋根は雨露を、壁は風を防いでくれた。もっとも遣る瀬無い退屈という代物に対しては凌ぐ思案も逃げ道もなかった。取り巻きだったのらくら者どもは財産が無くなった途端いずこへともなく雲隠れしたし、昔の友だちときたら誰も彼も知らんぷり。読書はまだ時代の欲求ではなく、今日普通ごく単純な人人の頭にもふわふわしているあの脳足りんな幻想遊戯で時間潰しをやらかす術《すべ》はまだ知られていなかった。お涙頂戴物語、教訓譚、心理小説、滑稽話、民衆文学、お伽話の数数は皆目《かいもく》。ロビンソン・クルーソー風物語《ロビンソナーデ》*も、家庭小説*も、修道院物語*も一向。プリンプランプラスコ連*も、カーケルラクども*も居合わせず、あの世にも味気ないローゼンタールの家族親戚一同*も、のんべんだらりと無駄口をたたいて、読者諸賢の忍耐を擦り切らせてはいなかった。さはさりながら騎士たちはこのころもう既に馬上槍試合場で勇猛果敢に駒《の》を騎り回していた*。ベルン［ヴェローナ］のディートリヒ*、ヒルデブラント*、角あるザイフリート*、強者レンネヴァルト*といった面面は巨龍や大蛇《おろち》退治におもむき、巨人たちや十二人力の小人たちを征服していた*。畏敬すべきトイアーダンク*はドイツ流の礼儀作法のこの上もない典範であり、当時にあっては我らが祖国の機知の最新の所産であった。もっともこれをもてはやしたのはこの世紀の優雅な才人たち、文人たち、思想家たちで、フランツはこうした階層の一員ではなかったから、なんとか暇潰しのよすがにしたのは、円胴弦楽器《ラウテ》*の弦を合わせて、時折ぽつんぽつんと爪弾くことぐらい。でなければ、気分転換に窓から外を覗いて、天候観測を執り行うのが関の山。ただしこれは腹にガスが溜まった当世の気象学者の無駄な労力と同様ろくすっぽ成果は得られなかった。けれどもフランツの観察意欲はやがて別の甘美な対象を発見、ために頭と心にぽっかり明いていた空洞は突如満たされたのである。

この狭い小路には、彼の部屋の丁度真向かいに、ある年配のれっきとしたご婦人が住んでいた。彼女はもっと増しな将来を楽しみに、長い糸で細細と生計を立てていた。この糸というのは、素晴らしく器量好しのその娘と一緒に糸巻き棒を使って紡ぎ出したもの。二人は日がな一日糸を引き出していたので、やろうと思えば、ブレーメン全市を市壁と濠《ほり》と周辺区域残らずをひっくるめて、楽楽糸で囲んでしまうことができただろう。この二人の糸紡ぎ女、元来糸紡ぎ棒を操るために生まれついたのではない。良家の出自で、以前はのんびり裕福に暮らしていたもの。麗しのメータの父親は航洋船一隻の所有者で、自身これに貨物

を積み込み、これに乗って毎年アントウェルペン*に航行していた。けれどもやがてひどい嵐に襲われて船は沈没、乗り組みは一人残らず豊かな積荷と一緒に海の藻屑と消えた次第。メータはその時はまだ少女の域を脱していなかった。母親は分別のあるしっかりした女性で、夫も全財産も失われたことを毅然《きぜん》とした賢明さで耐え忍び、窮乏生活に陥ったのに、友人やら親戚やらが慈善心から同情して援助を申し出たのを、体を張って仕事をし、せっせと両手を動かしてご飯が食べて行ける限り、他人のお恵みは受けたくない、と考えて全て断ったのである。このご婦人、宏壮な邸宅とそれに備わった什器《じゅうき》一切を、不慮の死を遂げた夫の厳しい債権者たちに委ね、狭い小路のちっぽけな住まいに引き移り、朝早くから夜遅くまで糸を紡いだ。こうした生計《たつき》は苦しいもので、幾度《いくたび》も糸を熱い涙が濡らしたのだったが。けれども倦まずたゆまず働いたお蔭で、だれにも厄介にならず、負い目のある人なんぞ無い、という究極の目的を達成。ついで彼女は、大人になり始めた娘に同じ手技《てわざ》を伝授し、几帳面な暮らしに徹したので、収入からなにほどかの蓄えを積み立て、これを活用して傍らささやかな亜麻《あま》の取引きを行うようになった。

　しかしながらこの女性は生涯をこうした窮乏状態で終わろうなどとは毛頭考えていなかった。むしろ健《けな》気《げ》にも、未来の展望は開けている、と胸を張り、他日再び何不自由ない暮らしにもどり、人生の秋となったら小春日和をのんびりと楽しみたい、と思っていた。このような楽観はまんざら空しい幻想から来ているのではなく、思慮深く計画的な予想に基づいていた。彼女は娘が春の薔薇のように花開くさまを見ていた。その上この乙女は貞潔でしとやか、それから理知の面でも情緒の面でもなんとも数多くの資質に恵まれているので、母親は娘に接すると喜びと慰めを感じ、この子が相応のきちんとした教育に事欠かないよう、自分の口に入れる物も切り詰めるのだった。というのも、女性愛好家であるかの賢者ソロモン*が描いた完璧な妻の理想像の素描《スケッチ》(3)通りの乙女がいるとしたら、そうした貴重な真珠は必ずれっきとした男の家の宝飾にと捜し求められ、値段の掛け合いになるに決まっている、と彼女は考えたからである。なにしろ、美貌と貞潔が一つに合わさった場合、ブリギッタ母さんの時代には、今日の親族だくさんでお金持ちという条件とまったく同様、求婚者にはお値打ち品。その上今日より結婚しようという競争相手も多かった。その頃は、お上品な経済理論によるものではなく、家の切り盛りをする上で妻こそ最も大切な、欠くべからざる家財だ、と信じられていたのである。綺麗なメータは野天では無く温室育ちの貴重な稀少種の花のように咲き匂っていた。彼女は母親の目配りと保護のもとで引き籠もった静かな暮らしをしており、遊歩道《プロムナード》や寄り合いに姿を現すことはついぞ無かった。生まれ故郷の市の外に出たことは一年を通じてはとんど一度も。こうしたことは母親の健全な子女教育法の諸原則に背馳しているように思われた。メーメル在住のあのE＊＊老夫人*の考え方はこれと異なり、ありありと分かるのだが、ひとえに良縁を結ばせようとの思惑のため、ゾフィーをはるばるメーメルからザクセンまで旅行させ、意図を完全に達成したのである。この放浪の蠱惑《ニンフ》の美女はどれほど多くの心に火をつけたことか。どれほど多くの競争者が彼女に求婚したことか。もしゾフィーが家庭的な淑やかな女の子としてじっと故郷に留まっていたら、もしかすると箱入り娘の箱の中で枯れ萎《しお》れてしまったかも知れない。キュップブーツ修士《マギスター》さえ征服せずじまいでね。時代が変われば習俗も別。今日のドイツにあっては、娘たちは利潤を生むなら是非とも流通させねばならない資本なのである。かつて彼女らは貯金のように錠と閂《かんぬき》でしっかり守られていたけれども、両替商は財宝がどこに隠されているか、どう運用すべきかちゃんと心得ていた。ブリギッタ母さんは、自分たちを狭い小路というバビロンの囚獄*から乳と蜜の流れる豊饒の国*へといつの日にか再び連れ戻してくれる裕福な婿殿を目指して舵を取っていたのである。そして、運命の籤箱が娘の籤《くじ》とどこぞの空籤とを組み合わせることなどしはしないだろう、と固く信じていた次第。

ある日のこと、ご近所の住人フランツは、天候観測を執り行うために、窓から外を眺めたもの。その時目に入ったのが魅力溢れるメータの姿。こちらは母親と一緒に毎日のおミサ聴聞《ちょうもん》を欠かさぬ教会から戻って来たところ。幸いこの男、のらくらしていた遊蕩児時代に、ご婦人がたにはついぞ目を向けたことが無く、繊細な感覚はまだ胸中ですやすやねんねしていて、あらゆる官能は奢侈《しゃし》逸楽の絶え間ない陶酔にいわば麻痺させられていた次第。いまや羽目を外したどんちゃん騒ぎの怒濤が収まって久しく、大いなる凪《なぎ》に支配されていることとて、ごくかすかな微風さえ鏡面のように静まりかえっていた彼の魂をかき乱した。フランツはこれまで彼の前に立ち現れたうちでこの上もなく可愛い女性像を目にした瞬間すっかり魅了されてしまい、この時から不毛な天候観測研究を放擲《ほうてき》、人間学探求に観察の的を切り替えたが、これは彼にとって遥かに楽しい仕事となった。早速宿の主人のもとで感じの好いお隣さんに関する情報収集に取り掛かり、大部分は既に私どもが先刻承知のことを聞かされたのである。

するとまず襲ったのは軽はずみにも金を湯水のように蕩尽《とうじん》してしまったことへの後悔、それから胸にじわじわと湧いて来たのが新しい知己に対するひそやかな好意。そしてひとえに愛らしいメータの婚資調達のために、父親の遺産を再び我が手に取り戻したい、と考えた。この狭い小路界隈はフランツにとってとても好ましいところとなった。シュッディング[4]とだってここを取り替えはしなかっただろう。愛する乙女を一目見る機会を窺おうと彼はもう一日中窓辺から離れず、彼女の姿が見えるたび、初めて金星が太陽面を通過するのを見たリヴァプールの天体観測者ホロックス*が感じたより、ずっとぞくぞくする歓喜を心に覚えるのだった。

用心おさおさ怠り無い母親があちらからも監視をしていたのは運の悪いこと。彼女はすぐにお向かいの暇人《ひまじん》がたくらんでいることに気づいた。そしてこの青年、そうでなくても放蕩者と思われて母者人《ははじゃびと》にはまったく信用が無かったから、連日の凝視に腹が立ったのなんの。そこでブリギッタは窓掛けをぴっちり閉じて、窓を面紗《ヴェール》の雲で覆った次第。メータは、もう窓辺に姿を見せてはいけません、と厳しい言いつけを受けた。それからおっかさんはミサに出かける折には毎度、娘の顔に雨避け合羽《かっぱ》をかぶせてトルコ大帝の側室かなんぞのような恰好にし、小路の角を二人で曲がる時にはそそくさと足を速めて待ち伏せの目から逃れるのだった。

まったくのところフランツは数ある才能のうちでも特に明敏さで聞こえたわけではなかったが、恋は全身全霊の力を奮い起こさせるもの。あつかましい覗き見で下心が露見したと看て取ると、たとえご聖体の行列*が通り過ぎたって二度と再び外は眺めないぞ、と決意してすぐさま窓辺の哨所を撤収、それでも気づかれずに観測を継続できる代案は無いか、と思案をめぐらし、発明の才のお蔭でさして苦労もせずにこれに成功した。

彼は見つけうる限りで最大の鏡を借り入れると、これを隣人の女性たちの住まいで起こることがなにもかもはっきり見えるような方向に向けて自分の部屋に設置したもの。さて、幾日か経っても待ち伏せの気配がまるで感じられなくなったので、窓掛けはだんだんにまた開けられた。そこで大きな鏡はときたま素晴らしい乙女の姿を受け止め、これを映し出したので、鏡の持ち主は大いに目を娯しませたのである。愛が青年の心に深く根を張れば張るほど[5]、希望はますます膨れ上がった。いまや肝心なのは、麗しのメータに思いのたけをあからさまにして、彼女がこちらをどう思うか探り出すこと。恋する者たちがその好みやら願いやらの状況に応じて採るのが常である、穏当かつ最も広く行われている手段は、フランツの現況では全く不可能だった。慎ましやかな当時にあっては恋に陥《お》ちた雅《みや》び男《お》が深窓の令嬢と近づきになるのはそもそも難しいこと。化粧室でのご機嫌伺い*はまだ習俗にはなっていなかった。二人っきりでの親しい出会いなんてことは禁忌《タブー》もよいところ、女性側からすれば悪い噂がぱっと立つ原因だったし、遊歩道《プロムナード》、広場《エスプラナード》、仮面舞踏会《マスケラード》、野外での食事《ピクニック》、おやつ《グーテ》に夜食《スーペ》といった、甘い恋の手助けとなる近代の英知の所産はまだ無かった。男女両性が心に掛かるあれこれを解明するため語り合うのを許されるのは秘められた閨房のみ。とは言うものの、当節とご同様、何もかもうまく運行していたのである。名付け親などを介してのお交際《つきあい》、披露宴のご馳走、葬式のあとの会葬者へのおもてなし、こういうのがとりわけ神聖ローマ帝国直属の諸都市では恋愛を紡ぎ出し、縁談を推進する恰好の場だった。それゆえ昔の格言にいわく、新しいのが思いつかれぬご婚礼などありはせぬ、と。けれども尾羽《おは》打ち枯らした贅沢屋を宗教上の親戚に迎え入れようなんて御仁はありっこない。だからフランツは婚礼の宴《うたげ》にも葬式ぶるまいにも招かれなかった。交渉役を務めてくれる腰元やら年若な女中、あるいはまた同類項の奉仕の霊*［召使］を案内人とするうねくね道はこの場合通行不可。ブリギッタ母さんには女中も腰元もいない。亜麻と糸の取引きはただ彼女の手を通るだけだし、それに娘は自分の影同様傍から離しはしないという有様。

　こうした状況の下ではご近所の住人フランツがいとしのメータに、口頭であれ書面であれ心情を吐露することなど問題にもならぬ。けれども彼はやがて、明らかに恋の告白のために作られたとおぼしき特殊表現を考え出した。なるほど第一発見者の栄誉は彼に与えることはできない。とうの昔からフランス、イタリア、イスパニアなどの多情多恨の雅び男たち《セラドン》*が、小夜曲《セレナーデ》というやつで、意中の女性《ドンナ》の露台《バルコン》の下から気持ちを蕩《とろ》かせる和音《ハーモニー》、心の言《こと》の葉《は》を語り掛けたもの。で、この旋律に乗った熱情がその目的である愛の宣言に失敗することはまず無いそうだし、ご婦人方が打ち明けるところによれば、聞く者の心を掴み、奪うこと、昔のクリュソストムス*教父の修辞、あるいは、格調正しいキケロ*やデモステネス*の雄弁なんぞ足元にも及ばぬ由。けれどもこの単純素朴なブレーメン子はさようなことをついぞ耳にしたことは無かった。従って心の丈《たけ》を楽の音に移し変え、円胴弦楽器《ラウテ》の響きに載せていとしのメータに伝えるというこの発明は、徹頭徹尾彼の新案特許であった。

遣る瀬無い思いに駆られていたある折、フランツは楽器に手を伸ばしたが、今までのように単なる爪弾

きでは満足せず、調和した弦から人の心を揺さぶる調べを誘い出した。そして一箇月足らずのうちに恋は冴えない楽師を新たなアンフィオン*に生まれ変わらせたのである。最初の何回かの試みは格別気づかれたようではなかった。しかし間もなくこの音楽名人《ヴィルトオーソ》が和音を一つ響かせると、狭い小路ではだれもが耳を欹《そばだ》てた。母親たちは子どもを黙らせ、父親たちは騒騒しいがきどもを家の外に追い出す。そしてフランツは、自分が前奏を始めた時、時折メータが雪華石膏《アラバスター》のような手で窓を開くさまを、鏡を通して認めると嬉しいのなんの。乙女が楽の音に耳を貸したということは、うまく相手を引き寄せたのに他ならなかったから、若者の幻想は愉快な快速曲《アレグロ》となって高鳴り、あるいは諧謔調《スケルツォ》の舞踏曲となって駆け回った次第。けれども紡錘《つむ》の活動や忙しげな母親のために彼女がそうできないでいると、陰鬱な緩徐曲《アンダンテ》が円胴弦楽器《ラウテ》の駒を越えて呻《うめ》くように流れ出し、せつない転調で苦痛を完全に表現、恋の懊悩《おうのう》を自らの魂に注ぎ込むのであった。

　メータは物覚えの悪い生徒ではなかったから、この表現豊かな言葉がよく分かるようになった。彼女は、自分が全てをちゃんと解釈できたかどうか調べるため、何度か実験を試みた。そして、姿の見えない円胴弦楽器《ラウテ》演奏者の名人気分を好き勝手に操れることを発見。と申すのも、物静かで淑やかな乙女らは、蝶蝶みたいな浮気心で男から男へとせかせか気を移し、だれか一人に注意を集中することのない、軽佻浮薄な女どもとは比較にならない鋭い心眼を持っているものだからで。彼女はこのことで女性らしい自尊心がくすぐられるのを感じ、神秘な魔力に突き動かされるまま、このご近所の円胴弦楽器《ラウテ》に、ある時は歓喜の調べを、ある時は噎《むせ》び泣く悲嘆の調べを奏でさせることができるのが気に入った。ブリギッタ母さんはというと、細細した生計《たつき》の道のことで頭が一杯だったので、そうしたことに一向気づかずじまい。それに抜け目の無いお嬢さんの方も母上に新たな発見を知らせないようよくよく用心、むしろ、くうくう求愛の啼き声を寄せる隣人へのある種の好意から出たものにせよ、自分の解釈学上の鋭い洞察力を明示したい、との虚栄心に由来するにせよ、自分の心に呼びかけるこの旋律の声になにか象徴的な返答で応える機会を見つけよう、と思案を廻らしていた。彼女は窓辺にいくつか草花の鉢が置きたいとの要望を表明。こうした無邪気な楽しみを娘に認めることはおっかさんにはなんの問題も無い。なにせ、待ち伏せして見張っている隣人はもはや目にしなくなっていたので、こやつのことなぞ全然気にしていなかったから。

さてメータは、草花を世話し、水をやり、強風から保護し、育て上げ、それらが成長し花開くのを見守る、という仕事を手に入れた。幸運な求愛者はこうした神聖文字《ヒエログリフ》＊を徹頭徹尾自分に有利なことと解釈し、筆舌に尽くしがたい歓喜に酔い痴《し》れた。そして雄弁な円胴弦楽器《ラウテ》は狭い小路を越えて、美しい草花愛好家の聴き入ってくれる耳に、青年の嬉しい気持ちを伝えることに孜孜《しし》として倦まなかった。これは優しい乙女の心に奇跡を起こしたのである。ブリギッタ母さんが、時折娘と小《こ》一時間も語らうこともあるその賢明な食卓歓談で、音楽好きな例のお隣さんのことを批評し、役立たずだとかのらくら者だとか非難したり、あるいは放蕩息子《プロディガル》＊に譬《たと》えたりするたび、ひそかに気を悪くするようになったのである。

彼女はいつもフランツの肩を持って、浪費の罪を犯したのは悪い人たちが唆《そそのか》したからだとし、「若者よ、資産を惜しめ」というあの金言を考慮しなかったこと以外は、何一つ彼の責任にしなかった。しかしながらメータは彼を庇う際、自分自身がそのことに関心があるのではなく、会話を盛り上げるのが目的、と見せかけるよう用心深く気を配った。

ブリギッタ母さんが自分の住まいでやんちゃ坊主を熱心に非難していたのに対し、こちらはそれにもかかわらず、彼女のためによかれ、と思案を廻らし、できるだけあちらの窮乏状態を改善し、自分にまだ残されている僅かの財産を彼女と分かち合いたい、ただし、彼女にはまったく内密のまま、自分の財産の一部をあちらに移したい、と真剣この上ない考察に耽っていた。もとよりこの気前の良い寄進の狙いは元来母親ではなく娘の方。麗し

のメータが新しい長衣《ローブ》を欲しがったのを、母親が、この節は不景気だから、との理由で買うのを拒んだ、ということをフランツはひそかに聞き知った。もっとも彼は、どこのだれとも知れない者からの贈り物とか衣服はまずまあ受け取ってもらえない、あるいは、娘がそれを着たがりはしない、それから、自分が寄進者だと名乗りたがる限り万事台無しになってしまう、とは重重わきまえていた。こうした厚意を極めて巧妙に実現する機会がそのうち偶然不意に到来。

　ブリギッタ母さんが近所のある女にこうこぼしたのである。亜麻が不作で、お顧客《とくい》さんたちが払ってくださるお代より仕入れ値段の方がかさんでしまいましてね。ですから、当分の間こちらの稼業は到底当てになりません、と。立ち聴きしたフランツは二度と言わせずすぐさま黄金《きん》細工師*のもとに走り、母の遺愛の耳飾りを売ると、何シュタイン*かの亜麻を購入、仲間に引き込んだある女仲買人から低廉な価格で隣人に提供させたのである。取引きは成立、大いにうまくいったから、美しいメータは万聖節*になると、新調の長衣《ローブ》であでやかに装った。垣間見《かいまみ》しているこのお隣さんの目にいかにも豪奢に光り輝いて見えたので、一万一千の聖処女*の中から一人心の君を選べというお恵みに与《あずか》ったとしても、彼は聖女たちを一人残らず通過させて魅惑のメータを選んだことであろう。

　しかし青年が罪の無い企みの成功をひそかに喜んでいた折も折、内緒ごとがばれてしまった。ブリギッタ母さんは、自分にたっぷり儲けさせてくれた例の亜麻売り買いの仲立ち女にお礼をしたいと思い、たっぷり砂糖*を入れた米のお粥(6)と壜四半分のイスパニア産発泡葡萄酒でもてなしたもの。こうした甘い物は老婆の歯の無い口を動かしたばかりでなく、おしゃべりの舌をも活動させ、彼女は、自分の依頼主が今後もそうする気があるなら、亜麻取引きを継続する、と約束した。ええ、ええ、あの男《ひと》は親切でやってくれたんだ、とあたしゃ思いますね、と。言葉が他の言葉を呼ぶ。母なるエーファの娘たる女性たちはその性に付きものの好奇心であれこれと詮索、とうとうご婦人のだんまりというやつの脆い封蠟を溶かしてのけたわけ。メータはこの打ち明け話にびっくりして蒼白になる。母親が事に関わっていなければ、真実を聞かされてうっとりしたことだろうが、淑やかさと品位というものについての母親の厳しい見解をよくよく心得ていたので、そのせいで新調の長衣《ローブ》が失くなってしまう、と心配になったのである。しっかり者の女性は娘に劣らずこの話を聴いてうろたえたが、彼女としても同様、今回の亜麻取引きの本来の性質については自分独りが知っていたかった、と考えた。なにしろ、このご近所の厚意は娘の心にかねてからの自分の計画をぐらつかせる印象をあたえるのでは、と心配になったので。そこで母親は決心した。乙女心に芽生えたこの雑草がまだかよわいうちに現行犯で根絶やしにしてしまおう、と。まず長衣《ローブ》は可愛い持ち主の哀訴嘆願にもかかわらず没収。交易市場に出されてこれがお金になると、極めて良心的に計算された例の亜麻売買の残りの収益と一緒に包みにされる。それから古い債務として、ハンブルクの*飛脚問屋《ひきゃくどんや》の手を介し、ブレーメン在住、フランツ・メルヒャーゾーン殿宛て返却完了。受け取った方は何の疑いも無くこの包み金を思いがけない天のお恵みだと歓迎、父の債務者が全てこの未知の正直者のように良心的に負債の残りを支払ってくれたらなあ、と考え、事の本当の繋がりについてはこれっぽっちも感づかなかった。仲買の女は自分のおしゃべりがばれないようよくよく注意し、ブリギッタ母さんが亜麻の取引きを止めた、と彼に言うだけで満足したので。

　とは申すものの、お向かいさんの様相が一夜にしてがらりと変わったことを鏡が彼に教えた。草花の鉢の数数が一つ残らず消え失せ、窓掛けの面紗《ヴェール》の雲が上天気だった彼方の窓の水平線をまたしても覆っている。メータの姿が見えることは稀で、白銀《しろがね》の月が荒れ模様の夜雲間から現れるように一瞬顔を出すことがあっても、ひどく悲しげな表情だった。双眸《そうぼう》の輝きはどこへやらだし、時折真珠の涙を指で押し拭っているように見えたことも。これはひどくフランツの心を動揺させた

ので、円胴弦楽器《ラウテ》は柔媚なリュディア調で*憂愁に満ちた共感を鳴り響かせた。フランツは苦悩し、いとしい女《ひと》の悲哀の原因を究明しようと考えあぐんだが、彼の思案では何の決着もつかずじまいだった。幾日かが経つと彼は、自分の一番大事な家具である例の大きな鏡が全く無用の長物になったのに気づいて慌てふためいた。ある晴れた朝いつもの隠れ場所に座を占めて眺めると、お向かいの雲なす窓掛けが全部夜霧のように消えて無くなっていたのである。初めは、今日は掛け布やら何やら大物の洗濯日のせいと思ったのだが、すぐに彼は部屋の中ががらんと空っぽなのを目にした。好ましいお隣さんは前の晩にこっそり陣地を撤去、宿営地を移していたのである。

　さて、自分が外を眺めているのにだれかが気を悪くしやしないかと心配せずに、こうしてまた心行くまでのんびりと自由な展望を楽しむことができるようになったのではあるが、青年にとって精神的《プラトン》恋愛の対象の快い姿を見ずに済ませなくてはならないのは辛い損失だった。愛しの妻エウリディケの魂魄《こんぱく》が再び黄《よ》泉《み》の国オルクス*にふわふわ消え失せてしまった時、フランツの芸道のお仲間である音曲に優れたオルフェウス*がそうなったように、そしてかの逸脱の十年に荒れ狂った我ら丈夫《ますらお》たちの瘋癲《ふうてん》病*気質も、やがて時期が到来すると、最初の霜に遭った丸花蜂*さながら、いずこへともなく消え失せてしまった時のように、フランツは黙りこくってぼうっと突っ立ったままでいた。栄耀栄華《えいようえいが》の暮らしをしていた頃だったら、この無風状態、突然の颶風《ぐふう》に移行したことであろう。少なくとも彼は髪の毛をかき毟《むし》り、地面を転がり回り、あるいはまた、駆け寄って壁に頭を叩きつけ、暖炉と窓をぶち壊すなど、狂人としてふるまったことだろう。こうしたことは何も起こらなかった。至極明白な理由からである。なにしろ、真の恋というものは決して愚者を作らないのであって、病んだ情緒を癒し、愚行から守り、逸脱に柔らかな枷《かせ》を掛け、若気の無思慮を破滅に繋がる道から理性の行程へと導いてくれる万能薬だからだ。なにせ恋が正道《しょうどう》に戻してくれぬ放蕩者なんぞてんから救いようの無い代物なのである。

　気持ちがまた落ち着くと、若者はお隣さんの水平線に生じた思いがけない諸現象について様様の有益な観察を行った。彼は勿論、この狭い小路に運動を誘発、女人族殖民地の移転を惹き起した梃子《てこ》は自分だ、と推測した。受け取った金子、停止された亜麻取引き、そしてこれらに続く引越し、この三つをお互いに掛け合わせると、何もかも説明のつく羃《べき》*となる。分かったのは、どうやらブリギッタ母さんが自分の隠し事を嗅ぎつけたということ、それから、あらゆる状況からして自分が彼女の意中の男ではないということ。この発見、フランツ君の展望をあんまり明るくしたわけではない。一方、麗しのメータの象徴的な返辞、つまり草花の鉢を使って彼の音楽での求愛に応えたあれ、彼女の悲嘆、そして狭い小路からの屋移りのちょっと前自分が綺麗な彼女の両眼に見た涙、こういった数数は彼の見込みを活気づけ、朗らかな気分にさせた。彼が最初に取り掛かったのは、お顧客さんたちのところへ出かけて行って、ブリギッタ母さんが御座所《ござしょ》をどこに移したかを知ること。そうして心優しいその娘となんとかしてひそかに繋ぎをつけよう、というわけ。彼女たちの滞在先を突き止めるのは大して骨は折れなかった。けれどもフランツはごく控えめに行動、ブリギッタ母さんの自宅には行かず、母娘《おやこ》がミサを聴聞する教会を探り出し、いとしい乙女の姿を毎日一度眺めるという楽しみを味わうだけで満足した。教会からの帰り道に行き逢ったり、折折そこここの店やら、あるいはまた彼女たちが通らなければならない建物の出入り口とかで彼女を待ち受け、にこやかに会釈したりする機会は絶対に逃さぬ。こういったことは恋の玉章《ビレ・ドゥ》*と全く同じ値打ちがあるし、効果もこれに匹敵する。

メータの受けた躾《しつけ》があれほど修道院的でなく、また、貪欲な目から財宝を守るように厳格な母親に箱入りにされていなければ、隣人フランツのひそやかな求愛は疑いも無く大した印象を与えなかったことだろう。しかし彼女は母なる自然とブリギッタ母さんとが教育問題で常に衝突する危ない年頃になっていたのである。前者、すなわち母なる自然は、隠れた本能を通じて五感と馴染みになることを教え、これらを名前は付けなかったが人生の万能薬として推奨した。後者、すなわちブリギッタ母さんはある情熱の襲来を警告、この情熱の本当の名前を彼女は口にしたがらなかったが、とにかく、その言い種《ぐさ》によれば、うら若い乙女にとって疱瘡《ほうそう》の毒よりもみっともない、めちゃめちゃな結果をもたらす、とのこと。前者が、この世の花盛りの春なのだから季節相応、メータの胸を快い温かみで高揚させれば、後者は、この胸が氷室《ひむろ》同様いつまでも凍てつくように冷たいままでいることを願う。よくできた二人の母親のこうした正反対の教育体系のせいで、娘心は、間切《まぎ》っているうち風*にも舵にも従わなくなった船のよう、至極当然なことながら第三の針路を取るに至った。彼女はいとけない頃から教育によって刻み込まれた淑やかさと美徳を堅く守り続けたが、その心はあらゆる優しい情念に敏感だった。そしてこのまどろんでいた五感を目覚めさせた初めての青年がお隣さんのフランツなので、彼にある種の快さを感じるようになったのである。この気持ちを彼女はほとんどそれと意識していなかったが、もっと初心《うぶ》でない女の子だったらだれでも、これって恋なんだ、と言い切ったことだろう。だからこそあの狭い小路との訣別は彼女にはとても悲しかったのだし、だからこそ、彼女の綺麗な目から一滴《ひとしずく》の涙が零《こぼ》れ落ちたのだし、だからこそ、待ち受けていたフランツが教会からの道で会釈した時、彼女の方も親しげに礼を返して、その際耳まで紅くなったのだった。相思相愛の二人はなるほどお互い一言も口に出しはしなかったが、彼には彼女の考えが、彼女には彼の想いが完璧に分かったので、二人っきりで逢引をしたとしてもこれほどはっきりと思いの丈を吐露することはできなかったろう。そしてお互い同士、それぞれこっそり心の中で、沈黙の封印のもと、相手に変わらぬ気持ちを誓ったのである。

ブリギッタ母さんが借家住まいをした街区には勿論ご近所がいたし、その中には娘っ子に鵜の目鷹の目という連中もいた。こういう輩《やから》に魅惑のメータの麗しさがいつまでも気づかれないわけはない。丁度彼女らの住まいの真向かいに一人の裕福な麦酒《ビール》醸造家が暮らしていた。なにせどっさりお金があるので、ふざけ屋たちに葎穂《ホップ》の王様と綽名《あだな》されていた。この男、まだ若くすばしこい鰥夫《やもめ》で、折から喪が明けたばかり。これで社会儀礼に悖《もと》ることなく、また家政の面倒を見てくれる別の伴侶を物色する資格が備わった次第。彼は今は亡き妻が身罷《みまか》るとすぐ、もし二度目の結婚が自分の思い通りにうまく行けば、葎穂《ホップ》の支柱のように長く、麦酒の攪拌棒のように太い蠟燭を捧げまする、とごく内密に守護聖人の聖クリストフォルス*にお祈りしたのである。彼はほっそりとなよやかなメータを目にするやいなや、聖クリストフォルスが三階の窓から中を覗き込んで(7)、債務を履行せよ、と督促している夢を見た。すばしこい艀夫にとってこれは、遅滞無く網を打て、という天命だ、と思われた。朝早くこの市の仲買人たちを呼び集めて、漂白した蠟の購入を依頼、これが済むと市参事会員のようにめかしこみ、結婚案件を推し進めに掛かる。この御仁、音曲の才は持たぬ。恋の神秘な象徴性にもとんと通じない無骨者。けれども繁栄している麦酒醸造所を親から受け継いでいたし、市の金庫には現生《げんなま》を、ヴェーザー河には一隻の船を、郊外には荘園を一つ持っていた。

こういった後ろ盾がある訳だから、聖クリストフォルスが肩入れしてくれなくたって求婚は望み通り成功する、と信じられた。とりわけ持参金の無い花嫁なんだし。

彼は昔からの慣例《しきたり》に従い単刀直入に運試しに出かけ、ご近所のよしみで母者人《ははじゃびと》に、淑徳高く行い正しいその息女に対する彼のキリスト教徒らしい意図を開陳した。天使が顕現あそばしたってこの嬉しい知らせほどこの善良な女性をびっくりさせることはできなかったろう。自分の聡明な計画が実を結び、これまでの窮乏状態からもともとの裕福な暮らしに戻りたいとの希望が成就するのを目《ま》の当たりにした彼女は、あの裏町を引き払った思いつきの良さを祝福、最初歓びが沸き立って、何千もの陽気な考えが心の中で行列を作った時、このきっかけを与えてくれたお隣さんのフランツのことも思い出した。彼は全然お気に入りではなかったが、それでも彼女は昇りつつある自分の幸運の星の偶然の道具となってくれた彼に、何か贈り物をしてこっそり喜ばせてやろう、同時にそれによって厚意から出た亜麻取引きの一件の損害賠償をしてあげよう、と誓った次第である。

　おっかさんの胸のうちでは婚礼の予備交渉は調印されたも同然だったが、こういう重要な問題でそそくさと事を進めるのは社会儀礼が許さぬ。そこで彼女は政府ニ請訓スル《アド・レフエレンドウム》*としてこの申し込みを受諾、お祈りをする時にこの事を娘と入念に考えよう、と一週間の猶予を求めた。それが過ぎたら、と彼女は言った、ご立派な求婚者のあなた様に色好いご返事でご満足戴けようか、と存じます、と。こちらは通常の手続きとして喜んでこれを承認、暇《いとま》を告げる。彼が背を向けた途端、紡錘《つむ》と糸繰り車、麻打ち棒と麻といった面面は、忠実なご奉公をしたのにそれには何の斟酌《しんしゃく》も無く、時折パリの議員諸公*の身に起こるように哀れや追放の憂き目に遭い、無用な道具類としてがらくた部屋に放り込まれた。ミサ聴聞から戻ったメータは居間の突然の大変動にびっくり仰天した。居間は一年の三大祝祭*のどれかのように悉皆《しっかい》ぴかぴかに磨き上げられていたのである。彼女は、働き者の母親が仕事日なのに勤勉な手を無為に膝に置いていられるのがどうしてだかさっぱり分からなかった。しかしそうやってにこにこ微笑んでいる母親にこの家の模様替えについて問い質《ただ》す遑《いとま》も無いうちに、相手はもう謎の説明を開始した。舌先にむずむずとたゆたっていた長広舌がご婦人の雄弁の奔流となって口から迸《ほとばし》り、先に控えた幸せを彼女の想像力がますます膨れ上がらせて止まぬこの上もなく活き活きとした色彩で描き上げた。で、てっきり純潔なメータが乙女らしいはにかみからそっと顔を赤らめ――これは愛の修練期に入ったことを告げるもの――それから、何もかもお母様にお任せしますわ、と応えるものとばかり思ったのである。だって婚儀に関しては昔の娘たちは現代の王侯の姫君たちと同じ、好きかどうかなんて訊かれやしない、合法的な配偶者の選択に際して、祭壇を前にしての応諾《ヤー》の一言以外、声なんぞ出せはしなかったのだもの。

けれどもブリギッタ母さんはこの点ですっかり当てが外れた。美しいメータはこの予期せぬ通牒に接すると、薔薇のように紅《くれない》にならず、死骸のように蒼白になった。ヒステリー性の眩暈《めまい》が五感を混迷させ、彼女は失神して母の腕の中にくずおれた。冷たい水で動物精気*が元通りになり、いくらか立ち直ると、メータはまるで大きな災厄に遭遇したかのようにどっと涙を流した。そこでわきまえのあるおっ母さんは、結婚なんててんから頭になかったので娘がひどく驚いたのだ、と考え、頑固に強情を張って、良縁で幸せを掴む機会をみすみす逃がしちゃいけない、と懇懇と諭したり戒めたりした。しかしメータは、自分の幸せがだれかとの結婚次第だ、と説き伏せられず、得心できません、と言うのだった。母親と娘との論争は数日間朝早くから夜遅くまで続き、回答期日が迫って来た。聖クリストフォルスに捧げる巨大な蠟燭は、それが婚礼の炬火《たいまつ》として陣営の彼の御前《ごぜん》で輝いたとしたら、バシャンの王オグ*にだって恥ずかしからぬ代物で、もうとうからできあがり、活き活きとした数数の花が描かれ、彩り豊かな灯火のようだった。もっとも、聖者様の方はこの間ずうっとご自分の被保護者《クリエンテス》にすっかり無精を決め込んでいらしたので、麗しのメータの心は求婚者に対し閂《かんぬき》も錠も下ろされたまんま。

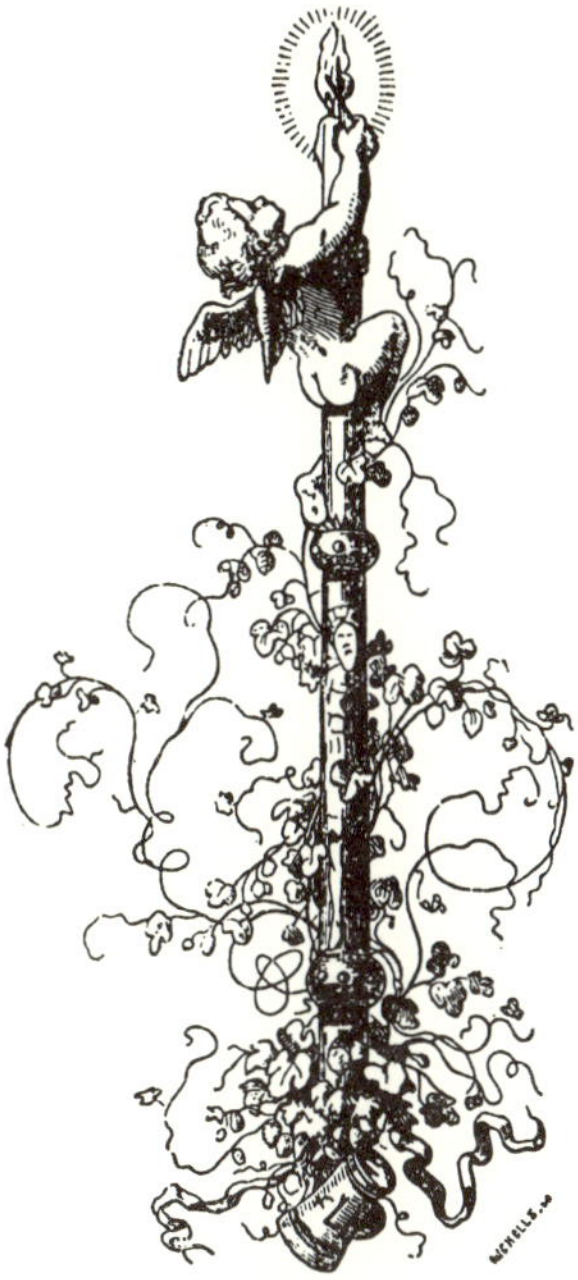

母親の説得術の効き目は強烈だったので、娘はうっとうしい夏の暑さに萎れる花さながらぐんにゃりとなり、目に見えて衰弱。ひそやかな苦悩に心を苛《さいな》まれるまま、彼女は厳しい断食を自らに課し、三日というもの一口も食べ物を摂《と》らず、一滴の水も乾いた唇を濡らさぬという有様。夜毎眠りが彼女の目を訪れることは無く、そうこうするうち瀕死の病となり、終油礼*を施して欲し

い、と懇願するに至った。心優しい母親は行く末の希望の支柱がぐらつきだしたのを看て取ったので、元《もと》金《きん》と利息をいっぺんにすってしまいかねない、と考え、よくよく思案したあげく、両方ともふいにするよりは後の方を棄てるのが得策なことに思い当たり、にこやかに譲歩して娘の言いなりになることを承知した。こんなに有利な縁組を撥ねつけるには確かに大層な自制もし、少なからず心中に葛藤もあったのだが、家庭管理の法則が当然それを必要としたわけだし、最後にはいとしい子の意思に完全に屈服し、従って病人をそれ以上責め立てることは無かった。約束の日にすばしこい艀夫が、自分の天界の代理人が万事望み通りうまく運んでくれたもの、と信頼しきって到来すると、全く予想に反して謝絶の回答に接したのである。しかしながらこの返事、思いやりの気持ちでたっぷり和らげられていたので、聞かされた当人は砂糖入りの苦艾酒《ヴェルモット》*を飲まされたような気分。彼はたやすく運命に甘んじ、麦芽《モルト》の取引きがだめになったくらいにしかこのことを気に掛けなかった。そもそもこれでくよくよしなければならない理由なんかも無かった。なにしろ彼の生まれ故郷のこの市は、ソロモンの素描*に匹敵し、完璧な妻になる資格のある愛らしい娘たちに決して事欠かなかったのだから。その上、今回の求婚が失敗したにもかかわらず彼が固く信頼し続けていた守護聖者様が、別のところで世話を焼いてくださったので、一箇月経たないうちに彼はいとも華やかに聖人の祭壇の前に約束の蠟燭を押し立てたのである。

ブリギッタ母さんは仕方なく、追放されていた糸紡ぎの道具類をがらくた部屋から召還し、また活動させ始めた。何もかも普段の暮らしに戻ったわけ。メータはすぐに元通り元気回復、せっせと仕事に励み、熱心にミサに出かける。一方おっかさんは希望が潰《つい》えたのと大事に暖めていた計画が水の泡となったのに対する心底の恨みつらみを隠すことができず、小言が多く、仏頂面《ぶっちょうづら》で、しょぼくれている。とりわけご近所の葎穂《ホップ》の王様が祝言を挙げた日には不機嫌に責め苛まれた。婚礼の行列がいよいよ教会に入る折、都市音楽師たち*がその先触れに喇叭《らっぱ》を響かせ、シャルマイ*を吹き鳴らすと、荒れ狂う海が彼女の夫を船と船貨もろとも呑み込んだ、とのヨブの報《し》らせ*がもたらされたあの悲運の時のようにしくしく泣いて嘆息しきり。

メータは絢爛豪華な花嫁衣裳をまことに冷ややかに見過ごす。壮麗な装身具、銀梅花《ミルテ》の花冠*に鏤《ちりば》められた宝石の数数、花嫁の頸の周りに廻らされた九連の真珠の頸飾りを見ても泰然自若。これは驚嘆すべきことであった。なにしろ新しいパリ製の縁無し帽《ボンネット》とかといった当節流行の安ぴか物が彗星のように輝くと、教会の会衆がたの平安と和やかな至福の念が掻き乱されること数多《あまた》たびなのだから。ただ母親の胸をきりきり苛む苦悩だけが彼女の心を乱し、彼女の晴れやかな眼差《まなざ》しを曇らせる。数限りなく優しい言葉を掛け、

細やかな配慮をしてあげて、母親の機嫌を取ろうと努めてみたが、やっとのことおっかさんがまたちょいとおしゃべりをするようになっただけ。

　その宵、婚礼祝いの輪舞が始まると、母君はこう言った。「ねえ、おまえ、おまえがあんなに愉しそうな踊の音頭《おんど》を取ることができたのならねえ。なんて嬉しいことだったろう。母様の苦労と気遣いにこんな喜びでお返しをしてくれてたら。でもおまえはせっかくの運をつっぱねてしまったのだから、わたしゃおまえをご祭壇に連れて行く*ことなんぞ生涯できやしない」。「お母様」とメータ。「私、神様を信じています。ご祭壇に連れて行かれることになるって、天にそう記されているのなら、お母様、私にご婚礼の花冠をつけてくださいましね。だって本当の求婚者が見えたら、私の心はすぐに、ええ、と申しますもの」。「あのね、お

まえ、持参金の無い娘たちの周りに人だかりはできませんよ。そういう娘たちは、その気になってくれる人で我慢しなくっちゃ。若い男の人たちは昨今ではとっても選り好みがうるさくて、自分が幸せになるために求婚するんで、相手を幸せにしてあげるために求婚するんじゃありません。それにね、おまえの星回りはたくさん良いことばっかり予言してるわけじゃないのよ。おまえは四月生まれ。ごらん、暦に何て書いてある。この月生まれの女の子は、顔は優雅で感じが好く、体はほっそりなよやか、でも気分が変わり易く、男たちに好みがある。結婚にはよくよく注意のこと。朗らかな求婚者が現れたら、運を取り逃がさぬよう、だってさ。これ、ぴったり当たっているじゃない。求婚者は現れたけど、二度と戻って来ない。おまえは逃がしちゃったんだわ」。「ああ、お母様、星回りの占いなんて気になさらないで。私の心はこう言っています。私は、私を是非とも妻にしたい、と願う殿方を敬い愛することになっている、って。そういう方が私に見つからず、あるいはそういう方が私を探さないなら、私、楽しく自分の手で働いてご飯を食べ、お母様のお手伝いをし、お歳になったら、ちゃんとした娘に相応《ふさわ》しくお母様のお世話をします。でも私の心の殿方が現れたら、あなたの娘がこの世で幸せになるよう、私の選択を祝福してくださいね。そして、その方の身分は高いか、とか、お金持ちか、とか、尊敬されているか、とかいう訊きかたはしないで、善良で誠実な人か、私を愛しているか、それから、私に愛されているか、って訊いてくださいな」。「おやおや、娘や、恋愛結婚するとお台所は惨めなもの、お塩とパンで食い繋ぐのが精精《せいぜい》よ」。「それでもそういう結婚なら仲良く満足して暮らせます。それにね、生活の楽しい味わいがお塩とパンに風味を添えてくれるわ」。

塩とパンという内容豊富な主題は、婚礼の宴会場で提琴《ヴァイオリン》が一つまだ鳴っている間、夜遅くまで討論された。美しくてうら若いのに、玉の輿に乗るのを撥ねつけたところから見ると、ごく限られた幸せしか望まないように思われる慎ましやかなメータの欲の無さから、母親は、この塩取引きをやろうという計画がどうやら以前からもう娘の乙女心に芽生えたらしい、と類推した。例の狭い小路での取引き仲間を当てることも簡単だった。あんなのが愛らしいメータの心に根を張る樹になろうとは、彼女は皆目信じたことが無かった。近くにある可愛い灌木と見れば、手当たり次第それに巻きつこうとする野放しの蔓草としか思わなかったのである。この発見はあまり嬉しくない。もっとも、気づいたなんて彼女はおくびにも出さなかった。でも彼女の厳しい倫理に従えば、聖職者に祝福を受ける前に心に愛を巣食わせた乙女は虫食い林檎《りんご》のようなもの。そんなのは見た目には悪くないだろうけど、食べるのには向きやしない。どっかの箱かなんかの上にほっぽらかされて、もう見向きもされないんだわ。だって嫌らしい虫が芯を食べ続けて、そこから引っ張り出せないのだもの。ブリギッタ母さんは、生まれ故郷のこの市でいつかまた上へ浮かび上がることにすっかり気後れがしてしまい、宿命に身を任せ、もう変えられっこない、と思い込んだ状況を黙って耐え忍んだ。

一方、気位の高いメータが金持ちの葎穂《ホップ》の王様に肘鉄砲を喰らわせた、という噂が市中を駆け巡り、狭い小路にまでも届いた。フランツは、この風評が本当だと聞き知ると、喜びに我を忘れた。そして、資産のある競争相手が自分を愛しの乙女の胸から追い出すかもしれない、というひそかな心配はもう彼を悩まさなくなった。彼には自信がつき、全市にとって依然さっぱりわけの分からぬこの謎を簡単に説明することができた。さて、恋はこの放蕩者を確かに音楽名人《ヴィルトオーソ》に仕立て上げた。が、しかし、こんな才能は当時の求婚者にとっては最低限の必要条件だったのであって、あの荒っぽい時代には、この豊潤な十八世紀のように、尊敬されたり、飯の種になったりしたわけではない。諸芸術*はまだ豊かな社会の申し子ではなく、欠如と窮乏の所産であり、騒がしい楽隊が金持ちの扉の前で、路銀をお恵みを、とばかりどがちゃがやらかすプラークの大学生ども以外、旅する音楽名人《ヴィルトオーソ》なんて知られていなかった。愛しい乙女のああした献身は小夜曲《セレナーデ》*一節のお礼としては大き過ぎたのである。今や無思慮な若気の至りを回想するたび、フランツの心はずきずき痛んだ。己《おのれ》の愚行を嘆息する「おお」や「ああ」で始まる真心籠めた独り芝居を彼は何度演じたことだろう。「ああ、メータ」と彼は独り言を呟《つぶや》くのだった。「なぜぼくは君のことをもっと前に知ら

なかったのだろう。君ならぼくの守護天使になってくれたろうに。そしてぼくを破滅から救ってくれたろうに。ぼくが失われた日日をもう一度やり直すことができれば、そして昔のぼくの身分であれば、この世はぼくにとって至福の野《エリジウム》*になっているだろうに。そしてぼくはこの世を君のためにエデンの園に変えてあげるだろうに。気高い乙女よ、君は惨めな男に、愛と、それから、君が受けるに相応しい幸せをあげることができない、という絶望で一杯の心臓の他何一つ持っていない乞食に、自分を犠牲として捧げてくれたのだ」。こうしたひりひりするような感情に襲われるたび、フランツは怒りに満ちて何度も何度も自分の額を叩くのだった。「おお、この考え無しめ。おお、この愚か者め。貴様、利口になるのが遅すぎた」と深く後悔した叫びを挙げて。

　恋は自らが創りだしたものを未完成のままにはしておかない。恋はフランツの心情に癒やしとなる物を発酵させた。すなわち、ろくでもない現況から這い上がる活動と力を行使したい、との欲求である。恋は彼を、こうした良き意図を実現して見たい、という気にさせた。めちゃくちゃになった財政状態を改善しよう、と彼が思い巡らした様様のもくろみの中でうまく成功しそうに思われた最もまともなやつはこうだった。父親の帳簿を吟味して、欠損として記帳された貸し倒れ売り掛け金*を書き留め、国をあちこち渡り歩いて一種の落穂拾いをやり、こういう捨てられた茎から一マース*ほどの小麦が集められないかやってみよう、というもの。こうした収益を彼はささやかな商売を始めるのに投資するつもりだった。若者の想像力はこの商売をすぐさま世界各地に拡大した。彼にはもう自分の財産を積載した何艘もの船舶が海を走っているのが目に見えるような気がした。で、急いで計画の実行に着手、遺産の中から最後の黄金の擬似卵《ぎじらん》*、つまり父の遺品の刻打ち卵《とき》(8)［卵型懐中時計］を金に換え、その金で、ブレーメンの商人と名乗って広い世間に騎《の》り出そうと、一頭の老耄《おいぼ》れ乗用馬を購《あがな》った。

彼にとって辛いのは麗しのメータとの別れだけ。「ぼくがもう教会の行き帰りに遇わなくなっちゃったら」と独り言。「彼女はどう思うだろう、こんなに突然ぼくが姿を消したのを。ぼくが心を変えたと思って、ぼくのことを心の中から追っ払うんじゃないかな」。こう思うと殊《こと》の外《ほか》心配でならなくなったが、どうすれば自分が何を考えたか彼女に知ってもらえるか、長いこと良い思案が出ない。でも、恋は創意に富んでいるから、衆人環視の説教壇から自分が不在になること、その目的はこうこうであることを彼女に告知させる、というまい思いつきに恵まれた。彼は、これまでも相思相愛の二人がこっそり心を通わせるのに役立った教会で、事業をきちんと立て直すために永《なが》の旅路に出るさる年若な旅人のため、として代理祈禱*が行われるよう金を払った。この代理祈禱は彼が報謝金を喜捨するまでずっと続けてもらうことになっていた。

メータと最後に行き遇った時、フランツはすっかり旅装束に身を固めており、可愛い女《ひと》のごく近くをさっと通り過ぎながら意味ありげに彼女に会釈した。メータがそれに対して顔を赤らめ、ブリギッタ母さんが傍らでとやかく批評して、この無考えな洒落《しゃれ》男の図図しいことったら、娘の悪い噂の種になるじゃないか、と不機嫌を表明し、長のその日一日あまりありがたいとは申せぬやりくちでそれを娘に言い立てる機会を逃さなかったのに対し、いつもほどは取り合わずじまい。その時以来フランツの姿はもはやブレーメンに見られなくなり、彼の生まれ故郷のこの市切っての美しい双眸《そうぼう》が捜し求めたが徒労だった。メータはしばしば代理祈禱が読み上げられるのを耳にしたが、ついぞ気にもしなかった。というのも、恋人が杳《よう》として姿を消したのが心配で心配でならなかったからである。こうした雲隠れの理由が彼女にはとんと見当がつかず、どう考えたものかもうさっぱり。数箇月が経過して、時が彼女のひそやかな怒りをいくらか和らげ、彼女の心情が彼の不在をいくらか安らかに我慢できるようになった頃、いとしの君の最後の面影が念頭に揺曳《ようえい》していた折も折、例の代理祈禱が突然奇妙に思えてならなくなった。彼女は事の脈絡とこの告知の意図がどういう関係にあるか辻褄《つじつま》を合わせ、推量したのである。教会の祈願、祈禱、代理祈禱などが霊験《れいげん》いやちこであるという定評は無いし、教区の会衆に燃え上がる敬神の炎はお説教が終わるとともに消えてしまうのが普通なので、こういったものに縋《すが》る敬虔な人人にとって弱弱しい杖に過ぎないのだが、信心深いメータの場合、代理祈禱が唱えられるとその炎がますます煽られ、若き旅人の守護天使に、あのかたをくれぐれもお守りください、と祈り続けて止まなかった。

## 原注

(1) ご老体の息子殿万歳……伝承によれば、今日なおいくつかの地方で用いられているおどけた挨拶「命永かれご老体の息子殿」はこの故事に由来する、と言う。

(2) 世間の思惑《カン・ディラ・トン》……qu'en dira-t-on?〔フランス語〕世間はそれに対して何と言うだろう。

(3) 女性愛好家であるかの賢者ソロモンが……素描《スケッチ》……ソロモンの箴言《しんげん》三十一章十一節〜最後。

(4) シュッディング*…… Schudding. ブレーメンの最もりっぱな建物の一つ。ここでは大商人たちの集会がおこなわれる。

(5) 愛が青年の心に深く根を張れば張るほど…… *ἀπὸ τῶ ὁρᾶν ἔρχεται τὸ ἐρᾶν.**

(6) たっぷり砂糖を入れた米のお粥……コーヒーがまだ知られない時代、しかるべき身分のご婦人方は女性の訪問客を糖果《コンフエツテイ》あるいは焼き菓子のたぐいと甘い葡萄酒でもてなすのが普通だった。もっと遣り繰り上手な主婦だとその代わりに米のお粥と一杯の地酒を用いた。前者〔米のお粥〕はことのほか美味い物として高く評価され、王侯の饗宴に出された。今に保存されている昔日の食単《レシピ》の古文書が語るところによれば、米のお粥無しでは選帝侯のお床入りの儀は執り行われなかったそうな。

(7) 聖クリストフォルスが三階の窓から中を覗き込んで……聖クリストフォルスは他の聖人たちと異なり、後光に包まれて小さな寂しい部屋の被保護者の前に姿を現すということは決して無い。どんな部屋でも彼の巨人のような体格では天井が低すぎるのである。そこでこの聖なるアナクの子孫*〔大男〕は被保護者たちと窓の外からしか話し合わない。

（8）

刻《とき》打ち卵……最古の懐中時計はその最初の形から、「刻打ち卵」と呼ばれた。

# 破の巻

この目に見えない道連れ〔守護天使〕と恋人の優しい祈りに守られ、フランツはアントウェルペン*で幾口かの貸し倒れ売り掛け金を回収しようと、ブラバント*の地へと旅を続けていた。ブレーメンからアントウェルペンまでの旅は、街道筋に追剝ぎがまだまだ出没、土地の領主が、通行許可証を持ち合わせない旅人に略奪行為を働き、その盗賊城の地下牢で飢渇のため衰死させる権利がある、と思い込んでいた当時にあっては、当節ブレーメンからカムチャトゥカ*へ行くより多くの危険と困難が付き物だった。なにしろ皇帝マクシミリアン*が布告した平和令《ランデスフリーデ》*は確かに帝国一円に法律として施行されてはいたが、多くの地域ではまだ慣習法として認められていなかったのである。にもかかわらずこの独りぼっちの旅行者はたった一つの冒険に遭遇しただけで、巡礼行の目的地に到着した次第。

ある蒸し暑い日のこと、荒涼としたヴェストファーレン*の奥地で馬を進めていた彼は、とっぷりと暮れて夜になっても宿を見つけることができなかった。夕方頃雷雲がもくもくと聳え立ち、篠《しの》突くような俄か雨に肌までぐっしょり濡れ鼠。子どもの時から考えられる限りの快適さに慣れていた甘やかされ屋のこと、もう辛くってたまらない。こんな状態で夜をどうやり過ごしたものか、と大層困惑した。ほっとしたことに、夕立が降り止んだあと、遠くに灯火が一つ見えた。そうしてその後まもなく一軒のみすぼらしい百姓家の前に到着したが、様子がどうもあまり心丈夫ではない。この家、人間の住まいというより家畜小屋という風情。そのうえ無愛想な主人は浮浪人*かなんぞが相手でもあるかのように、水も火もくれようとせぬ。というのも、丁度この男、馬どもの脇で藁の上へ寝転ぼうとしかかっていたのだが、余所《よそ》者なんぞのために、と不精を決め込んで、竈《かまど》に火を再び焚きつけることも断ったのである。フランツはむっとして綿綿たる「我を憐れみたまえ《ミゼレーレ》*」を唱え始め、ヴェストファーレンの曠野《あれの》を威勢の良い罵り文句で呪った。百姓の方はろくすっぽそれを気に掛けず、悠悠閑閑として灯火を吹き消し、それ以上余所者に構おうとしなかった。なにせ、この御仁《ごじん》、客人たる者それ相当のもてなしを受ける権利がある、という掟などにてんから不

案内だったので。ところがこの旅の者、家の外で嘆き節《ラメント》*を歌い続けて彼を煩わせるのを止めなかったものだから、いやもう眠れればこそ。そこで、うまい具合に厄介払いをしてしまうべ、と渋渋ながら口を切って、こう言ったもの。「国の衆、おめさまがのんびり体を休めて楽《らく》したい、と思うとるだら、ここじゃ欲しいもんは見当たらねえべ。けんども、はあ、あっちを左に折れて木の茂みん中さ馬で抜けると、その向こう側にエーバーハルト・ブロンクホルストちゅうお偉い騎士様の城があるだ。この人はどんな旅人《たびにん》でも救護騎士修道会*の修道士さんが聖墓拝みの巡礼を迎えるように泊めてくれるだで。したれども、この殿様さ、どたまに瘋癲虫《ふうてんむし》が一匹いて、これが時時ちくちく刺しよると、必ず喧嘩をおっぱじめて旅人を追い出すだあよ。まあ、おめさまが、胴着《ダブレット》*を青くされる「ぶんなぐられる」だか、なんどとぐずぐず考えたりしねえだら、お城で気持ちよく愉しめるだ」。

スープと一ショッペン*の葡萄酒なんかのために肋骨を棒打《バスト》ち刑《ナーデ》*の犠牲に捧げるのは、もとよりだれでも好むことではない。

居候《いそうろう》や食客のたぐいは美味珍饈《ちんしゅう》にありつけるとなったら、髪の毛を毟《むし》られようが、引っ張られようが、平気の平左、傲慢不遜な主人側の下したもうあらゆる災厄をご無理ごもっともと我慢するけれど。フランツはしばらく思案したが、どうしたらよいか途方に昏れる。それでもとうとう一番冒険をやってみよう、と心を決めた。いわく「ここの惨めったらしい馬の敷き藁の上で寝て、ぼくの背中が車裂きの刑*に処されようと、騎士ブロンクホルストに同じ目に遭わされようと、どんな違いがあるっていうんだ。棒で擦《こす》ってもらえば、この濡れた服を乾かすことができなけりゃ今にも出そうで、そしたらぼくの体をがたがたに揺さぶるに決まってる熱を多分追い出してくれるさ」。で、老耄《おいぼ》れ馬に拍車を入れると、まもなく古ゴシック建築様式の城館の門前に辿り着く。良く聴こえるようにと鉄の門を叩けば、中からこれまた明瞭な「だれだ」の返辞が谺《こだま》のように返って来る。凍りついてしまったこの旅行者に対して行われたのは衛兵の訊問という煩わしい通過儀礼で、これは、げにもっともなことながら、門番や税関吏の権柄《けんぺい》ずくを市門や腕木式遮断機のもとで嘆息したり呪ったりする当世の旅行者たちと同様、なんとも面倒。だが彼は慣習に従って、館の博愛家が、自分を客として迎えてから打擲《ちょうちゃく》してやろう、とのご機嫌か、あるいは、恐れ多くも畏《かしこ》くも、野天に一夜の宿を取れ、との御意《ぎょい》なのか、辛抱強く待たねばならなかった。

この古い城砦の持ち主は若い頃から皇帝*の軍隊に仕えた練達の軍人で、勇猛果敢なゲオルク・フォン・フロンスベルク*の指揮下で勤務、ヴェネツィアの軍勢との戦いでは小旗部隊《フェーンライン》*を指揮したもの。のち退役してからは、所領に引き籠もり、戦役で犯したかつての罪を懺悔、数多くの慈善をおこない、飢えた者には食べ物を、渇えた者には飲み物を恵み、巡礼を宿らせ、そして泊めてやった連中を家から叩き出すのであった。というのは、この男、粗野で荒削りな軍人で、長年静穏で平和な暮らしを送っているとは申せ、軍神マルスの慣例《しきたり》をかなぐり捨てることができなかったからである。さて、手厚いもてなしと交換ならこの家の慣わしに喜んで従うつもりでいる新来の客人は長くも待たされなかった。門の内側からいくつもの閂《かんぬき》と錠ががちゃがちゃ鳴る音がして、やがて扉がきいきい軋《きし》みながら開いたが、あたかも中へ足を踏み入れたこの余所者に訴えるようなその響きを聴かせて、警告あるいは嘆きを伝えているかのよう。城門を潜った時、怯えた旅の者の背中を寒気がぞぞっと次次に走り下った。けれども彼は丁寧に迎え入れられたのだった。何人もの従者が急いで寄って来て、彼が鞍から降りるのに手を貸し、甲斐甲斐しく旅嚢を外し、黒馬《あお》を厩に牽《ひ》いて行き、乗り手を明るく照らされた部屋にいる主人のもとへと案内した。

客に歩み寄って、こちらが大声で悲鳴を挙げたかったほど力強く手を握り、まるでこの余所者が聾者であるかのように、ステントール*のような声音で、ようこそ、と挨拶したのは、活気と行動力に溢れた盛りの年頃の筋骨逞しい男で、そのいかにも軍人らしい外貌に臆病な旅人は恐怖に襲われ、そのためびくびくした様子を隠すことができず、全身が戦慄した。「どうしたな、お若いの」と騎士は雷鳴のような声で訊ねた。「白楊《やまならし》の葉っぱみたいにぶるぶる震えておるではないか。それに死神に脅かされているとでもいう風に真っ青じゃの」。フランツは勇気を奮い起こした。そして、どうせそのうち自分の両の肩で飲み食いの勘定を支払わねばならない、と考えたので、彼の小心翼翼ぶりは一種の図図しさに変じた。「殿」と彼はくつろいだ調子で応えた。「ご覧のようにぼくは俄か雨でずぶ濡れになってしまいました。ヴェーザー河を泳ぎ渡ったみたいにです。服を乾いたのと取替えられるようにしてください。それからちょいと気付けにたっぷり薬味の効いた麦酒粥を運ばせてください。これはぼくの神経をずきずきさせている熱の震えを追っ払ってくれますから。そうすりゃ気分が良くなることでしょう」。「よろしい」と騎士が返答。「そなたに要り用なものをどんどん言うてくれい。ここが自分の家と思うてな」。

フランツはパシャ*のごとき奉仕を受けた。彼はいずれきっとぶんなぐられるに違いないと覚悟していたから、それ相当の報酬をもらおう、と思い、身の周りでせっせと働いている従者たちをいろんな具合に冷やかし、からかった。だって、と彼は心中考えた。皆勘定は同じだものね、と。いわく「この胴着は太鼓腹向きだよ。もっとぴったり体に合うのを持って来ておくれ。この上履き靴《パントツフエル》は魚《うお》の目に当たって火のように燃える。靴型に嵌《は》めて来て。この鬢襟《ひだえり》は板みたいに硬くって輪縄みたいに頸を締め付ける。もっと柔ら

かい、糊を付けてないのを持っておいで」。
館の主《あるじ》はこうしたブレーメン流の遠慮の無さに不興を覚えるどころか、言いつけられたことをさっさとやれ、と従者たちを督励、彼らを、お客をもてなす術《すべ》を知らぬばかものだ、と叱りつけた。食卓の準備が調うと、主人と客は食卓に就き、二人とも麦酒粥を賞味した。これが済むとすぐに主が訊く。「この後の食べ物に何かお望みがおありかな」。客の答え。「なんなりと有り合わせの品を運ばせてください。お城の厨房《くりや》が行き届いたものかどうか、拝見いたします」。すぐさま料理番が現れ、伯爵様に出しても恥ずかしくないような善美を尽くしたご馳走を食膳に並べる。フランツはどんどん手を出し、勧められるまで待ちはせぬ。すっかり満腹すると、彼はこう言ったもの。「お台所の状態は悪くはございませんでした。地下の酒蔵の方もこんな具合でしたら、おもてなしぶりを大いに吹聴しなければなりますまい」。騎士が給仕役に合図すると、給仕役はすぐさまありきたりの食事用葡萄酒*で台付きの大盃《ヴィルコンメン》*を満たし、恭《うやうや》しく主人に供すれば、こちらは賓客の健康を祝してそれを綺麗に空にする。それからフランツが同じく領主に乾杯のお返しをすると、領主いわく「のう、客人、この酒をどう思われる」。「いけません、と申し上げましょう」とフランツ。「これが貯蔵庫にお持ちの最上品でしたら。そして、ご所蔵の最下級品でしたら、けっこうな、と申し上げます」。「そなたは美食家だわい」と騎士は応じた。「掌酒子《しゃくとり》、秘蔵の酒《ムッターファス》*から注いでまいれ」。掌酒子が一ショッペンを試飲用に持って来ると、フランツはそれを味わってみて、こう言った。「これは本当の年代物。ずうっとこれでまいりましょう」。
騎士は大きな把手《とって》付き壺を一つ取り寄せると、客と一緒に晴朗快活に差しつ差されつ酌み交わし、従軍した戦役談義を始め、ヴェネツィア軍と対峙《たいじ》し、敵の車陣*を突破し、南国の兵団を羊のように捻《ひね》り潰した顛末《てんまつ》を説く。語りながら戦人《いくさにん》らしくすっかり熱狂してしまったものだから、壜や酒盃を偃月刀《サーベル》のように打ち下ろし、食事《トランシヨアール》*用小刀を槍のように振り回し、食卓仲間の体すれすれにまで身を寄せるので、こちらは鼻や耳が心配でたまらぬ。

こうしてしんしんと夜も更け渡ったが、騎士は一向眠そうな目にならない。ヴェネツィア人との戦いの話になると、まことに英気潑溂《はつらつ》となるあんばい。物語は彼が飲み乾す酒盃の数とともにぐんぐん精彩を放ち、フランツはこれが大立ち回りの発端で、その際自分が一番おもしろい役を振られるのではないか、と怖くなった。で、自分が夜を明かすのは城の中でなのか外でなのか知るために、もうおつもりの寝酒としてなみなみ注いだ一杯を所望。彼はこう考えたのである。まず、この酒を飲み乾せ、と強いられるかも知れない、で、もし乾杯を断ると、酒の上の争いといったふりで、この家の慣わしに従い、いつもの餞別付きでおっぽり出されるのだろう、と。ところが予期に反して騎士は突然談義を打ち切り、「刻《とき》は大切、明日はこれに事欠かぬ」と言った。「申し訳ございませんが」とフランツ。「明日日が昇りましたら、ぼくは旅を続けねばなりません。ブラバントへの遠路を控えておりまして、こちらに逗留いたすわけにはまいりませんので。それで、今日のうちにお暇乞いをさせてください。明日お別れのご挨拶でご安眠をお妨げいたさぬよう」。「なんなりとお気に召すままじゃが」と騎士は結論した。「わしが起き出すまで、そなたをここから出立させるわけには行かぬて。元気付けの朝飯にパンを一口、ダンツィガー*を一飲みしてもろうて、門までお見送りし、この館の慣わし通り、おさらば、を申し上げるのじゃ」。

この言葉、フランツには解説不要。彼としては、門まで随行してやる、という最後の鄭重さは御免蒙りたかったのだが、ご亭主殿には採用した儀式を回避する気は無いと見えた。騎士は召使たちに、客人にお召し替え願って、お客様用寝台でお休み戴け、と指図。フランツはここでのんびりくつろぎ、柔らかい白鳥の羽根布団ですてきな安息を楽しんだので、睡魔に襲われる前に、こんな素晴らしい歓待を受けたのだから、ほどほどに殴られるのであれば、別に高い買い物じゃないな、とひとりごちた次第である。まもなく彼の物思いは数数の楽しい夢の周りに羽ばたき始め、魅惑のメータが薔薇の生垣の中にいて、母親とうち連れてそこを逍遥、花を摘んでいるのを見かけた。厳しいお目付け役に見咎められまいと、彼はすぐさまぎっしりと葉の生い茂った垣根の蔭に身を潜めるのだった。そうかと思えば、空想力は彼をあの狭い小路に連れ戻した。そこで彼は鏡の中にいとしい乙女の雪白の手が花花の手入れをしているのを眺めた。それからすぐに彼は芝草の中で彼女の傍らに座って、熱烈な愛を吐露しようとするのだが、愚かな羊飼いはそれを語る言《こと》の葉《は》を探しあぐねる始末。騎士の嚠喨《りゆうりよう》と響き渡る声と拍車のがちゃがちゃいう音が彼を起こさなかったら、あかあかと日の照り映える真昼間まで夢を見続けていたことだろう。騎士はもう夜明け方に厨房と地下の酒蔵で査閲をおこない、上等な朝食をしつらえるよう命令、客人が眼を覚ましたら、身なりを整えてなにくれと世話をするべく、準備おさおさ怠らぬよう、従者にはそれぞれ任務を割り当てたのである。

幸せに夢を見ていた青年にとって、もてなしの良い安らかな寝床と別れを告げるのは大層な克己心を要し、ぐずぐずと転げ回っていたのであるが、厳格な城主の鋭い声に胸を締め付けられ、酸っぱい林檎《りんご》にかぶりつかざるをえなくなった。そこで羽根布団から起き上がると、すぐさま一ダースもの手が彼に甲斐甲斐しく服を着せにかかる。騎士は彼を食堂の小さいながらたっぷりとしつらえられた食膳に案内。しかし不安で胸がどきどきの旅人はろくに食欲を感じない。主人が彼を励まして「なにゆえ手を延ばされぬ。いとわしい霧を凌ぐためにいくらか召し上がられい」と言うのに、フランツは答えて「ぼくの胃袋は昨夜のご馳走でまだ一杯なのです。でも、ぼくの旅嚢は空っぽですから、これからお腹が減るのに備えて詰め込んでおきたいと思います」。彼はせっせと卓上を片付け、持ち運びのできる一番旨そうで上等な物を入れたので、旅嚢はどれもはちきれそうに膨れ上がった。自分の老耄れ馬が充分に刷毛《ブラシ》を掛けられ、馬勒《ばろく》をつけられて牽き出されたのを見ると、別れの挨拶にダンツィガーの小杯を飲み乾し、これが主人が彼の襟髪をひっつかんで、家法を思い知らせる合図になるのだろう、と思った。

しかしびっくりしたことに騎士は迎えた時と同様親しく彼と握手し、一路平安を祈ってくれて、門錠付きの門が開かれた。で、ためらうことなく黒馬を駆り立てる。するとざっく、ざっく、ざっく、ざく、彼は髪の毛一本曲げられることなく城門から外へ出た。

すっかり自由の身になったわけだから、今や胸から重石《おもし》が取れた思いのフランツは、無事に切り抜けられたのを看て取ったものの、どうして主人が勘定を掛けにしてくれたのか合点が行かない。この勘定、彼の考えでは随分高い附けになったはず。拳骨や棍棒を使いこなすその腕をあんなに怖がったのに、手厚いもてなしをしてくれた男に、今や暖かい気持ちで一杯になったフランツだが、撒き散らされた噂に根拠があるものやら事実無根なのやら、その本家本元自体に問い質してみたくてたまらなくなった。そこで即座に駄馬の向きを変え、跑足《だくあし》*で引き返す。騎士はまだ城門にいて、自分のお得意の学問である馬匹学振興のため、従者たちを相手に、黒馬の血統、容姿、体格、およびそのぎくしゃくした跑足を論評していたが、

余所者が旅の荷物を何か忘れたのではないか、と思い違いをして、この迂闊者《うかつもの》ども、とばかり従者たちをじろりと睨んだ。「何か足りぬ物がおありか、お若いの」と彼はこちらへ向かって来る相手に大声で呼びかけた。「引き返して来られたとは。先を急ぎたかっただろうに」。

「ああ、ちょっと伺いたいことがございまして、高貴な騎士様」と旅人が応える。「ご威信とお名前を汚す悪い噂があります。そちらに身を寄せる余所者はだれでもちゃんと面倒を見て戴けるが、出立《しゅったつ》する時にはしたたかに拳骨を頂戴いたすとか。こんな話をぼくは真に受け、飲

み食いのお代は体で返そうと、何一つご遠慮しませんでした。つまり、ぼくは考えたのです。殿がただで物をくださらぬなら、こちらもただでは差し上げまい、と。それなのに今ぼくを無事に行かせてくださる。喧嘩口論抜きで。それが不思議なのです。御前《ごぜん》、どうかおっしゃってください。これにはなにがしかの理由か説明がございましょうか。それとも愚にもつかぬ放言で根も葉もないことと断罪すべきでしょうか」。騎士が応える。「その噂は決してそなたに嘘を教えたわけではない。噂話が民衆の間に広まる時には、中に真実が一粒はあるものじゃよ。どういう事情なのか、本当の話を聞くがよい。わしはこの家の屋根の下に来る余所の人間はだれでも泊めてやる。そして後生のためにわしの食い扶持を頒《わ》け合うのじゃ。さてわしは古風な躾《しつけ》を受けた昔気質《かたぎ》の人間でな、気の向くままにしゃべるし、わしの客人にも、ざっくばらんで真っ当にふるまい、わしと一緒にわしの物を楽しみ、要り用の物を遠慮なく口に出してもらいたいもんじゃ、と思うとる。ところがの、ありとあらゆるたわけたことをしよって、わしを怒らせるたぐいの奴らがおる。こやつらは、跪《ひざまず》いたりぺこぺこしたりして、わしをからかい、愚弄しおり、あやふやな言葉遣いをし、ただもう闇雲にしゃべり散らす。おべっかを使えばわしの機嫌が取れると思い込み、飯の時なんぞは洗礼式のご馳走にお呼ばれした女どもさながらといったふるまいよ。『遠慮なくやれい』とわしが言えば、へいこらしてわしなら飼い犬どもにもやらんようなちっぽけな骨を皿から取る。『返杯をな』と申せば、なみなみ注がれた杯からちょいと唇を湿すばかりで、神様からのせっかくの下され物をばかにするといった風情じゃ。どんなことにもうじうじ遠慮するばかり、厠《かわや》なんぞに行くにつけても危うくこの始末よ。こういった忌忌しい奴ばらによくせき我慢がならなくなり、客をどうあしらったらいいものやら皆目見当がつかなくなると、とどのつまりわしは逆上して、戸主権を行使、その阿呆の襟髪をひっつかみ、したたかに怒鳴りつけ、扉から外へ放り出すというわけじゃ。こういうのがわしの所の慣わしでの、わしに厄介を掛ける客にはだれでもそういう扱いをしておる。だが、そなたのようなたぐいの男ならいつでも歓迎じゃ。そなたは心に浮かぶことをブレーメン流にはっきり率直に言うた。またこちらを通りがかることがあったら、のんびりわしの家に泊まってくれい。ではご機嫌よう」。

さてフランツは心も軽く浮き浮きとアントウェルペン指して馬を駆り、どこでもエーバーハルト・ブロンクホルストなる騎士の許でのような良いもてなしが受けられればなあ、と考えた。かつてフラマンの諸都市の女王と謳《うた》われた市に入ると、彼の希望の帆は順風に膨らんだ。あらゆる街区で富裕と贅沢に出くわし、さながら困窮と窮乏とはこの活気溢れる都会から追放を命じられたかのよう。どうやら、と彼は心中考えた、父の昔の債務者たちのうちかなりはまた浮かび上がっていて、ぼくが合法的な要求を表明したら、喜んでちゃんと支払いをしてくれるだろう、と。旅の疲れが取れると、彼は、泊まっている旅籠《はたご》で自分の債務者たちの状況について当座の情報を仕入れに掛かった。「ペーテル・マルテンスはどうしていますか」とある日彼は食事の際食卓仲間たちに訊ねた。「まだ生きていますか。そして盛んに商売をしていますか」。「ペーテル・マルテンスはしっかり者《もん》でな」と一座の一人が答えた。「運送屋をやってはって、よう儲けてはりまっせ」。「プリュールスのファビアンはまだうまくやっていましょうか」。「おお、あのひとの身代《しんだい》いうたら際限《きり》無いし、市参事会にも名あ連ねたはります。それにあのひとの羊毛工場はどこもえらい繁盛しとりますわ」。「ヨナタン・フリッシュキールの稼業のはかゆきはよろしいですか」。「ふう、もしマックス皇帝がフランス人どもに嫁さんを*攫《さら》われはらへんかったら(1)、あいつも今頃は金持ちになっとったやろにな。花嫁衣裳にする透かし編み《レース》のご用達を請け負うていたんや。そやけど、嫁さんが皇帝に約束を断らはったもんやさかい、皇帝も買うのを止めはった。もしあんたはんが透かし編み《レース》を贈物にしたい思うてるええ女《ひと》がいはるんやったら、あいつは半値で手放しまっせ」。「オプ・デ・ビューテカント商館は落ちぶれてしまいましたか、それともまだ保《も》っておりましょうか」。「あこは何年か前屋台骨に罅《ひび》が入《い》ってな。けど、イスパニアの軽快帆船《カラヴェル》(2)が控え壁をあてごうてくれたんで、今はあんじょう保ち堪《こた》えてはります」。

フランツは自分が債権を持っている数人の商人のことを問い質し、父親が在世していた時分散仕舞《ぶんさんしまい》をした連中の大半が繁盛していることを知り、そのことから、思慮分別のある倒産は昔から将来の利益の宝庫だったのだ、ということに気づいた。こうした消息に彼は気分がすっかり晴れやかになり、時を移さず書類を整え、裁判所に古い債務証書を提示したのである。ところがアントウェルペン人にとって彼は、小間物を売りながらドイツの町町を行商して廻っている同郷人たちと同じ。彼らは至るところで愛想良く迎えられるが、売り掛け金を回収しに行こうものなら、どこでも面《つら》も見たくないというあしらいを受ける。何人かは、昔の負債なぞ寝耳に水、と主張、あれは破産財団物*、法的には五分の配当できちんと処理済みなのであって、支払いを受けなかったのは債権者の責任だ、と言うのだった。ある者たちは、ブレーメンのメルヒオールという人は思い出せない、として、彼らのこれっぽっちも間違いの無い帳簿を広げたが、この未知の名を記した借り方欄は見当たらなかった。かと思うと、強烈な対抗請求を持ち出した連中もある。かくして三日も経たないうちにフランツは、父親への信用貸しを賠償せよ、と債務者拘留所*に収監される身となり、最後の一ヘラー*まで支払わなければそこから出ることまかりならぬ、と宣告された。

アントウェルペン人が彼の幸福を後押ししてくれるものと希望と信頼を託していたのに、今は美しい石鹸玉《シャボン》が壊れて消えたのを目の当たりにした青年にとって、これは感心できる局面ではなかった。自分の小舟が岸に乗り上げ、嵐からようやく免れたと思い込んだのに港の真ん中で座礁してしまった今となっては、この狭苦しい拘置所にいるのは煉獄の魂の苦しみに満ちた状態と同じ。メータに思いを馳せるたびに胸がきりきり痛む。自分が呑み込まれた渦巻きからいつか再び浮かび上がって、彼女に手を差し伸べる可能性などもはやこれっぽっちもありはしない。それに仮に彼がまた頭を水面から出せたとしても、彼女の方で彼を陸地に引っ張り上げることはできっこない。フランツは押し黙った絶望に陥り、この呵責《かしゃく》から一気に逃れるため死んでしまいたい、という気持ちにしかなれなかった。そして本当に飢死にしようと試みたのである。けれどもこれは、消化器官がもう役に立たなくなっていた衰弱しきったポンポニウス・アッティクス*以外だれの意のままにもならない死に方なのであって、強健な胃の腑はそう簡単に頭や心臓の意図に従わない。この死にたがり屋さんは二日間食事を止めたが、横暴な烈しい食欲が突然意思に対する支配権を奪取して、通常精神に付随する全ての行為を操作した。この食欲、手に向かって、皿に突っ込め、口には、食物を中へ入れろ、顎には、動け、と命令、自分自身は自発的に消化の通常の機能を遂行。かくして、二十と七歳だと事実英雄的なところがあるが、七十と七歳だとまるきりそんなことはないこの決意は固いパンの皮で挫折したわけ。

もともと無情なアントウェルペン人の本意は、表向き債務者に仕立てた青年から金を搾り取ることではなく、彼の申し立てた請求を換金可能と認めなかったので、鐚《びた》一文彼に支払わない、というに過ぎなかった。さて、ブレーメンの教会での代理祈禱が本当に天国の前庭まで到達したためか、債権者に成りすましている連中が荷厄介な賄《まかない》付き下宿人*の面倒を生涯見る気がなかったせいか、とにかく、三箇月過ぎた時フランツは、二十四時間以内に当市を立ち去り、アントウェルペンの土地に二度と足を踏み入れぬ、という条件で禁錮《きんこ》から解放された。同時に彼は、乗馬と荷物を差し押さえ、それを売り払った代金である収益から裁判費用と食費を良心的に清算した司法の誠実な手から、旅費として五グルデン*を受け取った。巡礼の杖を手にした彼は憂愁に満ちた心を抱いて、しばらく前に希望に高揚して乗り込んだこの豊かな都市をすっかり悄然として後にした。落胆しきって、これからどうしたものやら心も決まらず、と言うよりか何も考えぬまま、ふらふらと街中を歩き、たまたま選んだ街道がどこへ通じているのか気にも留めず、最寄りの門から外へ出た。彼は、人間の助けが必要になって、教会の尖塔とか、あるいはその他の人家のある印がありはしないか、と目を上げて見回すよう、疲労か餓えかが強要するまで、旅人に挨拶したり、宿を訊ねたりすることはなかった。何日も何日も彼はあてども無くめったやたらにさまよい歩いた。もっとも、隠れた本能がそれと気づかれずに、彼の健脚のお蔭で、彼がいわば重苦しい夢から目覚め、自分がどの道中にいるのか気づいた時、故郷を目指す順路に導いていてくれていたのであった。

彼は一瞬、前進すべきか、それとも引返すべきか、思案しようと立ち止まった。自分が物乞いとして、侮蔑の烙印を捺《お》されて生まれ故郷の町を歩き回り、以前には富と繁栄でだれをも凌いでいた同胞の恵みを

懇願しなければならない、と考えるたびに、羞恥と困惑が彼の心を満たすのだった。それに麗しのメータが心に自分を選んだことを恥ずかしがらせることなく、どうしてこんな恰好をおめおめ晒せようか。こんな悲しい絵を完成させる暇を自分の想像力にあたえるのを止めて、もうブレーメンの高い市門を前にしていて、横丁の餓鬼どもがどっと集まって来て、嘲り、囃し立てながら街中彼の跡を跟《つ》いて来るかのように、急いで踵《きびす》を返した。彼は心を決めたのである。ネーデルラントのどこかの海港まで行き着いて、イスパニア船に水夫として乗り組もう、新世界に船出して、故郷には戻るまい、金の値打ちがよくよく分かる前にあんなに無頓着に投げ捨てた富を、黄金に富んだペルー*で再び手にするまでは、と。こうした新計画の立案に際しては、確かに麗しのメータは遠く背景に退いてしまい、どんなに鋭い千里眼にも遥か彼方に揺曳《ようえい》するぼんやりした影に過ぎなくなってしまうが、それでも放浪の計画者は彼女がこうして再び自分の人生計画に組み込まれたことに満足し、大股に歩き出した。こんな風に急げばそれだけ一層早く彼女に逢えると思い込んでいるかのように。

またもや彼はネーデルラントの国境に舞い戻り、日没頃ラインベルク*から遠からぬ、ルンメルスブルクという名の小さな村にやって来た。この村はその後三十年戦争*の間に完全に破壊されてしまった。レウク*の運送業者の一隊で既にここの旅籠《はたご》は一杯だった。そこで、旅籠の亭主には彼を泊める場所が無かったから、次の村へ行くように、と告げた。とりわけ、亭主の目下の放浪者観相学からすると、この青年に対して大いに信頼の念を起こす、というわけには行かなかったし、それに、レウクの運送貨物に下心を持つ盗賊の物見ではないか、と思われたので。フランツは疲労困憊《こんぱい》していたにも関わらず、巡礼行を続けるため身拵えをし、旅の荷物をまた背負わねばならなかった。

立ち去る折彼は、亭主の無情さについて幾言か痛烈な非難と呪詛をぶつぶつと吐き出したのだが、そのため亭主はこの余所者の境遇をいくらか気の毒に感じたと見え、戸口からこう呼びかけた。「聞きなってば、若衆《わきやあし》。言っときてゃあことがある。もしあんたさんがどうしてもこの村で休みてゃあなら、わしゃうまあく泊めてやんべえ。あんたさんに寂し過ぎなきゃ、この村の丘の上にあるお城にゃあ空いてる部屋がたんとある。あそこにゃ人が住んでいにゃあし、鍵ゃわしが預かってるもんでな」。フランツはこの申し出を喜んで受け、これは慈善行為だ、と褒め讃え、お城であれ、百姓の小屋であれ、ただ雨露を凌ぐ屋根と夕食さえあればいいのだ、と答えたもの。しかし実はこの亭主、飛んだ悪戯者で、余所者が小声で自分に対し二言三言罵り文句を口走ったのが癪に障ってたまらず、古い山塞に巣くっていて、住人を長年そこから追い出してしまった妖怪変化を使って、その仕返しをしてやろう、ともくろんだのであった。

　城は村の近くの険しい巌山の上にあり、丁度旅籠の真向かいなので、街道と鱒の泳いでいる小さなせせらぎで隔てられているだけだった。絶好の場所にあるため、手入れは相変わらずきちんと行われており、家具調度のたぐいもことごとく備わっていて、持ち主は狩の館*として用い、しばしばここで一日中宴会を催すこともあった。けれども空に星が瞬《また》き始めると、夜中に城内を暴れ回る騒霊《ポルターガイスト》*の狼藉《ろうぜき》を避けるために、従者ともども逃げ出すのだった。というのも、昼間幽霊が認められたことはなかったのである。領主にとって夜の化け物と城を共有するのは非常に不愉快だったが、盗賊除けには大いに安全ということ

を考慮すれば、幽霊はまことに有益だった。伯爵はこの上もなく大胆不敵な盗賊団さえ敬遠するこの夜のお化けほど忠実でよく見張ってくれる城番を雇うことはできなかったろう。そこで彼の財宝を保管しておくのに、ラインスベルク近郊のルンメルスブルク村なるこの古い山城より安全な場所はまたと無かった。

太陽が沈むと急に真っ暗な夜が始まった。その時フランツは片手に角灯《ランタン》を持ち城の脇門の前に辿り着いた。連れ立った宿の主人は籠に入れた食物を運んでおり、その他に一壜《びん》の葡萄酒もあった。これは主人の言うところでは、勘定に入れるつもりはにゃあだ、とのこと。これ以外に亭主は一対の燭台と二本の蠟燭を携えていた。なにしろ日暮れともなれば黄昏時よりも先までここに留まる者はいなかったから、城中探したって明かりも燭台もありはしなかったので。途中フランツはぎしぎし音を立てるずっしり詰め込んだ籠と蠟燭に気づき、要りもしないのに金を払わなければならないのか、と思ったので、こう口を切った。「宴会の時みたいなこんな贅沢で不要な物は何のためです。ぼくが寝床にひっくりかえるまでは、角灯《ランタン》の明かりで充分見える。そして目を覚ましたらお日様が高く上っているでしょうよ。だって、ぼくはとってもくたびれていて、ぐっすり眠りこけちまうもの」。「わしゃあんたさんに隠しとくつもりはにゃあ」と亭主は答える。「お城の中は妙な具合《ぐあい》で、なんか幽的《ゆうてき》が棲んでるって噂が広まってるもんで。けんども思い違いをしちゃあいけにゃあよ。わしらは知ってのとおりすぐ近くにいるからさ、万一なんぞおかしな目に遭ったら、わしらを呼ばったらええ。そしたらあんたさんの加勢をするために奉公人と一緒にすっとんで来てやる。下の家じゃあ夜っぴて静かにゃなんにゃあら。で、だれかがずうっと起きてるってわけ。これでわしゃ三十年からこの村に住んでるけんど、それでも今まで何か見たなんてこたあにゃあ。ときたま夜さりがたがたいう音がするけんど、あれは穀物倉庫《ぐら》で猫や貂《てん》どもが騒いでいるずらさ。転ばぬ先の杖ってつもりでわしゃあんたさんに明かりを用意した。なにせ夜が好きな人間はいにゃあし、この蠟燭は浄められてる物*《もん》だから、もし何かがお城にいりゃあ、この光がきっと化け物を追っ払ってくれるずらよ」。

旅籠の主人が、城の妖怪のことを何も知らない、と言ったのはまんざら嘘では無い。彼は夜は片足たりとも踏み込まぬよう用心していたし、昼間は亡霊は姿を見せないのだから。今だってこの悪戯者は境界を越えようとはしなかった。扉を開けると、彼は旅人に食料品の詰まった籠を手渡し、中のことを教えると、お休み、と言った。フランツは恐れ憚ること無く玄関の間に入り、幽霊話なぞ好い加減な駄法螺《だぼら》か、何か本当にあったことが誤って語り伝えられたので、そこから想像力が妙ちきりんな怪談をでっちあげたのだ、と思い込んだ。彼は勇敢な騎士エーバーハルト・ブロンクホルストに纏わる話を思い起こした。騎士の重い腕のことで彼は随分心配させられたのだが、にも関わらず騎士の許で手厚いもてなしを愉しんだではないか。それゆえ彼は旅の経験からそんじょそこらの話から決まってその正反対を考えるようになっていたのであって、あの賢明な貴族の意見によればそんな中にも隠されているという一粒の真実を全く顧みなかった。

亭主の指示に従って、彼は石の螺旋《らせん》階段を上がり、錠の下りた扉の前に来た。これを鍵で開く。跫音《あしおと》が反響する長い陰気な回廊が大きな広間に通じており、ここから脇扉で一連の部屋に入れるのだが、これらの部屋部屋にはどれも装飾と快適さのためにあらゆる家具が豊かにしつらえられていた。フランツはその中から一番居心地の良さそうな部屋を一つ寝室用に選んだ。ここにはふっくらと詰め物をした寝台があり、窓からは真下に旅籠が見え、そこで話されている言葉が一言一句聴き取れた。彼は蠟燭に火を点け、食膳を調えると、オタヘイティ*の貴族かなんぞのようにゆったりとくつろぎ、美味しく味わって食事をしたためた。胴の膨らんだ壜のお蔭で咽喉の渇きに苦しみもせぬ。歯がたっぷり仕事をしている間は、城に出るとか言う幽霊に思いをいたす暇は無かった。時時何かが遠くで動いて、臆病が彼に、お聴きよ、お聴き、さあ騒霊《ポルターガイスト》がやって来るぞ、と呼び掛けても、大胆が、ばかな、あれは嚙み合ったり、取っ組み合ったりしている猫や貂さ、と答えたもの。けれども食後の腹ごなしの十五分になって、飢渇感という第六の官能がもう魂を支配しなくなると、魂は残りの五感のうち聴覚だけにその注意を向け、臆病は、大胆がそれに答える前に、ひっきりなしに三つの不安な考えを聴き手の耳に囁くようになった。

フランツは手始めに扉に錠を下ろし、夜の閂を挿し、弓なりの窓の縁*という壁に囲まれた場所に撤退した。彼は窓を開き、何かで気を紛らわそうと星空を眺め、痘痕面《あばたづら》の月に見入り、星がどれくらい瞬いているか数えた。目の下の街道はがらんと人《ひと》気《け》が無く、旅籠の夜の賑わいを自慢にされたのに、扉は閉ざされ灯火は消え、家の中は地下納骨堂さながら静まり返っていた。もっとも夜警が角笛を吹き鳴らし、決まり文句の「さあ、皆の衆」を村中に響き渡らせ、フランツがおしゃべりをしかけようと思えば簡単にできるほど、窓の真下で甲高い夕べの歌*を朗唱し始め、まだちかちか輝く星星に目を据えていた怯えた天体観測者の気休めになった。実際彼は仲間欲しやなものだから、夜警が話に乗ってくれるかも、と推測できれば、喜んでそうしたことだろう。

蜂の巣箱のようにぶんぶん唸っている人口稠密《ちゅうみつ》な街の無数の群集の真っ只中だと、孤独について思索し、これを人間精神の最も好ましい相手と見做し、その有益な側面の数数を引き出し、これを味わいたいと渇望することは、思想家にとって*快適な気分転換になるかも知れない。しかし孤独が棲みついているところ、難船を免れた独りぼっちの隠者が長い歳月をこれと一緒に過ごしているファン・フェルナンデス島*とか、ぞっとするような夜の深い森の中とか、あるいはまた、荒廃した城壁や丸天井が戦慄を呼び起こし、崩れた塔の中では悲しげに啼く梟《ふくろう》以外には何一つ生命の息づかぬ無人の古城とか、そういう場所だと、全くの話、そこで一夜を過ごすびくびくした隠遁修行者《アナコレート》*にとって極めて愉快なお仲間とは言えぬ。特にいつ何時騒霊《ポルターガイスト》が出現するか覚悟していなくてはならない場合にはなおさら。夜警との窓からのおしゃべりが、この上もなく魅力的な孤独の頌《ほ》め歌に読み耽《ふけ》るより、精神と心には優れた楽しみを与えてくれただろう、とは容易に断言できる。もしツィンマーマン氏が我がフランツの代わりにヴェストファーレンの国境にあるルンメルスブルク城にいたとしたら、疑いもなく彼はこうした状況にあって、きっとそうだと思うのだが、煩わしい社交の集い《アッサンブレー》のせいで心底から孤独の賛美者になろうという気になったのと全く同様に、友垣との団欒《だんらん》についての興味深い著作の基本構想を引き出したことであろう。

真夜中というのは、粗野な動物的性情が深いまどろみの中に埋葬され、知的な世界が生命と活気を獲得する刻限である。だからこそフランツはこの思索の時間に目を覚まし続けるより、眠って過ごしたい、と思った。そこで彼は窓を閉め、もう一度部屋の中を歩き回って、怪しげな気配は無いか検分するため隅隅角角を覗き込むと、もっと明るく燃えるように蠟燭の芯を切り、*それから急いで寝台に転がったが、この寝床、疲れきった体にはこよなく柔らかい。にも関わらず、願ったほど早くは眠りに就けなかった。昼間の暑さで血が滾《たぎ》っているせいにしたのだが、心臓がちょっとどきどきしてしばらくの間寝つけない。そこで彼はこの暇を利用して、もう何年にも唱えたことの無かった夕べの祈りを唱えることにした。これは当然の効能を発揮して、唱えているうちすやすや眠りに落ちた。ところが、彼が思うに一時間ほど経った頃、突然何かどきっとして目が覚めたのである。こういうことは血が騒いでいる場合なにも異常なことではない。お蔭で彼は目が冴えてしまい、辺りが静まり返っているかどうか耳を欹《そばだ》てた。すると聞こえたのは折しも十二時を打つ鐘の音だけ。その後すぐに夜警が大きく朗唱してこれを村中に告げた。フランツはまだ暫く横に寝ながら片方の耳を澄ましていたが、やがてまたまさに寝入ろうとした時、遠くで扉がぎいと軋んだような気がした。その直後その扉は鈍い音を立てて閉まった。ああ、怖いよ、怖い、あれはきっと例の騒霊《ポルターガイスト》だよ、と臆病が彼の耳に囁けば、あれは風のせい、それだけのこと、と大胆がとりなす。けれどもずしりずしりという男の跫音が、近くに、ますます近くに寄って来るのだ。時時がちゃがちゃ音がして、まるで罪人が重い鎖を鳴らしているか、門番が鍵束を携えて城の中を歩き回っているかのよう。風の悪戯なんかじゃ無かった。大胆は黙り込み、怯えた臆病が血液をことごとく心臓に駆り立てたので、鍛冶屋の

槌さながらどんどんどん。
　さあ、事は冗談では済まなくなった。もし臆病が大胆にもう一度発言させたとしたら、後者は怖がり屋さんに旅籠の亭主と取り交わした後ろ盾条約を想い出させ、協定済みの支援を窓から大声で請求するよう励ましたことだろう。しかし決心はつかぬまま。びくびく怯えるフランツは、臆病者の最後の防壁である敷布団に逃げ場を求め、駝鳥が狩人からもう逃げられないとなった時ちっぽけな茂みの後ろに隠れるように、褥《しとね》を頭の上に厚く載せた。部屋の外では何者かが轟音を立てて扉を開いたり閉めたりしていたが、とうとうこの寝室にやって来た。その何者かは錠をせわしなくひねくり回し、たくさんの鍵を試していたが、やがて合うのを発見。けれども閂がまだ扉を固く閉じている。が、そのうち落雷のような凄《すさ》まじい一撃で扉は開き、鋲《びょう》も閂も吹っ飛んだ。入って来たのは背のひょろ長い、痩せ衰えた男で、黒髯を生やし、古風な装束で容貌は陰鬱、眉は深刻に額から下がっていた。左の肩に猩猩緋《しょうじょうひ》の外套を纏い、頭に被っているのは尖った鍔付き帽。彼は重重しい足取りで黙りこくって三度部屋を往復し、聖別された蠟燭をじっと眺めると、もっと明るくなるように芯を切った。それから外套をかなぐり捨て、その下に隠していた理髪嚢《ぶくろ》の紐《ひも》を解き、床屋道具を並べ、腰帯に下げていた幅の広い革砥《かわと》*で素早くぴかぴか光る剃刀を研いだ。
　フランツは敷布団の下でひどく冷や汗を流し、聖処女の庇護に身を委ね、このやりくちがどういうことなのかどきどきしながら考えたが、目当てが喉頸なのか、それとも髯なのか見当が付かない。でも、ほっとしたことに、幽霊は銀の壜から銀の水盤に水を注ぎ、骨と皮ばかりの手で石鹸を軽く泡立て、椅子を一つきちんと直すと、厳かな身振りで、びくびくと様子を窺っている青年に隠れ場所から出て来るよう合図した。

この意味ありげな合図は、トルコ大帝が流刑に処されている大臣《ヴェジール》に、死の天使であるカプジ・バシ*を絹の紐*とともに遣わして、その首級を要求する場合、峻厳な勅命に背けないのと同様、抗告を許さないものだった。こういう危なっかしい状況で取るべき最も分別のある態度は、仕方の無いことには譲歩し、厭な目に遭ってもおとなしくふるまい、冷静に落ち着き払って、泰然と長い物に巻かれることである。フランツは指図に恐れ畏《かしこ》んで従った。褥が上がり始め、彼は急いで寝台から飛び起き、指し示された床几の上に座った。極限の恐慌から果敢この上も無い決意へのこうした急速な移行は不思議に思えるかも知れないが、それでもかの心理学の雑誌《ジュルナール》*はこうした現象をごく自然なものとして我我に説明しうるであろう。

幽霊理髪師は震えているお客様にさっと髭剃り布を掛け、櫛と鋏を手に取ると、髪と髯を刈り込んだ。それから、先ず髯に、次いで眉毛、最後に側頭部、頭頂部、後頭部と上手に石鹼を塗りつけると、喉頸から襟元まで、まるで髑髏《しゃれこうべ》のようにつるつるすべすべに剃り上げた。この作業が終了すると、理髪師はフランツの頭を洗い、綺麗に拭き乾かし、お辞儀をして、理髪嚢の紐を結び、猩猩緋の外套に身を包み、帰り支度に取り掛かった。浄められた蠟燭はこの一部始終の間殊の外明るく燃えていたので、フランツはその光のお蔭で床屋が自分を中国の仏塔《パゴダ》*みたいな姿に変えてしまったのを鏡の中に見た。彼は綺麗な褐色の巻き毛の喪失を心から遺憾に思ったが、この犠牲で何もかも済んで、幽霊はそれ以上彼をどうともしないことに気づいたので、再びほっと息をついた次第である。

実際事態はその通りで、赤外套は来た時と同様黙りこくって、辞去の挨拶もせず、扉へと向かい、饒舌なご同業の衆とは正反対の有様だった。けれどもやおら三歩後戻りをすると、しんとたたずみ、自分がきちんと手入れをしてやったお客を悲しげな面持ちで振り返り、掌でその黒髯を撫でたのである。全く同じことをもう一度、それからまさに扉から出ようとした時更にもう一度やった。そこでフランツは、妖怪が何かして欲しがっているな、と悟らされ、次いで、幾つもの考えがぱぱっと結びつき、こりゃもしかすると幽霊は先刻自分にしたのと同じ奉仕をしてもらいたがっているのじゃないかな、と思いついた。これは

図星だったのであって、その点、領地管理官《アムトマン》*が罪人を審問するように、その名も高いブラウンシュヴァイク*の亡霊を取り調べたのに、こやつがその濫《みだ》りな出現によってそもそも何を主張したいのか白状させるに至らなかった、今は故人の見霊者エーダー*より幸運だった。

　幽霊は、その憂愁に満ちた顔にも関わらず、真面目くさっているよりもおちゃらけたい気分なようで、先刻お客に悪ふざけをしたのだが、乱暴な所業に及んだわけでは無いので、こちらはもうほとんど怖くはない。そこでフランツはあえて試してみることにして、自分が今しがた離れたばかりの床几に腰を下すよう、幽霊に合図した。幽霊は即座に従い、赤外套を脱ぎ捨て、卓上に床屋道具を並べ、椅子に座って、髯をさっぱりしてもらいたがっている人間の姿勢を取った。フランツは、さっき幽霊が自分に関して行ったのと同じ処置を執行、髯を鋏で短く切り、髪を刈り、首全体に石鹸を塗ったが、幽霊は頭巾掛け*同様おとなしくしている。不器用な若者は、これまで一度も剃刀なんか手にしたことが無かったことだし、手際がまずく、髯を毛並みとは逆に剃ったので、幽霊はエラスムス*の猿公《えてこう》が飼い主が髭剃りするのを真似た時と全く同様、なんとも奇妙奇天烈《きてれつ》な顰《しか》め面《つら》をした。こうされてはいかに未熟な半端職人でもやはりおもしろくなかったから、彼は一度ならず、縄張り外にでしゃばるな、というあの含蓄のある金言を想い起した。そうこうするうち彼はなんとか急場を切り抜け、幽霊を自分同様つるつるに剃り上げた。

これまでのところ、幽霊と旅人との場面は身振り狂言《パントマイム》で進行していたが、これから筋は戯曲《ドラマ》風になった。「余所のおかた」と幽霊が愛想の良い物腰で口を切る。「てまえにしてくだされた奉仕に御礼申し上げる。そなたのお蔭でこの身を三百年間この壁の中に閉じ込めていた長い囚獄生活からようやく解放されましたのじゃ。てまえの亡魂はある悪業のゆえにこうなるよう呪われておりました。だれか人の子が報復権を行使して、てまえが生前他人にしたのと同じことをやってくれるまでの。

まあ、聴いてくだされ。昔ここに、僧俗をからかってばかりいる非道な僭上者《せんじょうもの》が住んでおりました。ハルトマン伯爵というのがその名じゃったが、人間嫌いで、掟も君主も認めおらず、思い上がった悪ふざけやら嘲弄やらに明け暮れ、客人権の神聖さを冒瀆しよりました。この城に入った余所者やお恵みを乞うた貧民は、悪事を働くことなしには手から逃さぬ始末。てまえは城付きの理髪師で、阿諛《あゆ》追従《ついしょう》を事とし、伯爵の言うがままでした。通りすがりの信心深い巡礼を甘言を用いて城に誘い込み、風呂の支度をしてやり、*相手が、良く世話をしてもらった、と思い込んだところで、つるつるすべすべに剃ってしまい、嘲り嗤《わら》って追い出したこと数多《あまた》たび。ハルトマン伯爵はこれを窓から眺め、村から蝮《まむし》の子らとも言うべき餓鬼どもが群がって来て、ひどい目に遭った人を嗤い者にし、昔生意気な童《わらべ》たちの一団があの預言者*に向かって叫んだように、禿げ頭、禿げ頭、と罵るのを、ほくそえんで見物したのでした。この他人の惨めさを喜ぶ男はこれを楽しみ、太鼓腹を抱えて、眼から涙を流しながら、悪魔のようにげらげら笑ったものです。

ある時遠くの土地から一人の聖人がやって来ました。贖罪者のように肩に重い十字架を担ぎ、両手、両足、それから脇腹に五つの釘の跡が瘢痕《はんこん》になっていました。これは信心のせいでした。*頭には髪の毛があの茨の冠同様の冠の形になっておりましたのじゃ。この人はここで話しかけ、洗足の水と一切れのパンを求めました。てまえはいつも通りの遣り口で奉仕しようと急いで風呂に入れ、聖なる剃髪部《トンスラ》*に敬意を払わず、冠をすっかり頭から剃り落としてしまったのです。すると敬虔な巡礼はてまえに重い呪いを掛けました。『よいか、呪われし者よ、天国も地獄も煉獄の堅固な門も死後そのほうの哀れな魂には閉ざされるであろう。そのほうの魂は悪霊となって末永くこの城の壁の中で荒れ狂うのだ。要求も命令もされずにだれか旅人がそのほうに報復権を行使するまではな』と。

その時からてまえは虚弱になり、四肢の骨髄が涸《か》れ果て、影さながらに衰えましたじゃ。霊魂が痩せ衰えた亡骸から離れると、あの聖人から命じられた通り、この場所に呪封されたままになりました。てまえは自分をこの地上に繋いでいる苦痛に満ちた桎梏《しっこく》からの救済を待ち望みましたが無駄でした。というのも、よろしいかの、魂が肉体から訣別すると、これは安息の場所を求める。そして魂が本来の居場所でないところで苦しんでいる限り、この熱烈な憧れのため、歳月は永劫《エオーン》*何回にもなりますのじゃ。自身何とも辛い責め苦でしたが、この身は生前やっていた悲しい仕事を続けました。おお、間もなくてまえが騒ぎ回るせいでこの館は荒廃しました。巡礼がここに宿りに来ることは滅多にありませんでした。てまえは皆にそなたにやって見せたのと同じ身振りをしたのですが、これを理解して、この身の亡魂をこの奴隷状態から解き放ってくれる奉仕をそなたのようにしてくれようという者はだれ一人おらなかったのですじゃ。自今騒霊《ポルターガイスト》がこの城に出ることはございますまい。てまえはこれから永らく待ち望んでいた安らかな眠りの床に就きますのでな。さて、お若い余所のお方、この身を救済してくだされたことにもう一度感謝いたしまする。もしてまえが深く隠された財宝の番人であれば、悉皆《しっかい》そなたに差し上げるのじゃが。したが、生前てまえの運勢は富と縁がありませんでしたので、この城に宝は埋まっておりませぬ。けれども一つ忠言をお聞きなされ。髯と髪がまた顎と頭を覆うまでここに滞在し、それから生まれ故郷の市へ戻られい。そしてヴェーザー河に架かる橋の上で、秋の昼と夜が等しくなる日に、そなたに出逢う友を待ちなさることじゃ。この御仁が教えてくれるじゃろう。どうすればそなたがこの世で幸せになれるかをのう。で、黄金の豊饒の角《コルヌ・コピアエ》*から祝福と繁栄がそなたに流れ出したら、てまえのことを心に銘記して、そなたがてまえを呪いから解き放ってくだされたこの日が来るたびに、この身の魂の安息のためにそのつど三度ミサを挙げて戴きたいのじゃ。ではご機嫌よろしゅう、これでお別れですじゃ」。

縷縷《るる》とおしゃべりをしてルンメルスブルク城における宮廷の召使としてのかつての生活ぶりをたっぷり語り聞かせた幽霊*は、こう告げるなり姿を消し、この変てこな冒険にすっかり訳が分からなくなっている解放者を後に残した。フランツは長いこと凝然と立ち尽くし、この顛末が本当にあったのやら、重苦しい夢に謀《たばか》られたのやら、なんともはっきりしなかった。けれどもつるつるに剃られた頸から上ですぐさまこれは実際あったことと納得させられた。それから彼はすぐさま横になって休み、怖いことを遣り過ごしたので、真昼間までぐっすり寝込んだ。騙し屋の旅籠の亭主は、旅人がつるつるに剃られた姿で現れるのを、上辺《うわべ》はこの夜の椿事に仰天した風情で、内実は嘲り嗤って迎えてやろう、ともう朝早くから待ち構えていた。けれどもフランツの出て来るのが何とも遅過ぎるし、もう正午が間近だというあんばいなので、幽霊があの余所者の客人に何か穏やかならざる所業におよび、縊《くび》り殺したとか、あるいは、突拍子も無く怖がらせたので若者は驚愕のあまり頓死してしまったのではないか、と不安になり始めた。だとしたら、自分の気儘な意趣返しは遣り過ぎもいいところなわけで、これはしかし彼の本意では無かったのである。亭主は鈴を鳴らして奉公人たちを呼び集め、下男下女を引き連れて大急ぎで城砦に向かい、昨夜明かりが見えた部屋の前へとやって来た。見知らぬ鍵が扉に挿さっているのを発見。しかし扉は中から閂が下りている。というのも来客がいなくなってからフランツはまた戸締まりをしたのである。亭主は心配でたまらず烈しく扉を叩いたから、七人の眠れる聖人たち*だってこの大音響で起き上がったことだろう。フランツははっきり目を覚まし、最初は狼狽して、幽霊がまた扉の外に来て、もう一度訪問しようとしているのか、と考えた。しかし、ひたすら自分の泊まり客が生きている徴《しるし》を見せて欲しい、とただそれだけを懇願している旅籠の主人の声を聞き分けたので、威勢良く起き上がると、部屋の扉を開けた。

亭主はびっくり仰天した態をつくろって両手を打ち合わせた。「神様とあらゆる聖者様の御名《みな》に掛けて。

赤外套がここへ出たずらぁ（かの幽霊は土地の住民たちにこの名で知られていたのである）、それであんたさんの頭をつるつるに剃っちまったずら。昔からの言い伝えがお伽話じゃにゃあってことが、これではっきり分かったさ。だけんど、わしに話してくんにゃあらか。あの騒霊《ポルターガイスト》はどんな恰好だっつら。で、どんなことをしゃべくったずら。それから何をやらかしたあずら」。質問する相手を完全に観察し尽くしていたフランツはこう答えた。「幽霊は赤外套を着た男の姿だったし、あれがやったことはご覧の通りですよ。で、何を言ったかはよおく覚えています。『余所のおかた』と幽霊は申しましたよ。『旅籠の亭主の言うことを信用しなさるな。良からぬわるさを企む御仁だでの。そなたの身に起こったことは、あの男、よくよく承知だったのじゃ。では、ご機嫌よう、さらばじゃ。わしは長居をしたこの場所から立ち去る。なにせわしの年季が明けたでな。自今ここに騒霊《ポルターガイスト》はもはや出没せぬじゃろう。わしはこれから静かな夢魔《アルプ》*になって、宿の主人をしたたかに責め苛《さいな》み、つねり、締め付け、押し潰してやるつもりじゃ。あれが己《おのれ》の所業を後悔して、そなたの頭に再び褐色の巻き毛がくるくると生え揃うまで、雨露凌ぐ屋根と無料の食事を提供しなければな』とね」。

宿屋の主人はこう聞かされて震え上がり、胸の前で大きく十字を切ると、聖処女の御名に掛けて、この冒険家が自分のところに滞在を望む限り旅籠賃を只にする、と誓い、相手を宿に連れて行き、精一杯世話を焼いた。この余所者はすぐさま悪霊祓《ばら》い師だと評判になった。なにせこの時からもう幽霊は姿を見せなかったのでね。彼はしばしば古城で夜を過ごした。村のある向こう見ずが勇気を出してフランツにおつきあいしたことがあるが、つるつる頭に剃られずに済んだ。領主は、恐ろしい赤外套がもうルンメルスブルクに出ない、と聞き及んだので、大層これを喜び、思うに魔物を祓ってくれたのだから、というわけで、その余所者を十二分にもてなすように、と申し付けた。

葡萄《ぶどう》が色づき、近づく秋が樹樹の林檎を紅く染める頃、褐色の巻き毛がまたくるくると縮れるようになったので、旅人は旅支度を調えた。夜の理髪師の約束通り、どうすれば運勢が開けるか教えてくれるという友だちを見つけようと、気持ちも考えもひたすらヴェーザー河に架かる橋に集中。旅籠の主人に別れを告げると、こちらは鞍と馬具を装備した馬を一頭厩から牽き出して来た。これは領主が、自分の城を再び人が住めるようにしてくれた礼心から贐《はなむけ》にしたもの。それからまた、領主は充分な路銀も届けてくれたのである。そこでフランツは敏速かつ意気揚揚と、一年前に出発した生まれ故郷の市に向かって駒を進めて行き着いた。彼は狭い小路の元の宿を探し出したが、ごく静かに引き籠もって暮らし、ひそかに調べたのは、麗しのメータがどうしているか、無事息災か、まだ未婚でいるか、ということだけ。この問いに満足の行く答えを授かったので、差し当たってはそれで満足した。だって、運命の決着がつきもしないのに、彼女の前に姿を現すとか、自分がブレーメンに帰りついたことを彼女に悟らせるなんて、あえてしたくはなかったもの。

**原注**

（1）もしマックス皇帝が……嫁さんを攫《さら》われはらへんかったら……ブルターニュのアンナ Anna von Bretagne のこと。

（2）軽快帆船《カラヴェル》*……アメリカ大陸へ航行するイスパニアの船はかつてこう呼ばれていた。

## 急の巻

フランツは燃えるような憧れで昼と夜が同じ長さになるのを待ち設けた。じれったさのあまりそれまでの間一日一日が一年に思える。とうとう長いこと待ち望んだ期日が到来。その前夜はこれから起こるはずの様様なことにわくわくして、目を閉じることもできない。ルンメルスブルクの城で、騒霊《ポルター・ガイスト》の到来を予見した時のように、血が血管の中で滾《たぎ》り立って、どくんどくんと鼓動する。未知の友人をうっかり見逃さないように、彼はもう夜明け前から起き上がり、白白《しらじら》明けにヴェーザー河に架かる橋*に出掛けたが、まだがらんとしていて通行人などありはしない。独りきりで橋の上を何回も行ったり来たり。楽しい予感にうずうずしながら。こうした予感こそこの世のあらゆる至福を本当に味わうということ。なぜなら、人間精神に最高かつ心からなる楽しみを与えてくれるのは、達成された願望ではなく、願望が達成されるかどうかという不確かな希望なのだから。フランツは、自分が期待される幸運をつかんだら、いとしいメータのもとにどんな風に登場しようか、たくさんの構想を練った。絢爛たる光芒に包まれて登場するのが得策か、これまでの真っ暗闇の人生から白み始めた暁の薄明の中に立って、自分の境涯が幸いにも変化したことをおもむろに彼女に知らせる方が賢明か、という具合。またこの折を捉えて好奇心が理性に向かって何千もの質問をぶつける。ヴェーザー河に架かる橋の上でぼくに出逢うことになっている友人というのはだれだろう。多分ぼくの昔の知人の一人かな。あの連中にはぼくが没落してこのかた、すっかり忘れられているんだが。その男はどうやってぼくに幸せへの路を拓《ひら》いてくれるんだろう。それでこの路は短いのだろうか、長いのだろうか、楽なのだろうか、辛いのだろうか。どんなに思案、推量しても、理性はこうした質問にどれも答えられなかった。

一時間経つと橋の上は活気づき出した。騎馬、馬車、徒歩で人人が通る。たくさんの商貨も運搬されて往来。物乞いや窮民たちから成るいつもの日直の面面が、通行人の喜捨を頂戴するために、稼業に有利な持ち場の哨所をだんだんに占有した。救貧院*とか授産場*などを賢明な警察当局が当時まだ考案していなかったのである。さて、この襤褸《ぼろ》を纏った部隊の中で最初に、楽しい希望が両の目から笑み零《こぼ》れているこの朗らかな散策者に施物を求めたのは、お祓《はら》い箱になった兵士で、木の義足という形で軍功賞を身に付けていた。この勲章、彼がかつて祖国のために戦った時、どこでも好きなところで物乞いをするがいい、との免許とともに、その勇敢さへの報償として与えられたものである。この御仁、観相学の徒*としてヴェーザー河に架かる橋の上で研究にいそしみ、大いに成果を挙げていたので、布施を拒絶されることなど滅多にない。フランツは心嬉しさにぴかぴか光る天使銀貨《エンゲルグロツシエン》(1)を相手の帽子に投げ込んだので、今回も廃兵*の観察眼は過《あやま》たなかったわけ。

勤勉な職人連だけが活動していて、もっと身分の高い市民たちは怠惰な安らぎをこととしている朝まだきの数刻の間は、フランツはもともと約束の友の出現を当てにしてはいなかった。最下層の民衆層の中にそうした存在を探しはしなかったのであって、それゆえ道行く人にはほとんど注意を払わなかったのだ。しかし堂堂とした式服を着込んだブレーメンのお偉方たちが市参事会に赴く法廷時間、それから取引所*時間になると、彼は全身目と耳に化して、近づく人たちを遠くからじろじろ観察、しかるべき人物が橋を渡って来ると、血が騒ぎ出し、自分の幸運の創り主ではないか、と思い込むのだった。そうこうするうち刻刻と時は過ぎ、日は高く昇って行った。間もなく正午になり生業《なりわい》は停止。雑踏は消え去り、待望の友人は相変わらず一向に到着しない。フランツはたった独り橋の上を行ったり来たりの散歩で、傍にいる仲間と言えば、居場所を離れずに冷たい食事をかっこんでいる物乞いたちだけ。彼も同じくそうしようと思ったが、食料を携えて来なかったので、いくらか果物を買い込み、ぶらつきながら昼食《アンブランド》*をしたためた。

朝早くから真昼《まっぴる》間《ま》まで、だれともおしゃべりをせず、何か仕事をすることもなく、このヴェーザー河に架かる橋の上で張り番をしている若い男は、ここで饗宴を開いている倶楽部《クラブ》の面面の注目を惹いた。一同、青年を暇人だと思い、彼ら全員がフランツの慈善行為にあずかったにも関わらず、揶揄《やゆ》の対象としたもの。つまり彼は戯れに橋代官《ブリュッケン・フォークト》と綽名されたのである。けれども、例の義足の観相学者は、彼の顔つきが朝ほど晴朗ではないことに気がついた。何かを深刻に考え耽っているようで、帽子をぎゅっと目深《まぶか》に被っていた。動作は緩慢でもの思わしげ、長いこと林檎の芯を齧《かじ》っていたが、自分でも何をしているのか分からないという態。かような所見からこの人間観察者は、こりゃしめた、と思いつき、新参だと

いう見かけをとりつくろい、もう一度喜捨を施してもらいに出かけた。この発見は上上の成功。深く物思いに沈んでいた哲学者は、相手を追い払おうと、機械的に財布に手を突っ込み、六グロート銀貨*を一枚帽子に投げ込んだのである。

　午後になると再びたくさんの新たな顔が現れた。待ちぼうけさんは未知の友人がなかなか来ないのにもううんざりしていたが、それでも希望が彼の注意力を依然として張り詰めさせていた。彼は通り過ぎる人全ての目の前に顔を突き出し、だれかが愛想良く自分を抱き締めてくれないか、と思った。けれども皆素っ気無く我が道を行くばかり、大部分は彼に全然注意を払わず、ほんの僅かな者だけが彼の挨拶にちょいと頷《うなず》いて応えただけ。日はもう傾いて、物の影は長くなり、橋の上の人通りは減る一方、物乞いの歩哨たちはだんだんにマッテンブルク*にある塒《ねぐら》へと引き上げて行った。期待を裏切られ、朝は目前にあった素晴らしい展望が夕方の今雲散霧消したのを見届けた青年は望みを失い、深い憂愁に襲われた。一種の不快な絶望に襲われた彼は、すんでのところ橋の欄干を飛び越え、橋からヴェーザー河に身を投げるところだった。しかしメータへの想いが彼を引き留め、もう一度彼女に会うまでこの計画は延期するよう説得した。彼は、もしメータがミサ聴聞に出掛けるなら、次の日彼女を待ち受けて、魅惑的なその目から最後の歓喜を飲み干し、それから急いで熱く燃える恋を冷たい水流で永遠に冷却しよう、と決意したのである。

　いよいよ橋を後にしようとした時、彼は義足の退役傭兵《ランツクネヒト》*に出逢った。こちらは暇潰しのため、早朝から夕方まで橋を見張るなんて、この若者は何をもくろんでいたんだろう、と色色思索を凝らしていた。で、彼のためにいつもより長くここにぐずぐずして、とうとう待ち通してしまったわけ。けれどもあまりにも時間が掛かり過ぎたので、好奇心に駆られて矢も盾もたまらず、青年自身に問い合わせることにして、こう訊いたのである。「旦那、悪く思わねえで」と声を掛けて、「一つ伺わせておくんなさい」。毛頭おしゃべりなぞしたい気分ではなかった上、だれか友人から是非に、と願っていた呼び掛けを不具者の口から耳にしたフランツは、いくらか不機嫌に答えた。「ええ、何だね、白髯爺さん、言うがいい」。「わしら二人は」と相手は続ける。「今日この橋の上に一番乗りして、今はびりっけつでさ。わしと他のわしの仲間について言えば、施しを集めようちゅう稼業柄《がら》ここへ来るわけですがの、旦那はさ、まっこと、わしらの同業組合《ギルド》*の人じゃないが、ご同様ここに丸一日居さっしゃった。なあ、もし内緒ごとで無いなら、わしに打ち明けてくださらんか。どんなわけでここへござらしたのか。それとも、ここで転がし落としたいという石が何かおまえ様の胸にありますのか」。フランツは気難しく言った。「何の役に立つんだね、爺さん、ぼくの悩みが何なんだかあんたが知るかどうかがさ。あるいは、ぼくがどんな問題を心に抱えているか、あんたにゃろくに関係無いだろう」。「旦那、わしはおまえ様が好きなんですだよ。おまえ様はわしにお手を開いてくれて、二度もお恵みをくだされた。神様がお報いくださいますように。けれども、旦那のお顔は夕方には朝のように晴れやかではねえ。わしはそれが辛くてならねえだ」。人間嫌いになっていたフランツもこの年取った兵士が寄せてくれた親切な関心が気に入り、おしゃべりを始めたくなった。「そうさね」と彼は返事した。「なぜぼくがここで退屈を忍んでいたのか、あんたが知りたいなら教えるけど、ぼくは、ここへ来るように、と言ってくれた友だちを探していたんだが、結局待ちぼうけを喰らったのさ」。「ごめんなさいよ」と木の義足。「遠慮会釈無く言わせてもらうと、どこのどいつか知らないが、そのお友だちってのは、おまえ様をばかにしきったろくでなしでさ。わしにそんなことをしようもんなら、まっこと、そいつがわしの前に出て来おったら、この撞木杖《しゅもくづえ》で痛い目に遭わせてやるところだ。都合で約束が守れなくなったんなら、知らせてよこさなくっちゃ。おまえ様を小僧っ子みたいにからかわないでな」。「だけどぼくは」とフランツは言い訳した。「その男がやって来ないのを悪く取る事はできないんだ。ここで友だちに逢う、って保証したのは夢に過ぎないんだから」。例の怪談を相手に語って聞かせるのはあまりにも長たらしいので、夢ということでごまかしたのである。「夢を当てにしたてえなら、話はまた別でさ。見込みが外れてがっかりなすったのも不思議はねえだ。わしゃあこれまでの生涯でいろんなばかげた夢を見ました。でも、それを気にするようなあほはやったこたあねえ。わしが夢ん中で授かった宝をほんとに全部持ってりゃあ、ブレーメンの市が売りに出されるもんなら、それで買わせてもらいましょ、てなもんで。でもわしは夢なんて一度も信じたこたあねえ。値打ちがあるやら無いやら試そうと手も足も動かしたこたあねえ。無駄骨折りだってことを、わしはよっくわきまえてただからね。へっ。埒《らち》も無い夢のために素晴らしい一日を無駄遣いしたなんて、わしゃ面と向かっておまえ様を笑わずにゃあいられねえだ。陽気などんちゃん騒ぎかなんかで過ごした方がずっと良かったになあ」。「結果を見ればあんたが正しいってことはよく分かる。だけどね」とフランツが弁解。「ぼくは本当にまざまざと、とても詳しく夢に見たんだ。三箇月以上前に。この日この場所でだれか友だちに逢うはずで、その友だちはうんと大切な事を話してくれるはずだ、と。夢が正夢かどうか知るだけの骨折り甲斐がある、とね」。「ああ」と木の義足が応じて「わしほどまざまざと夢を見る者はおらんて。なにしろある夢なんざ生涯忘れっこ無い。もう何年前になるやら分からんが、枕許にわしの守護天使が立っての。顔立ちは青年で、金髪の巻き毛、背中にゃ銀色の翼が生えとった。そしてわしにこう言うた。『ベルトルト、私のお告げをよくお聴き。一言も忘れてはいけません。そなたに宝が頒《わ》け与えられたのです。それを掘り起こして、のんびり余生を送るがよい。明日の夕方、円匙《シャベル》と鋤を肩にして、マッテンブルクを出、ティーバー*を通って右に折れ、バルゲン橋《ブリユッケ》*の方に向かい、聖ヨハネ修道院*の傍を通り、大ローラント*のところまで行くのです。それから大聖堂広場《ドーム・ホーフ》*を渡り、シュリュッセルコルプ*を抜ける道を取ると、市外のとある庭園*に着きます。そこの目印は、通りから入り口まで降りている四つの石段の小路です。ここの脇にこっそり隠れて三日月が照らしてくれるまでじっと待ちなさい。月が出たら、力一杯扉を押すのです。軽く閉ざしてあるだけですから、ろくに保《も》ち堪《こた》えないでしょう。安心して庭に入りなさい。そして拱廊《アーケード》に影を落としている葡萄棚の方を見ると、その後ろの左手に一本の高い林檎の樹が低い藪の上に聳えています。この樹の幹に歩み寄り、顔を真っ直ぐ月に向け、目の前三腕尺《エレ》*の地面をご覧。そうすると、二本の梅花空木《ツイムトローゼン》*の木が目に触れるでしょう。そこに鋤を打ち込んで、三指尺《シュパンネ》*の深さまで掘ると、一枚の石の板が見つかります。その下に宝が埋められているのです。黄金と値打ちのある物がどっさり入った一つの鉄の櫃がね。これは重くて扱いにくいけれど、穴から持ち上げる苦労を骨惜しみしてはなりません。くたびれるだけの事はありますよ。だって鍵は櫃の下に隠されているのですから』」。

驚嘆のあまりフランツは夢見男をまじまじと見詰め、耳にした事柄に愕然とした。もし夜の薄暗がりが役に立ってくれなかったら、彼は狼狽《うろたえ》ぶりを隠すことはできなかったろう。挙げられた全ての目印から彼は、それが父親から相続した自分自身の庭園であることが分かったのである。この庭は生前かの善良な男の道楽だった。けれどもそれだからこそ息子には気に入らなかった。経験則に照らすと、悪い習慣か何かならいざ知らず、父親と息子が一つ楽しみに共感するということは滅多に無い。悪徳の場合だと、よく言うように、林檎は滅多に幹から遠くには落ちない［蛙の子は蛙］のだが。父メルヒオールはこの庭園を全く自分の好みに合わせてしつらえた。己《おの》が至福の野《エリジウム》をたぐい稀な記述で不朽の物にした彼の末裔*のように多彩・珍奇に。[2] なるほど彼は絵に描いた動物園を展覧に供したわけでは無いが、それでも夥しい動物たちを園内に飼養した。すなわち、飛び跳ねる馬、翼の生えた獅子、鷲、有翼鷲頭獅子身獣《グリフォン》、一角獣《ユニコーン》などなどの珍獣であって、全部黄金で鋳造し、用心深くだれの目にも触れさせず、地面の下に隠したのである。こうした父親の牧歌の谷《テンペ》*を浪費家の息子はそのどんちゃか時代に法外な安値で投売りしたのである。

ここに至って木の義足はフランツにとって突然極めて興味ある存在になった。まさにこの男こそルンメルスブルク城の夜の亡霊がそのもとに差し向けた例の友だちに他ならないことに気づいたので。本当は相手を抱き締め、有頂天の最初の衝動で、友よ、父よ、と呼び掛けたくてならなかった。しかし彼は自制して、教えられた情報について木の義足を相手にこれ以上とやかく言わない方がより賢明だ、と思った。そこでこう告げたもの。「なんとも事細かな夢だねえ。だけど、爺さん、朝目を覚ました時、あんたはどうしたの。守護天使がそうするよう勧めてくれたことに従わなかったの」。「ふう、どうしてわしが」と夢見男は返事した。「そんな無駄骨折りをせにゃならん。だって埒も無い夢に過ぎないじゃないかね。守護天使がわしのところに現れたいんだったら、わしは人生で随分たくさん眠れない夜を過ごしたんだから、そういう時に出てくれりゃ、わしが起きているとこを見つけられたによ。だけんど、守護天使はどうやら一度もわしのことを気に掛けてくれたことは無さそうだで。さもなきゃ天使の面目丸潰れのこんな義足をつけてびっこを引いとりゃせんよ」。フランツは持っていた最後の銀貨を取り出した。「取っておくれ、とっつぁん」と彼は言った。「この贈り物をね。晩酌に葡萄酒一ショッペン飲んどくれ。あんたのおしゃべりのお蔭で憂さが晴れたよ。怠けないで、せっせとこの橋にやって来るようにね。また、ここで二人で話したいもんだ」。脚の悪い年寄りはもう長いことこの日ほどたっぷり施しを受けたことが無かった。そこで彼は慈善家を祝福し、撞木杖を突いて居酒屋に入り、一杯きこしめした。一方フランツは新たな希望に活気づいて狭い小路の住まいへと道を急いだ。

　次の日彼は宝を掘るのに必要な物を全て準備した。精霊召喚の呪文、おまじない、魔法の帯、神秘な文字とか言った本質的ならざる小道具はまるきり欠けていたけれども、三つの必需品、すなわち、円匙《シャベル》、鋤、それから何より大事だが、地面の下の宝、これらさえあればそんな物は無くてもがな。必要な道具類を彼は日没直前ただちに調達、差し当たってとある生垣に隠して置いた。宝その物に関してはと言うと、城の幽霊、それから橋の上の友だち、これらが彼に嘘をつくことなんかありっこない、と彼は確信していた。さて、彼は月が昇るのを切望していたが、これがその白銀《しろがね》の二つの角を茂みの中からひょっこり突き出すと、元気潑溂仕事に掛かり、老廃兵が教えてくれた事を全て正確に守り、無事に宝を掘り出した。その際何も変てこな目に遭わずに済んだ。黒犬に脅かされるとか、小さな青い火に照らされたりする*ことは無し。

先見の明から非常用備蓄金をここに埋蔵しておいた父メルヒオールは、遺産のこの少なからぬ部分を息子から剝奪しよう、などという意図は毛頭無かったのであって、誤りはひとえに死神殿が、この財産遺贈者が考えていたのとは違ったやりかたで、この世から連れ去ったことにある。彼は、若い時そう告げられたように、自分が老齢になり、人生に倦み疲れ、ちゃんとした病床という形式を全てきちんと墨守して、娑婆《しゃば》におさらばするものとばかり思い込んでいたのである。そうなったら、教会の慣わし通り終油礼を受けた後、愛息子《まな》を臨終の枕辺に呼び寄せ、周りの者たちをあらかじめ全部退出させてから、息子に父の祝福を与え、暇乞《いとまご》いに当たって、庭園に埋めた宝のありかをきちんと指示するつもりだった。もしこの善良な老人の命の灯火が、油が尽き始めたランプの燃えている芯のようにじわじわと消えて行ったとしたら、万端うまく運んだことだろう。けれども死神は陰険にも宴会の席上でその芯をぱっと切って消してしまったので、彼は富の秘密を心ならずも墓の中へと持って行った。そこで、地中に埋蔵された父親の遺産が正当な相続人に渡るまで、あたかも司直の手によって裁判所に回されでもしたかのように、幸運な競り合いがうんとこさ必要だったわけ。

フランツは、鉄の櫃が膨大な数の他の種類の純良な貨幣とともに保管していてくれたイスパニアの不恰好な銅屑*を測り知れない嬉しさで我が物とした。最初歓喜にうっとりと陶酔したが、それがいくらか醒めると彼は、どうしたらこの宝を人目につかぬよう、安穏《あんのん》に、狭い小路に運搬しようか、とっくり思案を回《めぐ》らした。荷物は重過ぎて、だれかに手伝ってもらわずには運び去ることはできない。かくして富の獲得とともにこれと結びつくありとあらゆる心配も目を覚ましたのである。成り立てほやほやのクロイソス*は他にどうしようもないので、庭園の背後の草地に立っている幹がうつろな一本の樹にひたすら信頼をよせて、これに財産を託すことにした。空っぽになった櫃はまた薔薇の茂みに埋め、その上をできる限り平らに均《なら》した。三日経つうちに宝は樹の空洞《うろ》から無事に狭い小路に港入りし、持ち主は、これまで身元を厳しく隠していたのを堂堂と明かすことができる、と考えた。彼は装いに身を凝らし、教会での代理祈禱を止めてもらい、代わりに、仕事をうまく果たして生まれ故郷の市に帰りついた旅人のための感謝の祈りを捧げて欲しい、と要請した。彼は、気づかれずにメータを観察することができる教会の一隅に身を潜め、彼女から片時も目をそらさず、その姿を眺めて恍惚とした。この予感があったればこそ、ヴェーザー河に架かる橋からハローレン*の跳躍をするのを思い留まったのだ。感謝の祈禱が唱えられると、彼女の表情全てが心楽しい関心を示し、乙女の頰は喜びに燃え上がった。教会からの帰り道、いつものように二人は出逢ったが、この出逢い、もしこれに気づいた第三者が居合わせたらその男にもよく分かるほど、滔滔《とうとう》と思いの丈を告げるものだった。

フランツは再び取引所に姿を現し、商売を始め、これは僅か数週間で大きなものになった。彼の裕福さは日毎に人目を引くようになったので、誹屋妬氏《そしりやねたみ》*は、やっこさん、古い債権の取立てで随分運がよかったに違いない、と判断した。市《マルク》の立つ広場《トプラッツ》*のローラント柱の向かいに大きな家を借り、簿記係りと番頭を数人雇い入れ、一心不乱に稼業に励んだ。となると、またぞろ煩わしい寄食者連中がせっせと扉の呼び鈴を鳴らし、群れ集《つど》って来て、友情を誓うやら、身代を改めて盛り返したお祝いを述べるやらで、危うく彼を押し潰さんばかり。そして、貪婪な鉤《かぎ》

爪《づめ》でフランツをまたしても捉えよう、と考えた。けれども彼は経験を積んで利口になっていた。そこで彼らにしっぺ返しをし、彼らの見せ掛けの友情をお世辞たらたらでいなしてしまい、空きっ腹のままお引き取り願った。食いしん坊やおべっか使いといった厄介な屑どもを追っ払うこうした見事な手口は予期した効果を挙げたので、こやつらは顔を出さなくなった。

新たに浮上しつつあるフランツはブレーメン中の語り種《ぐさ》で、彼が不可解な方法を用い外国で——と思われたのだが——摑んだ好運は、祝宴の席上や、裁判所の手摺《てすり》*、さては証券取引所でのあらゆるおしゃべりの話題だった。けれども彼の幸《さち》と富の評判が増せば増すほど、麗しのメータの安穏平静は失われるばかり。こうなったら内緒《イン・ペット》*のお友だちは堂堂とお話しになる資格が多分おできになったでしょうに、と彼女は思ったもの。それなのに彼の愛は相変わらず沈黙したまま。教会への往復で出逢う時以外は何の音沙汰も無い。いやそれどころか、こうした形の表敬でさえだんだん回数が少なくなる。こうした兆《きざし》の意味するところは恋の道では温暖ではなく寒冷な気候である。黄金の眠りがやっとこさメータの碧《あお》い目を閉じようとするたび、陰鬱な女頭怪鳥《ハルピュイア》ケレノ*である嫉妬というやつが夜毎彼女の小部屋をばさばさと飛び回り、目が覚めてしまっている彼女の耳に色色厭な予感を囁くのだった。「軽い球のようにどんな風にも吹き流されるむら気な男《かた》をとりこにしておこうなんていう、甘い希望は捨ててしまいなさいな。あの方はおまえを愛してくださったし、おまえに誠実だったわ。あの方のご運とおまえの運が釣合っているうちはね。似た者同士だけがおつきあい「類は友を呼ぶ」。ああ。今は好運があの移り気屋さんをおまえの遥か上に持ち上げた。こうなってはあの方、みすぼらしい恰好をした清い気持ちなんて小ばかになさる。だって、驕《おご》りと贅沢、それからお金がまたあの方の周りにわいわい集まって、気を惹こうとしているんですもの。あの方が惨めな暮らしをしておいでの時には門前払いをしたどこかの綺麗な高慢ちきが、手練手管《てれんてくだ》でまた自分のところへおびき寄せようとしているかも知れない。もしかすると、あの方をおまえから遠ざけているのはおべっかつかいの入れ知恵かな。甘い言葉でこんなことを言っているんだわ。『君の生まれ故郷のこの市には、君のために神様の庭が咲き誇っているんだよ。ねえ、君には今ありとあらゆる乙女が選り取り見取り。だからね、目だけじゃなく、頭を使って選ぶんだ。君をこっそり窺っている乙女はたくさんいるし、父親もたくさんいる。秘蔵の娘を君に拒むような者は一人もいやしない。飛び切りの美人と一緒に幸運と名誉、親族と財産も手に入れろよ。市参事会員の地位だって君から逃げて行きっこない。この市じゃあ友人知己の声というのはたくさんのことをやってのけるからねえ』なあんて」。

嫉妬のなせるこうした思いつきの数数はメータの胸を間断なく不安にし、責め苛んだ。彼女はブレーメンの同世代の女性たちを綿密に点検、数多くの華やかな競争相手と、自分および自分の境遇との間にある大きな距離を推し量った。そしてその結果は彼女に思わしからざるものだった。恋人の運勢が変わった、と最初に耳にした時、彼女は有頂天になったのである。それも、大財産の共同所有者になれる、といった我欲からのものではなく、ご近所の葎穂《ホップ》の王様との縁談が壊れてからこの世の幸せを悉く《ことごと》諦めてしまった善良な母親を喜ばせたい一心でのこと。でも今となっては、神様が教会の代理祈禱をお聴きとどけにならなければ良かった、旅人の事業の建て直しをあんなにうまく成功させてくださらなければ良かった、それよかあの方を塩とパンの暮らしに留めて置いてくださったならなあ、そうすれば、あの方は私と喜んでそうした生活を共にしたでしょうに、こうメータは物思いに耽る《ふけ》のだった。人類の美しい半分［女性］は心に懸かる内緒ごとを隠し通すのに巧みでは無い。ブリギッタ母さんは間もなく娘の憂鬱に気づき、その原因理由を推察した。それには洞察力など一向要らなかった。自分にかつて亜麻を供給した者が、今や立派で分別のある、精力的な商人の模範として賞賛の的であり、その幸運の星が再び昇った、という風評は、可愛いメータのその男に対する想い同様彼女には秘密でも何でも無かった。そこで、青年の愛が真剣なものなら、はっきり申し込みをしないで、こんなに長くためらう必要は無いはず、と彼女は判断したが、娘の気持ちを思いやって決してそれに触れないでいた。そのうちとうとうメータは胸が張り裂けそうになったので、優しい母親に自分が苦しんでいることを打ち明け、その苦しみの本当の理由をあからさまにした。

なにせ利口な婦人ゆえ、だからといって既に察していた以上のことが分かったわけでは無い。けれどもこうしてすっかり告白したのがきっかけになって、母と娘はお互いに胸の内を吐露しあった。母は娘をこの件で非難を蒸し返したりしなかった。済んだことを言うならべた誉めに限る、と考えたからで。彼女は雄弁の才を全て、うちひしがれた娘を慰め、希望の挫折を毅然とした勇気で耐え抜かねば、と説き勧めるのに用いた。

　こう考えてブリギッタ母さんはメータに向かって、極めて理性的な倫理上のいろはを綴ってみせたのである。「ねえ、おまえ、おまえは、い、と言ったのだから」と母君。「今度は、ろ、と言わなきゃならない［乗りかかった舟には乗らなきゃならない］のだよ。おまえは、自分の幸せが訪れた時、それを撥ねつけたんでしょ。だから、それがおまえに二度とお目にかからない、って言うなら、従わなくっちゃ。経験に教えられたことだけど、ごく確かな見込みというのは真っ先に外れるものなの。だから、あたしの例にならって、良いことばかりほのめかしてだまくらかす甘い希望なんて諦めなさい。そうすりゃおまえの心の平安は乱されやしない。運勢が良くなるなんて当てにしなさんな。そうすりゃ自分の境遇に満足できるでしょうよ。おまえを養ってくれる糸車をありがたいとお思い。幸せや財産なんて、無しで済ませることができりゃ、そんなものに煩わされたりはしないものね」。こうした心からの言葉には、おしゃべりによって失われた時間を取り戻すために、ちょっきん糸巻き枠《シュナップ・ヴァイフェ》*や糸車のさらさら響く交響曲が続くのだった。実際ブリギッタ母さんが哲学的見解を開陳したのは心底からのこと。昔日の裕福な暮らしの再建構想が延期されてしまってからというもの、彼女は、運命にもはや引っ掻き回されないように、人生計画をごく単純化したのである。けれどもメータはこうした哲学的静謐《せいひつ》に隔たることいまだ遼遠。そこでこのような教え、訓戒、慰《い》藉《しゃ》は、意図されたこととはまるきり違った効果を齎《もたら》した。良心的な娘は今や自分を母者人《ははじゃびと》の甘美な希望の破壊者と看做すようになり、激しく己を責め立てて止まなかった。なるほど彼女は母親の結婚計画を受け入れず、将来の結婚生活に覚悟したのは塩とパンだけだったのだが、心の友が再び商売繁盛の身となり、豊かになった、と耳にしてからというもの、考えるようになったお料理の献立は六品にも増えたし、自分自身の選択によってお母様の望みを実現でき、もう一度昔の裕福な生活に戻してあげられる、と思ってわくわくしたのだったのに。

こうした楽しい夢は、フランツからもはや音信《おとずれ》便りが無いので、段段に消えて行った。かてて加えてこんな噂が全市を駆け巡った。フランツは金持ちのアントウェルペン女との結婚を控え、その邸宅をこの上も無く壮麗に飾り立て、花嫁は目下こちらに来る途中だ、と。こうしたヨブの報《し》らせ*に可愛い乙女はすっかり動転した。彼女はその時からあの変節者に自分の胸からの追放令を宣告、もはや彼のことなど思うまい、と誓い、そうしながら引き出した糸に涙で湿りをくれた*のである。でもこの誓いに背き、心ならずも不実者のことを考えてしまう憂愁に満ちた何時間もある一刻《ひととき》のこと。なにしろ彼女は丁度織っていた裳袴地《スカート》を仕上げたばかりだったし、母親から以前せっせと仕事に励むよう、ある諺を教わっていたものだからね。その諺はこうだった。

紡げや、娘、紡いでいると、
求婚するひと、やって来る。

裳袴地《スカート》を一枚織り上げるたび、彼女はこの諺を思い出し、そうするとどうしてもあの浮気者が脳裡に浮かんでしまうのだった。——そうした憂愁に満ちた一刻のこと、ごく上品に一本の指が扉をほとほとと叩いた。ブリギッタ母さんが開けて見ると、求婚するひとが立っていた。——で、だれだったの、そのひと。——狭い小路のフランツ君に決まってるじゃありませんか。彼は素晴らしい晴れ着で盛装しており、綺麗に櫛目の通った淡褐色の巻き毛は良

い香りを放っていた。この堂堂としたいでたちはもちろん亜麻の取引きなんかとは別の目的を示すもの。ブリギッタ母さんは肝を潰し、何かしゃべろうとしたが、言葉が出て来ない。メータは胸がきゅっと締めつけられるような気持ちで椅子から立ち上がり、深紅の薔薇のように顔を火照《ほて》らせ、無言のままだった。けれどもフランツは話すことができたので、かつてメータに円胴弦楽器《ラウテ》で弾いてみせた優しく情の籠もった緩徐曲《アダージオ》に、今度は礼儀作法に叶った歌詞を添え、自分の沈黙の恋を明明白白たる言葉で彼女に語ったのである。それから母親に向かい厳かに、お嬢様のお手を戴きたい、と求婚し、そうすることによって、彼の邸宅で行われている花嫁迎えの準備は魅惑のメータのためであることを証明したわけ。

格式ばったご婦人の方は、感覚の均衡を取り戻すと、この申し込みを慣わしに従って一週間考慮させて欲しい、と応えた。もっとも、喜びの涙が彼女の頬を転げ落ちていて、彼女としては何の故障も無く、それどころか賛成に決まっていることははっきりしていたのだが。でもフランツの求愛は焦眉《しょうび》の急だったのだったので、ブリギッタ母さんは母堂としての慣例《しきたり》と求婚者の要請との間に折衷案を探すことにし、可愛いメータは、母親の考え通りにこの件における決定を下すよう、全権を依託。フランツが部屋に入って来てから、乙女心には著しい変革が生じていたのである。彼が現れたということは、彼の無実をこの上も無く雄弁に実証するものであり、一見愛想尽かしと思われたのは、一部は商売を軌道に乗せるための、一部は予定された祝婚のために必要なものを調えるための、熱意と活動に他ならなかった、ということが話し合いの間に判明したので、ひそかな仲直りの妨げとなる躓《つまず》きの石*なぞありはしなかった。メータは一旦追放令を宣告した彼に対し、ブリギッタ母さんが活動を休止させた糸紡ぎ道具に、教会の長子*が流謫《るたく》の身とされた議会に執ったのと同じ処遇*を行い、高鳴るおのが胸に彼を栄誉をもって召還し、そこにおける以前の全ての権利を与えたのである。恋の成就《じょうじゅ》を確証するあの決定的な二字から成る言葉*が筆舌に尽くしがたい優雅さとともに彼女の柔らかな唇から滑り出たので、求愛を聞き届けられた恋人は火のような接吻《くちづけ》でこれを迎え取らずにはいられなかった。

　優しいこの一組はようやく、内緒だった恋の全ての神聖文字《ヒエログリフ》を訳し、注釈する時間と機会を手に入れた。お蔭でおよそこれまで相思相愛の両人が交わし合ったうちでこれ以上は無いという快いおしゃべりをしたもの。そして、願わくは我がドイツの訓詁《くんこ》学者もかくあって欲しいものだが、自分たちが原典を常に正しく理解・解明していたのであって、一度たりとも相互の交渉の真の意味を取り違えたことは無いのが分かった次第である。陶然とした恋人は魅惑溢れる許嫁《いいなずけ》と別れるのに大層な克己心を必要としたが、これはアントウェルペンへの十字軍遠征に出発したあの日と同じ。けれども彼自らが果たさなければならないどうしても必要な用事があったので、とうとう暇乞いをする時刻となった。

　この用事というのはヴェーザー河に架かる橋の上の、友である木の義足のもとへと赴くことだった。彼にした約束の履行を長いこと延ばしておりはしたが、この友のことを決して忘れてはいなかったのである。さて、目の鋭い白髪頭は、長いこと歩き回っていたあの気前の良い青年との出会いこのかた、あらゆる通行人に観相学的な狙いを定めて見たのだが、また来るよ、と言ってくれたにも関わらず、どうしてもその姿を見掛けることができないでいた。けれども青年の容姿はまだ記憶から消え去っていなかったのである。見事に着飾った男を遠くから見つけるやいなや、木の義足は相手に近寄り、懇《ねんご》ろに歓迎した。フランツは年寄りの挨拶に応え、こう言った。「友よ、ある仕事を片付けなくちゃならないんだが、ぼくと一緒に新市街*に行ってくれないか。骨折りにはきっとお礼をするからさ」。「もちろんでさ」と爺さんは返事。「わしゃあ片足は木でできてるけんど、市の牧草地を這って廻ったあの脚萎《あしな》えのちびすけ(3)みたいに達者に歩けますぜ。だってな、木の足ちゅうもんは、考えても見なせえ、金輪際くたびれない性分だでよ。だけんど、灰色上着の小男が通るまでちょっくら待ってくれさっしゃい。ありゃあ、昼と夜の間にきっと橋を渡って来よるでなあ」。「灰色上着の小男がどうしたって」とフランツ。「それにどういう事情があるのか、ぼくに言っておくれ」。「灰色上着の小男てのは毎日晩げにグロッシェン銀貨を一枚くれるだよ。どこから来るのやらわしゃ知らんがの。いちいち気を煩わすのは無用なことだで。だからわしゃそねえなことはせん。ときどきわしゃ、あの灰色上着の小男はわしの魂を金で買おうちゅう悪魔じゃねえか、と思うだ。けんど、あれがそうだろうと、なかろうと、わしにゃどうでもええこった。わしゃ、取引きには同意しねえだで、取り決めは成立しねえだもの」。「ぼくは思うんだが」と大口開けて笑いながらフランツは言った。「その灰色上着の小男は悪魔どんに追っかけられてるんだろう。ぼくに随いておいでよ。だからといって、そのグロッシェン銀貨をあんたに損させはしないから」。

木の義足は出掛けることにして、案内人のあとをびっこを引き引き随いて行った。先導役は通りから通りへと引き回し、やがて市壁《ヴァル》間近の辺鄙《へんぴ》な界隈に辿り着くと、新築の小さい家の前に立ち止まり、扉を叩いた。扉が開かれると、こう言ったもの。「友よ、あんたはぼくの人生の夕方を晴れにしてくれた。だから、ぼくがあんたの人生の夕方をやっぱり晴れにするのが物の道理というものさ。この家はね、家具家財もろとも、それから敷地の庭園を含めて、あんたの所有物《もちもの》だ。厨房《くりや》も地下の酒蔵も一杯になっている。あんたの世話をするために召使を一人雇っておいた。それから例のグロッシェン銀貨だけど、毎日昼に食事のお皿の下に見つかるからね。この上秘密にしておくことは無いんで打ち明けるけど、あの灰色上着の小男というのはぼくの従僕でね、ぼくがこの住まいをあんたのためにしつらえ終わるまで、毎日ちゃんとした喜捨を届けさせようと、ぼくが遣わしたのだ。あんたさえよければ、ぼくをあんたの善天使と考えておくれ。あんたの守護天使はあんたの思うようになってくれなかったのだから」。

　それから彼は老人をその住まいの中に導き入れた。中には食卓の準備がしてあり、老人が快適安穏な暮らしができるようありとあらゆる物が備わっていた。白髪頭は幸運に不意打ちを喰らって、何が何だかさっぱり訳が分からなかった。金持ちがこんな貧乏人を思いやってくれるなんてとんと合点が行かず、危うく一切合財をまやかしだと思い込むところ。でもフランツは疑念をすっかり除いてやった。感謝の涙が年寄りの顔にどっと溢れ出たので、相手が衝撃から立ち直って自分に言葉で礼を言うのを待つまでも無く、彼の恩人はそれで満足し、こうした天使の役目を果たし終えるなり、天使の常として、爺様の目の前から姿を消し、彼が事の辻褄をできるだけ合わせるままにした。

　次の日の朝、愛らしい許嫁の住まいはさながら歳の市《ヤールマルクト》*のようになった。フランツが商人、宝石屋、女小間物屋、レース商、仕立て屋、靴屋、お針子の面面を、ありとあらゆる品物を提供するように、あるいは、なにくれとなく奉仕をするように、と彼女のもとに差し向けたのである。彼女は、花嫁衣裳のための布地、レース類、それからさまざまなその他の必需品を選び出し、新調のくさぐさの衣類の寸法を取らせるのに、丸一日を費やした。彼女の可愛い足、綺麗な形の腕、ほっそりとした胴回り《タイーユ》は、技芸に巧みな彫刻家が彼女を題材に愛の女神を作ろうとしているかのように、何度も何度も、そして極めて入念に測られた。婿君はその間に婚姻予告*を依頼に出掛けた。かくして三週間経たないうちに彼は、あの金持ちの葎穂《ホップ》の王様のきらびやかな華燭の典がすっかり翳《かす》んでしまうほどの盛大さで、花嫁御寮を祭壇へと導いた。ブリギッタ母さんは淑徳高いメータを花嫁の冠で飾る、という歓喜を味わい、晩年の小春日和を安逸に送りたい、とのかねての望みを完全に果たした。彼女は身に備えていた賞

讃すべき性格に対するご褒美として大満足を手に入れたわけ。すなわち、彼女はこの上なく辛抱強い姑《しゅうとめ》だったのである。

## 原　注

（1）天使銀貨《エンゲルグロツシエン》*……エルツゲビュルゲ*で鋳造されたが、ドイツ国中どこでも流通していた貨幣で、ほぼ四グロツシエンの値打ちがあった。

（2）己《おの》が至福の野《エリジウム》……多彩・珍奇に……一七八三年のヒルシュフェルト*の庭園暦一二六ページ以降を参照。

（3）市の牧草地を……脚萎《あしな》えのちびすけ……ある古伝承によれば、近在の女伯爵がブレーメン市民に、今しがた自分に施しを求めた不具者が一日で這い廻れるだけの土地を授けよう、と座興で約束した。一同、彼女の言葉を真に受け、この不具者はうまく這ったので、市はこれによって広大な市民牧草地を手に入れた。

# 屈背《くぐせ》のウルリヒ

ALLANSON

フィヒテルベルク*からほど遠からぬ、ボヘミア*との国境《くにざかい》に、皇帝ハインリヒ四世*の御世、勇猛果敢な戦《いくさ》人《にん》にして名をエッガー・ゲネヴァルトという男が、異邦の南国*への出征の報償として与えられた封土に住んでいた。彼は皇帝に仕えて夥しい町や村を劫掠、莫大な財産を我が物にしていたが、これを用いてとある陰鬱な森の中に三つの盗賊城を築いた。高処《たかみ》にクラウゼンブルク城、谷間にゴッテンドルフ城、そして川辺にザーレンシュタイン城である。ゲネヴァルトはこれらの城に大勢の騎兵らや歩卒どもを従えて出入りし、強盗・略奪の慣わしを止めようとせず、能う限り拳骨と棍棒の権利［強者の権利］を行使した。彼はしばしば武装した部下とともに待ち伏せ場所から躍り出て、商人や旅人を襲撃し、意のままにできるとあれば、キリスト教徒だろうがユダヤ人だろうが一視同仁。突然好い加減な言い掛かりをつけて隣人を攻撃したこともちょくちょくあった。優しい妻の腕の中で憩い、戦で苦労したあと愛の幸せを満喫する機会には恵まれていたが、そもそも彼は安息に耽るのを女女《めめ》しい所業と看做《みな》していたのである。なにしろその無骨な時代の物の考え方によれば、ドイツ貴族が手にする剣や槍は、平和な農夫が手にする鋤や大鎌と同じで、真っ当な稼業の道具だった。いや全くの話、この騎士殿、その倣岸不遜な天職にせっせと励んで暮らしの糧《かて》としていた次第*。

　けれども彼はこうした蛮行のために近隣のあらゆる人人の重い頸枷《くびかせ》になっており、誰一人として財産を安全に保有できなかったから、一同は彼に対してある手立てを執ることを決議し、この凶猛な沢鵟《ちゅうひ》*を巣から駆逐し、その山塞を壊滅させるためには金も命も惜しみはせぬ、と誓い合った。彼らはゲネヴァルトに果たし状・断交状を送りつけ、兵卒どもを武装させると、ある日その三つの城を包囲した。ゲネヴァルトは野戦では同盟軍に対抗できなかったのである。フーゴ・フォン・コッツァウは郎党どもとともに高処のクラウゼンブルク城の前に進軍、騎士ルドルフ・フォン・ラーベンシュタインは谷間のゴッテンドルフ城の前に布陣、馬騎《うまの》り*と異名を取ったウルリヒ・シュパールエックは部下の射手たちを引き連れ、川辺のザーレンシュタイン城の前に位置を占めた。

エッガー・ゲネヴァルトは、四方八方から脅《おびや》かされているのを看て取り、ひしひしと攻め立てられたので、剣を振るって敵の同勢の真っ只中に血路を開き、山地に逃げ込もう、と一計を案じた。彼は家来たちを身の回りに駆り集め、勝ち抜くにせよ玉砕するにせよ、迅速に行動せよ、と兵どもを督励し終わると、分娩を控えていた奥方をよく調教された馬に乗せ、従者の一人に彼女の面倒を見るよう申し付けた。けれども跳ね橋が下ろされ、鉄の城門が開かれる前に、ゲネヴァルトはこの男を呼び寄せ、こう言った。「後衛《しんがり》に位置してわしの妻をおぬしの目の玉のように大切に守ってくれい。わしの軍旗が翻《ひるがえ》り、わしの冑《かぶと》の羽根飾りが立っておる限りはな。したが、わしがこの合戦で一敗地に塗《まみ》れたら、すぐさま森へ向かい、おぬしのよう知っとるあの巌の裂け目に妻を隠すのだ。して、夜のうちに剣で妻を刺し殺せ。何がその身に起こったかあれが気づかぬように。わしに関わる記憶は悉皆《しっかい》この世から根絶やしにいたさねば。わしの貞節な妻、あるいはあれの胎内《はら》の児が、わしの仇敵どもの嘲りの対《ま》象《と》とされてはならぬ」。こう言い終わると、彼は勇猛果敢に城から打って出たので、敵軍は大恐慌に陥り、逃げ場を探す始末だった。しかし全軍に撃ちかかってきたのがなんとも寡勢なのに気づくと、英気を回復、雄雄しくこれに立ち向かい、敵軍を取り囲んで、従う郎党ともども騎士を打ち負かしたので、例の従者を除いてはただの一人も重囲を抜け出すことができなかった。こちらは闘いの混乱に紛れて奥方を連れ出し、森の岩屋に隠したのだった。

洞窟に入るなり、懊悩《おうのう》恐怖のために気息奄奄《えんえん》となった彼女は気絶して死んだように倒れ伏した。従者は主君の言いつけを想い起こして、すんでのところ剣を抜き、典雅な女主人の心臓をそれで貫こうとした。しかしこの美しい婦人が哀れでならなくなり、胸は奥方に対する熱い恋に燃え立ったのである。奥方は再び意識を取り戻すと滝《たき》つ瀬《せ》のように涙を流して自らの不幸と夫の横死を嘆き悲しみ、両の手を揉み絞って大声で哭《な》き叫んだ。そこで誘惑者は彼女に近づいて、こう言ったもの。「奥方様、背の君があなた様の御身の処置をどのようにお決めになったかお分かりになれば、さように悲しげにふるまわれますまい。ご主君はそれがしに下知《げち》なさったのです、この洞窟であなた様を殺害いたせ、とな。したが、そのお美しい御《おん》目《め》を見るにつけ、さようなお言葉に従う気にはなれませぬ。それがしの申すことにお耳をお貸し願えれば、それがしにもあなた様にも役立つ良い思案がありまする。それがしが家来であったということをさらりと忘れてしまわれよ。時世時節《ときよじせつ》の巡《めぐ》り合わせで今我らはおんなじ境涯となり申した。それがしに同道、わが故郷バンベルク*へ引き移られい。かの地でそれがしはそなたを妻に迎え、大切にあつかって進ぜる。身籠もっておられる赤児もそれがしの子として育てあげましょうぞ。生まれついたご身分はさらりと諦めることだて。土地財産は一切合財《いっさいがっさい》ふいになってしもうた。そなたがご主人の敵の手に落ちたら、奴らは威張りくさってそなたを嘲弄しぬくのが関の山。寄る辺無い惨めな後家《ごけ》さんとなったそなたは、それがしを頼りになされいで、これから先どうやって行くおつもりか」。

　奥方はこんなことを聴かされて身の毛もよだつ思い、背筋を恐ろしい悪寒が襲う。彼女は夫の酷《むご》い指図にも殊《こと》の外《ほか》驚愕したが、厚かましくも不義の色情をあからさまに述べ立てた従者の没義道《もぎどう》ぶりにも仰天した。とは言え今や彼女の命はしもべ風情《ふぜい》の掌中にある。こやつ、彼女の命を奪うとしても、主君の望みを実行、おのれの義務を果たした、と思うことだろう。となると、奥方は、自分の刑吏であり、愛している、と名乗りを挙げたこの男のご機嫌を取るほか打つ手は無い。そこでひたすら我慢に我慢、親しさを装った恥ずかしげな様子《しな》を作り、こう答えた。「しょうのない人だこと、おまえは私の内心の秘密を目から読み取りでもして、それでどれほど愛を求めてうずいているか察したのかえ。……ああ、壊れてしまった私の幸せの灰の下でおまえのために微かに光っていた埋《うず》み火をおまえは燃え上がる炎にまで掻き立ててしまう。……けれど今は討たれた旦那様のことを隅っこでちょっぴり泣かせてちょうだい。明日となれば不幸せはなにもかも忘れて、私のこれからをおまえと分かち合いましょう」。

ぞっこん惚れ込んではいたものの、美しい女性をこうもやすやすと征服できるとは思いもかけなかった従者は、奥方がかねてから自分にひそやかに愛を寄せていた、と聞かされて有頂天《うちょうてん》になり、相手の両膝を抱き締めてその大層なご愛顧に感謝し、奥方が静かに哀悼に耽るままにしておいた。それから苔を集めて彼女に寝床をしつらえると、自分は護衛のため洞窟の入り口で筋交いに転がった。艶麗な未亡人はすやすやとまどろんでいるふりをしてはいたが、眠りが目に訪れたわけはない。彼女は無礼な下郎《げろう》が鼾《いびき》をかくのを耳にするとすぐさま、ぱっと寝床から起き上がり、男の剣をゆっくり鞘から引き抜き、素早くその咽喉笛を切断、同時に彼の生涯で最も甘美な夢を真っ二《ぷた》つにしたのである。そして足元で男が魂をやっとこさじたばた放出してしまうと、屍骸をまたいで洞窟から外へと急ぎ、陰鬱な森の中をどこへ向かうとも知らぬまま行き当たりばったりで彷徨《さまよ》った。開けた野原は注意深く避け、何か動くものがあったり、遠くに人の姿を見かけたりするたびに、茂みの奥に身を隠した。

三日三夜というものこうして深い悲嘆に昏《く》れながらまどい歩き、身の養いに口に入れたのは僅かな野苺だけで、奥方はひどく衰弱した。ああ、そして彼女は分娩の時が近づいたのを感じたのだった。とある樹の根元に腰を下ろし、激しく啜《すす》り泣き始め、自分の身の上を声高《こわだか》にかきくどいていると、いつの間にやら一人の婆様が、ひょっこり地面から生えたように彼女の前に立ち、口を開いてこう訊いたもの。「奥方様、どうして泣いてござる。どうすればお役にたてようかの」。嘆き悲しんでいた女性は人間の声を耳にしてほっと気が安らいだ。目を上げて、傍にたたずんでいる、頭をがくがく震わせ、四出《しで》*の木で作った杖に縋《すが》っている醜い老女をまじまじと見ると、こちらの方こそ手助けが要りそうなていたらくで、赤い両眼の下

から鞣革《なめしがわ》のような黄褐色のもがもがする顎を突き出している有様*。この姿になんともぞっとした彼女は顔をそむけて悄然とこう返事した。「お婆《ばば》殿、私の難儀を聞きたがってどうするのです。私を助けることなど到底そなたの力に叶わぬことではありませぬか」。「案外なあ」と老婆が返す。「おまえ様を救ってあげられるかも知れませんぞ。わしにご心痛のほどを打ち明けてくだされ」。「私の様子を見てお分かりでしょうが」と未亡人、「身二つになる時が迫っているのです。それなのに私はこの荒れ果てた山地で一人ぼっちで頼る人も無く彷徨っている始末」。「そういうことであれば」と老婆、「もちろんわしのところではろくに安心もできますまい。わしは正真正銘の処女でしてな、陣痛を起こしている女子《おなご》衆に何が入用なのか不案内ですのじゃ。わしの関心は、人間がどうやってこの世に生まれて来るか、では無《の》うて、どうすればわしがうまいことこの世からおさらばできるか、じゃからのう。したが、わしの家へ随《つ》いておいでなされ。できるだけ面倒を見て進ぜましょう」。

　寄る辺ない奥方はこの善意の申し出を渡りに舟と思い、同時代の処女たちのうちで最年長のご婦人に案内され、一軒のみすぼらしい小屋に辿《たど》りついたが、ここは野天よりもいくらか居心地が悪いくらいだった。けれどもシビュラ*の介添えで無事女の赤ちゃんを産み落とし、母親自身が緊急洗礼*を施して、この子を貞潔なこの家の女主人に敬意を表してルクレツィア*と命名した。このように礼儀正しくふるまいはしたものの、産褥にある奥方は質素極まる食事で我慢しなければならなかったので、独りよがりの医者たちがお産婦さんによく処

方する厳しい節食療法ですら、これに較べればサルダナパロス*の饗宴と言うに値した。彼女が糧《かて》としたのは塩も脂肪も入れないで煮た野草のスープで、これに添えられる黒パンはがっちり屋の婆さんがまるでマルチパン*かなんぞのようにごく薄く切ったもの。こうした四旬節風粗食*に、身体は健全、母乳の慄え《ミルヒシャウアー》*が収まったあとはすこぶる食欲を覚えるようになった産婦は間もなくうんざりしてしまい、滋養のある肉料理か、少なくとも卵菓子が欲しくて堪らなくなった。そしてこのあとの方の望みはまんざら手が届かないでも無いように思われた。なぜなら彼女は、毎日朝になると一羽の雌鶏がこっここっこと鳴いて、生み立て卵の存在を高らかに告げるのを聴いていたからである。

しかしながら初めの九日間奥方は毅然として保護者の貧弱な賄《まかな》いに従った。が、そのあとは、濃厚な鶏肉肉汁《ブイヨン》が欲しい、と遠回しにではなく相手に分からせた。そして老婆がろくすっぽこれに取り合わなかったので、彼女はあからさまな言葉遣《づか》いでずけずけとこう言った。「お婆殿」と彼女。「そなたのスープは刺刺《とげとげ》しくてきつい味。パンは口の中を怪我してしまうほど固い。咽喉越しの好い、脂濃いスープをこしらえて欲しい。お礼はいたしましょうぞ。お宅では鶏が一羽啼いていますね。あれをつぶしてお料理して下さい。私が赤ちゃんを連れて旅に出るため、ちゃんとした食事を摂《と》って力を貯えられるようにね。私が頸に巻いているこの真珠の頸飾りをご覧。出立の折これを代価としてそなたに分けましょう」。「奥方様」と歯無しの女主人が答える。「おまえ様にはわしの手料理にけちをつける資格はござりませんぞ。よその女子《おなご》衆から口出しされて平気なおかみさんなどおらぬわな。わしはスープの煮方をよう心得とり

ます。美味しく結構に仕上げられます。それにな、思うにわしゃあ、おまえ様なんぞより長いこと料理をやって来ましたのじゃ、わしのスープは申し分なし、それにお乳の出にもええでしょうが。それ以上何がお望みかの。わしのこっこちゃんは食べさせてあげません。あれはこの人里離れた荒地でのわしの遊び仲間で同居人、部屋でわしと一緒に眠り、わしと同じ鉢から食べますのじゃ。真珠の頸飾りは取って置きなされ。わしはその分け前とやらも、おまえ様のお世話をしたからとのお礼、代価など戴くつもりはありませぬ」。お産婦さんは宿の女主人が料理をとやかく言われるのを好まないのを了解、口をつぐんで、折しも婆様が自分の前に据えた野草のスープを一所懸命啜った次第。

次の日老婆が手籠を腕に下げ、四出の木の杖を手に取って言うには「パンだがの、わしがおまえ様と分けるこのちいちゃな切れっ端《ぱし》以外は食べ尽くしてしもうたで、新しい貯えを仕込みに、パン屋へ行って来ます。その間留守番と、わしのこっこちゃんの世話を頼みますぞ。くれぐれもあれを殺したりせんようにな。卵はおまえ様にあげます。捜す気がおありならじゃ。あの子はいつも隠すのが好きだでの。わしが帰るまで七日待たっしゃれ。一番近くの村はここからたんだ野道を一本じゃが、わしの足では三日の旅路。七日経ってもわしが帰らなんだら、二度とお目にかかることはありゃせんで」。こんな言葉を残してちょこちょこと出て行ったが、なにせ蝸牛《かたつむり》のような歩きぶりのこと、昼になってもまだその姿は丘から矢の届く距離*ほども遠去からず、見送っていた宿泊客の目から消えたのはやっとこさ

黄昏刻《たそがれどき》。

　さてこうなると台所の総指揮に当たるのは女客の方。そこで熱心に産卵鶏の卵を捜しに掛かる。家の隅隅をことごとく調べ、周りの藪や生垣を残らず注意深く捜し回ったもの。これを七日の間やったのだが、ただの一つも見当たらない。それから奥方は丸一日、それから更にもう一日老女の帰るのを待ち侘《わ》びた。けれども一向現れないので、もう帰って来ないのだろう、と諦めた。食料は尽きてしまった。奥方は三日目を権利喪失期限*と設定、この日までに老女不出頭の場合、その不動産および動産を遺産として収用しよう、ともくろんだ。*先ず第一に所有権が行使されることになっていたのは卵を隠す雌鶏であって、これには恩赦無しで料理鍋行きの宣告が下っている。新しい所有者はもうとりあえずこの子を牢屋に入れることにして、籠の中に閉じ込めておいた。次の日の朝まだき彼女は鶏を屠《ほふ》るための小刀を研ぎ、煮るために竈《かまど》で湯を沸かした。鶏を別れの宴《うたげ》の材料にしようと思ったからである。こうしてせわしなく料理仕度に掛かっていると、閉じ込められた雌鶏が声高らかに生み立て卵があることを告げた。遺産相続者としてはこのような遺産追加はまことに歓迎すべきもの。彼女はこれでおまけに朝御飯が食べられると考え、すぐさま取りに行き、籠の底にそれを見つけた。食欲すこぶる盛んな奥方は、この卵を食べてしまうまで処刑を延期することにした。彼女はこれを固茹《ゆ》でにしたのだが、鍋から取り出すと鉛のように重い。殻を剝いてみたものの、中には何も食べられる物は入っておらず、びっくり仰天したことには黄身が無垢《むく》の黄金だった。

　この発見が嬉しくてたまらず食欲などもうどこへやら、今や奥方の関心はこの不思議な雌鶏に餌をやり、いいこいいこして、自分に馴れさせることに集中。彼女は、料理鍋の中でこの貴重な卵製造工場があえなく最期を遂げる前に、雌鶏の素晴らしい特性を発見するのがうまく間に合った幸せに感謝した。また錬金術師の鶏の存在から彼女はお婆殿についてこれまでとは打って変わった見解を持つに至った。初め知り合った時にはこの女性を老いさらばえた百姓女と思い、その手になる塩気の無い野草スープを味わった時には、物乞い女かな、と考えたのだが、こうした発見をしてからというものその正体は、自分を憐れんでたっぷり施しを恵んでくれた慈悲深い妖精《フェ》*なのやら、それとも、まやかしの術を掛けて自分をからかった女魔法使い*なのやら、とんと分からなくなった次第。あらゆる状況から今回の件では超自然的な何かが介在していることは明白となったので、思慮深い奥方としては賢明にも、このフィヒテルベルクの曠野《あれの》から立ち去るにしても早急に事を運ばないで、自分に厚意を寄せてくれているらしい目に見えない力を立腹させないようこれからの計画を充分に練り上げるべきだ、と考えた。不思議な雌鶏を自分のものにして一緒に連れて行った方がよいか、それとも元のように放してやるべきか、長いこと決心がつかなかった。卵はあげる、と老婆に言われたので、三日経つと彼女は三つの黄金の卵の持ち主になった。けれども産卵鶏自体となると、もし連れて出かけたら窃盗の罪を犯すことになるのか、それとも暗黙の贈り物と考えてもよいのか、とんと見当がつかぬ。そこで私欲と逡巡《ためらい》が不釣合いな競争を始めたが、そのうちに――こりゃあまあ世間一般そうしたものだけど――前者が優勢を保つようになった。老婆の遺産の帰属決定はそれでけりが付く。旅支度を済ませた奥方は雌鶏を鳥籠に入れ、赤ちゃんは布切れにくるみ、漂泊の民《ジプシー》の習俗にならって背中に括り付けた。こうして住人だった三つ葉の和蘭紫雲英《クローヴァー》〔三人組〕がこの人里離れた寂しい小家を後にしたので、中ですだいている一匹の蟋蟀《こおろぎ》を除いてはもはや生命の息吹は何一つこの家に残らなかった。

　慎重な逃亡者は、今にも老婆が現れて、雌鶏を返して欲しい、

と要求するのでは、とひっきりなしに予期しながら、老婆が赴こうとしていた森の村へ真っ直ぐに向かった。一時間も歩かないうちによく踏み均《なら》された路に出たが、これは例の村へと一筋道。子細を知りたくてたまらぬ彼女はパン焼き小屋で、ここでしばしばパンを買うとかいうお婆殿のことを訊き回ったが、そんな婆様を知っているとか、以前見掛けたことがある、と言い出す者は皆無。そこで同居していた奥方としては老女の隠棲場所に滞在したことをなにくれとなく物語る気になった。百姓女たちはこのできごとをひどく不思議がったが、その山中の家については誰一人知らない。ただある高齢の女性が祖母から、山の奥に森女*が棲んでいて、何か善い事をするために百年に一度姿を現し、それが済むとまた消えてしまう、と聞いたことがある、と思い出し話をした。これで奥方には謎がかなり解けた。彼女は、自分が丁度うまい時期に回り逢い、フィヒテルベルクの見知らぬ主《ぬし》が慈悲深くも親切な手を差し伸べてくれたのだ、ということを疑わなかった。彼女は毎日黄金の卵を産み続けてくれる雌鶏を今や二重の敬意を払って大切にした。ただ単にこの子がもたらしてくれる豊かな利益のためばかりでなく、とりわけ、彼女が置かれていた絶望的な状況下で真心籠めて世話をしてくれた仙女の懐かしい形見として。あのお婆殿ともっと親しくお近づきになっておかなかったのが残念で堪らぬ。もしそうしてくれていたらもちろん奥方は好奇心満満の後世のために不滅の功績を挙げることができただろうに。つまり、彼女が宿主のことを調べ出し、その本質やら性格について詳細な情報を集めたとしたら、私たちは、これがノルネン*の一人だったのか、女性のエルフ*だったのか、呪われたお姫様*、白衣の夫人*、はたまた女魔法使いとか、キルケ*ないしはエンドルの魔女*のご同業だったのか、説明しえた次第であるが。

もてなしに与《あず》かった女性《にょしょう》の方はといえば、この森の村で牡牛たちに牽《ひ》かせる車[1]を一台雇い入れ、これに乗ってバンベルクに向かい、いとけない息女とこっこちゃん、それから一マンデル*の卵とともにそこへ無事到着、同地に腰を落ち着けた。初め彼女はすっかり引き籠もって暮らし、自分の小さな娘の訓育と不思議な産卵鶏の世話にひたすら専念していた。けれども時とともに卵の豊かな恵みが膨れ上がるにつれて、たくさんの土地や葡萄山、それからまた荘園や城館の数数をも購入、それらから生じる収入で裕福な生活をするようになり、貧しい人たちに善行を積み、幾つもの修道院に寄付をした。こうして彼女の敬虔さと彼女の莫大な富の評判は大いに広まったので、司教*の関心を惹いた。司教は彼女に好意を持ち、多大の敬意と親密さを示した。ルクレツィア姫は成長し、その淑徳と美貌のため、僧侶にも俗人にも賛嘆された。彼女の魅力の数数は精神界《ガイストリヒ》にある高位の聖職者方にとっても、肉欲界《フライシュリヒ》(2)にある貴顕紳士に負けず劣らず心地好い目の保養だったのである。

この頃皇帝は帝国議会をバンベルクに招集した(3)。高位の聖職者*や諸侯が夥しく逗留して市《まち》がごったがえしになったため、母夫人は息女とともに騒がしさを避けて所有の荘園の館の一つに赴いた。けれども親切なバンベルクの司教が何かの折姫のことを皇后に口を極めて褒めちぎったので、皇后は、この麗しい少女を宮廷の女官たちの一人に取り立てたい、と思し召《おぼ》した。皇帝ハインリヒの許における宮廷生活は厳しい躾《しつけ》と美徳の修錬場という評判が立っているわけではなかったから(4)、細心な母夫人はこうした御諚《ごじょう》にできるだけ抵抗し、娘に与えられた名誉を謝絶申し上げた。にもかかわらず皇后は自分の意向を主張して譲らず、また司教の威信がさしも慎重な母夫人に大きな効果を及ぼしたので、彼女は結局承諾したのである。純潔なルクレツィアは宮仕えの身となり、贅沢な女官の一人として着飾らされ、皇后のお針箱を預かり、他の高貴な血統の乙女たちとともに宮中行事の折折に皇后の裳裾に随《つ》き従った。皇后が出御《しゅつぎょ》するたび、あらゆる目がルクレツィアを待ち受けた。というのも宮廷人全員一致の告白によれば、彼女は大奥の美女たち《ニンフ》*の中で最も典雅の女神《グラティア》*の名に相応《ふさわ》しいひとだったからである。

宮廷では毎日がなにかしらの祝典。母君に監督されながらの単調な暮らしに取って代わった目眩《めくる》めくような多彩な楽しみごとの数数に、ルクレツィアの魂は筆舌に尽くしがたい歓喜で満たされ、神の至福に抱かれたとは行かなくとも、その前庭のあたり、火天《エンピュロス》*に運ばれたのだわ、と考えた。優しい母親はかねて娘にお小遣いとして、宮廷からのお手当ての他に、魔法の鶏が産んだ六十個《ショック》*の卵を与えてくれた。だから

愛神《アモール》の矢にまだ傷つけられたことがなく、幸せの最高の願いといえば、子どもっぽく嬉しがって装身具できらきらと着飾るくらいの麗しい少女らが思いつくどんな望みだってこれを果たすことなど何の雑作《ぞうさ》も。こんなきらきら、彼女たちは聖人の光背《こうはい》とだって取り替えっこしないことだろう。衣装が豪奢という点でも彼女は自分の女主人にかしずく乙女たち全てを凌駕していた。彼女たちは心中ひそかにルクレツィアをそのせいで妬ましく思っていたが、面と向かっては高雅なその趣味を誉めそやし、宮廷の習慣に従って彼女を愛想良くちやほやしながら、不快と憤懣《ふんまん》は一切深く胸の奥底にしまいこんでいた。何しろ皇后がこの子に愛顧寵遇を降り注いでいたので。伯爵方や貴顕紳士の面面もおもねり、ちやほやすること、これに引けを取らない。もっともこちらの方は上辺《うわべ》だけのものではなく、一言一句心底からの吐露。そもそも女人賛美と申すものは、男たちの口の中では油のように滑らかだが、ご婦人がたの舌の上では酢みたいにきつく、刺すような味となる。

宮廷の甘やかな薫香が絶えず匂っていたのだもの、ルクレツィア姫の清らかな女らしい魂の冴《さ》え冴《ざ》えとした光沢が虚栄の銹に蝕《むしば》まれなかったとしたら、全くの話、黄金の鶏卵同様大いなる奇蹟と言わざるを得ぬ。甘美なくすぐりの数数に心驕《おご》った彼女は好いことずくめを囁かれるのをしょっちゅう要求、宮仕えの乙女たち一同のうちで最も麗しい、と告白されるのを生得《しょうとく》の権利と思い込むようになった。こうしたつけ

あがった思いつきがやがて孕《はら》んで艶《なまめ》かしい媚態を生む。この媚態、おしまいには、諸侯、伯爵、宮廷出仕の貴族たちを自分の凱旋戦車の軛《くびき》に繋ごう、できるものなら、ドイツ民族の神聖ローマ帝国*全体を勝ち戦の虜囚《とりこ》として引き回そう、とまでになる。このように傲慢な意図を慎ましさの仮面の下に隠す術《すべ》を心得ていたので、彼女の海賊行為はそれだけ一層うまく成功した。ちょっとその気になるだけで、彼女は諸人《もろびと》の感じやすい胸に火を点《つ》けた。こうした嗜癖《しへき》をかっかと煽り立てるのは父親の血統から彼女に唯一受け継がれた遺産と見えた。目的を果たしたとなると、すげなく取り澄ましてさっと身を引き、ご愛顧をひたすら求める男たちを全て失望落胆させるのが常。そうして、ひそやかな苦悩が不幸な者たちを責め苛《さいな》み、せつない恨みつらみにふっくらしていたその頬が痩せ萎《しな》びるのを眺めて、思い上がった意地悪な喜びに浸るのだった。けれども自分自身はというと、鉄壁の無感動で心を包んでいたので、中にこっそり忍び込み、仕返しにこれを同様にぱっと燃え上がらせよう、とこの障壁を制覇するのは、彼女の戦士《チャンピオン》*たちのだれにも成し遂げがたいことだった。姫は愛を受けはしたが、愛を返さなかった。時機がまだ来ていなかったからか、それとも、功名心が優しい情を抑えつけていたからか。あるいは、彼女の気質が大海原のようにすこぶる揺れ動き、変わり易かったので、恋の芽生えが飛び跳ねる落ち着きのない心根に根づかなかったせいかも。雅《みやび》の道に最も練達した傭兵たちは、この土地からは何も戦利品を獲られないことをよくわきまえているので、いつもただ攻撃するふりだけで済ませておき、ちょいちょい鬨《とき》の声を挙げておいて、それからまたひっそりと脇へ進軍して行ってしまうか、美しい胸部の中で鼓動していれば、どのご婦人の心をもとんと叩いてみはするが、アフリカの荒野に棲む猛獣どもが火に怯えるごとく、婚礼神《ヒユメネーオス》*の清浄な炬火《たいまつ》は敬遠する当世ドイツの軽佻浮薄な紳士諸君のようにふるま

った。一方場数を踏んでいない連中は、すっかり信頼しきってこの上もなく大真面目に攻撃を遂行、心の安息と満足を失って撃退された。なぜなら姫は堡塁を守り抜いたからである。

もう何年も前から皇帝の行宮《あんぐう》*にクレッテンベルク*の若い伯爵が随行していた。彼はちょっとした肉体的欠陥を除けば宮廷で最も愛すべき男性だった。この青年、一方の肩が曲がっているので、屈背《くぐせ》のウルリヒと綽名《あだな》されていた。けれども彼のその他の才能および好もしい資質のお蔭で、アドニス*のような美青年を敢えて征服しようとなさるご婦人たちの厳しい法廷《アレオパゴス》*でもこうした欠陥は看過《みす》ごされ、とやかく文句を付けるようなことは無かったわけ。宮中での評判は良く、女性に優しい言葉を大層たくさん掛けるので、上臈《じょうろう》がたは一人残らず、皇后御《おん》自らも例外でなく、彼に好感を抱いていた。新しい娯《たの》しみ事を考案したり、ありきたりの宮中の催しに新鮮な魅力と高雅な風合いを加味する彼の機知縦横ぶりは無尽蔵だったので、ご婦人連の居間にはなくてはならぬ人物とされていた。悪天候の折や、教皇猊下《げいか》のせいですこぶるそういうことがあったのだが、皇帝がご機嫌斜めのみぎり、宮廷中が無気力な倦怠に陥ってげんなりしていると、不愉快な気分を追い払い、朗らかさ・陽気さを皇帝の行在所《あんざいしょ》に取り戻して欲しい、とウルリヒ伯爵にお呼びが掛かるのだった。

ご婦人方の集いこそ彼が生き生きと活躍する得意の領域。もっとも悪戯な愛神《アモール》*を絶えずかわす術《すべ》を心得ていたので、愛神《アモール》はその抗し難い投げ矢という銛《もり》を彼に届かせることはできず、うっかりしたら綱に引きずられる*のが落ちだったろう。おどけた恋の戯れが彼のお気に入りだったが、どこかの女が手枷《てかせ》足枷を嵌《は》めようと企むと、サムソンが不実な情人に縛られた七本のまだ使ったことのない靭皮《じんぴ》の縄を断ち切った*ように、これをずたずたにするのだった。高慢なルクレツィアと全く同様、彼は枷を掛けるだけで、自分が掛けられる気はさらさら無かったのである。偶然の成行きでお互いに近づけられ、一つ空の下に暮らし、一つ屋根の下に住み、一つ部屋で食事をし、一つ園亭《あずまや》に日蔭を求める二つの同じ気性の魂はとうとうぶつかり合って、その才能を相手に試してみざるを得ない破目になった。

ルクレツィアは伯爵を制覇する計画に着手。そして宮廷切っての移り気な恋人と定評がある彼を、服飾《ファッション》界が服の流行を変えるように季節ごとに取り替えるのが習いだった自分のこれまでの戦士《チャンピオン》よりもしっかり繋ぎ止めておこう、そして、この気紛れな遊星を固定したという名声を獲得しないうちは放免すまい、と決心した。伯爵の方はというと、かのこの上も無く麗しい宮女と雅《みやび》の交わりを結んで、全ての恋敵を鞍上から突き落とし、愛の手練手管に自らが卓越していることを彼らにじっくり感じさせよう、との野望に駆られた。で、ルクレツィアが触れなば落ちんばかりにその帆を下ろしたら、こちらは即刻錨を巻き上げ、風の翼に乗って、だれか別の女人の愛情溢れる胸という港に走り込もう、というのである。二つの強国は相互攻撃のために準備完了、花咲き乱れる恋の戦場で代わる代わる望みのままに作戦が進行した。

　この乙女、殊《こと》の外《ほか》うまく成功。もう長いことこっそり標的にしていた宮廷の寵児が、今度は向こうから近づいて来て、彼女の神秘的な魅力に敬意を表したのである。これまで自分を撥ねつけていた伯爵に、仕返しをする機会が得られたわけ。以前はそそくさと彼女から逸れて行った男の視線は今やもう彼女一人に釘付けのてい。そして昼が太陽にくっつき放しのように、彼女にぴったりと随き従う。伯爵が主宰する宮廷の祭典はことごとくルクレツィアと引っかかりがあるもので、催しの趣向について彼がお伺いを立てるのはルクレツィアの好みだけ、彼女が、よろしいわ、とのたまうこ

とは、善美を尽くし活発に遂行されるし、彼女の意にそぐわぬことは、皇后御自らのご提案でも実現しない。こうした妙なる薫香《アンバー》が焚かれているのはどの神様の祭壇か、敏感な鼻の持ち主たちは容易に嗅ぎつけ、この宮廷はルクレッツィア姫の思いのままに鳴り響く角笛《ホルン》だ、と公の取沙汰となった。花も盛りの絶頂にある女性観相学者たちはこうした類稀な色恋沙汰を目《ま》の当たりにして嫉妬のため黄色くなったり青くなったり。喜んで伯爵に心を捧げたかった、あるいは、伯爵の心をちょいと分けて戴きたかった沈黙の女性観客たちは諦めざるを得ない。さて伯爵はかの美しきバンベルク乙女のために自分のこれまでの戦利品をことごとく犠牲に供し、乙女の方もそのお返しに囚われの身としていた殿方全てを再び釈放、こぼれるような優しさという網や罠で宮廷人の心を囲い込むことはなくなり、彼女の吟味する目がひそかな渇仰者たちのうずうずしている視線を探ることも無くなった。

これまでのところこの典雅なご両人の恋の交わりは双方ともに拘束されている体系的秩序に完全に従って進行、二人ながら交代に楽しみを満喫して満月のように輝いていた。で、次には再び欠け始めるのだが、観ている者の目には片割れが全く消えてしまって影に入るのに引換え、もう半分は二十六夜の三日月になってもまだ輝きは留めている、というわけ。こうなったらどちらか一方が、自分の方がだまくらかされたのじゃない、ということを宮廷の面面の前ではっきり証明する達人の一撃で、この恋の戯れを打ち切りにするのが肝心。最初伯爵は見栄から、あらゆる恋敵より優位に立って、それを自慢の種にし、これに成功したら獲物を捨てて別のを探そう、ただそれだけが目標だった。そうした意図は達成された。が、嗤《わら》い者にされたら滅多に罰せずにはおかぬ悪戯な愛神《アモール》は知らず知らずのうちに、この高慢と虚栄の戯れを真剣な恋に変えてしまっていた。ルクレッツィアの方はまだしも自分の計画に忠実なままだった。彼女はまだ思いやりというものを知らなかったし、釈放してやらぬうちに反逆者に服従を拒まれでもしたら、心の征服者という自分の名声が危険に曝されるだろう、それに、ひそかに心配で堪らなかったのだが、この親衛《バラ》

騎士《ディン》*が枷をかなぐり捨てようものなら、大向こうの観衆に受けっこあるまい、と考えたので、伯爵がいとも熱心に彼女の愛顧の永続を求めたら、その時には相手に別れを告げよう、と決心した。

この破局に至る機会は思いがけなく生じた。クレッテンベルクの伯爵ウルリヒの同郷人で領地も境*を接するケーフェルンブルクの伯爵ループレヒト*が、ぴちぴちした紅い頬っぺの従妹を参内させるため、皇帝ハインリヒの通常の帝都であるゴスラール*にやって来た。そしてここで麗しのルクレツィアを見たのである。彼女に一目惚れするのは、我らが祖国ドイツの四方から、当時ドイツの聖所《パフォス》*だったこの古雅な帝国直属都市に駒を騎《の》り入れたあらゆる騎士たち貴族たちの通例だった。ループレヒトの外貌はご婦人がたにとってはあんまりぞっとしない代物。それに彼の幼い頃の子守女は軽率にも母なる自然の職分に干渉、世話をしていた子どもに自然が授けた以上の物を付け加えてしまった*のである。つまり背中に瘤をくっつけたわけ。この瘤は大層目立ったので同名の男たちと区別するため傴僂《くつま》のループレヒトと綽名された。肉体的欠陥は往時には仕立て屋の技術《うで》によってうまく隠されることはなく、公《おおやけ》の目に曝され、堂堂と見せつけられたし、後世の歴史家たちによって注意深く保存されさえした。跛者《ちんば》、吃音者《どもり》、斜視《すがめ》、独眼《めっぱ》、太鼓腹《はらでか》、消耗病者《しなび》などは、彼らの事跡についての記憶がとっくの昔に消えて無くなっても、いまだに忘れられないでいる。このケーフェルンブルク男、大変に傲岸不遜。彼の容姿は色恋の領域で将来を大いに嘱望されるものではなかったが、そのため卑下することなんてろくすっぽありはしない。だからいわば背中の間の重荷は己惚れに釣り合いを取る分銅《ふんどう》といったところ。少なくともこの御仁《ごじん》、これを恋路の幸せの見込みが挫折するかも知れぬ暗礁だなどと思ってもみなかった。彼は勇猛果敢に麗しのルクレツィアの心への攻撃を開始。彼女はまた折しも久しく閉ざされていたヤヌスの神殿の門を開いたところ*なので、捧げられた生贄をいかにもお気に召した様子をつくろってご嘉納あそばす。この幸先の良い前兆にゴスラールはループレヒトにとって至福の園《エリジウム》と化した。お人好しのぽっと出の伯爵殿はもとより与かり知らぬことだったが、この狡賢い優美な宮女は自分の心をさながら凱旋門のように用いているのであって、これは、彼女に枷を掛けられた群集を通過させはするけれど、内にずうっと踏み止まらせはしない門だった。

これまで乙女の心を許されていた方は己《おのれ》の没落を予想したが、辞任を言明する決心がつかず、できる限り地位にしがみつき、罷免《ひめん》されるまでぐずぐずしている足許の危ない大臣さながら。移り気な女支配者となんとかうまく縁が切れたとしたら、もしかするとこの勝負を有利に転じ、袖にされたという印象を隠し、観衆の目をごまかすことに成功したかも知れない。そうしていたら行き当たりばったりの情事に身を任せたであろう。あのふっくらとした頬っぺの紅いテューリンゲン娘などこうした戯れのお相手にお誂《あつら》え向き。けれど彼の全恋愛機構は真摯な情熱の介入によってまるきり狂ってしまい、今や、惚れ込み役をとことん深く研究したお蔭で、よくあることだが、素人俳優としての経歴に結婚で終止符を打つ我がドイツの恋愛芝居の男優たちと同じ運命に陥った。灯火の周りを何度もひらひらと遊び戯れて罰を蒙らずにいた蛾が、これから離れることができなくなってしまい、自由を求める努力の断末魔のあがきは熱い炎のために挫かれたわけ。

ウルリヒが最初この自由の喪失を認めたのは、同郷のケーフェルンブルク男が恋敵であることを発見した時のこと。なるほど、こんなやつは別段怖くはなかった。けれどもその存在によって、自分の想い人が本当に細やかな眷恋《けんれん》の情を分かち合ってくれているのではないことを悟らされたのである。臍《ほぞ》の緒《お》切ってこのかた初めて彼は報われぬ愛の苦悩を覚え、それを賑やかな催しを開いて晴らそう、自分の人生を苦いものに変えた情火をかき消そう、としたが無益だった。やがて、こうした企画を実行に移す気力も失せたことに気づいた。彼はもはや髪の毛の房もろとも壁から釘を引き抜く、あるいは、自分を傷つけた棘を心臓から抜き去ることのできるサムソンではなかった。彼は力を奪われて、自分を姦策に掛けたティルスの情婦*の膝枕で寝入っているサムソンだった。生気も活気もなく、塞ぎ込んでひっそり歩き回る彼は滅多に宮廷に伺候しなくなったが、出て来てもまるで無口だったので、上臈方を退屈させる始末。彼が控えの間に姿を見せただけでご機嫌斜めになるのすらも幾人か。なぜなら深い憂愁が、背後に沈む太陽が隠れている夕暮れの雲のように、彼の額に垂れ込めていたからである。これに反し彼の勝利の女神は、忠実な親衛騎士《パラディン》の苦悩に満ちた状態に一向同情を感じないで、誇らし気に凱歌を挙げて舞い上がっていた。いや、それどころか、残酷さを発揮して、寵遇しているように見せ掛けている例の恋敵に、しばしば彼が居合わせるところで自分の魅力のありったけを振りまき、あからさまに秋波を送ることも憚らぬ有様。

　いやが上にも勝利を誇示しようとルクレツィアはある日婦人部屋で大饗宴を開いた。唄が響き竪琴が奏でられる最中もてなし役の快活さがいとも高く極まった時、仲間の上臈たちは彼女に歩み寄ってこう言った。「ね、あなた、この楽しい日のことを私どもがこれからも思い出せるように、お祝い事に何か名前をお付けあそばせな」。こちらは答える。「この催しをどう呼ぶか、あなた方にお任せいたします。そうすれば、ちゃんとお心を配って、これからもこのことを忘れないでくださいますもの」。けれども陽気な客の群がしきりと強いるので、彼女は頼みを聞かずにはいられなくなり、お調子に乗って、ウルリヒ伯爵束縛記念日と命名したもの。

　時代の好尚というのは、他の何事にまれそうだけれど、恋の道でも常に一定不変というわけではない。当代十八世紀の末の四半期であってご覧《ろう》じろ、愁いに沈み、ひそやかな心痛に苛まれ、憔悴《しょうすい》に頬のこけたウルリヒ伯爵はまことに場所を得たもの、心優しい女性たちは誰一人彼に抵抗できなかっただろう。可哀そう、という気持ちが慕情を始動させる槓杆《レバー》の役割を果たしたはず。しかしこの時代にあっては、感傷に溺れている彼は何世紀も先行しちゃっていたのであり、同時代人の嘲笑に身を曝すのが落ちだったわけ。こんな調子では目的は実現できない、と何度も率直な良識に告げられた彼は、とうとうこの善良な助言者に耳を貸し、嘆息する恋人役を人前で演じるのはもはや止め、再び生気と活気を取り戻し、難攻不落の美女と戦うのに彼女自身の武器を使おう、と試みた。

「虚栄は」と彼は呟いた。「惹き付けもし、反発しもする磁極だ。あの高慢な乙女は虚栄心から恋慕者たちをちやほやしたり、袖にしたりする。だからわたしはこうした野心をはぐくんで、彼女が心中声高に語り始め、わたしに対してあの言葉［お慕いしております］を告げるようにして見せよう」。彼はすぐさまもとの生活に戻り、以前のようにつんと澄ました姫君のご機嫌を取り、彼女が何も言わぬうちにその望みをことごとく先回りして叶え、女性の虚栄心をくすぐるのが習いの数数の捧げ物を雨霰と降り注いだ。ある富裕なアウクスブルク人*がアレクサンドリア*から海を渡ってやって来て、皇后に素晴らしい装身具のお買い上げを願ったことがある。皇后が自分には高価過ぎるとの理由でこれを断ると、ウルリヒ伯爵は商談に乗り、伯爵領の半ばをその代価として譲渡、この装身具を己《おの》が心の支配者への贈り物とした。彼女は宝石を受け取ると、ある宮廷の祝祭の折、これで面紗《ヴェール》を絹のようなその髪の黄金《こがね》なすお下げの上に留め、宮廷のめかしこんだお仲間たち皆に腹膨るる物思いと極度の精神的緊張を惹き起こし、寄進者に愛想良く流し目を送り、その後戦勝記念品《トロフィー》を宝石箱にしまいこみ、ものの数日と経たないうちに伯爵と彼が献上した装身具は忘れ去られた。にも関わらず彼は迷うことなく新たな贈り物をしては前のをまた彼女に思い出してもらうことを続け、彼女の己惚れを満足させるあらゆる品を捜し求めた。このような出費のため彼は余儀なく伯爵領のもう半分も同様に抵当に入れてしまったので、そのうち彼に残されたのは紋章と称号だけ、これを担保にいくらかでも貸そうという高利貸などありはせぬ。そうこうするうち彼の度を越えた浪費が日に日に人目に立つようになった。皇后ご自身が彼にこのことで釈明を求め、先祖伝来の世襲領をこうも愚かしく無駄遣いするのを止めるように、と諫めた。

　そこでウルリヒは自分の切望を打ち明けてこう言った。「いとも恵み深き皇后様、陛下にはわたしの恋愛沙汰をお隠し申すわけには参りませぬ。わたしはあの手弱女《たおやめ》のルクレツィアに心を偸《ぬす》まれましたので、彼女無しには生きとうございませぬ。けれども彼女がわたしにどんな仕打ちをしているか、まやかしの徒《あだ》情《なさけ》でどのようにわたしを弄《もてあそ》んでいるか、これは陛下の宮廷中の語り草。危うく我慢がなりかねることもありました。それでもなおわたしはあの女性を思い切れませぬ。財産一切をわたしは姫の愛顧を得るのに擲《なげう》ちました。しかし彼女の心はわたしに閉ざされたままです。丁度至福の天国が破門に遭った死者の霊魂に閉ざされておりますように。ただし彼女の目つきは時時わたしにもっともらしく恋の成就を約束するのですが。ですから、なにとぞお願い申し上げます。姫にわたしの結婚申込みを拒む法的抗弁権*が無いのであれば、彼女を妻としてどうかわたしに添わせてくださいますよう」。皇后は、彼に代わってルクレツィアに求婚することを引き受け、彼の愛の誠をこれ以上試練に掛けず、真心籠めて愛し返してそれに報いるよう彼女を説得する、と約束した。

　ウルリヒのことを高慢なルクレツィアに執り成す機会がまだ見つけられないでいるうち、くつまのループレヒトが皇后に謁見を請い、こう言上したもの。「いとも優渥《ゆうあく》なる皇后様、お扈従《こじゅう》の中のさる乙女、貞潔なルクレツィアがこのほうの眼鏡に適《かな》いましてござる。また、あちらもこのほうに心を捧げてくれました。それゆえ、あれを許嫁《いいなずけ》として故郷に連れ帰り、キリスト教会の掟に則《のっと》り婚儀を取り結ぶお許しを賜りたく、かくは参上つかまつりました。陛下が忝《かたじけな》くも、あれの手をこのほうの手に置き、あの気高い乙女に暇《いとま》を取らせてくださるなれば」と。陛下は、既に他の殿御の所有物《もちもの》だという乙女心に伯爵がどんな要求権があるのかしきりに問い質《ただ》し、お気に入りのあの子が宮廷の二人の貴族と、同時に恋の語らいを続けた、と聴かされて、大層ご不興になった。このようなことは当時にあっては忌むべき所業で、先行き生死を賭した決闘となるのが普通。なにせ、かような場合恋敵同士己《おの》がものと思いこんだ意中の女《ひと》を流血沙汰無し

に手放しっこないのが常なので。とは申せ、皇后がいくらか気を鎮《しず》めたのは、双方ともこの案件での仲裁裁判長として自分を選んだのだし、両人ながら自分の裁定に儀礼を尽くしておとなしく従うだろう、と推測できたので。

彼女は姫を奥まった私室に呼び寄せ、厳しい言葉でこうなじった。「この跳ね返り娘。そなたの恥知らずな色恋沙汰でなんという揉め事をこの宮廷に惹き起こしたことでしょう。貴公子たちは皆そなたに血道を上げ、そなたを娶《めと》らせて欲しい、と哀訴嘆願でわらわを悩ます始末。これもひとえにそなたのことをどのように考えたらよいものやら、彼らには分からぬからです。そなたは磁石が鉄を引き付けるように、鋼鉄《はがね》の冑を悉《ことごと》く我が身に誘《おび》き寄せ、軽はずみに騎士や盾持ち*たちを弄び、それでいながらあの人たちの愛の誓いをすげなく撥ねつける。同時に二人の殿方に色目を遣い、しかも愚弄するとは、躾《しつけ》の良い娘にふさわしいことですか。面と向かってはいちゃいちゃし、徒《あだ》な望みを掻き立てておきながら、陰へ回って道化者扱いいたすとは。かようなことは許しませぬ。あの二人の立派な若者のうちどちらか一人をそなたの夫にいたすのです。くぐせのウルリヒ伯爵か、くつまのループレヒト伯爵のいずれかをなあ。とくとく選んで、わらわの不興を蒙《こうむ》らぬようにしなさい」。

ルクレツィアは、仕えまいらす皇后が自分の戯れの恋をこのように叱責し、きつく訓戒したので、色を失った。彼女は、恋の道でのまこと些細な追剝《おいは》ぎ行為なんぞが、神聖ローマ帝国の最高法廷で裁かれるとは、思っても見なかったのである。そこで峻厳な女主人の前に慎ましやかに跪《ひざまず》き、可憐な涙で手を濡らしたが、やがて動転から立ち直ると、こんな具合にかきくどいた。「お怒りにならないでくださいませ、皇后陛下。私の取るに足らない魅力ごときがあなた様の宮廷を騒がしたといたしましても。私、いけないことに手を染めてはおりませぬ。公達《きんだち》がなんの遠慮もなさらず若い娘たちに近づくのは、どこでもあの方がたの慣わしでございましょう。けれど私、殿方に、心を差し上げます、とお約束するような望みをかきたてたことは一切ありませぬ。これはまだ思いのままに使える誰《たれ》憚らぬ私の所有物《もちもの》。ですから、陛下、賤しい端女《はしため》に、その心に添わぬ夫を頭ごなしのご命令で無理強いあそばすのはご容赦くださいますよう」。

「そなたの言葉を聴く耳は持ちませぬ」と皇后は応えた。「わらわの気を変えようと、逃げ口上でごまかそうといたすまいぞ。わらわはよう知っております。そなたがバジリスク*のようなその目から愛という甘い毒薬をこの宮廷の伯爵その他の貴族がたの心に注ぎ込んだことをな。今はもう恋愛三昧の罪滅ぼしをして、そなたがこれまで男どもをいましめて来た枷を我と我が身に掛けるがよかろう。それと申すのも、そなたに既婚夫人の頭巾《ボンネ》を被せるまで、わらわは安眠いたす気になれぬからじゃ」。

　面目丸潰れの目に遭わされたルクレツィアは皇后がおそろしく真剣なのを見て取ると、これ以上逆鱗《げきりん》に触れぬよう、抗弁し続けるのは差し控え、ある企みを考え出し、これで落とし戸に嵌《は》まるのを逃れようとした。「仁慈遍《あまね》き皇后陛下」と彼女。「お言いつけは私にとりましてその他の十誡《じっかい》*同様お守りいたさねばなりませぬ十一番目の誡でございます。仰せの通りにいたしますが、ただ、求婚してくださっておられるお二方のうちお一人を選ぶことをお許しくださいませ。あの方がたはお二人ながら私には大切な殿方、私、いずれのお怒りも買いとうございません。ですから、陛下、あの方がたに条件を一つ出すことをお認め戴ければありがたい幸せでございます。それを果たしてくださる方を背の君として受け入れますのに吝《やぶさ》かではありませぬ。あの方がたがそれを成就することによって騎士の報酬として私の手をかちえようとなさらぬなら、私は承知いたしました、との言葉をすっかり免除される、と陛下がご綸言《りんげん》*とご名誉に掛けてお約束くださるなら」。

皇后は、狡猾なルクレツィアのこうしたまことしやかな従順さにすっかり満足し、課題を出すことによって恋する男どもを煽り、彼らがたじろぐことは無いか吟味し、最も相応しい者に戦利品として自らを差し出そうというこの申し出を受け入れ、綸言と名誉に掛けてその条件を容認、「結婚を申し込んだ二人のうち一番健気《けなげ》な御仁は、そなたを手に入れるためにどのような代価を支払わねばならぬのか、教えてたもれ」と言った。乙女は微笑みながらこう応える。「他でもありませぬ、あの方たちがこれ見よがしに身に付けておられるくぐせとくつまをお取りになることですわ。重荷を振り捨てるよう試して戴きたいもの。私、蠟燭のように真っ直ぐでない、樅の樹のようにすらりとしていない求婚者と指環を取り交わす気はございませんの。婿君に非の打ち所がなくなるまで、くぐせもくつまも花嫁を娶れない、とご綸言とご名誉が私に保証してくださっております」。

「おお、この悪賢い蛇めが。とっととすさりおろう。そなたはわらわのみことのりを嘘八百でせしめおった。したが、わらわはそれを取り消すことは叶わぬ。一度《ひとたび》口にのぼせたからにはな」と腹を立てた皇后は言い、いらいらと乙女に背を向けたが、結局このようにうまうまと策に乗せられ、狡猾なルクレツィアに勝ちを譲らねばならなかったのである。ついでながらこれをしおに彼女は、自分が恋の道で周旋役を務めるということの上も無く恵まれた資質は必ずしも授かっていない、ということを学んだが、高御座《たかみくら》についている身であってみれば、そのようなものは無くてもがな、とすぐに心慰めた次第。好意の手助けがまずい結果に終わったと二人の求婚者に沙汰すると、ウルリヒ伯爵はこの悲しい知らせにひどく意気消沈した。高慢なルクレツィアがああした我儘気儘な言葉を弄し、申さば彼の肉体的欠陥、これまでは宮廷のだれ一人としてこれに触れたりすることがなかったから、もはや意識もしていなかった欠陥を咎め立てしたことを、とりわけ不快に思った。「あの小癪な女は」と彼は呟いた。「もっと穏やかな口実を見つけることはできなかったのか。綺麗さっぱり毟《むし》り尽くしたあとで、他の夥しい崇拝者同様わたしを慇懃《いんぎん》にお祓《はら》い箱にしようとてなあ。よりにもよってこんな条件を出して、彼女の心を我が物にすることは到底できないわたしの心を毒ある蝮《まむし》の一咬《ひとか》みでこの上更に傷つける必要があったのか。厭わしい者として足蹴にされて追われるような目に遭わされても仕方が無いようなことをわたしがしたというのか」。

恥辱にまみれ、深く絶望した彼は、差し迫った宣戦布告を目前に控えた大使のように、暇《いとま》乞いをせずに、皇都を離れた。あれやこれやと考えを廻らす訳知り屋たちは、こうした突然の失踪から推し量って、思い上がった乙女に、伯爵の手ひどい仕返しがあるだろうよ、と予言した。けれどもこちらはろくに気にもせず、軽やかな巣の真ん中で獲物を待ち伏せする蜘蛛さながら、のんびりお高く構えこんで、すぐにまたぷうんぷうんと飛び回る蚊が彼女の張り廻らした糸に掛かってもがき、手に落ちて新たな餌食になればいいな、と思っていた。くつまのループレヒト伯爵は、「火傷した子どもは火を怖がることを覚える」という諺を金科玉条に採用、伯爵領がルクレツィアの宝石箱にしまいこまれぬうちに、彼女の罠から逃げ出し、彼女の方でも羽を捥《も》ぎ取ることなしに、飛び去らせてやったのである。私利私欲に血道を上げる人間ではなかったので。黄金の卵なる宝が後ろ盾に控え、花も盛りの人生の春を謳歌している身であって見れば、がめつかったりしたら、それこそ奇妙奇天烈《きてれつ》至極な精神の迷妄であろう。ルクレツィアを喜ばせたのは伯爵の領地ではなく、ひとえにその献身だったので、陰湿な陰口や、毎日浴びせられる皇后の、伯爵を破産させたのはそなたです、という批難に堪えられなくなり、不当に得た富にある方法で決着をつけることにした。もっともその手段はそれでも姫の虚栄心をくすぐったし、自分に得が行く形で評判を広めるのに役立ったのだが。彼女はゴスラール近郊のランメルス山《ベルク》に貴族の息女用の修道院学校を建てたのである。そして、マントノン夫人*がルイ十四世の内帑金《ないどきん》でその敬虔な時期に彼女の霊的な理想郷《エリジウム》であるサン・シール女子学塾を経営したように、これを財政的に豊かに支援した。当時こうした篤い信仰の記念碑は、ラーイス*のような遊女にだって聖女だとの名声を博させることができた。この鷹揚な寄進者は美徳と信心深さの亀鑑《かがみ》として誉めそやされ、彼女の道徳性の汚点や瑕疵《かし》はことごとく払拭された。皇后ですら、信心深い泥棒女がその略奪行為の獲物をどんな目的に使用したのか気付くと、お気に入りの女官をあんなにひどい目に遭わせたことを詫び、貧窮した伯爵にいくらかでも償いをするために、皇帝から扶養推薦状《バーニスブリーフ》*を発給してもらい、彼の滞在先が分かり次第すぐさま、それを彼に送り届けてやるつもりだった。

　一方ウルリヒ伯爵は山越え谷越えて彷徨っていた。虚飾の恋なぞもう厭でたまらず、きっぱり断つ決心だったし、うつせみのこの世ではもう運が開けることはあるまい、と思ったから、突然世間にはほとほと嫌気が差し、現世主義者の中の不満分子に加わった。そして自分の霊魂の救済のためにエルサレムなる聖墓*に巡礼し、帰国したらどこぞの修道院に閉じ籠もろう、と志した。けれども祖国ドイツの国境を越える前に、彼は愛神《アモール》という精霊《デーモン》との難儀な戦いをやり抜かねばならなかった。この精霊、古巣を棄てるよう妖魔退散のお祓いを受けると、ウルリヒを責め苛んで狂人のようにした。驕《おご》り高ぶったルクレツィアの面影が、どんなに掻き消そうとしても再三抗《あらが》い難く脳裡に浮かんでならず、行く先先至るところ呵責霊《ブラークガイスト》のように随き纏った。理性は意思に向かって、あんな感謝を知らぬ女は憎みなさい、と命令。けれどこちらの強情な下っ端はご主人様に反抗して服従を拒絶する。彼女が傍にいない、という思いが、宮廷から遠ざかる一歩一歩ごとに、一滴の油を恋の炎に注ぐので、これはねっから消えはしない。悲しい放浪の旅の間、騎士がしきりと考えて止まぬのはかの麗しい毒蛇のことばかり。エジプトの肉の鍋に引き返し、約束の地ではなく、ゴスラールでおのが霊魂の救済の道を探したくてたまらなくなった*こともしばしば。世俗と天国との戦いでぼろぼろの責め苛まれた心を抱えて彼は旅を続けはしたものの、向かい風を間切《まぎ》って進む帆船さながらの態だった。

　こうした苦悩に満ちた状況でティロル*の山地をうろつき回っているうち、ロヴェレト*から程遠からぬ南国との国境いにほぼ辿り着いたのだが、その時ウルリヒは一夜を明かす宿に行き当たらぬまま、とある森の中で迷っていた。彼は駒を一もとの樹に繋ぐと、傍らの草に身を横たえた。ひどく疲れていたからであ

る。旅の難儀のせいというより、内なる魂の葛藤のために。苦しい時の慰め手である黄金のまどろみがすぐに目を閉ざし、しばし彼の不幸せを忘れさせてくれた。すると突然死神のように冷たい手が体を揺さぶって深い眠りから覚まさせた。目を覚ました彼が面と向かって鼻突き合わせたのは骨と皮ばかりの婆様の姿。上からかがみこんで、角灯《ランタン》で顔をまともに照らしつけているのだ。この思いがけない光景にぞっと悪寒が走ったウルリヒは、こりゃ亡霊だ、と思い込んだ。けれどもまるきり勇気に見放されたわけではないので、すっくと立ち上がると、こう言った。「女、そちは誰だ。して、なにゆえわたしの安息をあえて乱すのだ」。老女は答える。「わしはパドヴァの*女医師《シニョーラ・ドットレーナ》*様にお仕えする薬草採りでしての。奥様はここのご自分の荘園で暮らしとられます。で、真夜中の刻限に掘り取ると大層効能がある香草や草の根を探して来るよう、わしを遣わされましたのだ。その途中あなた様を見つけたわけじゃが、てっきり、人殺しどもの手に落ちて殺されたお人か、と思いました。だもので、まだ息がおありかどうか見届けようと、したたかに揺さぶりこづきましたで」。こう説明された伯爵は、最初の驚愕から気を取り直し、「そちの女主人のお住まいはここから遠いのかな」と訊ねた。老女の返事。「奥様の山荘はごおく近間のあそこの谷合いにござりまする。わしゃ今しがたそこからやってまいりましたで。あなた様が一夜の宿りを奥様にお

求めになるなら、拒まれはなさりますまい。したが、客人権をないがしろになさらぬようご用心をな。奥様には可愛らしいお嬢様がお一人おありでの、殿方がお嫌いではなくて、きらきらするお目目でお客様の心を覗き込まれます。お母上はお嬢様の純潔を聖域のように守っておられますじゃ。ぶしつけな客人がウゲッラ様《シニョーラ》＊の目に見入り過ぎる、と気づかれようものなら、即座にその御仁に魔法を掛けておしまいだ。なにせ奥様は自然界のさまざまな力や天《あめ》が下《した》の目に見えぬ精霊どもを従えておられる神通力《じんずうりき》をお持ちの女《おな》子《ご》であらっしゃりますでのう」。

　騎士はこうしたおしゃべりにろくすっぽ耳を傾けていなかった。ひたすら憧れるのは必要な休息を取るための上等なもてなしの好い臥床《ふしど》で、それ以外のことは馬の耳に念仏。たちどころに駒に馬勒《ばろく》＊をつけると、痩せこけた道案内人に喜んで従う。老婆は茂みや藪を幾つも抜けて勢い急な谷川がさらさらとせせらいでいる心地よい渓谷に彼を導いて下った。丈高い楡《にれ》の並木道を通って、駒の手綱を取っていた疲れ切った巡礼者は山荘のぐるりを廻る庭園の壁に行き着いた。これは昇る月に照らされてもう遠くから魅力溢れる眺めであった。老婆は裏門を開き、新参の客がそこを抜けると、見事にしつらえられた遊苑に入った。噴水がぱちゃぱちゃと水を迸《ほとばし》らせて生暖かい宵の大気を清清《すがすが》しくしている。庭園の露壇《テラス》では何人かの上臈たちがこの快い涼しさと優しい月の姿を雲の無い夏の夜に愛《め》でながら逍遥していた。老女はその中に女医師がいるのに気づき、遠来の客を彼女の傍に連れて行くと、山荘の所有者は騎士の物の具から、相手がありきたりの身分ではない、と看て取り、慇懃《いんぎん》に応対して、住まいに迎え入れ、あらゆる種類の爽やかな飲み物を添えて、美味な晩餐を用意させた。

　蠟燭の明るい輝きで伯爵は、もてなしてくれる女主人と家の者たちを、食事の間至極のんびりと観察することができた。彼女は高貴な容貌の中年婦人で、その褐色の双眸《そうぼう》からは怜悧《れいり》さと品位が窺え、口を開いて異国訛で語る言葉は優雅で美しく響いた。令嬢のウゲッラ姫は芸術家の活き活きした想像力が生み出しうる限り最も清らかな女性。その全身は優しく情の細やかなことを発現、心をとろかすような視線は、感じ易い心臓を包むいかなる甲冑も、雲から落ちる電光のように抗い難く貫くのだった。この二人の貴婦人のお付きは、優雅なこと、ラファエロ*の彩管《えふで》に成る貞潔なディアーナ*を取り巻くニンフたちに匹敵する三人の乙女たちだった。どんな険《こご》しい絶壁のかなたの巌の裂け目や洞窟の中でも魅惑的な女性たちがいる婦人部屋《ギュネツエーウム》*を発見する幸運な乙女鑑定家のサー・ジョン・バンケル*を除けば、かくも快適な椿事《ちんじ》に見舞われるのは、クレッテンベルクの伯爵ウルリヒのように死すべき定めの人の子にはこれほどありがたいことはなかった。彼は、見知らぬ荒野の夜毎の寂しさから、愛の神神がその住まいとして選んだような悦楽の地

に、なんとも思いがけなく運ばれたのに気付いたので。

ウルリヒは魔法などほとんど信じず、これに注意を払ったことはなかった。それにも関わらず、夜と孤独、老婆の出現とその言葉になにがしかの感銘を受けていたので、招じ入れられたこの豪奢な山荘にはどうも超自然的なものを覚えた。そこで出逢ったご婦人がたの魅惑的な集いに足を踏み入れた彼は、最初訝《いぶか》しくてならなかった。けれどそのうち女医師殿《シニョーラ・ドットレーナ》にもその取巻きの上臈たちにも妖術の気配などろくに認められなかったので、誤って疑いを掛けたことをこの美しい別荘の住人である女性たちに心の中でお詫びをし、名誉回復宣言を行い、愛という蠱《こ》術以外の手管の持ち主ではない、と考えた。この点では彼女たちは総じて並並ならぬ能力を持っているように思われたが。享《う》けた親切なもてなしに彼の心はこよなく優しい女主人とその魅力的なお付きの女性たちへの讃仰

と崇敬の念に満たされた。しかし、この神殿に君臨しているように思われる愛神《アモール》という友は、またしても彼に悪戯を働く力は持たなかった。彼はひそかに自分を取り囲んでいるうら若い美女たちと難攻不落のルクレツィアの麗しい容姿を較べ、ルクレツィアが勝っている、と判定を下したのである。

　暫くすてきな休息を味わったウルリヒは、朝まだきに再び遑《いとま》を告げ、旅を続けようとした。けれど奥方がいとも鄭重に滞在を懇請、令嬢ウゲッラは到底抵抗できない目つきで、母親のこうした厚意を無下《むげ》に退けないように頼んだので、これに従わざるを得なかった。この賓客をこの上も無く快適にもてなすさまざまな気晴らしやとっかえひっかえの娯楽には事欠かぬ。ご馳走、お散歩、おふざけ、いちゃつきに、洗練された宮廷人の伯爵はこうした方面で極めて優れているところを、これを機会とお目に掛けた。宵宵に上臈たちは音楽の集いを催したが、彼女らは皆調べの技に長けていて、南国の咽喉はドイツの好事家《こうずか》の耳を魅了した。しばしば尖尾竪琴《シユピッツハルフェ》と横笛の伴奏でささやかな舞踏会が開かれたが、踊となるとウルリヒに刃向かう者のあらばこそ。ご婦人方にとって彼との一座は、彼女たちとの一座が彼に愉快なのと全く同様居心地が良いように思われた。そして社交の楽しみはいつだって、たくさんの集まり《アッサンブレー》のざわざわするごったがえしより、小さな団欒《まどい》の方に好ましく調和するもの。それにそうした場では親密さも舌の枷を緩め易い。そして腹蔵の無い和やかさがお互いを近づける。という次第で、もてなす奥方と客人との間のおしゃべりは、お天気とか流行の服飾、政治問題なんぞの決まり文句を転転としていたわけではないので、日毎に魅力と信頼を増して行った。

　ある朝のこと、朝食後、まだよく識らぬ賓客と庭を逍遥していたシニョーラは、脇道に逸《そ》れて相手を園亭《あずまや》に導いた。彼女はこの他郷の人を知り初めてこのかた、自分の小さな理想郷《テンペ》での至福の滞在さえ軽減することができなかった、ひそやかな憂愁の色がその身に添っているのに気付いていた。シニョーラは聡明で物の分かった女性《にょしょう》ではあったが、叡智の限りを尽くしても、属する性に付き物の好奇心を捨て去ることはできなかった。また、仕える薬草採りの女の信ずべき証言によれば、天《あめ》が下《した》の目に見えぬ精霊どもを自在に駆使することができるのだったが、どうやらこの連中、館の異国の客人について何一つあからさまにしてくれなかったらしい。奥方は、彼の名も、どこから来たのかも、どこへ行こうと志しているのかも、それにもかかわらず知りたい、好奇心を満足させたいと思った何もかも、さっぱり分からずじまい。そこでこの折に彼にいろいろ訊こうとしたわけ。それにこちらも以前から奥方の望みに気づいていたので、喜んでその意に添おうと、特筆すべき誠実さでこれまでの自らの生涯を縷縷《るる》と物語り、気位の高いルクレツィアとの恋愛沙汰をも隠しはせず、胸の内をことごとく吐露したのだった。

　こうした虚心坦懐《きょしんたんかい》さをシニョーラは大層好ましく思い、似たようなあけすけな態度でこれに応え、自分の身の上話を同様に打ち明けた。それでウルリヒが聞かされたのはこんな物語。彼女はパドヴァのある名門貴族の出だが、早くから孤児となり、後見人たちから、自然界の秘密に大いに通暁していた高齢の裕福な医師《くすし》と結婚するよう強いられた、と。しかし医師は、若返りの措置に失敗し、身罷《みまか》ってしまったそうな。言い伝えによれば、謎めいたあのカリオストロ伯爵*はこれにもっと首尾良い成果を挙げ、三百歳というネストール*の寿命を手に入れたという話だが。夫の死によって莫大な財産と彼が遺した著作の相続人となった彼女は、再縁などさらさら御免《ごめん》だったから、寡婦相続領に独り引き籠もって遺贈された文書を研究しよう、と思いつき、これによって自然界の隠された諸力について並並ならぬさまざまの知識を獲得することに成功、同時に医術を勉強し、その道で非常な名声を博したので、故郷の都市の大学は彼女に博士の学位を授け、公式に正教授の職を与えた、とのこと。かれこれするうち、自然の秘法はいつも彼女の研究のお気に入りの分野だったから、民衆は彼女を目して女魔法使いとした由。夏は娘やその遊び友達と一緒に、アルプスの薬草のためにティロルの山地に購《あがな》っておいたこの快適な荘園で過ごすのが習い。冬はパドヴァに滞在し、同地で自然の神秘を教授する。町にある邸宅は可愛らしい乙女がいるため、男性は全て締め出し。例外は講義室で、ここはヒポクラテス*の弟子たちに開放されている。これに反し田舎では館の平安を乱すことの無いお客はだれでも歓迎なのだ、と。

それからシニョーラは再び伯爵の不幸な恋に話題を転じ、彼の運命に優しく関心を抱いている様子だった。とりわけ、ウルリヒがその恩知らずの女性にまだ深く愛着している、と聞いて、驚嘆の念を隠すことができなかった。「伯爵様」と彼女は言った。「あなたをお助け申すことは難しゅうございますね。辱められた者にとっての慰めとなる復讐の甘さを味わうより、愛する苦しみに耐えようというお気持ちでいらっしゃるのですもの。その酷い女を憎むことがおできなら、恥をかかせ、物笑いの種にし、あなたにしてのけたひどい仕打ちを倍にしてお返しをする方法を教えて差し上げることは容易《たやす》うございますが。私は檸檬《レモン》水《すい》の粉末を作ることができます。これにはその愛の杯を差し出した人の相手の心に、その人への灼熱の愛を煽り立てる性質がありますの。すげない女がこの魔法の飲み物に唇を浸しただけで、その心はあなたに対してすぐさま燃え上がるでしょう。さてそれから、あなたが、以前そうされたように、彼女を蔑《さげす》んで突き退け、あちらの甘いささめごとにお耳を閉ざし、溜息も啜り泣きもせせら笑っておやりになれば、あなたはドイツ皇帝の宮廷と全世界の面前で女に復讐を遂げたことになりましょう。でも、あなたが闇雲《やみくも》な意《い》馬《ば》心猿《しんえん》を押さえ込まれず、その妖婦《セイレン》*と固い契りを結ぶという無分別をなさり、燃えやすい火口《ほくち》にまたしても烈しい炎をお点けになると、あなたは、あなたの心を蛇のような憎しみでずたずたに引き裂く復讐《フリ》の女神《ア》*を妻として娶ることになりましょう。と申しますのも、粉の効き目が無くなりますと、燃え尽きた情熱の死灰《しかい》の中には憎悪と怨恨が残されるからです。二つの同じ気持ちの魂が甘美な結びつきによってお互いに溶け合う真実の愛は、細やかな情を暖めるために檸檬水の粉末など要りはいたしません。ですから、この上もなく燃え盛った愛がこの上もなく冷たい夫婦を作ることがよくあるのだなあ、とお気づきになることがありましたら、共感ではなくて、檸檬水の粉末がそういう愛人たちをくっつけたのだ、と思い出してくださいましね。このお粉、あなたのお国ではよく売れてますの。そして随分とアルプスを越えて行きます」。

ウルリヒ伯爵はちょっと思案したが、こう返答した。「復讐は甘美なものです。でも、わたしをあの情け知らずの女性《にょしょう》に縛りつけております愛はさらに甘美なのです。わたしは彼女の高慢さから受けた侮辱を心魂に徹して感じております。それでもあれを憎むことはできませぬ。わたしは、自分を傷つけた蛇のようにあれを避けるつもりですが、こうした我儘勝手に仕返しをいたす気はなく、許す所存でございます。して、命ある限り、あれの面影を胸に抱いて参りましょう」。南国のご婦人は、その属する民族の感性とドイツのそれとはなんとも別物で、そうしたたぐいの侮蔑は自国の習俗に従えば許すべからざるもの、と考えはしたが、伯爵の寛大な考え方を肯《うべな》い、それほど愛情に溢れた心根なら、彼の立場では実りの無い聖墓への巡礼という意図を実行するよりは、ティロルの山地を越えて彼の心の君の膝下に引き返し、その酷い仕打ちに耐えた方が良いのでは、と忠告した。伯爵はこの親切な助言を、もっともだ、と思いはしたものの、一度した決心を放棄する意図を示さなかったので、賢明な奥方はそれ以上の口出しは差し控えて微笑んだ。

数日後ウルリヒは優しい女主人とその美しい連れたちに暇乞《いとまご》いをすることになった。するとこのたびは奥方は望みのままに彼の辞去を許した。出立と定められた日の前の晩、上臈がたは皆とても朗らかだった。威厳と落ち着きを容易に振り捨てたことのないシニョーラさえも。それどころか今回は、送別のために賓客とサラバンド*を一曲踊ろう、との御意《ぎょい》を示したのである。伯爵はこれを大層な誉れと感じ、最善を尽くして巧妙な踊り手たるところをお目に掛けた。ご婦人は至極お気に召した様子で、舞踏の旋回をあまたた

び繰り返したので、とうとう双方ともくたびれてしまい、伯爵の額には汗が滲《にじ》んだ。舞踏が終わるとすばしこい踊り手は、少し涼みましょう、という風に二人きりでウルリヒをとある小部屋に連れ込んだ。そして扉を閉めると、一言も言わずに、相手の胴衣の締め紐を解きに掛かった。尊敬すべきご婦人のこうしたふるまいを伯爵は不審に思ったが、されるがままになっていた。なぜなら、女性とこんなことになったのは初めての彼は、この瞬間どうしたらよいのやら分からなかったからである。女医《シニョーラ・》師《ドットレーナ》殿はこの当惑を利用、素早い手で伯爵の肩に触り、そこをあちこち押したり捻ったりしていたが、それからすぐに何かを胴衣から引っ張り出し、それをぱっと簞笥《たんす》の引出しに隠すと、即座に錠を下ろした。この施術は全部でものの数秒と掛からなかった。それからアエスクラピウスの娘*は辛抱強い患者を鏡の前に連れて行き、こう言った。「さ、ご覧あそばせ、伯爵様。つれないルクレツィアが、これをやり遂げるなら心を差し上げます、と保証した条件が叶いました。お体の完璧さの些細な欠陥を我が手が無くして差し上げましたの。あなたはもう樅の樹のようにすらりとし、蠟燭のように真っ直ぐにおなりです。お悲しみはさらりと捨て、安心してゴスラールへお向かいなさいまし。なぜって、あの姫御前《ひめごぜ》がいくら我儘気儘でも、あなたをがっかりさせる口実はもう見つかりませぬもの」。

ウルリヒ伯爵は黙りこくったまま長いこと鏡の中の我と我が身の姿に驚嘆の眼差しを注いでいた。あまりにも驚きと喜びが強かったので、以前は当惑のためそうなったように、今や口が利けなくなったのである。彼は片膝を突くと、自分の肉体上の均整の異常をありがたいことに取り去ってくれた慈悲深い手を握り締め、漸く言葉を見つけて、心からの感謝を恩人に述べた。奥方が再び広間の一座に彼を連れ戻すと、ウゲッラ姫とその三人の遊び友達は、今や一点非の打ち所がなくなった素晴らしい青年を目の当たりにしたので、嬉しがってぱちぱちと手を叩いた。

　帰国の途につくのが待ちきれず、ウルリヒはその夜目を閉じることができなかった。聖地などもう念頭に無し。考えはことごとくゴスラールだけに集中。曙光の射し初めるのを今か今かと待ち通し、女医《シニョーラ・》師殿《ドットレーナ》やそのお仲間と別れを告げた。騎士の拍車*の尖《とん》がりで駒の足を疾《と》く疾く速め、快い希望に一杯でゴスラールへの道をずんずん跑足《だくあし》*で進む。麗しのルクレツィアとまた同じ空気を吸い、同じ屋根の下に住み、同じ部屋で食事をし、彼女と同じ木蔭を分かち合おう、という憧れのために、彼は、ローマ皇帝アウグストゥス*の教訓豊かな座右の銘「急がば廻れ*」に思いをいたすゆとりがなかった。ブリクセン*近郊で山道を下っていた時、愛馬《ロシナンテ》*が足を滑らせ、ひどい落馬をした彼は片腕を石に打ち当てて折ってしまった。この旅路の故障は彼をひどく悲しませた。ルクレツィアが自分の不在中だれかに心を捧げることを約束し、その幸運な征服者によって婚礼の祭壇に連れ去られ、そうした形で、彼女に誓いを守らせることを不可能にしてしまうのではないか、と心配になった彼は、どんなことがあっても万全であるように、偉大な後援者

である皇后に一通の手紙を認《したた》めた。書中、我が身に起こった椿事についてありのままの報告を行い、事故に見舞われたことも記し、併せて、自分が到着するまでこの件に関し何一つ公にならぬように、と慎ましい懇請を添え、これを携えた騎馬の使いを急遽《きゆうきよ》宮廷へ遣わした。

　しかしながら皇后陛下におかせられては緘黙《かんもく》の能はお持ちでなかった。秘密を胸に抱いていると、きつい靴が魚《うお》の目《め》に当たるようにちくちく苦しくてならぬ。そこで受け取った急報を次の謁見期間に控えの間に伺候

している者たち全員にしゃべってしまう。聞かされた侍従かなんぞの胡麻擂《ごます》りが麗しのルクレツィアへの忠義立てでまずこの話に恭しく疑義を差し挟むと、皇后は、真実だと納得させるため原文を持ち出して、事ノ仔細ノ書面ニヨル陳述《スペシエス・ファクティ・アド・スタートゥム・レゲンディ》*を告げる有様。かくして事の次第はループレヒト伯爵にも伝わった。こちらはすぐさまとつおいつ考えを廻らし、同じやりかたで姫の出した条件を成就し、おまけに自分の恋敵に先んじることはできまいか、と思案。競争相手の折れた腕が治るまでに多分要するであろう時間を測って見ると、ブリクセンの外科医たちが彼らの患者を放免しないうちに、自分がいくらか急ぎさえすれば、女医師殿《シニョーラ・ドットレーナ》を急いで訪問、同様に彼女から何ラ損傷モ無キ現状回復トイウ恩典《ベネフィキウム・レスティトゥティオニス・イン・インテグルム》*を受けるため、ゴスラールからロヴェレトまでの旅を——滞在と帰路も計算に入れてだが——終えることができるだろう、と考えた。

思い立ったらすぐ実行。彼は駿馬に鞍を置かせ、これにうち跨ると、秋にどこか別の大陸へもっと暖かな天候を求めて飛んで行く渡り鳥のような慌《あわ》ただしさで駒を進めた。探すご婦人の居所を訊き出すのに大して骨は折れぬ。その土地ではどこでも名が高い。薬草採りの女がいなかったので、それがしは遍歴の騎士でござる、との触れ込みで自己紹介。先人同様親切なもてなしに与《あず》かった。とはいうものの、淑やかな奥方はすぐにもうこの新来の客人の傍若無人なふるまい、すこぶるつきの厚かましい目つき、断固たる決めつけ口調が厭で堪らなくなった。それと口には出さず、男の宮廷流の傲慢さを随分大目に見てやりはしたのだが。

音楽の集いのあと、ささやかな宵の舞踏会がもう幾度か開かれ、ループレヒト伯爵は、シニョーラが自分を誘ってくれたらなあ、としょっちゅう思ったもの。けれども彼女は舞踏にはもはやなんの興味もない様子で、ただ傍観するだけ。伯爵は奥方のご愛顧を得ようと労を惜しまず、彼なりに嬉しがらせのおべっかを振り撒《ま》いたが、あちらはこれに冷淡な鄭重さで応じるに過ぎない。それに引き換えウゲッラ姫となると、彼の幸運の星は昇ったようだった。令嬢の目つきはループレヒトを鼓舞して、彼が宮廷人として定められていると思っているあの使命、一双の遣《や》る瀬《せ》ない眸《ひとみ》を隠している面紗《ヴェール》はことごとく、海賊船がその視界内に揚がっている帆は全て追い掛けるように狩り立てるものだ、という使命に従うように励ました。体つきこそ必ずしも極めて魅力あるとは申せぬものの、伯爵殿は山荘の団居《まどい》での唯一の男性。そして殊《こと》の外《ほか》異性をお好みのウゲッラ姫《ドンナ》は、いろいろ比較ができないとなると、体型についてもそううるさくはなかった。彼女は、退屈のあまり死にそうにならないよう、何かにかかずらわっていなければやりきれなかったのだ。ループレヒト伯爵は彼女の魅力に抗《あらが》えなかったし、それにまた、今現在の一匁《もんめ》の愉しみを、未來の百貫目の希望と喜んで取っ替えっこしたいという軽はずみな連中のお仲間だったから、つれないルクレツィアのことは忘れてしまい、当座のところ魅惑のウゲッラを心の君と定めた。

　烱眼《けいがん》な奥方は逸早《いちはや》く、クロディウス*のような男が、自分の別荘でウェスタの神聖さ*を掻き乱そうとしているのを発見、これを甚だ由由しく感じ、戯れ事にけりを付け、我が家の権利侵害を処罰しよう、と心を決めた。ある晩のこと、彼女は舞踏会を開こうと提案、思いがけないことに令嬢の親衛騎士《パラディン》を踊りに誘った。こうした栄誉をほとんど諦めていただけに、これまで悩まされていた肉体の重荷からどうやら解放される時が不意にやって来た、と思ったループレヒトの喜びは大きかった。彼は舞踏の技に名人芸のあらん限りを尽くした。これなんか、かの勝手気儘なヴェストリス*が美しい百合の王妃*にあえて拒んだのに、そうしたむら気な芸術家気質《かたぎ》に対し当然課されてしかるべき自業自得の棒打ちの刑《バストナーデ》*を受けなかった、という代物*。

　サラバンドが終わると、シニョーラは踊りの相手に向かって、前回その先人にしたのと全く同様、広間《サロン》に続いている小部屋に随いて来るように合図。悦ばしい予感で一杯のくつまのループレヒト伯爵は彼女に

くっついて行った。奥方はいつものように彼の袖なし上着の締め紐を解いたが、尊敬すべきご婦人にしてはいくらか不都合なこうしたふるまいにも彼は当惑することなく、むしろ奥方のすばしこい手をお手伝い申し上げたほど。女医師《ドットレーナ》は急いで箪笥を開くと、引き出しからなにやらぷよんとした卵菓子みたいな物を取り出し、これをぱっとループレヒトの胸に押し込んでいわく「この増上慢《ぞうじょうまん》男、客人権をないがしろにした罰にこれを受け取るがよい。糸玉《クナウエル》みたいに巻き上がれ、亜麻槌《ブラウエル》*みたいに丸くなれ」。こう言いながら、気付けの嗅ぎ薬が入った小壜《こびん》の栓を抜き、催眠性の溶液《エッセンス》を男の顔に振り掛けた。するとこちらは気を失って長椅子の上に崩折れてしまう。ループレヒトが再び意識を取り戻した時には、辺り一面エジプトの暗黒*さながら。蠟燭は消え、周囲は全てがらんとして人っ子一人いない。けれど間もなく戸口で何かがうごめき、扉が開くと、痩せこけた老婆が入って来て、手にした角灯《ランタン》でループレヒトの顔をまともに照らした。彼にはすぐさまこれが、ウルリヒ伯爵の急報にあった記事によれば、女医師殿《シニョーラ・ドットレーナ》の薬草採りの女である、と分かった。長椅子から立ち上がって、なんとも目立つ膨らんだ瘤を体にくっつけられたのに気づいた彼は、憤怒と絶望に陥り、がりがりの老女をひっ摑むと、「この妖婆め、きさまの主《あるじ》の、あの悪性《あくしょう》の女魔法使いはどこにおるか、きりきりぬかしおれ。わしは我が身に加えられたこの悪事に剣で復讐を果たしてやるわ。言わねば、この場できさまを縊《くび》り殺すぞ」と叫んだ。

「旦那様」と老婆が応える。「奥方様がつかまつりましたご無礼に何の関わりもござらぬこの賤《しず》の女《め》をお怒りになりまするな。シニョーラはもはやこちらにはいらせられませぬ。この小部屋から出られますなり、すぐとお連れ方ともどもご出立になられました。あの方を探そうなどとなさらぬことじゃ。もっとひどい目にお遭いなさらぬようにな。ま、見つけることは難しいでしょうがの。どうしようもないことは、じいっと我慢なさることじゃて。シニョーラは思いやりのあるお方。あなた様へのご不興をお忘れになられ、三年経ってあなた様がまたこちらをお訪ねの上、へりくだってお詫びなされば、おかしげにしてしまわれたことを悉皆《しっかい》元通りすんなりすっぱりとお直しになるやも。

指環をするりと抜けられるほどになあ」。重荷を背負わされた運搬人は、癇癪が収まると、この意見に耳を貸す気になり、朝まだき荘園の執事とその下僕たちに鞍の上へ押し上げてもらい、馬で故郷へ帰って行った。彼はその地で、植物採取の老女がその女主人との和解ができよう、と指示した期限が満了するまで、ひっそりと引き籠もった次第。

ウルリヒ伯爵はその間に傷も快癒、意気揚揚とゴスラールに入城した。なにせ、偉大な後援者が誇り高いルクレツィアに対し自分の権利を万端手を尽くして擁護してくれている、と信じて疑わなかったからである。皇后にお目通りするため宮廷目指して駒を進めて行くと、風説によればくぜのウルリヒ伯爵の身に起こった、という不可思議な変容を目の当りにせんものと群衆がどっと馳せ集まり、アビシニア王*の膚《はだ》黒《くろ》の使節だってご立派な市民たちの好奇心をかほどにそそることはありそうもない。皇后は寵遇の限りを尽くして彼を出迎え、花嫁のような装いを凝らした乙女を連れ出すと、極めて困難な条件を成就させた騎士の勲《いさおし》として御手ずから彼女を引き渡した。姫は伯爵との婚姻に同意の旨を表明したので、ウルリヒは初めての歓喜に目《め》眩《くるめ》いて、この告白が彼女の胸の想いと一致するのかどうか吟味もせぬ。まして、未来の妻にその身分に相応しい扶助料を添えてやれるのかなどということは一向頭が働かない。なにせ伯爵領は担保に入っているわけだからね。結婚契約でいかなる寡婦相続料*を指定するかについても同様。そこで、極めて熱心にこの縁組の世話を引き受けた皇后から、姫の持参金に対してどんな結納《ゆいのう》を差し出すおつもりですか、それで姫のために嫁入り支度を調えて進ぜたいので、と訊かれると、彼はこう述べた。自分には騎士の剣《つるぎ》を除いては財産とてございませぬ、これを皇帝の敵どもに振るい、名誉と褒賞をかちえましょうぞ、と。かように形を持たない結納で不足はありませぬか、と乙女が質問されると、彼女がこれをうまく結婚を免れる口実にするのじゃないか、と伯爵はもう心配で堪らなかった。ところが、伯爵の帰京このかたこの忠実なアマディス*への気持ちが目に見えて変わったらしく、ルクレツィアは口を切ってこう答えた。

「伯爵様、私が、あなた様をひどい恋の試練にお遭わせしてしまいましたことは否《いな》めませぬ。それなのにあなた様はご愛情を振り捨てず、不可能なことを可能になさろうとさえお努めになられました。ですから、これ以上お望みを抑えることなく、私がこの身をあなた様のお手に委ねるのは当然でございます。私が差し上げるつもりの婚資はこの心だけ。それから私の母がいつか身罷りました節は、母の遺産として少しばかりの貧乏を。このお返しに頂戴いたしたいご結納あるいは寡婦相続料は、やはりまた、あなた様が既に私に約束してくださいましたお心だけですの」。皇后とその廷臣宮女一同は、乙女のこうした気高い心構えにとてもびっくりし、ウルリヒ伯爵は心底感動した。彼はルクレツィアの手を取り、それを強く胸に押し当てて、こう言った。「姫君、それがしの手を拒まれなかったことに御礼申す。それがし、そなたを妻として、騎士にふさわしくこの拳《こぶし》とこの利剣によって、真心籠めて養いましょうぞ」。

このあと皇后は相愛の男女を娶《めあ》わせるため司教を呼び寄せ、それから費用は彼女の負担で床入りの儀が

宮廷で絢爛豪華に執り行われた。結婚のさんざめきが終わり、この婚礼が宮廷や市中でどうのこうのととっくり話題にされ、関心ある連中のさまざまな物の考え方に応じて、この新しい縁《えにし》にも先先の運勢が占われて、もう誰も若夫婦に注意を向けなくなった時、ウルリヒ伯爵は立てた誓いを思い出し、物の具を着け、妻のため相続領を手に入れんものと、出征することにした。ところがルクレツィアは夫を行かせたがらず、こう言った。「新婚一年目は私の思い通りにお過ごしにならなければいけませんわ。それが済みましたら、この家のご主人様ぶりを発揮なすって、お好きなようにあそばせな。今は私、バンベルクの母の許へ是非連れて行って戴きたいの。母を訪ねて、あなたがお姑《しゅうとめ》さんに婿君としてご挨拶なさるようにね」。「よくぞ言われた、いとしい妻よ。そなたのしたいようにいたそう」と彼は答えた。

こうして高貴な夫妻は門出をし、バンベルクへと志した。大切なお客様たちが到着すると、母親宅では大喜びで盛んに歓呼の声が揚がる。そこで伯爵にとって唯一不快だったことは、毎朝寝室の近くで一羽の鶏がこっここっこと啼いて、優しい奥方の腕に抱かれてのなんとも甘美な熟睡《うまいね》の邪魔立てをすること。彼は我慢ができなくなって癪の種を彼女にぶちまけ、思いのままになるなら、あの鶏の頸を捻ってやる、と誓言した。ルクレツィアはにこにこしながらこう返答。「決してあの鶏さんを絞め殺させたりしませんわ。あの子は毎朝新鮮な卵を生んでくれ、このうちの家計に役に立ってくれてるのです」。伯爵はあの浪費家の女官がこうも突然遣り繰り上手の主婦に変身したのにびっくり仰天、この発言に応酬した。「わたしはそなたのために伯爵領を犠牲にした。そなたはそれを擲《なげう》って、坊主や尼さんを太らせた。それなのに、そなたはあのろくでもない鶏をそのお返しにわたしにくれようとしない。これでは、そなたはわたしを愛していないのだ、と考えてしまうよ」。若奥様は背の君の膨《ふく》れっ頬《つら》を撫でて、こう告げる。「お聞きなさいまし、可愛い旦那様。あなたの寝んねの邪魔をするあのこっこちゃんは毎朝黄金の卵を生んでくれるのです。ですからあれは私の母にはいとしく大事なもの。あれは母と同じお皿から食べて、同じお部屋で傍《そば》に眠るのですわ。十九年前からあの子は貴重な卵でこの家をまかなって参りました。それでお分かりでしょう。私がお金のために皇后様にお仕えしたのかどうか。強欲なせいであなたの贈り物を欲しがったのかどうか。それから、あなたからの戴き物がいくらかでも私の心を動かすことができたかどうか。私がそれを頂戴したのは、あなたを鴨とやらにするためでなく、あなたの愛を試そうとて。そうして、私が欲張り屋さんだという嫌疑を晴らそうと、聖なる教会の懐にそれを注ぎ込みましたのよ。私は愛だけに私どもの心を結び付けさせたかったのです。それゆえ、世襲領地をお持ちにならないあなたのお手を受けました。そして、持参金のない私の手を差し上げました。さあ、これからはあなたには伯爵領が、私には婚資が無くてはいけませんわね」。

　ウルリヒ伯爵は妻の物語を聴いて驚き、その心は半信半疑でぐうらぐら。この疑い深いトマス*を説得しようとルクレツィアは母親に来てもらい、卵の秘密を夫に洩らして欲しい、と打ち明け、旦那様に本当のことを得心してもらう仕事を彼女に任せた。善良な母堂がその櫃の錠を開けると、仰天した婿殿は、測り知れない財宝を目の当たりにして、魔法に掛けられたように立ち尽くした。彼は、黄金の卵の祝福[5]という持参金は伯爵領を持たない伯爵には大層なお恵みだ、と告白したけれども、全世界の宝といえども妻への溢れかえっている愛をこれっぽっちも増しはできないだろう、と厳かな誓いを立てて保証した。間もなく抵当に入っていた伯爵領は再び請け出され、更にその上もう一つが購入されたが、彼の騎士の伎倆《ぎりょう》はこれの獲得に必要ではなかった。彼は武具甲冑を使わぬまま、生涯の日日をのんびりと送った。渝《かわ》ることのない愛の幸せを愉しみながら。なぜなら麗しのルクレツィアは、つれない美女が往往にしてこの上もなく好ましい妻になるということを身を以て示してくれたからである。

## 原注

(1) 牡牛たちに牽《ひ》かせる車……牡牛に牽かせる車での旅は昔のドイツでは何も珍しいことではなかった。王侯でさえもこれを使った。皇帝マクシミリアン一世*がかつてフランケン地方*を巡遊した時、ある宿場で馬の代わりに軛《くびき》四連に繋がれた牡牛が御料《ごりょう》車に付けられたが、これに甘んじなければならなかった。そこで彼は侍臣たちに向かってふざけてこう言った。「ローマ帝国が牡牛どもに牽かれて巡遊じゃ」。

(2) 肉欲界《フライシュリヒ》*にある……「宗教的な《ガイストリヒ》」〔「精神《ガイスト》」から派生〕の対立概念は「世俗の《ヴェルトリヒ》」〔「世間《ヴェルト》」・「世界」から派生〕だが、「肉体的な《フライシュリヒ》」・「肉欲の」〔「肉《フライシュ》」から派生〕でもよい。あるうら若い外国人女性が、言葉をよく知らなかったために、あるいはうっかり屋さんだったせいか、この二つの表現を取り違えたことがある。二人の男性がある社交の席に入って来たとき、彼女はこう訊ねた。「あの黒い服の方はどなた」。答えは「ガイストリヒな方〔お坊様〕です」。「それじゃ」とお嬢さんが応じて「青い服のお方はフライシュリヒな方ですの」。この言い間違いは大笑いされたが、しかし有り体《てい》に申さば、この表現は適切なのであって、使用されて当然、と思う。もっとも大抵はこの言葉、黒服の御仁《ごじん》にも青服の御仁にも当て嵌《は》まるが。

(3) 皇帝は……招集した。……一〇五七年のこと。

(4) 皇帝ハインリヒの許における……評判が立っているわけではなかった……こうした状況を証明しているのはザクセンの帝国等族*の数数の抗議申立てである。これらの抗議申立ては正式な使節団により宮廷に提示された。使節団は、皇帝陛下におかせられては寵妾がたをご処分なさり、御配偶御一人《ごいちにん》に甘んじ、品行方正なご生活を送られたい、と申し入れざるを得なかったのである。

(5) 黄金の卵の祝福……黄金の卵を生む鶏族は、確かに普通の家禽《かきん》類ほどありふれてはいないし、数が多くもないが、それでも滅びてなんぞいないし、ノアの箱舟に乗ろうとしなかった一角獣《ユニコーン》のようにこの世から根絶されたわけではない。と申すのも、未来の背の君に婚資として黄金の卵という財宝を持参する花嫁御寮は相変わらず存在するからである。例を挙げれば、ミラディ・ヘイスティングズ*、ネッケル嬢*、ド・マティニャン嬢*。ウィーンに住むドイツ系の女性たちも忘れてはならないが。この最後に名を挙げたお嬢さんは伯爵領を持たない伯爵にもまんざら釣り合わないお相手ではなかろう。彼女はブルトゥイユ男爵*の長女で現在十三歳、あと一年と七週間すれば華燭の典を挙げる資格が完全に備わる、と実証済み。美醜はこの際問題にならない。この花嫁を娶《めと》る者には労せずして年利四十万リーヴル*が手に入るのですぞ。

# 愛神《アモール》になった精霊＊

DÄMON AMOR

# 一

北(1)の大海嘯《おおつなみ》*のためポンメルン*沿岸なるリューゲン島*のより良い半分が破壊されるか、海原《わだつみ》に呑み込まれるかしてしまう前、そしてオボトリート人*の強力な部族がこれらの地域に住みつくようになる前の話だが、ウードという名の若い公侯が、先祖代代の所領であるこの実り豊かな島を治めていた。居城があったのはアルコン*で、この町の廃墟は現在海底深くに埋没している。ウードは封臣の一人の息女エッダ姫を妻とし、小さいながら独立君主として、ぐるりに海を廻らす領邦で、ありがたいことに何人《なんぴと》にも従属することなく暮らしてきた。家来たちを可愛がり、自分に正しいと思われることを行い、外務事務部門などろくすっぽ意に介さず、波風の立たぬ領分だから統治の苦労なる重荷は何一つ感じない。それゆえ彼は殿様というより幸福な一私人のようなもので、平穏無事にこよなく素晴らしい安定を楽しみ、退屈なんてさらさら感じないという、諸侯には滅多に恵まれない資質を授かっていたわけ。ときたま奥方の抱擁から身をもぎ放すのは狩りに出かけるため。つまり魚獲《と》りと狩猟がなによりお気に入りの道楽だった。

　ある時彼は領地の最北端の、海にぐっと突き出している岬の一つで狩りをし、お付きの者たちと一緒に真昼の暑さを避けて一もとの樫の樹の木蔭に憩い、うねる海の壮大な景色と涼しさを満喫していた。すると突然一陣の狂風がさあっと翼を広げ、海原の表面は怒りん坊の額のように皺《しわ》が寄った。激浪が轟轟《ごうごう》とざわめき、海岸の断崖絶壁に寄せては砕け、飛沫《しぶき》を散らして泡立った。一艘の船が波浪と闘っていたが、ただもう風に弄《もてあそ》ばれるまま。風は必死の舵《かんど》取りの努力をからかい、船を絶壁に吹きつけたので、船はそこの隠れた暗礁にのし上げて難破してしまった。まだ闘いの決着がつかないうちこそ、人間が果敢に二つの当

てにならない元素*と競り合うさまを堅固な大地の上から眺めるのは、なんとも興味津津《しんしん》たる観物《みもの》だったが、強者が弱者に勝鬨《かちどき》を挙げたとなると情《じょう》が湧き起こり、共感というやつが負けた方を守り庇うために、人間の意欲に従う限りの全力を提供するもの。ウード侯は、難船者に手を貸し、彼らをできるだけ荒れ狂う波から救おうと、近侍たちともどもすぐさま浜辺に急いだ。彼は、まだなんとか水面に浮かんでいる哀れな人人を救うよう、最も大胆な漁師たちに莫大な報奨を提供した。しかし、あらゆる努力も徒労で、救助の小舟が激しい寄せ波をうまく突っ切る前に、海洋は獲物をもう奪い去ってしまっていた。

男がたった一人だけ軽い木栓《コルク》のように波の上にぷかぷか浮かんでこちらへ近づいて来た。彼は騎《の》り手の合図に忠実に従うよく訓練された馬よろしく一個の樽に乗っかっていたのである。打ち寄せる浪の一つがこの男を高高と持ち上げて、磯辺に立つ憐れみ深い侯の足元に放り出した。ウードは遭難者を親切に迎え取り、乾いた被服を与え、食べ物と飲み物で元気づけた。侯はまた自ら男に自分専用の酒盃を差し出し、相手が海浜権に照らして奴隷の身とされた*のではなく、客人として扱うつもりだ、との徴《しるし》とした。異邦人は贈呈された自由を感謝して受け、海岸の主の健康を祈って酒盃を干し、朗らかかつ上機嫌な表情で、見舞われた不幸など全く忘れきったように見えた。侯はこうした哲学的平静さが気に入り、そのためこの海の男ともっと近しく知り合いになりたくて堪らなくなり、「余所者《よそ》よ、そちはだれだ。どこから来た。してそちの職業は何か」と問い質《ただ》した。命を助けられた男はこう答えた。「てまえは未知の男ヴァイデヴー*トと申します。泳ぎ手でございます。ブルッツィア(2)の琥珀《こはく》海岸*の出で、アンゲル族の地*［イングランド］を目指しておりました」。

ウードは、余所者《よそ》の人相にも、添え名にも、泳ぎの腕前にも、訊ねたいという自分の好奇心をますますそそり立てるものが何やらあるのが分かったが、未知の男は答えをうまく捻《ひね》くる術《すべ》を心得ていたので、本当に知りたかったことは結局聞かせてもらえずじまい。それでももっと近づきになれば男のいわくありげな上っ面《うわつら》を引き剝がせようか、と思い、それ以上追及しなかった。さてそれから狩猟を続けたくなった侯は新来の余所者をこれに誘った。すると男は疲れの色も見せず、その申し出を喜んで受けた。鞍に飛び乗る前に彼は、それに乗って陸地まで漂い着いた例の樽を打ち砕いたが、思い出のよすがとでもいう風に、板を一枚懐に突っ込んだ。

狩りの間男は、さきほど巧みな泳ぎ手として天賦の才を示したのに劣らず、手練《てだれ》の弓の射手であるところを見せた。侯は漸く森をあとにし、平野を越えて居城へと跑足《だくあし》*で馬を駆ったが、途中数羽のこくまる鴉*が上空を飛んで行くのを目にし、これに放って捕らえるための鷹を携えて来なかったことに腹を立てた。未知の男は侯の腹膨るる思いに気づくやいなやただちにこれを実行。つまり、海の馬として役立ってくれたあのお利口さんの樽の板をそっと抜き出すと、空に投げ上げたのである。すると一羽の兄鶲《このり》*が侯の頭を越えて天高く舞い上がり、こくまる鴉に襲い掛かり、ひっ摑《つか》んで舞い下がったが、狩人ではなくただ泳ぎ手の呼び声だけに従い、その手の上へ戻って来た。これには侯とその狩猟隊全員が殊《こと》の外《ほか》仰天した。この謎めいた男についてだれもが内心寸評を吐き、何人かは海神だとし、何人かは魔法使いだとした。ウード自身は男の正体をどう考えたものやら分からなかったので、判断を保留したが、いずれにせよ、尋常ならざるものを感じ取った。彼は男を賓客として宮殿に連れて来ると、善美を尽くしてもてなし、奥方の気立ての優しいエッダに引き合わせ、友人の一人だ、と紹介した。未知の男は、侯が彼について抱いた好意的評価をその立ち居ふるまいで裏づけた。彼は雅やかな宮廷人で、多くの知識を持っていることが窺え、気の利いた手品の技の数数を披露してご婦人がたを娯《たの》しませることができた。しかし、彼に示された善意と親切も、彼がしばしばもてなし役の侯とともに空《から》にした歓《よろこ》びの酒杯も、素性をあからさまに告げるよう、舌の枷《かせ》を弛《ゆる》めるわけには参らなかった。侯が鋭く探り見ていると、ときたまこの客人が憂鬱を胸に秘めているのに気づかされた。上つ方の宮殿で

は、ホメロスの描くオリュンポスの高処《たかみ》なる神神の集い*におけるのと同様似つかわしくない、この館の家庭的な至福をウードが彼に目《ま》の当たり見せつける折にはとりわけそうだった。こうした観察の結果侯には、このいわくありげな客が自分の妻に対して心中に不純な恋の炎を育《はぐく》むようになって、それを消すことができず、燃え上がるのを恐れているのではないか、という疑念が萌《きざ》した。猜疑心という胞子は、それが落ちたところで簡単に毒茸に成り、この毒茸はほんのちっちゃな原子がじめじめした夜にあっという間に成長して、完全な大きさに達するものだから、侯の妄想は急速に強まったが、それから解放されるのも同様にまた早かった。

ある日、彼が訝《いぶか》しいお気に入りとともに馬で狩りに出かけ、二人がたまたま他の同勢と離れた時、男は侯に近づいてこう告げた。「殿、あなた様は難船者にご憐憫《れんびん》を垂れてくださりました。このご仁慈に感謝いたさずにはおられませぬ。海浜権はてまえをあなた様に隷属する身にいたしましたが、あなた様は自由をお授けくださった。てまえはこれを使わせて戴き、故郷に帰ろう、と存じます。お暇乞いをお許しくださる思《おぼ》し召《め》しでしたら」。侯は答えた。「友よ、そちはしたいようにすることができる。したが、そちの暇乞いはいかにも唐突だ。どうしてここを去らねばならぬのか言ってくれい」。「どうにも気に掛かるお疑いを感じますので」が未知の男ヴァイデヴートの返答。「殿がてまえに抱いておられますな。この胸に訊ねましても、てまえには何の罪もない、と申しますが。あなた様はてまえの憂鬱を誤解しておられます。これには思いも寄られぬ理由のあること。けれど、お隠しいたすつもりはございませぬ。それを聞かせよ、との御意《ぎょい》であらせられますなら」。ウードはこの口上にびっくりした。人間の洞察力がひた隠しにしている胸の思いを見抜くことがどうして可能なのか、彼には理解し辛かった。ともあれ、できるだけうまくこの窮地から抜け出そうとして、こう言った。「なあ、友よ、人の考えとは勝手気儘なもの。わたしは妄想に欺かれていたのだ。まあ、よい。そちはそれで迷惑は被《こうむ》らなかった。最上の弁明はそちのひそやかな憂鬱の原因をわたしに打ち明けることだ」。「よろしゅうございます」と友ヴァイデヴートが応じて「てまえは占星術を心得ております。あなた様のためにご運勢を星で占ってみましたところ、気がかりな異変が前途に待ち構えている、と判断いたしました。てまえが憂鬱なわけはこれでございます。この件のもっと詳しい一部始終を、とお望みなら、まあお聴きくださいまし」。「止めい」とウードは凶事の予言者の言葉を遮《さえぎ》った。「そちの顔の星相から察するに吉兆ではないな。わたしの運命を思いやってくれるのには礼を申す。が、それをわたしに告げるのは控えてくれ。自分の良からぬ星回りをもう今から悩みの種にしとうはない」。占星術師は口を噤《つぐ》んだ。ウードは真の友情を抱いて彼を出立させ、たっぷり贈り物をした。そして男は、どの道を取ったか知られることなく、姿を消したのである。

# 二

ものの数箇月も経たぬうち、大陸から恐ろしい戦の鬨《とき》の声が起こった。メクレンブルク*を治めているオボトリート人の王クルコが、ばらばらの諸侯領を再び王権と統合すべく、王家の封臣という羈絆《きはん》を脱している全てのオボトリートの部族に対する戦《いくさ》に赴かんと軍備を調えている、との噂がしきりなのである。意に反することだったがウード侯は、こうした外務に注意を払わねばならない、と考え、何人かの間諜《かんちょう》を派遣、情勢が事実その通りであることを知った。嵐はまだ遠くで稲妻を走らせている段階だったが、風向きはまともに彼の島の方角で、どう推量しても、もう間もなく海を渡って吹き寄せて来るはず。こうなるとなんともいい気分ではない。なるほど、彼はのしかかる心配を家来たちにはろくに感じさせなかった。怯える修道院長が、修道僧たちに熱心に聖歌を歌わせながら、廃止命令書*を携えた恐ろしい役人が修道院の扉の外に立っているのではないか、今上げているミサが最後になるのではあるまいか、というひそかな懸念を、先行き何も変わったことは起こらぬかのように装って、配下の修道会士*たちに悟らせぬように。ウード侯はできる限り大急ぎで軍備を調えたが、彼の島を取り巻いている海洋と

いう不確かな防御をまだ当てにしていた。けれども信頼の置けないこの元素［水］は強い方に寝返りを打って、その広広とした背中の上に敵の艦隊を乗せ、己《おのれ》の領邦君主の海岸にいそいそと運んだのである。

　ずっと強大な敵軍と野戦で対《たい》峙《じ》するわけには行かなかった侯は、城下町のアルコンで攻囲され、四十日間八方から強襲を受けた。健気《けなげ》に防戦したものの、町は遂に陥落。何もかも大混乱となったが、忠実な市民の勇敢な一団が侯の周りに結束し、城門を押し開け、ダヴィデの勇士たち*のように夜の闇の助けを借りて敵の陣営を突っ切って岸辺に辿《たど》りつき、そこに錨を下ろして

いた一艘の小舟で沖合いに乗り出した。どこへ向かったものか心定まらぬまま。和やかな微風《ゼフィロス》*の息吹に吹かれた逃亡者たちには、あとにした祖国の山並みが水とも空とも分かたぬ遥か彼方にしか見えなくなった。しかし、不幸な侯の泣き濡れた眼には彼のものだった領土の海浜の形がじっと焼きついたままだった。彼は支配権の喪失を、愛する妻と、その優しい母親と生き写しで、情の深い父親の歓《よろこ》びであるいとしい乳飲み児との別離ほどにはひどく嘆きはしなかった。町が征服された時、奥方とそのいたいけな愛の証《あかし》とがいかなる運命に襲われたのか、二人が戦利品として勝利者の獲物になったのか、残酷な敵の手で戦の狂気の生贄《いけにえ》にされたのか、なんとも分からないので、絶望に陥っていたのである。侯は忠実な親衛兵が自分を血に渇いた剣から救ってくれたことに大して恩義を覚えず、じわじわと苛《さいな》む苦悩にもはや責め立てられることのない戦死者たちこそ幸せだ、と讃えた。

　運命はこの不幸な君侯に共感さえ覚え、苦悩に満ちた人生を終わらせたい、という望みを叶えてやろう、と考えたようだった。突如猛烈な颶風《ぐふう》がバルト海を轟《ごう》っと吹き渡って来て、舟を捉《とら》えて独楽《こま》のようにぐるぐる回し、帆を引き裂き、檣《ほばしら》を真っ二《ぶた》つに折り、舵《かじ》を打ち砕いた。哀れな破船《はせん》は高浪のため雲間まで持ち上げられたかと思うと、深淵の底まで投げ落とされるのだった。そしてとうとう岩礁に烈しくぶち当たって完全に木《こ》っ端《ぱ》微塵になった。船乗りの決まり文句、助かる者は助かれ、の声が上がった時、滅亡を早めよう、と心ひそかに喜び勇んで真っ先に海に飛び込んだのはウードだった。しかし、抗《あらが》い難い力が意に反して彼を深みから引っ張り上げ、返す浪が気を失った彼を海岸に置き去りにした。気がつくと彼は、生気を回復させようと励む一団の人人に囲まれていた。意識を取り戻して最初に目に入ったのは未知の男ヴァイデヴートで、これが最も熱心にウードの命を死の門から呼び返そうと夢中だった。こうした奉仕に礼を述べる代わりに、侯は弱弱しい声と悲しげな身振りでこう言った。「残酷な男だ。そちからかような仕打ちを受ける道理があろうか。そちはわたしを無理やり安息の岸辺から、今にもこの心が免れるところであった苦しみの泥沼に突き戻した、この身に憐れみを掛けてくれい。そして、波間に墓を見つけさせてくれい。わたしが憧れ探している墓をな。そちの手とこの浜からそっと滑り落として、荒れ狂う海原に投げ込むのだ。さすればわたしはその手を恩人の手と思おうぞ。なにしろこの身を大浪から救った手は、不幸な者の呵責《かしゃく》を長引かせるのを惨《むご》たらしくも目の保養と考える拷問者の手なのだから」。

未知の男ヴァイデヴートはウードに優しく手を差し延べ、穏やかな声音でこう言った。「殿様、ご不幸はあなた様を千鈞《せんきん》の重みで押し潰しました。けれども不撓《ふとう》不屈の男子たる者、これに打ちひしがれず、最後の力を振り絞って重荷を転がし落とし、再起の努力をなさるべきです。死のうとお決めになる前に、せめてお心に懸かることを、かつてご友情に相応《ふさわ》しいとお考えになられた男にお打ち明けください。そしてご心痛を同じように思い煩う者の存在を知るという慰めを拒絶なさいますな。これこそ悩める人への癒しですから」。「ああ」と苦悩に満ちた侯は答えた。「そちは何ゆえ、この身の不幸を繰り返して語れ、と要求するのか。思い出すだに心は千千《ちぢ》に乱れるのに。強大な敵勢が領国を奪い取り、この身はいとしい妻を貞潔な愛の証なる可愛い乳飲み児もろとも失ったのだ。これで何もかも分かったであろう。そして、死を見るよりも辛い人生を棄てようとするわたしの決意に同意いたそうな」。うるさい慰め手が応じて「そうしたことは全て、てまえがご運勢を占った時、星星が告げてくれました。そしてお別れいたしました折、これが心に懸かってなりませなんだ。けれど、あなた様の星相は再び吉に転じましょう。ですから気後《きおく》れあそばしますな。失くされたもの全部をたっぷり償うなど、運命の意のままでござる。あなた様は若く元気なお方。お一人の女性《にょしょう》のことで死ぬほどお嘆きになるご所存か。お望みになりさえすればよろしいので

す。そうすれば、お子ども衆を産み、老後の世話をしてくれるご内室にご不自由なさることはありませぬ。そして幸運は気が向く相手にならば王冠と領地をいくつでも恵んでくれるものではないでしょうか。至福のためにご必要とあれば、幸運はまた一つあなた様に与えてくれます。まともな旅籠屋の主《あるじ》は失くした銀貨《グロッシエン》を見つけ出そうと努めるもの。投げやりな亭主はぶつぶつぼやいて、手を拱《こまぬ》き、貧乏になるのです」。

　ウード侯は深い悲しみに昏《く》れて座り込み、海を眺め、この精神と心に対する哲学の中にろくすっぽ核《さね》も汁気も見出さなかったが、友ヴァイデヴートは慰めるのを止めようとしなかったので、とうとう彼に随《つ》いて浜辺からほど遠からぬところにある船乗りの小屋に行くよう説得され、そこでこのもてなしの良い男が出してくれた食事を摂《と》った。これはおおかたありきたりの船乗りの食べ物だった。こうしてウードがリューゲン島の海岸で不思議な余所者を迎えた時、彼について抱いた幻想的な考えは雲散霧消した。今や、この冒険家が魔法使いでも水神でもなく、予知能力を授かっている他は同類と変わった点は何も無い、そんじょそこらの海の男に過ぎないことが分かったわけ。だが、この能力、普通は故郷では認められないもの。*そこで彼は友情を得たことに目下の状況では大した期待はしなかった。にも関わらず、できる限り以前自分に示された親切に報いようとする相手の熱心さは気に入った。鄙《ひな》ぶりではあったが、強い葡萄酒をなみなみと満たした歓迎の酒盃もちゃんと出された食事が終わると、甲斐甲斐しい主人《あるじ》は疲れきった賓客に臥床《ふしど》を指し示し、素晴らしい眠りがしばしなりとも客の苦しみを忘れさせてくれるよう祈った。

次の朝、ウードが目覚めると、自分がもはや船乗り風情《ふぜい》の小屋ではなくて、きらびやかな家具調度をしつらえた豪奢な部屋にいるのに気づいてひどく驚いた。横たわっているのは壮麗な天蓋付き寝台の羽根布団の上。陽光が親しげに多彩な硝子《ガラス》を嵌《は》めた高窓を通して挨拶をしてよこし、その慈悲深い輝きは侯の疲労困憊《こんぱい》した魂に再び新たな活力を与えるかのように思われた。彼が起き上がるやいなや、立派な服装をした一群の召使が入って来て、なんなりとご用命を、と恭《うやうや》しく指図を待った。最初に発した質問は当然ながら、ここはどこか、どうしてこの宮殿に連れて来られたのか、この宮殿の持ち主はどなたか、だった。召使たちの返事。いらっしゃるのはヴィスワ河*のほとりにある町ゲダン(3)の王宮でございます。王宮の君主は強大王ヴァイデヴート(4)でいらせられます。

ウードは推量に反して、友人にして同盟者が実は琥珀海岸の王、と分かって驚いた。この王についてはかねてから不思議な話を夥しく耳にしていたのだが、客として逗留させていた手品師のヴァイデヴートがこの君主その人だとは夢想だにしなかったのである。嬉しい狼狽からまだ立ち直らぬうちに、位を示す権標をことごとく身に飾った王が賓客を歓迎するため部屋に入って来て、この上もなく優しく抱擁した。「我が兄弟よ」と彼は言った。「ここがそなたの所領だと思うてくだされい。そなたから受けた友誼《ゆうぎ》に応える機会を得て、余は嬉しい」。ウードはこの不意打ちに少なからず慌《あわ》てふためいた。自分が取るに足らぬ私人としてもてなした国王に君侯として迎えられたわけだが、ああした礼式違反も陛下が厳しくお忍びを励行したからだ、と是認するのにやぶさかではなかった。打ちのめされた客人の悲しい物思いを吹き払い、紛らわせるために、ヴァイデヴートは、自分がリューゲン島の海岸に上陸した折、侯が聞き出したいと思ったのに、好奇心を満足させてもらえなかった事の顚末《てんまつ》をことごとく解き明かした。

「余《よ》が国外に出掛けた理由は」と王は言った。「人間学に携わり、異郷に棲《す》む民族の風俗習慣を観察して、それによって教訓を得、この身に磨きを掛けるため。また併《あわ》せて、妻探しの目的で、その国の娘たちを吟味いたすためであったのも否定はいたさぬ。ブリタニアの東アンゲル族*の王の息女エルフリーデは美しく徳高い、とだれかが余に讃えたことがある。そこで余は、供回りの者たちと姫君に贈る進物をそこへ運ぶために、船を一艘艤装しました。この身のためだけなら船など要りはしませんでしたが。遥かに安全かつ快適に旅行する術《すべ》を心得ているのでな。そなたの島の付近で余は嵐に襲われ、乗船を失ったが、こうした痛手から立ち直るのは容易でした。颶風の間に、遭難者たちに助力の手を差し伸べようとしている海岸でのそなたの行動に気づいたのですが、余はこうした人間性が気に入り、そなたと知己になろうと心動かされました。そなたが与えてくれたもてなしはこの心を摑みました。これがかなり長いことそなたの島に逗留した理由。反面そなたの逃れ得ない運命を予知したので気が沈んでなりませなんだ。これが島を去った理由。こうした運勢の変化があらかじめ宿命の予定表に書き付けられておらなんだら、余は全力を尽くしてそなたを守護いたしたのだが。そなたの許から余はイングランドへ嫁探しに赴いたのですが、時既に遅し。麗しのエルフリーデにはもはや心を決めた相手がおりました。余は慎み深いので、その初恋の邪魔をする気にはなれませんでした。あるいは、我儘過ぎる気象ゆえ、もう熱い炎に焦がされてしまった心を欲しがる気にはなれなかった、と申すべきかも。帰路余はそなたの征服者クルコ王の宮廷を訪ね、そこで彼の息女、オビッツァ姫に会いました。またとなく愛らしい少女なのだが、恋を受けつけない性分。そして余の方はといえばあまりにも誇りが高く、蔑《さげす》まれたら返報せずにはおきませぬ。それゆえ愚行を犯さないよう用心して、情熱を抑えたのです。もし、情に流されていたら、両国の平和が乱れたことであろう」。

ウードは、友人に王位を与えた幸運が、恋の愉しみを控えめに味わうのにちょいとでも手を貸そうとしない様子なのが、どうしてだか理解できなかった。牧人や手押し車*を押す人足なんぞには気前良く加勢してやるのが普通なのに。彼がまだ独身生活をしているのは明らかに自分が悪いからではないらしい。そこでこの謎を解くことはできない、と相手に白状せざるを得なかった。ヴァイデヴート王はそれについて腹蔵なくこんな説明をした。「そなたには秘密ではないが、余は未来を覗く能力を授かっている。そなたたち他の人は当たり籤《くじ》か空籤か分からぬまま闇雲《やみくも》に籤を引きますね。けれど余は結婚相手を選ぶ際に運勢に助言を求める。そして自分に得が行かないと看《み》て取ると、その甘い喜びをあとで後悔という苦い憂愁の味が台無しにしてしまうようなまやかしの恋を見合わせてしまう。最も素晴らしい見込みが最も当てにならぬもの。もし恋人たちが将来降りかかる恐ろしい悲運を星占いで知ることができれば、新床《にいどこ》に入ろうという花嫁はごく僅か、好い歳をした独身男は蝗《いなご》の大群が空を蔽《おお》うごとしで、天日《てんじつ》ために暗し、となろうね」。ウードは主人とのこの談話を次のように有益な忠告をして締め括《くく》った。結婚相手を選ぶ際には片目を瞑《つむ》ること。鷲のように鋭い目で未来の面紗《ヴェール》を剝がすのでなく、花嫁の面紗《ヴェール》を剝がす方が増しだということ。全ての結婚有資格者がこうした手順に従えば、と彼は付け加えた。独身男どもが蝗の群になるんじゃないか、と心配なさるには及びません、と。琥珀海岸の王はこの助言を傾聴、遠くで見つからなかったものを近くで探し、心と玉座をある土地っ子の娘と頒《わ》かち合い、運を天に任せて結局良い籤を引き当てた。そして結婚の幸せを末永く楽しみ、憂愁の味など後に残ることはなかった。

# 三

兄弟の交わりを結んだ君主が貴賓の愁眉を開こうとどんなに心を砕いても、その懊悩《おうのう》を紛らわせることはできなかった。ウードはしょっちゅう物思いに耽《ふけ》り、悲しんでいた。妻の面影がひっきりなしに眼前《まなかい》に揺曳《ようえい》するので、予知者の王に彼女の運命を折折訊ねずにはいられない。こちらは事前の配慮で友を避けるようにしていたが、希望と危惧の間で気持ちがゆらめくのは事実を突きつけられるより却って辛い、と賢明にも考え、やいのやいのとせがむ侯に遂にそれ以上抗《あらが》えなくなった。吉報は持ち合わせていないので、余儀なく常套句を用いることにして、こう口を切ったもの。「傷ついた神経は真っ二つに切られる時よりも激しく痛む。押し潰された手足は病んだ胴体から切り離される時より大きい苦痛を生むもの。だから話

そう、兄弟よ。そなたの奥方はそなたとの別離の苦悩に耐えられなかった。彼女の霊は、そなたがこの地に足跡《そくせき》を記さぬうちに余の周りに漂うていた。ヴァルハラ[5]でまた逢えようぞ。町が敵の手に落ちた、と知らされた時、彼女はそなた愛用の酒盃で愛の名残《なご》りの一杯を飲んだのだが、これには効き目の強い毒が混ぜてあった。と申すのも、傲慢な敵の奴隷の枷を掛けられることなど、君侯の奥方とし

て似つかわしゅうない、と考えたのでなあ」。

愛する妻を失った、と聞かされて、ウードは高い悲嘆の叫びを挙げ、七日間自室に籠もり、泣いて彼女を悼んだ。しかし八日目になると、三月の霧に鎖《とざ》されて谷間に消えた太陽がまた昇った時のように、晴れやかで陽気な面持ちでそこから出て来た。今やあらゆる恨みつらみは胸から根絶やしにされ、感覚は広い世界に向かって開かれ、運命にこうも苛酷に迫害されたあとで、この移り気な女神が再び彼を、色好い目つきで見るに相応しい、と思うかどうか試そうとした。

こうした抱負を彼は親友に吐露し、親友はそれに反対しなかった。ヴァイデヴート王は言った。「余はそなたにご身分にかなった幸せを差し上げることはできない。そなたは何人にも従属することのない君侯として生を享《う》けた。そうした君侯として生き、そしてできれば領地を取り戻すのがやはり当を得ている。星回りはそなたを厭《いと》うてはおらぬ。そなたの不幸の発祥の地で幸運がそなたを待ち設《もう》けているのだ」。ウード侯が出立《しゅったつ》の準備に取り掛かると、ヴァイデヴート王は用意おさおさ怠りなく、この上もなく堂堂とした旅支度を調えてやった。訣別《けつべつ》の日が近づくと、王は素晴らしい饗宴を催した。これには王国の貴顕がことごとく招かれ、九日もの間さまざまの楽しみ事がとっかえひっかえ続いた。最後の日、王は人人から離れて、奥まった部屋に客人《まろうど》を案内し、名残《なご》りを惜しんでもろともに親密な友情の酒盃を飲み干し、葡萄酒が額と胸を温《ぬく》め、虚心坦懐《きよしんたんかい》さが舌の枷を弛めると、主《あるじ》は客の手を握ってこう語った。

「兄弟よ、別れる前に今一つ。余のこの指環を正真正銘の友情の証として受けてくれい。これはあげてしまう贈り物ではない。そなたを見込んで預ける宝なのだ。必要とする限りそなたの役に立とう。同時にある秘密を聴いて欲しい。余がそなたに何もかも打ち明けていることをそのことから分かってくれい。世の中の者は皆この身を大魔法使いだと思っている。が、余は魔法など母胎から産まれたての赤児ほどにしか心得ておらぬのだ。しかし、そなたも知らずにはいられまいが、持ってもいない特性がある、と信じ込まれるのは王侯の宿命。星辰を読み取って予知する力は授かっている。しかし、余の魔法は悉皆《しつかい》この指環が頼りなのだ。これを臨終の折贈ってくれたのは友であったさる賢者でな。気転の利く小さな精霊が指環の石の水晶に閉じ込められていて、指環の持ち主がそうさせたいと願うどんな形でも取ることができる。邪気はなく、すばしこく、献身的で、忠実だ。空き樽の姿に化けて余をそなたの島の岸辺に運んでくれたのはこやつなのさ。樽から抜いた板の中に潜んで、余がそなたの座輿までに羽根を生やすと、兄鶴になってこくまる鴉どもを取り、この手に戻って来て、余はこれを手に乗せたままそなたの居城へ連れて参ったな。こやつ、いろいろなおどけでそなたの宮廷を愉しませ、お蔭で余は、巧みな手品使いだ、と評判になった。軽い小舟の姿で、そなたの島から海を越えてアンゲル族の地［イングランド］へ余を運び、そこからまたメクレンブルクの海岸に連れ戻しもしてくれた。あそこで余はこやつを翼の生えた駒に変えた。するとこやつはその背に余を乗せてのんびりと自国に連れ帰った。また隠しておくつもりもないが、余にそなたの運命について報らせをよこした忠実な間諜役を務めたのはこやつさ。余の言いつけでこやつは暖かい微風《ゼフィロス》になってそなたの小舟を琥珀海岸に導き、颶風が舟を打ち砕いたので、そなたを浪間から浜辺へ引き上げたのだし、そなたが眠ってしまうと、肩に担いでこの宮殿へ運んで来もした。

　たとえ領国の半ばに値する金を積まれようと、この働き者の精霊を売る気にはなるまい。したが、余はそなたをこよなく愛して抱擁する身。それゆえそなたを信頼して暫時これをお貸しいたす所存。して、もはやご入用でなくなったら、指環を嘴にくわえた兄鶴の姿でこの身の許に翔《と》び帰らせて戴きたい。奉仕のため指環から精霊を召喚したい時は、指に嵌《は》めた指環を三回右へ廻すのだ。すぐさまやつは外へ出て、そなたの指図をやってのけようとするだろう。さてまた指環を三回左へ廻せば、精霊は住処《すみか》の水晶に戻る」。

ウード侯は衷心《ちゅうしん》から礼を述べてこの友情の証を手に取り、指環を眺めた。透き通った水晶の中に濁ったちいさな染みが見えたが、想像力が掻き立てられると、月面の隈《くま》が背中に粗朶《そだ》を担《にな》った男の姿になるように*、この染みが、二本の角を生やし、*鉤爪《かぎづめ》と尻尾を持ち、馬の脚をした小悪魔*に見えてならなかった。

　ウードは、彼の予言者ヨナタンとこの上もなく情細やかに別れを惜しんでから、友の意見に従い、真っ直ぐメクレンブルクに道を取った。健やかな人知［良識］の解釈学は彼の不幸の発祥の地についてこれ以上適切ならざる解釈をすることはできなかったろう。

侯は同地で極めて厳しい微行を守ることを決意、自分の征服者の居城で大いなる幸運に恵まれるとは自分でも信じられないと思えたが、そのことについてはいつまでもなにくれと思い煩わず、この問題の解決を刻《とき》と成り行きに委ねた。メクレンブルクの町はオボトリート人の王国の首都で彼らの君主の居住地だった。これは大きさと人口に鑑《かんが》みると、ヨーロッパのバグダードあるいはカイロともいうべき存在だった。*それともむしろ、ドイツのロンドン、パリに譬《たと》えた方がよいかも知れない(6)。クルコはこの町をその規模と繁栄の頂点に押し上げていた。彼はここにきらびやかな宮廷を開き、権勢下に収めた征服された諸侯や封臣を移住させたのである。彼は弱者に対する強者の権利に基づいて、王国の四境を栄光に満ち満ちて押し拡げ、オボトリート人の全部族をその王笏《しゃく》にまつろわせ終わっていた。にも関わらず彼の歓びは完全無欠ではなかった。男系の王国相続人がいなかったからである。彼の一人娘のオビッツァ姫は王位を継ぐことができなかった。というのは、当時北方諸民族は全てサリカ法典*に従っていたからである。さはさりながら王は、代代の支配権を自分の血統で継続させる手立てを案出したわい、と思いつき、国事勅書によって、息女がどこの君侯に嫁ごうとも、その長男を王位継承者として引き取る、と定めた。だが王女は、その天与の魅力にも関わらず、異性に対してなんとも抑え難い反感を覚えるという、ご婦人には滅多にない欠点を持っていて、極めて輝かしい縁談をこれまでいくつも撥ねつけて来た。父親は娘を限りなく優しく愛しており、王侯の姫君のしきたりに倣《なら》い愛を国務と心得てこれを遂行するよう、彼女に強制するつもりはなかったので、娘が恋を心に懸かる切ない物思いとし、恋愛で夫を選んでくれれば、と望むのが精精《せいぜい》。でも、乙女はこうした願いも叶えてくれようとはしなかったのである。まだその潮時が来ていなかったのか、それとも、母なる自然が、その魅力ある娘たちに対ししばしばまこと惜しげもなく降り注ぐあの甘美な気持ちを、オビッツァには全く与えなかったのか。

そうこうするうち父親クルコの忍耐はことごとく擦り切れた。王位継承者に窮した彼は、どんな求婚者にも、運試しをして、麗しのオビッツァの心を射止める権利を与えざるを得ない、と考え、征服者にはリューゲン侯国を褒賞として約束した。この餌は、無情なオビッツァの心を突撃しに来た夥しいあわよくば連を四方八方からメクレンブルクにおびき寄せた。だれもが皆宮廷で手厚いもてなしを受け、王女は父親の言いつけで立ち入りを拒めなかった。もし哲学的観察者が居合わせたら、たくさんの伊達男どもが繰り広げる作戦の覗き見は、なんともこの上なく変化に富んだ芝居見物となったことだろう。この連中、濃密な気圏が彗星をもやもやと押し包むように乙女を取り巻き、銘銘が自分独自の方法で難攻不落の彼女の心を我が物にしようと懸命だった。ある者たちは、こっそり胸の中に忍び込もう、あるいは媚び諂《へつら》ってものにしてこまそう、との魂胆。また、ある者たちは激しく熱烈に最初の勝負ですぐに獲得しようとがむしゃらにとってかかる。しかし、こうしたたわけた行動は王女の男嫌いを強め、異性に対する蔑みを増すのが関の山。そこで彼女に感銘を与えるようなエンデュミオン*はあらばこそ。

ウードはこうした変てこりんな時期にメクレンブルクに到着した。何と名乗って宮廷に出頭したものか途方に暮れた彼は、求婚者部隊に加わった。なるほど、よりにもよって自分の侯国が懸賞問題の褒賞として提供されているのに注意を惹かされたが、こんなやりかたで失った所領をまた取り返

そうなどという考えは浮かばなかった。そうこうするうち彼は姫に会った。一目見た彼女の姿は案に相違して彼の魂を恍惚《こうこつ》とさせ、何かこう居ても立ってもいられない気持ちで眠るのもままならず、ぼんやりと物思いに耽るようになり、まどろみに現れる幻想には全てメクレンブルクの宮廷の典雅の女神《グラティア》*の面影が混ざり込んで来るのだった。そこで間もなく彼は、琥珀海岸で自分を深淵から引っ張り上げたのと同じ抗い難い力が我が身を姫に惹き付けているのだ、と気づいた。けれども姫には自分を取り巻く求婚者部隊の有《う》象無《ぞうむ》象《ぞう》の中にいる彼の存在を認める様子はなかった。

これまでウードは友ヴァイデヴートの餞別《はなむけ》をどう使ったものやら分からなかったが、今やお役に立とうと待ち構えている精霊に仕事を与えてみよう、と思いついた。彼は精霊をかつて恋愛詩人《ミンネゼンガー》ヤコービ*の脳裡に浮かんだうちでも最も愛らしい愛神《アモール》に変身させ、これを黄金の小さな針箱に封じ、箱を開く女性に愛神のあらゆる職務を行使してこちらに利を齎《もたら》すよう計らえ、と適確な指図をした。

ある爽やかな宵のこと、王の遊苑で宮廷の宴が催された。小さな旋風《つむじかぜ》が起こって、姫の面紗《ヴェール》を乱した。姫はそれをちゃんと留めるために、針が欲しい、と言った。ウード侯はすぐさま傍に駆けつけ、彼女の前に片膝をつき、とかく評判の悪いあの昔のパンドラの箱*のように油断のならない贈り物が封じ込められている例の黄金の箱を差し出した。王女が露疑うことなく蓋を開くと、愛神《アモール》になった精霊が彼女の胸にするりと潜り込み、黄金の鏃《やじり》の矢で傷つけた。ウードは、この企ての首尾やいかに、と不安で堪らず、すぐに遠ざかった次第。

次の日彼は、つれない姫の美しい目が彼女を競う戦士《チャンピオン》たちの群の中から自分の姿を探しているのに気づいて驚いた。三日目、物事に抜かりのないばあや《アーヤ》*が、お仕えするお嬢様の胸の中で、これはつまりだれだか分からない騎士に好いことがある兆候《きざし》なのだが、何かがふつふつと沸き立ち始めたのを悟った。四日目になると、もう宮廷中がこの突拍子もない現象を声高《こわだか》に話題にする。王はと言えば、内密にそれについての報《し》らせを受け取って殊《こと》の外《ほか》ご満悦、自分が打って置いた賢明な手がこうも見事な効果をあらわした幸運をことほぎ、寸刻もためらわず、はにかむオビッツァに彼女の切ない物思いを問い質《ただ》した。するとこちらはもうどうしようもなくなっていたので、面紗《ヴェール》で顔を蔽《おお》うとその蔭に隠れて、お名前を存じ上げぬ騎士様がわらわの心を摑んでおしまいになられました、と余すところなく打ち明ける。

全宮廷が仰天したことだが、ウードは名無しの男のままで王の手から姫を授けられた。婚礼がきちんと執り行われてから初めて彼は、優しい花嫁の喜色満面の父親から、そなたの地位と出自はどのようなものかの、と訊かれた。そこでウードはもう憚ることなく相手にありのままを語った。クルコはリューゲン島の侯に加えられた非違をたっぷりと利子を付けて償う機会を得たことを大いに喜んだ。とは申せ、ウードは王位継承者が産まれるまでまだ宮廷に留まっていなければならなかった。父

クルコは素晴らしい男の子を娘の両手から満足しきって受け取ると、婿殿に以前の所領を返還。もはや精霊を必要としなくなった侯は、取り決め通り嘴に指環をくわえた兄鷂の姿に変え、友情篤いその持ち主の許に絶大な感謝を籠めて送り返したのである。

それからというもの愛神《アモール》になった精霊はさらに少なからぬ縁結びをしたのだが、ウード侯とメクレンブルク王女である心優しきオビッツァ姫との結婚はどには成功を収めなかった。なにせ、その後この精霊がお仲人役を務めてやっても、一緒にした情細《じょう》やかな夫婦が、やがてなにやら派手な家庭紛争をおっ始《ぱじ》めてかっかとなると、こんな風にすぐ遠慮会釈なく愚痴をぶちまけるのがしょっちゅうだったものだから。わたしたちを縁組させたのは悪魔だったんだあ、ってね。

## 原注

(1) 海原《わだつみ》に呑み込まれる……一三〇九年のこと。

(2) ブルッツィア……Bruzzia. 昔プロイセン*はこう呼ばれていた。

(3) ゲダン……Gedan. ダンツィヒ*の古名。ラテン語の名称ゲダーヌム Gedanum に拠る。*

(4) ヴァイデヴート…… Weidewuth. プロイセンに住んでいたヴェンド人*の古王の名。民族の言葉ではヴィッテヴルフ Wittewulf。伝承によれば偉大な魔法使いであり、プロイセンの諸地方の名称はその十二人の息子に因《ちな》んでいる、とのこと。

(5) ヴァルハラ*……Valhala. 英雄や善良な人人が死ぬと霊魂はここに留まる。古代北方諸民族の天国。

(6) これは大きさと人口から鑑《かんが》みると……よいかも知れない……メクレンブルクの町のギリシア語名称大都市《メガロポリス》Megalopolis がこのことを確証しているようである。その後この地方はこの町から名を継承した。

# リブッサ*

——ヨハンネス・ドゥブラヴィウス著*『ぼへみあ史*』および
枢機卿アエネーアス・シルヴィウス著*『ぼへみあ人《ビト》ノ発祥ト事跡*』に拠る

G.O.

# 一

今ではもう痕跡しか残っていないボヘミア森《ベーマーヴァルト》*の奥深くに、これがまだ見渡す限り茫茫と国中に広がっていた往古、可憐《かれん》な精霊族が棲んでいた。光を厭い、大気のように軽く、肉体は持たず、どっしりした粘土から捏《こ》ね上げられた人間*より繊細な性質だったから、粗野な触覚には感知されないのだが、細やかな感覚の持ち主だと月明かりで半ば見えるし、文人たちには樹の精《ドリュアス》*として、古代の吟遊詩人たちには妖精《エルフ》*の名でよく知られている。想像もつかぬ大昔から彼らはここでだれにも邪魔されずに暮らして来たが、突然森に喧《かまびす》しい戦の騒乱が沸き起こった。ウンガーラント公チェフ*がスラヴ人の同勢を引き連れ、この荒涼とした地域に新たな居住地を見つけようと、山地を越えて侵入したのである。年古りた樫、巌、峡谷、洞窟、さてはまた、池や沼地の葦《よし》などを住まいとしていた美しい女たちは物の具の響きや軍馬の嘶《いなな》きのために逃げ出した。権勢ある妖精王ですら騒音にはうんざりして、その宮居《みやい》をもっと辺鄙《へんぴ》な曠野《あれの》に移した。ただある妖精だけが、お気に入りの樫の樹と別れる決心がつかず、土地を開墾するために森がそこここで伐採されるようになると、新参者たちの暴力から自分の樹を守ろう、と独り勇気を出して、高く聳え立つ梢を居場所に選んだ。

　チェフ公の近侍の中にクロクス*という名の年若い盾持ち*がいた。度胸と英気に満ち溢れ、活発ですらりとした体つきで、雅《みやび》な知識礼節も心得ている。公の愛馬たちの世話を委ねられていて、森の奥の草原まで駆り立てて行くことがあった。時時彼は例の妖精が棲んでいる樫の下に憩《いこ》うのだったが、こちらはこの余《よ》所《そ》者がお気に召して、夜彼が下の樹の根元でまどろんだりすると、快い夢の数数をその耳に囁き、次の日

に起こるできごとを意味深長な映像を見せて告知するのだった。あるいは、馬のどれか一頭が森に彷徨《さまよ》い込んでしまい、この番人がそれを探し出す足跡を見つけられぬまま、困惑して寝入ったりすると、彼は夢の中で迷子の駒が草を食《は》んでいる場所へ通じる隠された路のいろいろな目印を見るのだった。

新たな入殖者たちが拡がれば拡がるほど、彼らはこの妖精の住処《すみか》に迫って来た。持ち合わせている予知能力のお蔭で、もうすぐ自分の生命の樹を斧が脅かすことになるだろう、と悟った彼女は、親しい客人にこうした苦悩を打ち明けよう、と心を決めた。ある月の明るい夏の宵のこと、クロクスはいつもより遅く馬の群を馬囲いへと追い込み、それから例の高く聳え立つ樫の樹の下の自分の宿営地へと急いだ。そこへの道は魚のたくさんいる池の周りを巡っていて、池の白銀《しろがね》の波に黄金の三日月が輝く円錐の形で姿を映していた。そうしてこのきらきら輝いている水面《みなも》の向こう、対岸の樫の辺りに、彼は涼しい岸辺を逍遥しているかのごとき女性を見かけた。この姿は若い戦士にはなんとも訝《いぶか》しかった。あの乙女は、と青年は心中考えた。こんな寂しい所に、こんな黄昏《たそがれ》刻に、どこから独りでやって来たんだろう、と。でもこうした異常なできごとは、若い者にとっては怖いというより、もっとよく事の次第を調べてやれ、との好奇心をそそる性格のもの。彼は注意を引きつけている姿から目を逸《そ》らさず、足取りを二倍に速めて、間もなく初めそれに気づいた場所である樫の樹の下に行きついた。

来てみると自分が見たものは肉体というより影のように思われ、なんとも不審なまま佇《たたず》んでいると、肌にぞうっと冷たい戦慄が走った。けれども彼は柔らかな声がこんな言葉を囁くのを耳にしたのである。「こなたへまいられよ、余所のお方、怖がることはありませぬ。わらわはこの森の妖精で、この樫の樹に棲まう者。生い茂った大枝の下でそなたはたびたび憩いましたな。わらわはそなたを寝かしつけ、甘い楽しい夢の数数を見せ、その身に起こることを知らせ、群の母馬とか仔馬などが迷ってしまった時にはいつも、どこで見つかるか、その場所をお教えまいらせた。こうした好意のお返しにわらわの願いを叶えてたもれ。そなたを照りつける日差しや雨から何度も庇ってきたこの樹の守護者になって、この森をしたたかな目に遭わせているそなたの同胞たちの酷い斧を防ぎ、この尊い幹を損なわないようにして欲しいのじゃ」。

この穏やかな話で再び勇気を取り戻した若い戦士はこう答えた。「そなたが女神様にせよ死すべき定めの人の子にせよ、お望みの趣きをやつがれに申されい。できる限りそれをやり遂げまする。したが、やつがれは我が民族の中でも取るに足らない身、ご主人の公の下僕でござる。今日か明日にでもご主人がやつがれに向かって、どこそこで放牧せよ、と言いつけたら、遠く離れたこの森でどうやってそなたの樹を守れよう。けれどそなたが命じらるるなら、やつがれは従者を辞めて、そなたの樫の樹の木蔭に住み、生涯これを守護いたす」。「そうしてたもれ」と妖精は言った。「後悔はさせませせぬぞえ」。こう告げると姿を消し、音高い宵の微風が梢の高処《たかみ》を吹き抜けたに他ならぬかのようにそこがざわめき、葉がそよいだ。クロクスは、自分の前に出現したこの世のものとも思えぬ姿にすっかり驚いてまだ暫く立ちすくんでいた。ずんぐりしたスラヴの少女のうちでは、こういったほっそりした体つきと素晴らしい立ち居ふるまいの女性にお目にかかったためしはなかったのである。とうとう彼は眠気がささぬまま、柔らかな苔の上に大の字になった。暁の薄明にはっと目覚めた彼は甘い感覚でぼうっとしていた。これは生まれつき目が見えなかった人の開いた目に差し込んだ光のように不慣れで新鮮な感覚だった。朝まだき公の陣営にすっ飛んで行った彼は暇《いとま》を乞い、戦道具を取り纏めると、頭には燃えるような熱狂を詰め込み、背中には重荷を背負って、楽しい森の隠棲場所へ早足で引き返した。

そうこうする内彼の留守中にこの民族のある職人の親方が、職業は粉挽きだったが、この真っ直ぐな樫の樹の幹を水車の輪軸にもってこいの良材だと鑑定、徒弟たちと一緒に伐り倒しにやって来ていたのである。がつがつしている横挽き鋸が鋼鉄の歯で住処の土台を齧《かじ》り始めた時、妖精は恐れ慄《おのの》いて嘆息した。彼女は樹の頂きの高処《たかみ》から、忠実な戦士はいずこ、と辺りに目を配っていた。けれど、炯眼《けいがん》なのにどこにも青年の姿を発見できなかったし、茫然自失したため一族に授けられている予知能力が今回は発動されなかったので、アスクレピオス*の息子たちが、死が彼ら自身の扉を叩く時、その名高い予兆判断にお伺いを立てることができるようには、待ち構える運命を解明し得なかった。

しかしクロクスは今にもここに着くところだったのだ。そうしてこの悲惨な破局の現場のごく近くに来ると、ぎいぎいと軋《きし》る鋸の音が彼の耳に入った。森の中のこの轟音に彼は良からぬことを感じ、飛ぶような足取りで急ぐと、自分が庇護を引き受けた樹が恐ろしいことに今にも伐り倒されそうなのが見えた。彼は即刻木を伐っている男ども目掛けて槍ときらめく剣を手に狂ったように襲い掛かり、仕事から追い払った。この連中、山の魔物が出て来た、と思い込み、周章狼狽して逃げ散ったのである。幸いなことに樹が蒙《こうむ》った傷はまだ癒えるもので、瘢痕《はんこん》はものの数夏で消えた。

新たな到来者がこの場所を、これからの住まいに持って来い、と定め、柵で囲んだ小さい庭を造るため空き地を歩測し、敬虔な修道士が精神的な恋の対象に選んだ暦の聖女よりずっと現実性を持たない、影のような伴侶とともに人間社会から隔絶して日日を送ろう、という算段の隠れ家の構図をとっくり考案するようになると、仕事が終わった夕べには、妖精が池の岸辺に現れて、優美な物腰でこんな風に彼に話しかけるのだった。「余所のお方、そなたの同胞たちの荒荒しい腕から、この樹が伐り倒されるのを防いでくださって忝《かたじけな》い。この樹とは私の命が姉妹の契りを結んでいるのです。かようなことを申すのは、母なる自然は、わらわの一族にさまざまの力や才能を授けてくれましたが、一族の命の定めをこの樫の樹が成長

し生き永らえるのと斉《ひと》しくしたことを、そなたに知って欲しいから。我らのお蔭でこの数多《あまた》の森の女王はその他の下下《しもじも》の木たちの上に高貴な頭をぬきんでているのですし、この樹の樹液が幹や大枝を循環するのを我らが促進してあげるので、突風と闘う力を持ち得て、なにもかも破壊してしまう長い数世紀もの時に抗《あらが》うことができるのです。それに対してこれまた同じように、我らの命はこの樹の命と結ばれておりまする。命の同胞である我らと運命を分かち合った樫が老いれば、わらわたちも樫とともに老います。そして死ねば、我らも消滅し、死すべき定めの人の子のように一種の死の眠りを眠るのです。万物の永遠の輪廻《りんね》を通じて、偶然かあるいは隠された自然の指図かがわらわたちという存在をなにかの新芽と一つに合わせてくれ、活気づけてあげる我らの駆動力によってその新芽が伸び開いて枝葉を茂らせ、長い時が経ってから巨木になり、我らに改めて命を楽しませてくれるまでね。これで合点《がてん》が行ったでしょう。そなたの援助がわらわにどんな尽力をしてくれたことになるのか、どれほどの感謝がそれに相応《ふさわ》しいか。そなたの気高い行いの報酬を要求して下さい。そなたの心の願いをわらわに打ち明けて下さい。即座に叶えて進ぜましょうぞ」。

クロクスは黙っていた。魅惑的な妖精の姿は、僅かしか理解できなかったその言葉よりもずっと強い印象を彼に与えていた。妖精は相手が困惑しているのを看て取り、そこから引き出してやるため、池の岸辺の一本の枯れた葦を手にすると、これを三つに折って、こう言った。「この三本の茎のうち一本を選ばれよ。選ばずといずれかを取ってもよい。最初のには栄誉と名声が、次のには富とそれの賢い愉しみかたが、三本目には恋の幸せが、そなたのために封じ込まれております」。若者は目を伏せて、こう答えた。「天の娘御、そなたが、この身の心の願いを叶えて進ぜよう、と思っておられるなら、お分かりくだされい。それは差し出しておられるその三つの茎の中には入ってはおりませぬ。やつがれはもっと大きな報酬が欲しゅうございます。栄誉などは高慢を燃え上がらせる火口《ほくち》に過ぎぬのでは。富などは貪欲が生えてくる根っこに過ぎぬのでは。恋などは心の高潔な自由を押し潰す情熱への陥穽《おとしあな》に過ぎぬのでは。叶えて戴きたいお願いは、そなたの樫の木蔭で軍旅《ぐんりょ》に疲れた体を憩わせること、そなたの甘い唇から知恵の教えを聴き、未来の秘密の謎を解くこと」。「そなたの要求は」と妖精は言葉を返して「大きいのですね。でも、わらわのためにしてくれたことはささいなものではありませぬ。ですから、そなたの頼みの通りにいたしましょう。そなたの肉体の目を蔽《おお》っている眼帯を取ってあげましょう。隠された叡智の秘密を覗けるように。さあ、果実を味わい、皮をお捨てなさい。賢者は敬われる人ゆえ。それから豊かといえるのは賢者だけ。必要なもの以上は欲しがりませぬから。そして賢者は恋の神酒《ネクタール》*を不浄な唇でそれを有毒にすることなしに賞味するもの」。こう言い終わると樹の精はもう一度三本の葦の茎をクロクスに差し出し、彼と別れた。

若い隠者は、妖精から与えられたもてなしにこの上もなく満足して、樫の樹の下に自分の苔の寝床をしつらえた。眠りが武装兵のように彼を不意打ちにし、朗らかな暁の夢がいくつも彼の頭のてっぺんを囲んで踊り回り、幸せな予感の靄《もや》で彼の空想を養った。目を覚ますと心楽しく日課の仕事に取り掛かり、快適な隠者の小屋を建て、庭に穴を掘ると、薔薇や百合、それからその他の芳香を放つ花や香草の数数、またそれに劣らず甘藍《キャベツ》とか種種《くさぐさ》の野菜類を実の生る果樹とともに植えつけた。妖精は黄昏刻ともなると必ず彼の許にやって来て、彼の勤勉の成果を喜び、彼とともに手に手を取って葦の生い茂る池の畔《ほとり》をあちこち散策した。そして、そよぐ葦は、風が間を吹き抜けると、笛のような音を立てて仲の良い二人に美しい旋律の夕べの挨拶を送るのだった。妖精は注意深く耳を傾けている弟子に自然の神秘を解き示し、物事の根源と本質を授業、それらの自然の属性と魔術の面での特性を教え、荒削りの戦士を思想家に、哲人に造り変えた。

麗しい影の姿との交わりによって年少の男の感性と触覚が精緻《せいち》になるにつれて、妖精のあえかな輪郭が濃密になり、安定を増した。その胸は温かみと生気を帯び、褐色がかった目にはちらちらと火が燃え、やがて彼女は年若な少女の姿とともに娘盛りの五感をもその身に育《はぐく》んだ様子だった。まどろんでいる五感を呼び覚ますには全くお誂《あつら》え向きの多情多感な一刻《ひととき》の逢瀬《おうせ》は当然の効果を挙げた。そもそもの馴れ初めからものの数度と月の満ち欠けを経ぬうち、クロクスはほっと吐息をつくようになり、三本目の葦の茎が約束した愛の幸せに胸を満たされ、恋の陥穽《かんせい》に落ちて心の自由を失ったことを後悔しなかった。情愛深い両人の縁結びは二人っきりの秘め事だったが、どんちゃん騒ぎの華燭の典同様楽しく行われ、やがて口を利くことのできる報われた愛の証《あかし》にも恵まれた。妖精は背の君に同時に産まれた三人の娘を贈ったのである。そして我がもう一つの半身の実り多さにびっくりした父親は、初めて抱っこをした時にこの子たちをこう名づけた。他の二人の姉妹《はらから》より早く高らかに産声を挙げた娘をベラ、次に産まれたのをテルバ、末っ子をリブッサと。

# 二

どの子も容姿の美しさという点では精霊*に似つかわしかった。そして、母親のように繊細な素材で形作られてはいなかったが、それでも体質は父親の粗野な人間の形態よりは精妙だった。その上子どもの脆《ぜい》弱《じゃく》さとはとことん無縁で、おむつかぶれができることもなかったし、歯が生える時も癲癇《てんかん》性の痙攣《けいれん》など起こさず、便秘でお腹が張って泣き喚くこともせず、佝僂《くる》病に襲われもせず、疱瘡《ほうそう》にも罹《かか》らず、それゆえ痘痕《あばた》もできず、脂《やに》目やら内《ない》斜視やらの心配もせずに済んだ。その上あんよはお上手を習う紐《ひも》*も不要だった。というのは生後九日でもう山鶉《やまうずら》*のように達者に歩いたからである。そして成長するにつれ、隠されている事物を察知したり、未来

のできごとを予知したりする母親の全ての才能が身に備わっていることが明らかになった。

　クロクスは時間の助けを借りてこのような秘密に同じく通暁するようになった。狼が家畜の群を森の中で散り散りにしてしまい、牧人たちがいなくなった羊や牛やらを探すたび、木樵《きこり》が大斧や手斧を失くしてしまうたび、彼らは賢者クロクスに相談しに来るのだった。すると彼は行方不明のものをどこで探せばよいか教えてやった。邪《よこしま》な隣人が共有の財産の何かを盗んだり、夜近所の者の家畜囲いや住まいに侵入して強盗を働いたり、家の主人を殺害したりしても、だれが犯人なのかまるで分からない場合、賢者クロクスにお伺いを立てに行くのだった。すると彼は共有地に村人一同を集め、皆に輪を作るように命じ、それからその真ん中に入り、例の嘘をつかない篩《ふるい》*を回す。これは決してしくじることなく悪者を明らかにするのだった。こうして彼の名声はボヘミア全土に拡がり、問題や大切な用事を抱えている人間は、案件がどうなるのかこの賢い男に相談しにやって来た。体に障害のある人たちや病者たちも治療法や助けを彼に求めた。虚弱な家畜すら彼の許に連れて来られた。すると彼はそうしたことにもちゃんと心得があって、評判高いシールバハの聖マルティン*のように、病気の牝牛どもを自分の影によって健やかにしてやった。こんな具合で彼のところに参集する民衆の数は日に日に増えるばかり、さながらデルフォイなるアポロン神の鼎《かなえ》*がボヘミア森《ベーマーヴァルト》に移されたかのよう。そうしてクロクスは報酬も利得も無しに相談に来る者たちに回答を与え、病人や障害者を癒したのだが、彼の神秘に満ちた叡智という宝はたっぷりと利子を生み、彼に莫大な儲けをもたらした。民衆は捧げ物、贈り物を携えて彼の許に殺到、善意の証であやうく彼を押し潰さんばかりだった。彼はまずラベ河*の川砂から黄金を洗い取る秘法を公《おおやけ》にし、全ての砂金採りから十分の一税を受け取った。それによって彼の土地財産は殖え、彼は堅固な城館や宮殿を建て、膨大な家畜の群を幾つも持ち、実り豊かな荘園、畑、森林を保有、気前の良い妖精が前兆として二番目の葦の茎に封じ込んでおいた富は知らず知らずのうちに悉皆《しっかい》彼に帰していたわけ。

　ある気持ちの良い夏の宵のこと、クロクスが騎乗の部下たちとともに、要請に応じて二つの村落の境界紛争を調停しに出かけた耕牧地への遠出から帰って来ると、妻が、初めて自分の前に姿を現したあの葦の池の岸辺に佇んでいるのが目に入った。彼女が手招きしたので、彼は従者たちを引き取らせ、妻を抱き締めに急いだ。彼女はいつもの通り優しく愛情に溢れて夫を迎えたが、悲しげに打ち沈んでいた。目からこぼれる澄んだ清らかな涙はなんともかそけく儚《はか》ないので、滴り落ちる際に微風《そよかぜ》にがつがつと吸われてしまい、地面には届かなかった。クロクスはこの有様にはっとさせられた。これまで妻の目はいつも朗らかに若若しい喜びに輝いていたのだから。「良くないことが起こるのか、と不安で胸が掻《か》き毟《むし》られる。さあさあ、いったいどうして泣いているの」。妖精は溜め息をつくと、憂わしげに頭を彼の肩に凭《もた》せかけて、こう告げるのだった。「大事なあなた、ご不在中にわらわは運命の書で読みましたの、この身の命の樹に恐ろしい悲運が迫っているのです。わらわはあなたと永久《とこしえ》にお別れいたさねばなりませぬ。一緒に館にいらしてくださいまし。ちいちゃなあの子たちを祝福しますので。だって今日からあなたはこの身に二度とお会いになれますまいから」。「ああ、いとしいひと」とクロクスは応じて「そんな悲しいことは考えないでおくれ。どんな不幸がそなたの樹に襲いかかれよう。幹も根も堅固ではないか。葉と実をどっさり付けて一杯に拡がっているあの大枝の様子をごらん。梢ときたら雲間まで延びているではないか。この腕《かいな》が動く限り、あの樹の幹をあえて傷つけようとするいかなる非道な者からも守ってみせようぞ」。「死すべき定めの人の子の身に叶う守護は無力なもの」と彼女は返した。「蟻は蟻から、蚊は蚊から、哀れな地虫の人間は哀れな地虫の人間からの攻撃を防げるだけです。でも、あなたがたの中で一番強い者とて自然の諸力に対して、あるいは、変えることのできない運命の決定に対して、何ができましょう。地上の王たちにできるのは、彼らが砦とか城とか呼んでいる小さな土くれの山を転がすのが関の山。けれどほんのかすかな微風だって彼らの権勢を鼻で嗤《わら》い、そよぎたいところでそよぎ、勅命など歯牙《しが》にも掛けませぬ。あなたは以前この樫の樹を人間の暴力から庇って下さいました。でも突風からもお防ぎになれましょうか。それが枝の葉を散らし始めた時。あるいはもしかして身を潜めた虫が樹の髄に食い込みでもしたら、引き出して踏み潰すことがおできでしょうか」。

　こうした会話を交わすうち仲の良い夫婦は館に入った。ほっそりした少女たちは、お母様の宵の訪問の時いつもするように、嬉しそうにぴょんぴょん飛び跳ねてお迎えに来、日課をちゃんとやってます、とご報告、自分たちの器用な勤勉さの証拠として刺繍や縫い物を持ち出して見せた。だが、今回は家庭の幸福の一刻《ひととき》は惨めなものだった。娘らはすぐ、父親の顔に深い苦悩が刻まれているのに気づき、母親の涙を見て、その理由をあえて聴かずとも、もろともに悲しみに浸った。母親は子どもたちにたくさんの賢明な教えやりっぱな訓戒を与えたが、その話は白鳥の唄*に似ていて、あたかもこの世を去ろうとしているかのようだった。彼女は更に暁の明星が昇るまで愛する家族の許で過ごしたが、それから憂わしげな優しさを籠めて夫と子どもたちを抱擁し、明け方になるといつものように秘密の小さな扉を抜け、自分の樹に戻って行った。愛する者たちを恐ろしい不安に慄《おのの》くままにして。

　太陽が昇ると自然はしんと耳を澄ませて静まり返っていたが、間もなく陰鬱な黒雲が再び太陽を隠してしまった。じっとりと蒸し暑い日になり、辺り全体がぴりぴりと電気を帯びていた。遠雷が轟きながら森を越えて来て、何百という谺《こだま》が曲がりくねった谷にその身の毛のよだつような響きを反復した。正午頃ぎざぎざの稲妻が樫の樹にくねり落ち、一瞬のうちに圧倒的な

力で幹と大枝を木《こ》っ端《ぱ》微塵に撃ち砕いたので、かけらは遠く森中に飛び散った。かねてこのことを予告されていた父クロクスは衣装を引き裂き、外に出て、三人の息女とともに妻の命の樹の死を哀悼し、その破片を拾い集め、大切に保管して貴重な遺品とした。妖精はというとその日からもはや姿が見られなかった。

数年後たおやかな姫たちは成長し、乙女らしく美しい容姿はほころびかけた蕾の薔薇のように花開き、その美貌の評判は全土に拡まった。この民族の最も高貴な若殿輩《ばら》が我も我もとやって来て、心に懸かるさまざまな問題を父クロクスに申し述べ、助言を仰ぐのだった。しかし実のところこれは見せかけの口実に過ぎず、志すのは麗しい娘たちの方だったのであって、一《ひと》目なりとも見たいもの、とのもくろみから。お嬢さんがたにこっそり近づこうとする時、よく若い連中がその父親たちのところで用事を探したがるでしょう、あんな具合にね。三人姉妹はとても仲良くのびのびと暮らしており、その能力はまだ少ししか知られていなかった。予知の才は等しく授かっており、彼女たちが話すことは、意識していなかったのだが託宣だった。しかし間もなく彼女たちの虚栄心が阿諛《あゆ》追従《ついしょう》で目を覚まし、言葉にこだわる連中はこの子たちの口から漏れる片言隻語をとっつかまえ、恋煩いの男《セラドン》*どもは身振りの一つ一つを解釈、ほんのちらりの微《ほほ》笑《えみ》も見逃さず、視線がどこへ向くか情報収集し、多かれ少なかれ都合の良い前兆をそれから引き出し、自分たちの運命をそれで推測しているのだ、と思い込んだもの。そういう次第で、恋の道で目を占いの対象にして幸運の星やら不吉な星やらを判断するのは、この時代から恋人たちの習慣になったのである。虚栄が乙女心に潜り込むやいなや、その忠実なお仲間の傲慢が戸口の外にやって来た。一緒にいるのは取り巻きの性質《たち》の悪いごろつきども、自己愛、自慢、利己心、我儘といった面面。こいつらも打ち揃《そろ》って中へ忍び入る。姉たち二人はいろいろな術において末の妹を凌《しの》ごう、と熱心に努めた。そして、妹の肉体的魅力が自分たちより立ち勝っているのを心中ひそかに妬んでいた。彼女たちは皆極めて美しかったのだが、リブッサは三人の中で最も綺麗だったので。ベラ姫はとりわけ薬草学に専念した。昔むかしのメデイア姫*のように。彼女は薬草の秘密の効力の数数に通じていて、それから効き目のある毒と解毒剤を作り出すことができた。また、目に見えないもろもろの力のために芳香粉と悪臭粉をこしらえる術も心得ていた。彼女の燻《いぶ》し鍋が煙を立てると、彼女は太陰《つき》の彼方の測り知れないエーテル界*から精霊たちを召喚し、精霊たちはその繊細な器官でこの甘美な蒸気を吸い込むために、彼女の思うままになるのだった。しかし、もし悪臭粉を燻し鍋に撒《ま》けば、彼女はツィヒムやオヒム*だって砂漠から燻し出せたことだろう。

　テルバ姫はキルケ*のように聡《さと》く、四大*に命令し、嵐や旋風、雹や雷雨を起こし、大地の臓腑《はらわた》を震撼《しんかん》させ、場合によっては大地を転覆させることさえ可能な力を持つ、ありとあらゆる呪文を考案することができた。彼女が民衆を驚かせるこれらの術を用いるのは、女神のように崇められたり畏《おそ》れられたりするため。そして事実彼女は人間の我儘勝手に従って、天候を賢い自然よりもずっと快適にする術《すべ》もわきまえていた。あるところで二人の兄弟が喧嘩していた。彼らの希望が一致することがなかったからである。一人は農夫で、蒔《ま》いた種が育ち実るよう、しょっちゅう雨を欲しがった。もう片っ方は陶器《すえもの》造りで、粘土で捏《こ》ね上げた容器を乾かすため、いつも日照りだといい、と願っていた。雨だとめちゃめちゃにされてしまうのである。さて、天は決して彼らの気に入るようにはならなかったから、ある日二人はたっぷり捧げ物を用意して賢明なクロクスの住まいに出かけ、テルバに自分たちの問題を申し立てた。妖精の娘は自然の慈悲深い遣り繰り配分に抗議する兄弟の猛烈な文句を聴いて微笑み、両方の言い分を満足させてやった。農民の種の上には雨を降らせ、陶工の干し場には太陽を輝かせたのである。こうした魔法によって姉妹二人は大層な評判と莫大な富を得た。なにしろ見返りや礼なしでは腕を振るうことはなかったから。そして財宝を用いて館や別邸をいくつも建て、数数の素晴らしい遊苑を造り、飽くことなく饗宴や遊びごとに耽《ふけ》り、彼女らの愛を求める求婚者たちをたぶらかしたり、からかったりしていた。

　リブッサは姉たちのような高慢で自惚《うぬぼ》れた性格は持ち合わせていなかった。自然の秘奥《ひおう》に分け入り、その隠された力を使う天分は同じく授かっていたが、母親の遺産である不思議な才能の自分の持ち分に満足し、それをもっと膨らませたり、それを種に暴利を貪ったりはしなかった。彼女の見栄《みえ》は精精《せいぜい》で自分の美

しい容姿を意識するに留まり、富を欲しがることはなく、姉たちのように崇められたり畏れられたりすることも望まなかった。姉様がたが田舎の邸でいとも賑やかに騒ぎ回り、陽気な娯しみ事を慌《あわ》ただしくとっかえひっかえし、ボヘミアの騎士階級の精華ともいうべき男たちを凱旋戦車に繋いでいる時、彼女はうちのお父様の住まいでおとなしくしていて、家政を執り行い、相談を持ちかける人人に答を示し、貧乏人や傷病者を優しく援助してやるのだったが、こうしたこと全てが善意からのもので無償だった。(1)　彼女の気立ては穏やかで慎ましく、品行は高貴な乙女の一人に相応しく方正で堅固。なるほど、自分の美貌が男性たちの心に勝利を収めるのを内心嬉しがり、切なく恋い焦がれる崇拝者たちの吐息や甘いささめごとをその魅力に対する当然の貢ぎ物として嘉納してはいたが、しかしながら、彼女に対し恋について一言でも語ったり、あるいはあえて求婚したりすることはだれにも許されなかった。もっとも悪戯者の愛神《アモール》はつれない女性《にょしょう》がたにその権利を行使するのが一番好きで、

大廈《たいか》高楼《こうろう》を炎上させようともくろむ折には、しばしば賤《しず》が伏せ屋の藁葺き屋根に燃える炬火《たいまつ》を放り投げる。

森の奥深くにチェフの徒党の軍勢とともにこの国にやって来た一人の年老いた騎士が棲みついて、曠野を開墾し、農場を造っていた。ここで余生を安穏に過ごし、耕作の収益で生計を立てよう、と考えたのである。ところが境界を接する横暴な隣人が騎士の所有地を我が物にし、彼をそこから追い出した。ある親

切な同郷人が彼を引き取り、その家で雨露を凌《しの》がせた。この気の毒な老人には一人の息子があって、唯一の慰めであり、老後の支えだった。彼は勇ましい若者だったが、老父を養うのに猟槍《ししやり》一本と使い慣れた拳以外に何一つ持たぬ。非道なナバル*の略奪は彼を復讐に駆り立て、暴力を駆逐するのに暴力を用いようと準備をした。しかし、息子の命を危険に晒したくない慎重な父親の言いつけで高潔な青年は武装を解いた。だが彼は将来ともにこの当初の計画を思い留まるつもりはなかった。そこで父親は彼を呼び寄せて、こう言った。「息子よ、行くがよい、賢いクロクスの許へな。それともあの方の娘たちである利口な乙女らのところへ。そしてお告げを伺うのじゃ。神神がおま

えのもくろみを肯《うべな》って、それがうまく行くようにしてくださるかどうかを。もし然らば、おまえは剣を佩《お》び、槍を手に取り、相続財産のために闘うがよい。然らずんば、息を引き取ったわしの目を閉じるまでここに留まり、そのあとはおまえの好きにするがよかろう」。

若者は出発し、まずベラの宮殿に到着した。これは女神の住まう神殿のような見かけだった。彼は扉を叩き、中に入れてくれるよう頼んだ。しかし門番はこの余所者が空手で現れたのを見て、物乞い扱いにして追い払い、扉を閉めた。彼は悄然として立ち去り、妹のテルバの住まいにやって来た。扉を叩いて謁見してくれるよう懇請すると、門番が小窓のところへ来て、こう言った。「あんたが財布に黄金を入れていて、それをわしの女主人に差し上げられるんなら、ご主人様は、あんたの運命を告げてくれる立派な予言を何かしてくださるだろうぜ。でなけりゃ、行って、そいつをラベの岸辺で集めるんだな。樹がつけてる葉っぱくらい、穀物の束がつけてる穂くらい、鳥がつけてる羽根くらい、それくらいの数の砂金をな。そうすりゃわしはこの門を開けてやる」。がっかりした青年はすっかり意気消沈してそっとそこを離れた。予知者クロクスは反目し合っている何人かの大貴族《マグナート》*たちの係争を仲裁者として調停するためにポーランドに出かけている、と耳にしていただけになおさらで。三番目の妹に姉たちより好意的な応対をしてもらえるとは思えない。そこで、森の中にある彼女の父親の城を遠くの丘から目にしたものの、そちらへ近づく勇気も出ず、とあるぎっしり茂った藪の中に身を隠して深い懊悩《おうのう》に浸った。ところが間もなく何か騒がしい物音にこの憂鬱な物思いから呼び覚まされた。一頭のすばしこい麞《のろじか》*が藪を押し分けて来た。追いかけているのは鞍置き馬に乗った愛らしい女狩人《かりうど》とお付きの少女たち。女狩人が投げ矢*を振りかざすと、矢はその手からひゅっと宙を飛んだが、獣には中らぬ。様子を窺っていた若者は素早く所持の弩《いしゆみ》*を引っ摑むと、羽根のついた短矢《みじかや》を唸りをあげる弦《つる》から弾き出した。矢は瞬時に猟獣の心臓を貫通、鹿はどさりと倒れた。この思いがけないできごとにびっくりした乙女は見知らぬ狩猟仲間を眺め回した。射手はこれに気づくと、前に進み出て、彼女に向かい恭《うやうや》しく低頭。リブッサ姫は、これほどの美男にはこれまで会ったことがない、と思った。最初の一瞥《いちべつ》ですぐもう若者の容姿から強い印象を受けた彼女は、知らず知らず好意を否《いな》むことができなかった。こうした好意、まこと幸多き姿形に与えられる特権である。「あのう、余所のお方」と彼女は話しかけた。「どなたですか。そしてどうしたことでこの囲い地に入られた」。青年は、探していたものがありがたい巡り合わせで見つかった、と正しく判断、慎ましく自分が抱えている問題を打ち明け、情けなくも彼女の姉たちに門前払いを喰わされ、そのため滅入っていた次第については黙っていた。彼女は愛想の良い言葉で彼の心を明るくした。「私に随《つ》いておうちにいらっしゃい。あなたのために運命の書に相談をし、明日日の出の折に答を差し上げましょう」。

　若者は言われた通りにした。ここの宮殿の入り口では無礼な門番に行く手を遮《さえぎ》られることもなく、麗しい居住者が客人権に定められたことを彼に対し極めて寛仁大度に行使してくれた。こうした懇切な歓待は嬉しくてならなかったが、それにも増してうっとりさせられたのは優美な女主人の魅力の数数。彼女の蠱《こ》惑《わく》的な容姿が一晩中目の前にちらつき、彼は睡魔の襲撃から入念に身を守って、恍惚として考え続けている昨日のできごとが一瞬たりとも脳裡から消え失せないようにした。リブッサ姫の方はと申せば、確かに穏やかな眠りに身を任せた。未来を予知する精緻な感覚の妨げとなる外界認識のもろもろの影響を遮断することが予言という能力に不可欠だったので。まどろんでいる妖精の娘の燃えるような空想は、その夜見た意味ありげな夢の像全てと若い外来者の姿を結びつけた。彼女は思いもかけない場所に彼の姿を見出した。どうしてこの未知の男性と関係があるのか彼女には理解できない状況で。朝早く目を覚ますと、いつもは夜の映像を選り分けて謎解きをするのだが、美しい女予言者は、幻想が正しい思考を乱したために生じた一夜の迷夢としてこれらを皆一緒くたに放り棄て、それ以上顧慮すまい、という気になった。しかし、何かよく分からぬ意識が、幻想の生んだものが全部が全部意味のない夢ではなくて、未来が明かしてくれているちゃんとしたできごとを示しているのだ、昨夜見たこうした予知的幻想はこれまでにも増して運命の隠された諸決定を読み取り、自分にしゃべってくれたのだ、と彼女に告げた。同じくこの方法でリブッサは、自邸に泊めた客人が自分に対する熱烈な恋に燃えているのを知った。そしてこれまた同様に彼女の心は彼に逢った時あからさまに同じ告白をしたのである。けれども彼女はすぐさまこの新体験に極秘の封印を捺した。一方謙虚な若者はというと、おなじく己《おの》が舌と目とに沈黙を課すことを厳しく誓っていた。屈辱的な退去を命じられないように。というのも、宿命が彼とクロクスの息女との間に築いた隔壁は到底乗り越えられない、と思えたからだ。

青年の質問にどう答えるべきか、麗しのリブッサには完全に分かっていたが、そんなに慌ただしく彼を立ち去らせるのはなんとしても辛かった。日が昇ると彼女は若者を遊苑にいる自分の許へ呼び寄せ、「目の前にまだ暗闇の覆いが下がっていましてね、あなたの運勢を見通せないのです。日が沈むまで待って」と言い、夕方になると「夜明けまでいて下さい」」、次の日には「今日のところは堪忍ね」」、三日目には「明日まで辛抱なさって」といった具合。四日目になるととうとう若者を放免したが、自分の内緒ごとを洩らさずには、これ以上引き留める口実が見つからなくなったからである。彼女は優しい言葉でこう教えた。「神神はあなたが田舎にいる無法者と争うことをお望みではありませぬ。耐え忍ぶことが弱者の宿命です。お父様のところへお帰りになって、老後の慰めとなり、勤勉に働いて養っておあげなさい。私の家畜の群から二頭の白い牡牛を贈り物に差し上げます。それから牛たちを御《ぎょ》するのにこの棒をお取りなさい。この棒が花を咲かせ、実をつけたら、予知の精霊があなたの上に降《くだ》るでしょう」。若者は愛らしい乙女の贈り物を、測り知れぬ値打ちがある、と思い、お返しもできないのに贈り物をもらうのが恥ずかしくて顔を赤らめた。彼は言葉は訥訥《とつとつ》と、しかしそれだけ一層物腰は雄弁に、憂鬱な別れを告げたが、階下の門のところに二頭の白い牡牛が繋がれているのを見つけた。牛たちは、滑らかな背に処女エウロペ*を乗せて青い海原を泳いだあの昔の神が変身した牡牛のように綺麗で艶艶《つやつや》していた。彼は喜んで端綱《はづな》を解き、のんびりと追い立てた。

# 三

帰り道はほんの数腕尺《エレ》にしか思えなかった。それほど彼は全身全霊挙げて麗しのリブッサに夢中だったのである。そして、彼女の愛が頒《わ》かたれることは決してあり得ない、と思い込んでいた彼は、生涯他の女性を愛しはすまい、と固く心に誓った。老騎士は息子が帰ったのを喜んだが、賢いクロクスの息女のお告げが自分の願いと一致した、と聞いてなおさら喜んだ。さて若者は神神に農耕を天職とするよう指図されたので、時を移さず白い牡牛たちに軛《くびき》をつけ、犂《すき》に繋いだ。最初の小手《こて》調べは思うがままに成功。牡牛たちはとても力が強く頑丈だったので、一日で十二連の牡牛が普通こなせるよりも多くの土地を片づけてしまった。なにしろ牛たちは、卯月《しがつ》の徴として雲間から飛び降りているあの暦の牡牛のように敏捷活発で、福音書でああものっそりと聖なる仲間たちの傍に牧羊犬みたいに座り込んでいる牡牛*のごとく鈍重怠惰じゃなかったもんだから。

率いる民がボヘミアへ第一回遠征を行うのを指揮したチェフ公はもうとっくの昔に永眠していたが、その子孫らは彼の位と公国を継いではいなかった。なるほど大貴族たちは公の死後新たに君主を選ぶため集まったのだが、彼らの荒荒しい攻撃的な性格は分別のある決定を生まなかった。利己心と自惚れ根性が始めてのボヘミア公国議会をさながらポーランド国会*のように変えてしまったのである。あまりにも多くの手が公の衮衣《こんい》に摑みかかり、これをずたずたに引き裂いたので、だれも我が物にできなかった。統治は一種の無政府状態に陥り、だれもが好きなことをやらかし、強者が弱者を、富者が貧者を、大が小を抑圧するというあんばい。もはや国内には一般の安全などはなかった。だが、無頼の輩《やから》は、新しい共和国は申し分ない、と考えていた。なにもかも、と連中は言った。ちゃんとしたもんだ、おれっちのところじゃ他んとことおんなしでうまく行ってらあ、と。狼は羊を、沢鵟《ちゅうひ》は鳩を、狐は鶏を喰らった。このようなばかげた体制は支持を得られず、夢想した自由の酩酊がだんだんに醒め、民族が再び素面《しらふ》に戻ると、理性が権利を主張し、愛国者たちが、実直な市民たちが、そして国民のうちで以前は祖国愛を感じていた者たちが、頭のたくさんある水蛇《ヒュドラ》*という偶像をぶち壊し、民衆を再び一つの頭の下に統一しよう、と協議会を結成した。「新しい君主を選ぼうではないか」と彼らは言った。「父祖の風俗習慣に従って我我を治め、厚顔無恥な行為を抑え、法と正義を執行してくれる君主を。最も強い者、最も大胆な者、最も豊かな者ではなく、最も賢い者を我らが公にしよう」。小専制君主どもの搾取にとっくにうんざりしていた人人は、今度は異口同音に賛成、この提案に拍手喝采を送った。公国国会の開会の日取りが定められ、満場一致で賢いクロクスの選出が決まる。国君の位にお就きくださいますように、と招聘するため、特別使節団が派遣された。クロクスは高い名誉など欲しくはなかったが、それでもためらうことなく民衆の要請に従った。国君の緋衣を纏った彼は豪壮華麗な行列を作ってヴィシェフラト*なる国君の城に渡御《とぎょ》、ここで民衆は歓呼の声を浴びせ、統治者として彼に忠誠を誓った。これで彼は気づいたのだが、気前の良い妖精の三番目の葦の茎もその贈り物を彼に引き渡したわけ。

　彼の公正愛好心と賢明な立法は間もなく周辺諸国全てにその評判を広めた。お互いしょっちゅういがみあうのが慣わしだったサルマティアの諸侯たち*は、遠方から自分たちの抗争を彼の裁きに委ねた。彼はこの争いごとを自然の公明正大という絶対誤りのない度量衡で正義の秤に掛け、口を開けば、まるであの畏敬すべきソロン*が語るか、あるいは十二頭の獅子の間に座す英明なソロモン*が玉座から宣告を下すかのようだった。かつて何人かの扇動者どもが祖国の安寧に逆らって同盟を結び、神経過敏なポーランド国民を戦乱に巻き込んだ時、クロクスは軍の先頭に立ってポーランドに向かい、内戦を根絶やしにした。そこで

この民族の大部分は贈られた平和に感謝してやはり彼を公に推戴した。クロクスはかの地にその名を彼に因《ちな》むクラクフ*の町を建設したが、この都市は今日に至るまでポーランドの諸王を戴冠する権利を持っている。クロクスは生涯最後の日日まで偉大な名声を以て統治した。彼は、自分にそろそろ終焉《しゅうえん》の刻《とき》が来てもうすぐ世を去る、と知ると、妻の妖精の住処だったあの樫の樹の破片で櫃を作らせ、遺骸をこれに納めるように命じ、安らかに身罷《みまか》った。三人の娘である姫たちは父の死を悼んで泣き、亡骸を櫃に横たえ、言付け通り埋葬した。そして全土が喪に服した。

　壮麗な葬儀が終わると、貴族・聖職者・平民の各等族は空位となった国君の位にだれを就けたものか協議するために集まった。民衆は、クロクスの息女のどなたかを、という点で全く同意見だったが、ただ三姉妹のうちだれを選ぶかでは折り合

うことができなかった。実を言うと、ベラ姫の支持者は一番少なかった、なにせ彼女は心根がよろしくなく、魔法の伎倆《わざ》をしばしば害を及ぼすことに用いていたので。でも、人人にひどく恐れられていたから、わざわざ彼女に異論を唱えて恨みを買うなんて怖くてだれにもできなかった。さて票決となると、選挙人諸彦《しょげん》は皆黙りこくり、彼女に賛成と言う者は一人もいなかったが、さりとて反対も皆無だった。日が沈むと民族の代表たちは散会、選挙を次の日に変更した。今度はテルバ姫が推挙された。しかし、彼女は自分の呪文の力を確信するあまり目が眩《くら》んでおり、高慢で思い上がっていて、女神のように崇められることを要求、しょっちゅう薫香を焚かれていないと、いらいらと不機嫌で我儘になり、麗しき性［女性］からこの心地よい形容詞を奪うありとあらゆる性格を顕《あら》わにするのだった。なるほど彼女は姉君ほど怖がられてはいなかったが、だからと言って、姉君より愛されているわけではなかったのである。こうした次第で選挙場は葬式の食事の席のように森閑と静まりかえり、転調とはならなかった。三日目リブッサ姫が提案された。この名が挙げられた途端、選挙会場には和やかな囁きが起こり、しかつめらしい顔がのんびりし、晴れやかになり、選挙人諸公のだれもが陪席の人間にこの姫君の立派な性格を賞賛できた。ある者がその淑徳を褒めれば、二番目はその慎ましやかさを讃える。三番目はその怜悧さを、四番目はその予言が間違ったためしがないことを、五番目は相談者に対するその私心の無さを、十番目はその貞潔さを、九十番目はその美しさを、最後の者はその家政の執り方の巧みさを、といった具合。もし恋する男が恋する女性の完全無欠さについてこんな事項索引を作るとしたら、そのうちのたった一つだってその女性が持っているかどうか、いつだって疑わしい。しかし、大衆が判断する場合、好い評判の長所については容易に間違わない。短所の方では勘違いすることがまあしばしばだが。こう一般に認められた賞讃すべき特性に鑑《かんが》みればリブッサ姫は勿論最も重要な国君資格者だった。少なくとも選挙人たちの胸三寸では。けれども縁組だったら、姉さんを差し置いて妹を嫁に、というのは、経験則に照らすとしばしば家庭平和を乱すことさえある。そこでそんな選択をしたら、このもっと大事な案件でも尊い国の平和の障害となるのではないか、と心配だった。こうした考えが民族の聡明な後見人たちをすこぶる当惑させたので、彼らは議決に達することができなかった。事を進行させ、立派な信念に効力を発揮させるべき時に、雄弁という振り子の錘《おもり》を選挙人諸氏の善意にぶらさげずにはおかない演説者が欠けていたのである。そしてこうした人物がお誂《あつら》え向きに登場した。

ヴラドミル*はボヘミアの大貴族の一人で、公に次ぐ地位にあったが、もうとっくから魅惑溢れるリブッサを想って切なく吐息を洩らしており、父クロクスの在世中彼女に求婚もしたのである。彼はクロクスの最も忠誠な封臣の一人で、クロクスから息子のように愛されていた。そこで善良な父親は、愛がこの両人を夫婦《めおと》に結んでくれたら、と願ったのだが、つれない乙女心には歯が立たず、また彼は決して彼女に無理強いして承知させるつもりはなかった。だがヴラドミル侯は、こうした怪しげな星相にもひるまず、誠忠を尽くして姫のかたくなな気持ちに耐え抜き、優しさでそれを和らげよう、と考えるに至った。彼は公の命が終わるまで随《つ》き従った。だからといって一歩たりとも望みの目標に近づいたわけではなかったが。さて今や彼は、献身的行為により姫の閉ざされた心を開き、自発的にではなくとも彼の恋を認めてくれるかも知れない、是非ともお礼を、という雅量を引き出す機会が見つかった、と思った。彼は、二人の恐ろしい姉たちの憎悪と復讐に身を曝し、命の危険を顧みず、いとしの君を玉座に上せよう、と決意。彼はふらふらしている選挙会議の不決断に気づき、口を切ってこう述べた。「我が民族の雄雄しき騎士、貴族諸卿、聴いてくださるなら、一つ譬《たと》え噺《ばなし》を申し上げたい。そうしたらお悟りになれよう、目下の選挙を祖国のためすこぶる有益に完了するにはどうすればよいか」。静粛が命じられると、彼はこう続けた。「蜜蜂*の群に女王蜂がいなくなった。巣全体がやる気がなくなり、しょんぼりし、外へ飛び出すのものろのろでその数も僅か、生業《なりわい》も暮らしもすっかり衰微した。そこで一同は真剣に考えた。秩序規律が完全に壊滅しないように自分たちの国政を取り仕切ってくれる新しい首長のことを。すると雀蜂*が飛んで来て言った。『私をそなたたちの女王に選ぶがよい。私は強くて恐ろしい。尊大な馬が私の針に怯える。そなたたちの宿敵の獅子*にさえ私はこれで挑戦できる。獅子がそなたたちの蜜を貯めた樹*に近づこうものなら、鼻面を刺してやれるのだ。私がそなたたちを庇護してとらせよう』とな。蜜蜂どもにはこの弁舌が大層気に入った。しかし、とっくり思案をした挙句、彼らの中で一番賢い連中はこう答えた。『あなたは頑強で恐ろしい。でも、我我を守ってやろう、とおっしゃるその針こそ私たちには怖いもの。あなたは我我の女王にはなれませぬ』。次に丸花蜂*がぶんぶんとやって来てこう言った。『私をそなたらの女王にするがよい。私の羽の唸りこそ高貴偉大を告知するもの、と聞いていないか。そなたらを守護するための針も私には欠けておらぬぞ』。蜜蜂たちは答えた。『我我は平和で穏やかな一族。あなたの羽の誇り高い唸りは我我を不安にし、我我の勤労の妨げになるだけでしょう。あなたは我我の女王にはなれませぬ』。すると蜜蜂の姫君*が発言を求めた。『私はそなたたちより大きくて強健ですが、私が勝《まさ》っているからといって、それがそなたたちの損・不利益になることは決してあり得ませぬ。なぜなら、ご覧、あの危険な針が私には全く無いからです。私は優しい気性、かつまた、秩序と家政が大好き、蜜作りを取り仕切り、仕事を励ます術《すべ》を心得ております』。すると蜜蜂たちが言った。『我我を治める資格があるのはあなたです。我我はあなたに従います。我我の女王になってください』とな」。

ヴラドミルは口を噤《つぐ》んだ。会衆は皆彼の演説の意味を推察し、人心はリブッサ姫に有利な評決をしようと動いた。しかし諮問《しもん》を行おうとしたその折も折、一羽の鴉がかあかあ啼きながら選挙場を横切った。この禍禍《まがまが》しい徴にそれ以上の審議は全て中止となり、国君選出は翌日まで延期された。選挙を妨げるため、凶兆を示すこの鳥を送り込んだのはベラ姫だった。選挙人諸公の気持ちがだれに傾いたか、よくよく分かっていたからである。そしてヴラドミル侯はベラのこの上もなく痛烈な恨みを我が身に買ったわけ。彼女は妹のテルバと相談、二人がもろともに受けた侮辱に仕返しをしよう、どっしり重い夢魔《アルプ》*を送りつけて、いつも彼の体から魂を搾《しぼ》り出してやろう、と決めた。大胆不敵な騎士はこうした危険は何一つ予感せず、いつものように主《あるじ》と仰ぐ姫君に表敬訪問をしに赴き、初めて親しげな眼差《まなざ》しを向けられた。これで彼は空一杯の歓喜を約束されたような気分になった。この上更にびっくり仰天しようもなかったが、そればかりかなんと姫の胸に色鮮やかに付けられていた薔薇を下賜されたのである。姫は差し出しながら、これをそなたの心臓に置いて萎《しぼ》ませるのですよ、と言いつけた。彼はこの言葉を姫の言った意味とはまるで違って解釈した。なにせ恋愛解釈学ほど当てにならない学問は無い。この分野では誤りがまこと日常茶飯事。血道を上げている騎士にとって大事なのは、薔薇をできる限り活き活きと花開いた状態に保っておくことだったから、彼は汲みたての水を満たした花瓶に薔薇を活け、甚だ心地よいさまざまの希望を抱いて寝入った。

# 四

身の毛もよだつ真夜中にベラ姫に送り出された死魔が忍び寄り、喘ぐその息を吹きかけて寝室の扉の閂も錠も開け、眠っている騎士の体の上に百貫目もの重みでのしかかり、窒息させようとしたので、目を覚ましたヴラドミルは頸の上に水車の碾《ひ》き臼を転がされたような気がした。この息が詰まりそうな恐怖の最中、もうこれが最後と思い込んだ時、幸いにも彼は寝台の傍の花瓶に挿してあるあの薔薇のことを思い起こし、それを胸に押しつけてこう言った。「麗しい薔薇よ、私と一緒に萎《しお》れておくれ。そして冷たくなって行く私の胸で死んでおくれ。私の最後の想いが今わの際《きわ》でもおまえの愛らしい女主人に向けられていたことの証として」。瞬時にして彼の心臓の周りは軽くなった。重い夢魔は薔薇の魔力に抗えず、その押し潰す重みはもはや鳥の綿毛ほどでもなくなり、薔薇の香りが嫌いなのでその後すぐに寝室から退散した。そしてこの芳香の麻酔性の効き目で騎士は再びすやすやとまどろんで英気を回復。日が昇ると彼は元気潑溂《はつらつ》と起床、自分の誓え噺が選挙人諸公にどんな印象を与えたか探り、今度はこの会議がどんな行動を取るか見届けるため、選挙場へと馬を駆った。万一逆風が吹き起こり、彼の

希望と願いという漂う小舟を浜に乗り上げさせるようなことがあれば、自ら舵を取って、それの針路を定めよう、とも考えて。

しかし今回は全く危険は無かった。真面目な選挙評議会はヴラドミルの比喩を一晩慎重に反芻《はんすう》消化したので、これは完全に心魂に徹していた。こうした有利な潮時を察知し、かつ恋の道に関しても情の深いヴラドミルと想いは同じだった機を見るに敏なある騎士が、姫君をボヘミアの玉座に上せる、という栄誉をヴラドミルから奪うか、あるいはヴラドミルと分かち合おう、ともくろんだ。彼は起立すると、さっと剣を引き抜き、高い声で、リブッサ姫をボヘミアの女公に、と叫び、同志の方はこの選挙を支持するため剣を抜かれい、と要求した。すぐさま何百もの白刃が選挙場に閃いた。声を合わせた歓呼が新たな女性統治者が決まったことを触れ、至るところで「リブッサを我らが女公に」と叫ぶ歓喜した民衆の叫びが響き渡った。委員団が選出され、ヴラドミル侯と剣を抜いた騎士が筆頭で、国君に推戴されたことを姫君に言上した。彼女は慎ましやかに顔を赤らめ、これがまた数数の女らしい魅力に優美な最高の色合いを添えたが、民族を統治することを引き受けた。彼女のなんとも愛くるしい姿を見ると、魔法に掛けられたようになって、だれもが彼女に心から臣従したのである。民衆は大いに凱歌を挙げて彼女に忠誠を誓った。二人の姉たちは妹を妬み、自分たちが撥《は》ねつけられた、と思い込んで、妹と祖国に復讐しようと秘法を駆使した。妹のやることなすこと何もかもを非難中傷、そうした酵母によって国民の間に有害な醗酵《はっこう》

を惹き起こし、いかにも娘らしい温和な統治の安息と至福とを蝕《むしば》もうというわけ。もっともリブッサはこうした姉妹《はらから》らしからぬ所業に賢明に対処し、悪意を持った姉たちの敵意ある陰謀や妖術を無効にすることができたが、やがて自分に対する何の役にも立たない姉たちのちょっかいを相手にするのにうんざりした。

一方恋い焦がれるヴラドミルは切切と運命の進展を待ちもうけていた。彼は、この望みが好い加減に叶えられないものか、仕える女公の美しい双眸《そうぼう》から読み取ろう、と一度ならず試みた。しかしリブッサは心中何を考えているのかについては深く沈黙を守っていた。それに、あらかじめ目を見交わすとか意味深長な目配せとかで交渉しもしないで愛する女性から口頭での告白を要請するなんて、いつだって間違ったもくろみなのである。まだ彼の希望を繋いでくれている唯一の有望な徴《しるし》は萎れることのないあの薔薇だった。この花は一年経っても相変わらず、麗しのリブッサの手から受け取ったあの夕べと同様生き生きと咲き誇っていた。少女から手渡された一輪の花、花束、髪を結ぶ布紐《リボン》、さてはまた一房の巻き毛などは勿論抜けた歯なんぞより値打ちがある。けれどもこうした綺麗な品品も、ちゃんと当てになる言葉でもってはっきりした意味を与えられていなければ、恋の証《あかし》としては曖昧なのだ。かくしてヴラドミルは崇める優美の女神の宮廷で遣る瀬無く焦がれる羊飼い*の役割を人知れず演じ、時間と状況が将来自分に有利に働いてくれるのを切望していた。あのせっかちな騎士ミジスラ*はこれよりずっと活発に自分の恋を推し進め、折あるごとにしゃしゃり出て、認められようとした。臣従表明の日、真っ先に新しい女君主に忠誠の誓いを捧げた封臣は彼だった。月が地球に、といった具合にどこでもぴったり彼女に随き従い、頼まれもせぬのになにくれと奉仕して主君のお人柄への心服ぶりを誇示、公の行事や行進となると、彼女の目に入るように剣をきらめかせ、これがお役に立ったことを忘れずにいてもらおうとする。

しかしリブッサは、世の習いはなべてそうしたものだが、自分の運勢を後押ししてくれた男たちのことをすぐにもう忘れてしまった様子だった。なにしろ方尖塔《オベリスク》*が一度《ひとたび》直立すれば、それを押し立てるのに用いられた梃子《てこ》やらなにやらの工具類はもはや一顧だにされないでしょう。少なくとも、姫の心を得ようと競い合う者たちは、彼女って薄情なんだなあ、と解釈したわけ。しかし彼らは二人とも姫の気持ちを思い違いしていた。玉座に就いたこの高潔な女性は非情でも恩知らずでもなかったのだが、その心はもはや自分の好きにどうにでもなる自由な所有物ではなかった。恋というものの鶴の一声で既にあのすらりとした猟獣の射手に勝訴の判決が下っていたのである。彼を見た時彼女が抱いた最初の印象がいまだに強い効果を及ぼしていて、以後の印象がそれを消し去ることはできなかった。三年《みとせ》のうち一時《ひととき》とて空想力が描いたあの気品に満ちた若者の肖像の色合いを僅かでも褪せさせたり拭い去ったりすることはなかった。かくして愛は完全に実証された次第。なにしろ麗しき性の情熱は、三回の月の移り変わりの試練に保《も》ち堪《こた》えれば、三掛ける三年かそれ以上も長続きするのが普通という性質、性状なのである。これは十八世紀当代の明白な例証、実見に基づく。ブリタニアの我儘な娘とその母国との内輪喧嘩*を戦い抜くため、ドイツの雄雄しい息子ら*がはるばる海を渡った時、彼らは誠実と変わらぬ愛を交交《こもごも》誓い合って美しい乙女らの腕から身をもぎ放したのである。しかし、まだヴェーザー河*の最後の樽型水路標識《ブイ》をあとにしないうちに、海外派遣兵たちはおおかた彼らのクロエ*に忘れられたのだ。移り気なお嬢さんがたは、相手がいなくちゃすることがなくて辛いわあ、とばかり、できた隙間をすぐさま新たな色恋の代替品で埋めた。けれども、このヴェーザー河の試練を毅然と耐え抜き、心を捧げた相手が黒い樽型水路標識《ブイ》の彼方に去ってしまっても不実の罪を犯さなかった貞淑な恋人たちは、気高い勇士の群が祖国ドイツに帰還するまで*誓いを固く守ったそうな。今や彼女らは永久《とわ》に変わらぬ心を持ち続けた褒賞を愛の手から受けるのを待っている。

　だからあまり不思議なことではなかったのだ。こうした状況下でリブッサ姫が自分の心を得ようと切願する華やかな若殿輩《ばら》の努力に抵抗することができたのは。美しいイタケの王妃*が求婚者の全部隊に無駄に自分を恋い焦がれさせていたのは、白鬚のウリクセス*だけが頼みの綱だったのだから、それに較べればそんなにね。さはさりながら、階級、出自からいうと、姫と彼女が心を捧げている恋人の状況は極めて均衡を失しているので、精神的《プラトン》な恋愛関係——これだって空《むな》しい影絵芝居で、滋養にもならなきゃ暖めてもくれない——より近しい仲になることはそう簡単に望めなかった。この往古の時代、家系作成は、甲虫を触角や鞘翅《さやばね》、花を花糸《かし》や花粉管、蕚《うてな》や雌蕊《めしべ》で系統づけるほどにも、系図やら羊皮紙文書に頼ったわけではなかったのだが、それでもそそり立つ楡《にれ》*の配偶者は見事な葡萄の蔓《つる》こそ相応しく、垣根に這う庭蔓草《ガルテンツヴィルン》*はそぐわない、ということは常識。一ツォル*くらいの階級差の不釣合い婚なら、無論その頃だと古典主義的なご当節ほど小やかましい騒ぎを惹き起こしはしなかったが、一腕尺《エレ》もの相違があるとなると、紐の両端の隔たりをあからさまに言い立てる競争者が間に介入する場合はことに、昔でも大いに人目についた。こうした一切合財《いっさいがっさい》、それからまだまだとてもたくさんのことを聡明な性格の姫は充分考え廻らしていた。だから情熱という例の当てにならない口軽女が、愛神《アモール》お気に入りのあの若者の利益になることをどんなに声高に言い立てても、それに耳を貸さなかったわけ。一種の純潔なウェスタの巫女*である彼女は、生涯処女として男に心を閉ざし続け、目でも、身振りでも、言葉でも、唇でも、求婚者の問いかけに応えない、という取り消しできない誓いを立てたのである。ただしその当然の補償として好きなだけ精神的恋愛に耽るという留保条件付きで。こうした修道院めいた方式など二人の恋愛志願者にはろくすっぽ意識できなかったから、彼らはこちらの気持ちを萎えさせる女性の主君のつれない態度がさっぱり訳が分からぬ。恋にはつきものの嫉妬というやつが二人の耳に辛い邪推を吹き込んだ。彼らはお互い、相手こそ幸運な恋敵だ、と思い、彼らの観察精神は、怖くてたまらない発見をしよう、と飽かず見張りを続けた。だがリブッサ姫は抜け目無く用心して、尊敬すべき両騎士に彼女の僅かな愛顧の徴を釣り合いが同じになるよう示したので、どちらかの秤皿が重くなることはなかった。

# 五

いくら待っても成果がないのに倦みあぐねて、二人は女君主の宮廷をあとにし、心に不満を抱え、戦功の褒賞にクロクス公が与えてくれた封土に赴いた。二人ながら憤懣《ふんまん》やるかたなくむしゃくしゃして故郷に帰ったものだから、ヴラドミル侯は家臣や隣人皆の重荷になった。一方ミジスラ騎士は狩猟家になり、家来の畑や狩り場で麋や狐を追いかけ、一羽の兎を狩り立てるために供の者ともども十マルター*もの穀物を馬で踏みにじってしまうことがしばしばだった。そのため溜め息と悲嘆が澎《ほう》湃《はい》とその地方に起こったが、このような乱行を押し留めようという裁判官はいなかった。なにせ民への抑圧の数数は女公の玉座には達しなかったので。しかしその千里眼のお蔭でリブッサにはその領土の広大な国境内の不正は何一つ内緒のままではいなかった。それに彼女の気立てはその愛らしい容姿の優しい特徴に相応しかったから、封臣たちの不埒な所業と大貴族たちの横暴に胸が痛んでならなかった。こうした不祥事をどうやって止めさせたものか、と思案した彼女は、聡明なので、正義を振興する場合犯人どもをただちに現行犯で罰することのない賢い神神の真似をしようという気になった。それでもゆっくりと跡を跟《つ》けて行く復讐が遅かれ早かれ彼らに追いつくのだ。若い女君主は騎士たちと諸等族を召集、ボヘミア国

全体法廷を開催、何か訴えたいことのある者、不正を摘発したい者は自由に憚ることなく出頭せよ、自由通行権を与える、と公に告示させた。すると公国の至るところからひどい目に遭った者、虐げられた民が集まって来た。争い好きも、訴訟狂も、それから法的な緊急事を抱えただれもかれもが。リブッサはさながら剣と秤を携えたテミス*のように玉座に座り、判決を下して行った。人によって差別することなく、適確な裁きで。なにしろ彼女は、そんじょそこらの愚かな裁判官の鈍いおつむみたいに、狡《ずる》賢い詐術の迷路のような手口に惑わされることはなかったから。そして、錯綜する所有権争いの案件で、縺《もつ》れた審理の糸玉から、間違った端っこを引っ張り出さず、正義の隠れた糸筋を見つけ出し、くぐらせ、解きほぐして行く叡智と倦むことのない辛抱強さには一同感嘆しきりだった。

法廷に群がった訴訟当事者たちの混雑が段段に減って、会議をそろそろ散会に、となってからの裁判最終日にまだ、豊かな所領を持つヴラドミルと境界を接する開墾農民が一人、それから狩猟好きのミジスラの領民らの代表者たちが、訴願提出のためリブッサにお目通りを願った。謁見を許されると、まず例の農夫《ラントザース》*がこう口を切った。「ある勤勉な開拓者ですが」と彼は言った。「ちっぽけな区画を柵で囲いました。ある幅の広い川の岸辺にな。この川の白銀《しろがね》の流れはさらさらと穏やかな音を立てて心楽しい谷間に注ぎ下っておりました。百姓は考えましたのじゃ。見事なこの流れは、蒔《ま》いた種を食いしん坊の野の鳥獣が台無しにしないよう、そちら側からわしを守ってくれようし、それからすぐに育ってたっぷり果物を付けるよう、わしの果樹の根っこを灌漑してくれるだろうて、とな。けれども百姓仕事の収穫が手に入ると、当てにならない川は水を濁らせ、静かだった流れは轟轟《ごうごう》とざわめいて逆巻き始め、岸辺に溢れ出すと、実り豊かな畑を一つまた一つと攫《さら》って行き、耕地の真ん中に川床を穿《ほじく》ってしまい、哀れな開拓者の大層な悩みの種となっております。この男は自分の土地を横暴な隣人のほしいまま、意地の悪い慰みの犠牲にしなければなりませず、自身この貪欲な川から逃げ出すのがやっとでしたのじゃ。賢人クロクス様のお偉いご息女様、哀れな開拓者が心からお願いいたしまする。この思い上がった流れに命じてくだされ。そのいばりくさった波どもが勤勉な百姓の耕地をもはや押し流すことなく、その本来の川床の内側を静かに流れて、百姓の流した酸っぱい汗が愉しい収穫の希望を呑み込めるようにしておやり、とのう」。

この訴えの間に麗しのリブッサの晴れやかな額は暗くなり、その目は剛毅な威厳に輝いた。周囲の者たちは全て、判定を聴こう、と耳を欹《そばだ》てた。これなんかくのごとし。「そなたの問題は簡単明瞭です。そなたの権利が暴力に曲げられることがあってはなりませぬ。言うことを聞かぬ川には乗り越えることの叶わぬ堅固な堤が節度を教えます。荒れた流れが奪った物については、私がその七倍の弁償を彼の魚でそなたに与えましょう」。次いで彼女が領民のうちの最長老に話すように合図すると、こちらは深深と頭を下げてこう述べた。「誉れ高きクロクス様の賢いご息女様、教えてくだされ、畑の作物はだれのものでございましょう。芽が出て穂を付けるように種を大地に鋤《す》きこんだ種蒔く人のものでしょうか。それとも、これを踏み躙《にじ》り、めちゃめちゃにする突風のものでしょうか」。答。「種蒔く人のものです」。「それでは突風にご下命のほどを」と発言者。「わしらの実った畑を大はしゃぎの闘技場にせぬよう、作物を踏み躙らぬよう、果樹を揺さぶらぬように、とな」。「しかあれかし」と女公は応じた。「私は突風を制御し、そなたたちの耕地から退去させます。突風には、北方から襲来してこの国を雹や悪天候で脅かす叢雲《むらくも》と闘い、これを追い散らしてもらいます」。

ヴラドミル侯とミジスラ騎士はボヘミア国全体法廷の二人の陪席

裁判官だった。提訴と女君侯の峻厳な宣告を聞くと、彼らは蒼褪《あおざ》め、怒りで顔を歪めて目を落としたが、女の口から宣告を受けて有罪と断じられたことに、どんなにむしゃくしゃしているか、ぶちまけることもできなかった。なぜなら彼らの名誉を考慮して告訴人たちは慎ましく訴えを寓意の面紗《ヴェール》で覆っていたし、裁判長の判決もこの装いを賢明に尊重したからである。とは言え、この布はとても薄手で透け透けだったので、目のある者は、覆われているのはだれだか、ちゃんと看て取ることができた。下された判決に民衆は全員雀躍《こおど》りして大喜びに沸き立ったので、女公の法廷で彼らに向かって抗弁するのも憚られ、両人ともに不平満満ながら判決に従った次第。ヴラドミルは隣人の農夫に七倍の損害賠償を支払い、猟人《ニムロデ》*ミジスラはもはや領民たちの穀物畑を兎狩りの猟区にはしない、と騎士の名誉に掛けて誓約しなければならなかった。同時にリブッサは彼らにもっと立派な仕事を与えたが、これは彼らの本務を遂行し、今や打ち砕かれた器みたいで、ただもう悪評芬芬《ふんぷん》の彼らの評判に騎士の美徳の声望を取り戻すものだった。彼女は二人を自軍の指揮官に任命、軍をソルブ人*の君主ツォルネボック*に向けて送り出した。ツォルネボックは巨人で、その上強大な魔法使いであり、当時折からボヘミアを我が物にしよう、と企てていたのである。その際リブッサは彼ら両人に、一人がこの怪物の冑《かぶと》の羽飾りを、もう一人がその黄金の拍車を、勝利の証拠として差し出すまでは、宮廷に帰還してはなりません、との贖罪を課したのであった。

例の萎れることのない薔薇はこの戦役でもその魔力を顕した。ヴラドミル侯はそのお蔭で致命的な武器を振るわれても英雄アキレウス*のように傷つかなかったし、蝶のアキレウスのように速く、軽やかで、すばしこかった。彼我両軍は公国の北の国境で遭遇、合戦の合図が下された。ボヘミアの勇士たちはさながら嵐や旋風《つむじかぜ》のごとく騎馬隊の中に飛鳥の速さで突っ込み、刈り入れ人の大鎌が小麦畑を刈り取るように、槍の列を薙《な》ぎ倒し、ツォルネボックは二人の強烈な剣の一撃に殪《たお》れたのである。彼らは約定《やくじょう》の戦利品を携え、凱歌《がいか》を挙げてヴィシェフラトに帰還、前に彼らの騎士の美徳を汚した染み、穢《けが》れを敵の血潮で綺麗に洗い清めた。女公リブッサは君主の愛顧の徴であるありとあらゆる栄誉を二人に与え、軍が解散すると、彼らを故郷へ引き取らせたが、その際いわば新たな恩寵の徴として自らの遊苑で採れた真紅の林檎《りんご》を一個、思い出のよすがに持たせて送り出した。これを仲良くお互いに分けるよう、ただし断ち切ってはいけません、と付け加えて。さて彼らは出立し、その林檎を一枚の盾の上に載せ、それを後から見ながら運ばせて行った。これを下賜した穏やかな女性の意図をゆるがせにしないよう、どうすれば利口に分配をやってのけられるものか、と相談しながら。

　自分の住まいへの道をそれぞれ辿《たど》るために袂を分かたねばならぬ岐《わか》れ路《みち》に差しかかるまで、二人はごく和気藹藹《あいあい》と分割案件を論議した。しかし今や、持ち分同等の林檎をどちらが手許に置くか、ということが緊要。だって、両方が、欲しくて堪らない大層な奇跡の数数をこいつに期待しているのに、一人しかもらえないのだから。そこで彼らは険悪になり、分けられない林檎は闘いで勝った方のもの、どちらが勝つか剣で決めよう、と合意。そこへ羊飼いが羊群を追って同じ道をやって来た。で、彼らはこの羊飼いを仲裁人に選ぶことにして、事の次第を説明した。おそらく例の三柱《みはしら》の有名な女神たちが林檎争いの決着をやはりある羊飼いに頼んだ*からだろう。羊飼いはちょっと思案してから、こう言った。「林檎の贈り物には深い隠された意味がありますのう。じゃが、この意味を封じ込めたあの賢い乙女の他、どなたにそれが見つけ出せましょう。わしゃあ、この林檎は諍《いさか》いの樹で熟した油断のならない果物だ、と思いますじゃ。真っ赤な皮はあなたがたお殿様たちの間の血で血を洗う争いを意味しとりまして、お互い殺しあって、この贈り物を楽しめはしないちゅうことですのう。だってな、切らずに林檎を分けるなんてどうしてできましょうぞ」。羊飼いのこの言葉は二人の騎士の肝に銘じ、彼らは、これには深い叡智が含まれている、と考えた。「そちの判断は正しい」と彼らは言った。「この縁起でもない林檎はもう我らの間に怒りと争いを引き起こしたではないか。我らを憎んでいるあの高慢な姫の油断のならぬ贈り物のために戦仕度をしたところではないか。姫が我らを軍の指揮官に任命したのは、我らを討ち死にさせようと思ってのことではないのか。そして、それがうまくゆかなんだので、今度は、我ら自身に向けられる不和の短剣を我らの手に渡したのではないか。かような悪企みの贈り物にはおさらばをいたそう。我らのいずれも林檎を取るまい。林檎はまっとうな教えの礼としてそちに遣わす。審判の果実にありつくのは裁判官、訴訟当事者の手に入るのはその皮、と申すでな」。

　二人の騎士はてんでんの道を行き、一方牧人はというと係争物件《オブイエクトウム・リティス》*を裁判官によくある悠悠然とした態度でぱくついた。ヴラドミルとミジスラは女公の曖昧なご下賜品に既に大いに腹が立っていたが、故郷《ふるさと》に帰ってみると、もう以前のように封臣や領民を好き勝手に牛耳《ぎゆうじ》ることができず、リブッサ姫が公共の治安のために全土に布告させた法令を遵守しなければならなくなっているのを発見したので、その憤激はさらに膨れ上がった。彼らはお互いに攻守同盟を結び、国中に支持者を獲得した。そこでたくさんの扇動者らが仲間に加わって来ると、二人はこの者どもを送り出して、諸侯《ゲシュパンシャフト》*領中至るところで女性による支配を誹謗中傷させた。「ああ、不面目なことよな」と連中は言った。「我らが稼《かせ》ぎ取った勝利の月桂冠を集めて、それで糸巻き竿を飾り立てる女なんぞに仕えるとは。一家の主人として相応しいのは男だ。女では無い。これは男の生得の権利なのだ。至るところ、いずれの民族にあってもかかる慣わしであろう。軍を統率する公を持たぬ軍*など、頭の無い役立たずの胴体とどこが違う。我らに男の君公をあてごうてくれい。我らの主《あるじ》になって戴き、そのお方に従おうぞ」。

　こういった遊説《ゆうぜい》が注意深い女君主に気づかれずにはいなかった。彼女はこの風がどこから吹いて来たのか、そのざわめきが何を告げているのかもちゃんと分かっていた。そこで各等族の代表者会議を招集、地上に降り立った女神のような栄光と威厳で彼らの真ん中に歩み入り、その純潔な唇から蜜のように流れ出たのはこうした弁舌。「噂によれば」と彼女は集まった者たちに語りかけた。「そなたらは、先頭に立って戦に率いて行く男性の公を欲しがっているとか。また、これ以上私に従うのを恥ずべきことだと思っているとか。しかしながらそなたらは自由な拘束されない選挙により、お仲間内からだれか男性をではなく、民族の娘らの中から一人を選び、国君の緋衣を纏わせ、この国の習俗習慣に倣ってそなたらを治めて欲しい、と望んだのです。統治で何か失政を犯した、と私を咎めることのできる方は、遠慮なく公然と進み出て、私が間違っている、と証言なさるがよい。なれど私が父クロクスの仕置きに従い、賢い方策と公正を執行、丘を平らにし、曲がりくねった道を真っ直ぐにし、沼地を通行できるようにしたのであれば、そなたらの収穫を安全にし、そなたらの畜群を狼から取り戻し、果樹を守ったのであれば、権勢ある者たちの頑固な項《うなじ》を下げさせ、押さえつけられた人たちを助け起こし、弱者には縋《すが》れるように杖をあげたのであれば、それならば、そなたらの約定《やくじょう》に従い、かつて私に忠誠を誓ったように、私に対し真心を尽くし、信実、まめやかに行動なさるのが、そなたらの務めでありましょう。もし、女の言うことを聴くのは不面目だ、とお思いになるなら、私をそなたらの女君主の位に就ける前にそのことを思案なさるべきだったのでは。そのことに不都合があるなら、それは全てそなたらが負うべきこと。けれどもそなたらの言動から、ご自分がたが得をしているのだということがお分かりでないのが明らかになりました。つまりこうです。女の手は穏やかで柔らかく、団扇《うちわ》で涼しい風だけを扇ぎ出すのに慣れています。けれど殿方の腕は筋張っていて荒荒しい。最高権力の重みを摑むと、押さえつけ、重くのしかかります。それにそなたらはご存じないのですか。女が統治している場合、支配権は殿方の手にあるのだ、ということを。なぜなら女君主は賢明な男性顧問がたのおっしゃることに耳を傾けるからです。でも紡錘《つむ》*を玉座から締め出すと、女の天下になるのですよ。なぜなら王が目をつけた女たちが王の心臓を手に入れるからです。それゆえそなたらの企てをよくよく思案なさい。一時の気紛《きまぐ》れを後悔することのないように」。

　玉座の語り手が口を噤むと、会議場は深い敬意に満ちた沈黙でしんと静まりかえった。あえて彼女に抗弁しようとするものは一人もいなかった。だが、ヴラドミル侯とその一味徒党はもくろんだことを諦めず、お互いにひそひそ耳打ちしあった。「狡《ずる》い森羚羊《かもしか》めは肥えた牧場から引き上げるのを渋っておる。が、狩りの角笛をもっと高らかに吹き鳴らし、とにもかくにも追っ払おう(2)」と。翌日彼らは騎士階級を使嗾《しそう》したので、この者たちは女君主に、三日以内にご配偶を見つけ、御《み》心の選択によって、ご一緒に統治権を分かち合う男性の君主を民草に与えて戴きたい、と激しく詰め寄った。見かけは国民の声であるようなこの性急な強請に魅惑的なリブッサの頰は乙女らしい恥じらいに紅く染まり、その澄んだ目は、この機会に危険で彼女を脅かそうとしている、水面下に隠れた暗礁をことごとく見通した。彼女とて国政上の識見に従って情愛に身を任せたかったが、その手を与えてもよい求婚者はたった一人である。そして、他の全ての公位請求者らはこうした格下げを侮辱と受け取り、復讐を企むだろう、と悟っていた。その上あのひそかな胸の誓いは彼女にとって神聖にして冒すべからざるもの。だからリブッサは等族の強引な要求を上手に拒むように努めよう、男性の公選びを彼らに思い留まらせる試みをもう一度一所懸命やってみようとした。「鷲が亡くなると」と彼女は語った。「鳥たちは森の鳩を女王に選びました。全ての鳥が鳩の穏やかなくうくうという啼き声に従いました。しかし鳥たちの本性はもともと軽はずみで気紛れですから、間もなく彼らは決心を変え、前のことを後悔しました。高慢な孔雀《くじゃく》は、統治するのは自分の方がよっぽど相応しい、と考え、小鳥たちを獲るのが巧みで、我欲の強い兄鷂《このり》*は、平和な鳩などに臣従するのは恥ずかしい、と思いました。彼らは仲間をこしらえ、目がよく見えない鷲木梟《わしみみずく》*を彼ら一味の代弁者に雇い、男性の王の選挙を提議させました。愚かな野雁《のがん》*、体の重たい大雷鳥《おおらいちょう》*、のろまな鸛《こうのとり》*、おつむの弱い青鷺*など全ての比較的大きな鳥たちは*鷲木梟の言うことに喧しく喝采を送り、翼をしきりに広げたり、かちかち嘴《くちばし》を鳴らしたり、があがあ啼いたりしましたし、小鳥たちの大群は思慮分別がないものですから藪や生垣の中から同じ歌を囀《さえず》りました。そして闘いに強い沢鵟《ちゅうひ》*が大胆不敵に空高く舞い上がると、鳥たちはことごとく叫びました。『なんという堂堂とした翔《と》び方だろう。辺りを睥睨《へいげい》する目はなんとまあぎらぎらしていることか。曲がった嘴、ぐいと広がった鉤爪《かぎづめ》はなんと立派な様子なのだ。勇猛果敢で雄雄しい沢鵟を我らが王にしよう』と。

# 六

そこでこの肉食の猛禽は、玉座に就くとすぐさま、臣下の鳥たちにその威力と所業を大いに専制的かつ尊大に示しました。つまり、大きな鳥類からは羽根を毟《むし》り取り、小さな歌鳥はずたずたに引き裂いたのです」。

この話はとても意義深かったのだが、是が非でも政権交代を欲する連中にはろくすっぽ感銘を与えなかったので、リブッサ姫におかせられては三日以内にご配偶を選んで戴きたい、との国論は変わらぬままだった。ヴラドミル侯は心中大いに喜んだ。なにせ長いこと憧れ望んだのに無駄骨だった素晴らしい獲物をこれでやっとこさ手に入れられる、と思ったので。愛と野心が彼の数数の希望を鼓舞激励、また、これまでは人知れぬ溜め息をつくのが精精だったその口を能弁にした。彼は宮中に伺候《しこう》して女公に謁見を願い、こう言上したもの。「ご領民と我が心の恵み深いご主人様。あなた様には秘密を隠しておけませぬ。この胸に燃え盛る炎、神神の祭壇の火のように神聖で清い炎はご承知でおられる。また、いかなる天界の火がこれを点けたのかも。今やあなた様は民衆の要請に応えこの国に男性君主をお与えになってし

かるべきだ、ということになりました。あなた様のために生き、鼓動している一つの心臓を軽んじることがおできでしょうか。あなた様に相応しい者になろうとそれがしは、お父君の玉座にあなた様をご推戴いたすのに血と命を捧げました。優しい愛の絆であなた様をその御位《みくらい》に留めるご奉公をこの身にさせて下されい。玉座と御心を分かち合おうではありませぬか。玉座はあなた様のもの、御心はこの身のものと。さすればそれがしの幸運を死すべき定めの人の子の運命の遥か高処に引き上げてくださることになりましょうぞ」。リブッサ姫はこの弁舌を聞くといかにも乙女らしく淑やかにふるまい、顔《かんばせ》を面紗《ヴエール》で覆って、頰をいやが上にも染めた柔らかな恥じらいの紅をその下に隠した。彼女は口を開くことなく、ヴラドミル侯に退出するよう手で合図をした。いわば、彼の結婚申し込みにどんな回答をするべきかよく考えたい、といった様子で。

　やがて大胆不敵なミジスラ騎士が、ご引見を賜りたい、と申し出、招じ入れてくれるよう要請した。謁見の間に入室するなり、彼はこう口を切った。「女性君主のうちでこの上なく魅力的な御方《おんかた》様。飛禽《ひきん》類の女王、麗しの鳩君《ぎみ》は、よっくお分かりでございましょうが、もはや独りでお啼きになれず、お相手を探さねばならなくなりました。お話の趣を拝借いたしますれば、高慢ちきな孔雀が極彩色の羽根を鳩君のお目にひけらかし、その羽根の輝きで彼女を眩惑させよう、と思っております。なれど鳩君はご賢明で慎ましくておいでで、尊大な孔雀などとは夫婦《めおと》になりますまい。我欲の強い兄鷂は、以前には肉食の猛禽でしたが、その本性からすっかり解脱《げだつ》つかまつり、おとなしく善良、また素直にもなり申した。なぜならこやつ、麗しの鳩君を恋い慕い、連れ合いになって戴けたら、と念願しているからでござる。こやつが曲がった嘴と鋭い鉤爪を持っているからといって、惑わされてはなりませぬぞ。こやつはその恋人、麗しの鳩君が羽根一本損なわれぬよう、その統治の座を揺るがされぬよう、守護するためにそれらが要り用なのです。なにせい、こやつは彼女に誠実で献身的、鳩君ご即位の日に真っ先に忠誠をお誓いしたのですから。ご聡明な国主様、さあ、お聞かせくだされい、柔和な鳩君は忠義者の兄鷂に、こやつが憧れ止まぬ愛に値するとお認めくださりますやいなや」。

リブッサ姫は前と同様、同じく騎士に退出するよう合図した。そしていくらか彼を待たせておいたが、それから二人の競争者を部屋に呼び寄せると、こう語った。「高貴な騎士様がた、父上クロクスが誉れ高くお被りになっていたボヘミア君主の冠を、父上亡きあと手にするのにお二人がご貢献くださったこと、まことにありがたく存じております。して、お二人の精励恪勤《かっきん》を私に思い出すように、とのことではありますが、決して忘却はしておりませぬ。また、ご両人が慎ましやかに私に愛を寄せてくださっておられますことも気づかなかったわけではございませぬ。眼差《まなざ》しや物腰はとっくからあなたがたの思いの丈《たけ》の通辞でしたもの。でも私があなたがたに心を閉ざしておりましたこと、愛には愛でお応えいたしませんでしたことを、つれない心根《こころね》とお考えにならないで。それは侮辱無礼ではなく、選択を決めかねるという慎重なお知らせでしたの。私、ご献身ぶりを量ってみました。そして吟味する秤の指針は釣り合って動きませんでした。それゆえ、お二方の運命の決着をあなたがたご自身に委ねよう、と心を定め、私の心をどちらがお取りになるのか、謎めいた林檎に託して差し上げました。分割できない贈り物をご自分のものになさるだけの分別とお知恵を、あなたがたのうちどちらが余計お持ちなのか見つけるために。さあ、即刻おっしゃってくださいまし、どちらが林檎をお持ちですの。それをお相手から手に入れたかたが、今この時以降私の玉座と私の心を賞品としてお取りあそばしますように」。二人の競争者は驚いて目を交わし、蒼褪め、黙りこくった。長いこと経ってから漸くヴラドミル侯が沈黙を破って言った。「物分りの悪い者にとって賢者の謎は歯無しの口の中の胡桃《くるみ》同様、鶏が砂の中から掻き出した真珠同様、目の見えぬ人間が手にした明かり同様でござる。おお、国主様、お怒りにならないでください。我らがあなた様の贈り物を使うことも評価することもできませなんだことを。我らはそれと見抜けなんだご意図を誤解し、我らの間に不和の林檎を投げ込まれ、我らを反目と果たし合いに駆り立てようとなさったのだ、と思いました。そこでどちらも自分の持ち分を放棄し、お互い相手に独占を許さないでいる軋轢《あつれき》の果実を厄介払いしたのです」。「あ

なた方ご自身が裁決をお下しになったわけです」と姫は答えた。「たかが林檎なのにもうお二人の嫉妬を燃え上がらせたのであれば、君主の冠に巻きついている銀梅花《ミルテ》の花冠*をめぐってとなれば、どんな闘いをなさったことでしょうね」。こう言い渡すと彼女は騎士たちを引き下がらせた。こちらは、賢くない仲裁人の言うことに耳を傾けてしまい、花嫁を我が物にし、指に指環を嵌《は》める手段だったのに、その愛の証《あかし》を無思慮に投げ捨てたことを大いに嘆き悲しんだ。さて、それでもどうすればもくろみを成就し、ボヘミアの国冠を、その魅力的な所有者もろとも計略ないし腕力で、ちょろりと、もしくは、強引にものにできるか、彼らはそれぞれ別別に分かれて思案した。

一方リブッサ姫は、猶予期間として与えられた三日間を無為に過ごすことなく、国民に男の公を、自分に配偶者を、思い通りに選んで授けよ、とのうるさい民衆の要求にどう対処するか、一心不乱に考え抜いた。彼女は、ヴラドミル侯があえて無理やり迫るのではないか、あるいは少なくとも国君の地位を奪おうとするのではないか、と心配した。必要が愛に援助の手を延べ、彼女に、快い夢のようにしばしば考えて楽しんだある計画を実行するよう決意させた。だってね、どんな人間にだって、何もすることがない一刻、お人形を相手にするみたいに追っかけまわす幻想が頭の中に出没することがあるもの。魚《うお》の目《め》を切除したばかりで、きつい靴を履いた女の子にとって、堂堂として快適な豪華馬車《エキパージュ》を思い描くより素晴らしい時間潰しはありはしない。冷たい美女は自分の足元でどこぞの伯爵が吐息を洩らすのを夢見るのがお好き。見栄っ張りのご婦人は宝飾品を並べ立てる。富籤狂《とみくじ》はロト*の四本組み合わせの当たり数字を当てる。債務者拘置所に拘留されている者*は大いなる遺産にありつく。贅沢三昧の連中はヘルメスの秘法*を掘り出す。そして貧乏な木樵《きこり》は中がうつろな樹に宝物を見つける。こういったことはなるほど夢幻《ゆめまぼろし》には違いないが、それだってひそかな楽しみに耽ることができるのだ。予言者の能力は昔から燃えるような空想と相い携えているもの。従って麗しのリブッサはこの快いお友だちのおしゃべりに時時耳を傾けることもあった。そしてこの親切な仲良しさんはしょっちゅうあの若い猟師の姿を見せて彼女を愉しませてくれた。彼はいつまでも消えることのない印象を乙女心に残したのである。空想力が彼女に、簡単で実行可能だ、とうまいことを言って押しつける何千もの腹案が脳裡に浮かんだ。ある時にはこんな計画を立てた。愛する若者を暗闇から引っ張り出し、軍に入れ、栄誉ある階級を次次に上らせる。それから空想に任せて大急ぎで月桂冠を彼の頭に巻きつけ、栄光と勝利とともに彼を戴冠させて、玉座を楽しく分かち合う。またある時にはお話の筋書きを書き換え、いとしい人に武者修行に出《い》で立った遍歴の騎士の装束を着けさせ、自分の宮廷に連れて来、ヒュオン*のような存在に変えてみたり。彼女だって、寛大なオーベロンがその被保護者に授けてやった魔法の道具に事欠かないのだから。でも思慮分別が乙女らしい慎ましやかな意識を再び統御し、英知の光が魔法の角灯《ランタン》の多彩な姿を艶消しにすると、美しい夢はどこへやら。さてそうなると、こんな企てを始めたらなんという無鉄砲をしでかすことになるか、嫉妬と羨望が大貴族たちの反感を煽り、不和という非常警報が暴動と謀反開始の合図を出そうものなら、国土と住民になんという災厄を招来することになるか、彼女はあれこれ思い巡らすのだった。そういうわけでリブッサ姫は胸の慕情と願望の数数を、様子を窺う者どもの鋭い目から注意深く押し隠し、外には何も顕さなかった次第。

　けれども民衆が男性の君主を求めている現在となると、事態は別の様相を呈した。肝心なのはただ彼女の願いを国民の要望と一致させることだけ。リブッサは雄雄しい決意で勇気を新たにし、三日目になるとありったけの金銀の装身具を身につけ、頭には銀梅花《ミルテ》の花冠が目もあやに輝いた。うちそろって花冠を飾ったお付きの乙女たちを従え、意気高く、穏やかな威厳を見せて、国君の玉座に上る。周りに集まった騎士と封臣は、姫の愛らしい口から、彼女が心と玉座を頒かち合おうと決心した幸運な若殿の名を聴き取ろうと耳を澄ませた。「我が民のうちの貴族諸卿」と彼女は一座に語りかけた。「そなたたちの運命の籤はまだ封じられた壺の中に手を触れられずに入っております。皆さんがたは、手綱も轡《くつわ》をつけられず、すらりとした背《せな》に鞍の負担も騎り手の重みも負うていない、牧で草食《は》む私の駒たち同様自由の身です。私に配偶者を選ぶようそなたたちが認めた猶予期間が、もしや、そなたたちに君臨する男性の君主が欲しいとの熱い願望を冷まし、かような企ては落ち着いて吟味するもの、と説得したのであれば、それを今私に告げるべきでしょう。それともそなたたちはまだこうした考えに固執しているのですか」。一瞬彼女は口を噤んだ。しかし、群集の間に沸き起こった興奮、全議員の身振り手振りと合わせたざわめきと囁きが、すぐさま彼女にはっきりした結論を知らせた。そして例の代弁者*が、男性の公選出という申し合わせは依然としてそのままである、との決定を確認した。「よろしい、それでは」とリブッサ。「籤で決めます。私は何も保証はいたしませんよ。ボヘミアの国に男性君主を選び定めたのは神神なのです。この君主は叡智と正義を以てこの国を統治するでしょう。この若い杉はまだがっしりした樫の樹たちを凌いで聳え立ってはおりませぬ。森の木木の間に隠れて生い育っているのです。ありきたりの灌木に囲まれて。なれどこの杉はすぐに枝を拡げてその根に蔭を与えるでしょう。そしてその梢は雲居《くもい》にまで届きましょうぞ。そなたたちのうちで委員会をお作りなさい、民の中の貴族諸卿、お仲間から十二人の誠実な人をお選びになって。して、その方方は国君を急いで探しに行き、玉座へとお供するように。私の愛馬が道を教えてくれます。その方方の前を跑足《だくあし》でのびのびと走って。それから、派遣された探し物をどうして見つけるか、その目印ですが、憶えておいてください。神神がそなたたちに君主として選び定めたその殿方は、そなたたちが近づいた時に食事を摂《と》っています。鉄の食卓に向かい、野天の一本離れて立っている樹の蔭で。この方に忠誠を誓い、そのお体に国君の位を示す権標をおつけするのです。私の白馬がその方を背に乗せ、この宮廷へとお連れし、その方は私の夫にしてそなたたちのご主君となります」。

彼女はこう言って、花婿の到着を待ち受ける花嫁によくある、晴れやかな、けれどもやはり恥じらった物腰で会議をあとにした。この話をだれもが訝《いぶか》しがったが、そこにありありと表れている予言の精神が、民衆が盲目的に信じ込み、思索家だけが詮索する、神神の託宣のように人人の心を打った。儀仗隊が選出され、姫の純血の愛馬が、さながらイスラム教寺院《モスク》へ赴くトルコ大帝を乗せるためかのようにアジア風に豪奢な馬勒《ばろく》をつけ、飾り立てられて準備を調えた。物見高い民衆が群がり集まり、歓呼の声を挙げる中、騎馬行列が動き出し、白馬が誇らしげに先頭を速歩で進んだ。けれど間もなく行列は観衆の目から姿を消し、見えるものといったら彼方に舞い上がる砂塵だけになった。なにしろ意気盛んな馬が街中から野外に出るとすぐさま息を弾ませ、英国の競走馬のように猛然と速駆けを始め、その結果、代表団の騎馬隊は随いて行くのがやっとという有様になったからである。この敏速な疾走者は見かけは勝手にさせられているようだったが、実はなんだか目に見えない力がその足並みを制御し、手綱を操り、脇腹に拍車を当てていた。リブッサ姫はかねてから母親の妖精から受け継いだ摩訶《まか》不思議な資質によって馬を調教する術《すべ》をわきまえていたから、白馬は道から右にも左にも逸れず、迅速な足取りでその目的地に向かってひた走った。そして姫は、今やなにもかも念願成就となりそうなので、これからのことを愛情籠めてわくわくしながら待ち望んだ。

一方使者たちはしたたかに急がされた。彼らは坂道を何哩《マイル》も何哩も上ったり下ったり、ヴルタヴァ河*やラベ河を泳ぎ渡ったりした。やがて胃袋が昼飯のことを思い出させたので、彼らはまたしても、姫君の託宣によれば、自分たちの新しい国君がそれに就いて食事をしている、という不思議な鉄の食卓のことを考えて、これにさまざまな批評やら注釈やらを施したもの。ある生意気な騎士は同行者に向かってこう言った。「どうもな、我らが女公様は我らをおちゃらかしているように思えてならぬ。あのお方に一杯喰わされているのではないか。と申すのも、鉄の食卓で飯を食う男がボヘミアにいるなんて、これまで聞いたためしがあろうか。こうして疾走しておるのが何の役に立とう。罵りと嘲笑を受けるのが関の山ではあるま

いか」。しかしもっと分別のある別の騎士は、その鉄の食卓なるものにはなにやら比喩的な意味があるのかも知れない、もしかすると自分たちは、諸国を流離《さすら》う仲間の習慣に倣ってどこかの野の木の下《もと》に憩い、質素な昼食を鉄の盾の上に拡げた遍歴の騎士に出会うのだろう、との意見を述べた。三番目は戯れにいわく「おれは心配だな。この道は真っ直ぐキュクロプスどもの工房に下って行って、おれたちは鉄床《かなとこ》かなんぞの上で飯を食っとる足萎《あしな》えのウルカヌス*か、それとも奴の助《すけ》っ人《と》あたりを、我らがウェヌス様のとこに連れてくんじゃないか」。

　こんなおしゃべりをしているうちに彼らは、遥かに差をつけて前を走っていた先導の例の白馬が、耕されたばかりの畑を速歩で横切り、一人の農夫の傍にぴたりと止まったのを見て、びっくり仰天した。飛ぶように急いで近寄ってみると、その農夫は、野生の梨の樹の木蔭で、ひっくり返した犂《すき》に座り、食卓代わりにしているその刃の上で黒パンをぱくついているところだった。この男は綺麗な馬が気に入った様子で、愛想よく相手をし、食べ物を差し出すと、馬はその手からむしゃむしゃ喰った。使節団は確かにこの光景にひどく驚かされたが、にも関わらず代表者たちのだれ一人、自分たちが探している男を見つけたのだ、ということを疑わなかった。彼らは恭《うやうや》しくその傍らに寄り、そのうちの最年長者が口を切ってこう言った。「ボヘミアの女公が我らを遣わされ、こうお伝えでございます。耕す犂をこの国の玉座と、牛追い棒*を国君の笏《しゃく》とお取り替えあそばされよ、というのが神神の御《み》心と御《み》旨なのです、と。女公はあなた様をもろともにボヘミアを治める背の君にお選びです」。若い農夫はそんなことは思いも掛けなかったので、皆が自分をからかおうとしているのだ、と考えた。とりわけ、人人が自分の恋の秘密を推察して、弱みを嘲弄しようとしに来たんじゃないか、と誤解したので。そこで、嘲りには嘲りで応じよう、といくらか喧嘩腰でこう返答した。「さて、あなたがたの公国がこの犂ほどの値打ちがありましょうや。もし国君が百姓ほど腹一杯食えず、百姓ほど愉しく飲めず、百姓ほど安らかに眠れないなら、ボヘミア国をこの肥沃な耕地と、あるいはこの滑らかな牛追い棒を笏と取り替えるのは、まことそれだけの骨折り甲斐はありませぬ。と申すのも、一枡《ひとます》の塩でも一樽の塩と全く同様私の食物に風味をつけられるのではありますまいか」。すると十二人の一人がこう返事した。「光を忌み嫌う鼹《もぐら》は地面の下で食料の虫けらを求めて土を掘りまする。なぜなら昼の光に耐える目を持たず、すばしこい麞《のろじか》のように走るように作られた足がないからでございます。殻で覆われた蝲蛄《ざりがに》は湖や沼地の泥の中を這い回り、最も好んで棲まうのは川の岸辺の木の根や灌木の林の中です。なぜなら泳ぐための鰭《ひれ》を持ち合わせていないからでございます。そして鶏囲いに閉じ込められた鶏は低い粘土の塀さえよう飛び越えようとはいたしませぬ。なぜなら小胆過ぎて、空高く舞い上がる鷂《はいたか》のようには己《おの》が翼を信頼できないからです。見るための目、歩くための足、泳ぐための鰭、飛ぶための翼が備わっておいでなら、あなた様は鼹のように土を掘ったり、鈍重な甲殻類のように沼地に身を隠したり、あるいは家禽《かきん》の殿様「雄鶏《おんどり》」のように堆肥の山のてっぺんで刻《とき》を告げたりなさらず、昼の光に進み出、走り、泳ぎ、あるいは雲居にまで飛翔なさることでしょう。自然があなた様にどういう賜物《たまもの》を授けたかに応じてな。かように申しますのは、進取の気性に富んだ丈夫《ますらお》は今あるがままの自分には満足せず、これからなり得る自分になろうと努力するものだからです。それゆえ神神がお勧めのご身分になられるよう試みられよ。さすれば、あなた様はこのボヘミアの国が一モルゲン*の耕地との交換に値するやいなや、ご判断できましょう」。

戯れの嘲弄とは到底認めがたい使節のこの真剣な口上、それから更にまた、使いの者たちが自分たちの真正の使命の証拠、信用状*として持ち出した国主の権標、つまり緋衣、笏《しゃく》、そして黄金の剣は遂に疑っていた農夫の不信を克服した。突然彼の心にはっと閃くものがあった。リブッサ姫が彼の胸の想いを察し、彼の真心と変わらぬ心根を、隠されたものを洞察する彼女の伎倆《わざ》を用いて見届け、それに彼が夢にも思わなかったやりかたで報いてくれようとしているのだ、というわくわくするような考えが目覚めたのである。彼女の託宣によって彼に約束された予知の能力のことがこの時再び彼の意識に上った。そして彼は、今でなければ二度と再びこの能力は発現しないに違いない、と考えた。すぐさま彼はもらった榛《はしばみ》の棒を握り、深く畑に差し込み、植樹するようにその周りに柔らかい土を盛り上げた。するとなんと、たちどころに棒から芽が出、膨らみ、葉と花のついた枝を張った。けれどそれらの緑の枝のうち二本は萎《な》え、枯れた葉っぱは風に弄《もてあそ》ばれた。三本目はそれだけ一層逞しく成長し、数数の実をつけた。その時恍惚とした農夫に予知の精霊が降り、彼は口を開いて、こう述べた。「国主リブッサ様とボヘミア人《びと》のお使者の方方、予知の精霊の息吹に吹かれて未来の霧が晴れ渡った、名誉ある騎士ムナタの子プリミスラス*の言葉を聴かれい。そなたたちは犂を操っていた男に、その一日の仕事が全うされぬうちに、公国を操る柄を握るよう指名した。ああ、犂が耕地の境界石に至るまで畑を畝で覆っておればなあ。さすればボヘミアは未来永劫自主独立の国家であり続けたであろうに。そなたたちが犂で耕す男の仕事を妨げるのが早すぎたので、お国の国境は隣国に分かたれ、継承されるであろう。そして遥か未来の後裔は隣国に従属し、いつまでも変わることなく併合されるであろう。芽を出し青青と枝葉をつけたこの棒の三本の枝葉は、私の腰からの三人の息子たちをそなたたちのご主君に約束するもの。そのうち二人は未熟な若枝として早早に枯れ凋《しぼ》むが、三人目は公国の位を受け継ぎ、彼を通じてのちの孫たちという実が熟すであろう。なれどいずれは山地を越えて鷲*が飛んで来て、この国に巣食う。一度《ひとたび》は飛び去るが、再び戻って来る。さながら己《おのれ》の所領であるかのように。だがそれから犂で耕す男の友なる神神のご子息*が出現し、彼を奴隷の鎖から解放してくれる。後世の人人よ、憶えておくがよい。そうなればそなたたちは自らの運命をことほぐことであろう。なぜならこの神神のご子息は迷信という龍を足下に踏み躙《にじ》り、満ちて行こうとする月*に腕を伸ばして雲から引き下ろし、自身慈愛溢れる天体としてこの世を明るく照らしてくれるからだ」。

厳《おごそ》かな代表たちは訝《いぶか》しみつつ粛然と佇み、予言者を押し黙って身じろぎもせずに驚き見つめた。さながらいずれかの神が彼の口を通じて語っているかのようだった。さてプリミスラスはというと、使節たちに背を向け、骨の折れる労働の伴侶だった二頭の白い牡牛に向き直り、繋いでいた軛《くびき》から解き放ち、畑仕事から解放し、自由を与えてやった。すると牛たちは喜んで草の生い茂った耕牧地をあちこち跳ね回っていたが、やがて軽やかな霧が空に流れ去って見えなくなるように、見る見る薄れて消えてしまった。プリミスラスは農民の履く木靴を脱ぎ捨て、近くの小川に行って身を清めた。高価な衣装を着せられ、騎士として剣帯を締めて剣を佩《お》びると、黄金の拍車もあてがわれた。それから彼が颯爽《さつそう》と白馬にまたがると、馬はおとなしく乗せるのだった。これまでの所有物を残して去ろうという段になった時、彼は使者たちに向かい、脱ぎ捨てた木靴をあとから持って来て、きちんと保管しておいて欲しい、民衆のうちで最も卑賤だった者がかつてボヘミアの最高の位に推戴されたのだ、との証として、また、自分の後継者が取得した高貴な地位を鼻に掛けることなく、その起源を心に銘記して、元来の出自である農民身分を尊敬し、保護するよう思い出のよすがとして、と言いつけた。ボヘミアの諸王が戴冠式の際一足の木靴を見せられる、という古い慣わしは昔これから起こったのであり、プリミスラス朝《ちよう》が消滅するまで長い間守られた。植樹された榛の棒は成長して実をつけ、周囲に広く根を張り、数数の新たな若芽を生んだので、とうとう耕地全体が榛の森と化した。これはこの区画を共有地に編入した最寄の村の住人には勿怪《もつけ》の幸いとなった。と言うのは、この村落はこうした不可思議な植林を記念して代代のボヘミア王から、いかなる土地の査定があっても一ネーゼル*の榛の実以上の税を納入しなくてよい、との認可状を下付されたからである。なんとも素晴らしいこの特権は、話によると、今日に至るまで子子孫孫に享受されているそうな。(3)

今や誇らかに自分の女主人の許に婿君を運んで行く喜びの駒《フロイデンプフエールト》*は風よりも速く思われたが、それでもプリミスラスは、もっともっと駆り立てよう、と時時黄金の拍車を当てた。彼にはこの疾走でさえ亀の歩みのように思えたのである。七年経ってもその姿がまざまざと魅惑的に彼の脳裡に揺曳《ようえい》している麗しのリブッサにまた面と向かって逢いたい、という欲望はそれほど熱烈だったのである。それも花作りの彩り豊かな花畑に咲く飛び抜けて美しい秋牡丹《アネモネ》*を眺めるといった単なる目の保養ではなくて、勝利の栄冠に輝く恋の至福の結合のためなのだ。彼が考えるのはただただ銀梅花《ミルテ》の花冠のことだけ。これは相思相愛の者たちの価値基準では王冠などの遥か高処に輝くもの。そしてプリミスラスが国の統治権と愛とを量り較べたとしたら、リブッサ姫のいないボヘミア国を載せた秤皿は高く跳ね上がったことだろう。両替商の黄金計量秤の皿に載せられた縁を削られたドゥカーテン金貨*がそうなるように。

　新たな君主が意気揚揚とヴィシェフラトに導き入れられた時、太陽は既に沈み始めていた。リブッサ姫は、未来の背の君の到着が伝えられた折、丁度遊苑にいて熟した李《すもも》を摘んでいたが、宮廷の女官たちをことごとく従えて淑やかに迎えに出、神神がお世話下さった花婿として彼を受け入れ、いたしかたないという風情を装《よそお》い、自分の心の選択を目に見えない諸力の意志の中に覆い隠した。宮廷中の目が大層物見高くやって来た青年に向けられた。彼らは眉目秀麗なすらりとした男性としか思わなかった。外見《そとみ》の体型という点からすると、胸の内で自分と相手を較べて、なぜ神神は控えの間に伺候している者たちを退けたのか、犂で耕すこんな褐色に日焼けした男の代わりに、うら若い女君主のためにどうして紅顔の勇士を共同統治者および臥床《ふしど》の伴侶として選ばなかったのか、理解しかねる、と思った宮廷人は何人もいた。特にヴラドミル侯とミジスラ騎士からは、自分たちの要求を断念したのは不承不承なのだ、という様子が容易に看て取れた。そこでリブッサ姫にとって肝要なのは、神神の行いが正当であったことを証明し、郷士《ユンカー》プリミスラスが光輝に満ち満ちた血統は持たないにしても、それは明らかな知性と慧敏さというもっともな代償で償えることを周知させることだった。彼女は素晴らしい饗宴を用意させ、それは客人を手厚くもてなす女王ディド*が昔敬神の念篤いアエネアスを接待したものに毫《ごう》も引けを取らなかった。歓迎の大杯《ヴィルコンメン》*がせっせと口から口へと回され、憂いを払う玉箒《はばき》*が哄笑《こうしょう》と上機嫌を煽り立て、既に夜の一部が戯れごとや気晴らしの裡《うち》に過ぎ去ってから、リブッサは、謎謎遊びをいたしましょう、と提案した。そして隠された物事を当てるのは元来彼女の得意だったから、掛けられる謎を解いては列席者一同を娯《たの》しませた。

　自分も謎を出す順番が来ると、彼女はヴラドミル侯、ミジスラ騎士、そして郷士プリミスラスを呼び寄せて、こう言った。「雄雄しい皆様、今度は私の謎謎を解く準備をなさって下さいまし。あなた方のうちでどなたが一番賢く、一番分別がおありか、はっきりいたしますように。皆様方お三人全員にこの小さい籠の中の物を贈り物に差し上げたい、と存じます。私がお庭で摘んだ杏ですわ。あなた方の内のお一人は籠の半分とそれからもう一つ、次の方は残りの半分とそれからもう一つ、三番目の方はまたまた残りの半分とそれからもう三つお取りになるの。さあ、そうしますとね、籠は空っぽになります。おっしゃって下さいな。一体今いくつ杏が入っているのでしょう」*。せっかちなミジスラ騎士は果物の入っている小籠を目測、問題の趣旨を知性で考えずに言うことには「偃月刀《サーベル》ですっぱりとけりがつく代物でござらば、拙者、立派にけりをつけてお目に掛けましょうぞ。したが、あなた様の謎は、優渥《ゆうあく》なる国主様、拙者にはからくりが細か過ぎまする。それでもそれがしご要望に応え、運を天に任せてあてどもなく一投げつかまつる。数え上げれば籠には全部で六十個《ショック》の杏が入っておる、と存じまする」。「投げそこないましたね、騎士様」とリブッサ姫。「その数を今一度それだけ「の数の二倍」と、この小籠に入っている数の半分と三分の一、それから更に五つ加えなければならないとしましょう。そうしますとそれは丁度六十に六十からその数だけ足りない数を増した数になりましょう」*。ヴラドミル侯は、この謎を解けば財務総監《ゲネラール・コントロルール》*の地位にありつける、とでもいうかのように、長いこと骨を折って計算していたが、やっとこさこの面倒な数字の集計を四十五と宣言した。またしても姫いわく「もしその数とその数の三分の一と半分と六分の一を足しますと、私の小籠の中には丁度四十五に四十五からその数だけ足りない数を増した数があることになりましょう」*。

例の無学なK＊＊レンベルクの会計同業組合《ギルド》＊より髪の毛一筋だけでもその伎倆《ぎりょう》に長けているごく月並みの算数教師すらこの問題を雑作なく解き明かしたことだろうが、できの悪い計算者にはどうしても予知能力が必要なのである。賢いプリミスラスは幸いにもそれを授かっていたので、謎を解明するのに技能も努力も不要だった。「天界の諸諸の力と仲良くお遊びになるお方」と彼は口を切った。「あなた様の高く羽搏《ばた》く崇高なお考えを探り出そうと心掛ける者は、それが雲居に隠されていれば、鷲のあとを追って飛ばねばなりませぬ。さりながらあなた様から光明を与えられたこの目が耐えられる限り、隠されたあなた様の飛翔に随き従ってまいるつもり。私の判断では、この小さいお籠の中に数にして三十の杏をお隠しです。それ以上でもそれ以下でもなく」。姫はにこやかに相手を見つめて言った。「そなたは灰の中に深く埋もれていた微《かす》かな余燼《よじん》を見つけ出しました。闇と霧の中から光がそなたに輝き初《そ》めたのです。そなたは私の謎謎をお当てになりましたよ」。それから彼女は小籠を開き、ヴラドミル侯の帽子に十五個とそれからもう一つ杏を数え入れ、まだ十四残っている内からミジスラ騎士に七個と更に一つを与えた。そうするとこの可愛い果物籠にはまだ六個入っていた。その半分を彼女は賢いプリミスラスに分け、それから残りの三個も贈ると、籠は空になった。宮廷中の人人が麗しのリブッサの算数の知恵とその利口な婚約者の慧敏さに大いに感嘆した。人間の機知が、一面では、ありきたりの数字をこうも不可解に言葉に組み込むことができ、また一面では、こうも着実にその数字をなんとも巧みな隠し場所から選び出すことができようとは、だれにも呑み込めなかった。姫は彼女の愛に与《あずか》れなかった両騎士に空っぽの籠を下賜した。儚なく消えた恋愛沙汰の思い出のよすがとして。撥《は》ねつけられた求愛者のことを、やっこさん、女《れこ》から籠をもらいやがった、＊と言う慣わしは、これに由来して今日まで続いているのである。

　全員が臣事の誓いと婚儀の準備を調えてから、二つの祝典が絢爛豪華に執り行われた。かくしてボヘミアの民は男性の公を、そして麗しのリブッサは背の君を得、両者いずれもその望み通りだったわけ。これは讃嘆すべきことで、策略が効を奏したお蔭である。この策略は普通必ずしもリブッサ姫が極めて巧妙な

周旋人だなどということにはなっていない。とは申すものの、両者のどちらか一方が騙されたというのであれば、それは少なくともお利口なリブッサではなくて、民衆である。どっちみちまあこれはよくあることなのだ。ボヘミア国はその名のごとく軍を統率する公《ヘアツォーク》*を戴いたが、統治権は従来と変わらず女性の手に握られていた。プリミスラスはおとなしくて妻の言うことをよく聴く夫の正真正銘の見本で、女公に家政でも国政でも抗《あらが》ったことは一度もなかった。彼の考えと望みは同じ調子に調律した二つの弦のように妻のそれと完全に共鳴した。手を触れられない弦も高らかに響く弦の奏でる調べを進んで真似るのだった。けれどもリブッサは、自分はご大家出身の配偶者だと看做《みな》されたがって、幸せにしてやった哀れなやつに、その後驕り高ぶってなにかにつけて卑賤な氏素性を思い出させるようなご婦人方の高慢で見栄っ張りの気質は持ち合わせなかった。彼女が模範としたのはあの名高いパルミラの女性*であって、ゼノビアのように自分の善良なオデナトゥスを卓越した精神的能力で支配したのであった。

　この幸福な夫婦は渝《かわ》らぬ愛を享受しながら、心と心を結びつける本能が、昔の世界の壁をあれほど堅固に仕上げた接合剤《バテ》とモルタルのようにしっかりと長続きのする当時の習俗に従って暮らした。プリミスラス公はすぐにその時代の最も勇猛果敢な騎士となり、ボヘミアの宮廷

はドイツで最も輝かしい宮廷*となった。気がつかぬうちに数多くの騎士と貴族、それから夥しい民衆がこの国の至るところから集まって来たので、城下町*は住民にとって狭過ぎるようになった。そこでリブッサは役人たちを招集、真昼刻に最も賢明な歯の使い方を心得ている男を彼らが見つけるその場所に、都市を建設するよう命じた。役人たちは出かけて行って、定めの時刻に丸太を鋸で二つに引き切ろうとしている一人の男を発見した。一同は、仕事にいそしんでいるこの男こそ真昼刻鋸の歯を、お偉方の食卓で食い物を噛み砕くのに歯を使っている食客どもとは比較にならないほど見事な用い方をしている、と判断し、女君主が新しい都市の建設を指示した場所を見つけた、と疑わなかった。そこで彼らは野原のその区域を犂の刃で掘ってぐるりを囲い、市壁の大きさの目印をつけた。鋸で切り分けた用材で何を作ろうとしているんだね、との質問にその労働者は「プラーフ*」と返答した。これはボヘミアの言葉で閾《しきい》*という意味である。そこでリブッサは新都市をプラハと命名、これなんボヘミアのヴルタヴァ河畔の世にも名高き王都プラークである。その後子孫に関するプリミスラスの予言は正確に実現した。彼の奥方は三人の若君の母となったが、そのうち二人は夭折、しかしながら三人目は成長して、この人からボヘミアの玉座に数世紀に亘って栄える輝かしい王朝が芽生えるのである。

## 原注

（1）ベラ姫はとりわけ……こうしたこと全てが善意からのもので無償だった……くろっくすハ男系ノ継嗣ヲ持

タザリキ。没スルニ及ビ残セシハ三人《ミタリ》ノ娘ラニシテ、イズレモ彼自身ト同ジク予知ノ業《ワザ》ニ長ケ、めでぃあ並ビニきるけノゴトク魔法ニ通ジイタリ。長女ノべらハ妖シノ草木《クサキ》ヲ使イコナスコトめでぃあニ似、サテマタ、誕生ノ順此レニ次グてちゃ（てるば）、魔呪ヲ意ノママニスルコトきるけト競合セリ。両者ノイズレニモ途切レルコトナキ相談者ノ流レガ向カイ、ウチ少ナカラヌ数ガ恋人ト仲直リシヨウガタメ、マタ、健ヤカサヲ再ビ取リ戻サントスル者タチニシテ、失イシ財貨ヲ回復セントスル者タチモアリシ。……前者ハべりいなノ町ヲ、今一人ハてえてぃすノ町ヲ、取得セシ黄白《コウハク》ニテ――ソハ彼ラハ何事モ無報酬ニテハセザリシユエ――建設セシメタリ。カカル点デ末妹りぶっさハ遥カニ気高キ心根ノ持チ主ナルコトヲ示セリ。スナワチ彼ハ何人《ナンビト》カラモ金品ヲ強要セズ、全体ニハ公共ノ未来ヲ、個個人ニハソノ者ノミニ関ワリアル運命ヲ、姉タチヨリ正シク予言セリ。カカル高貴ナル志操ユエニ、マタ彼ガ、無報酬ノミナラズ、予言ノ才ヲ用ウルニ〔姉たちに較べ〕過《アヤマ》テルコトモ些少ナリシカバ、イト高キ評価ヲ受ケ、シカシテ――父くろっくすニ代ワリテ――王ニ選バレタリキ。どぅぶらヴぃうす*

（2）狡《ずる》い森羚羊《かもしか》めは……とにもかくにも追っ払おう……マコト已《ヤ》ム無ク退《シリゾ》キシガ、謀反ノ首魁《シュカイ》ハカク嘯《ウソブ》ケリ。子ヲ産ミシコト無キカノ牝牛メヲ居心地良キ牧ヨリ速ヤカニ遮二無二追ワザルベカラズ。彼ソノ地位ヲ自ラ進ミテ諸侯ノ一員ニ譲渡セザル限リ、ト。どぅぶらヴぃうす*

（3）この村落はこうした不可思議な植林を記念して……今日に至るまで子子孫孫に享受されているそうな……アエネーアス・シルヴィウスは、カール四世が交付した更新されたこの特許状を自身目にした、と断言している。すなわちかくのごとし。

ローマ皇帝ニシテ、皇帝じぎすむんどぅすノゴ子息ナルかるろす四世ノ王国書類ノ特許状ノ中ニ予ハ見タリ。彼ラ――スナワチ当該ノ町ノ住民――ニ、自今当該ノ樹ノ実ノ僅カナル量以上ノ年貢貢納ヲ命ゼラレルコト無シ、トノ特権ヲ付与セラレタリ、ト。*

# 訳注・解題

# 沈黙の恋

序の巻

## 訳　注

九　**ブレーメン**　Bremen.　自由ハンザ都市。現在北部ドイツの大都市でドイツ連邦共和国最小の州。北海に注ぐヴェーザー河下流の両側に位する〔ただし、海港は更に下流、北海沿岸のブレーマーハーフェン〕。流れの左側には新市街が、右側には旧市街と市の中心部がある。初めてこの名が現れるのは七八二年。一三五八年以降ハンザ同盟都市となり、一四〇〇年頃経済的繁栄を迎える。一五二二年宗教改革がこの町にも導入され、幾たびもの苛烈な信仰闘争を経てから穏健なカルヴァン派信奉に落ち着いた。これが何世紀にも亘ってこの町の文化を特徴づけることとなる。一六〇〇年頃、ネーデルラント〔現オランダ・ベルギー一帯〕に強く依存しながら、建築上でも経済上でも頂点に達する。一六二三—二七年軍事上の理由からヴェーザー河左岸に新市街ができた。この物語の時代背景は、ヴェーザー河に架かる交通頻繁な橋が舞台装置の一つになるので、この時期に設定されているか、とも思えるが、内容的には更に百有余年以前と考える方がよさそうである。一四九一年に行われたフランスのシャルル八世とブルターニュ公国のアンヌとの結婚後僅か時日が経過したことに言及されている〔「破の巻」参照〕ので。

九　**新約聖書の例の金持ちの男**　もし完全に永遠の命を得たいなら、持ち物を全部売り払い、貧しい人びとに施せ、とイエスに諭され、それができないので、悲しみながら去った、とされる男。マタイ伝十九章十六—二十二節。マルコ伝十章十七—三十一節、ルカ伝十八章十八—三十節。

九　**ターラー銀貨**　十六世紀から十八世紀まで通用したドイツ銀貨。最初ボヘミアの銀鉱聖ヨアヒム谷《ザンクト・ヨアヒムスタール》で良質の銀を材料として鋳造されたのでこの名がある。残念ながらこの物語の時代にはまだ存在しなかったはず。

一〇　**牡牛祭**　「修道院の牡牛練り歩き《クロスター・オクセン・ツーク》」のことと思われる。宗教改革後聖ヨハネ修道院に一五三一年病院が設置された。一五五一年病院はその収入の一部を古典語中高等学校《ギュムナージウム》に譲渡しなければならなくなった。一六三〇年市参事会は市内で修道院のための募金をすることを認可した。このことから、楽市《フライマルクト》（自由市）〔これは元来「歳の市《ヤールマルクト》」。春と秋に開かれ、あらゆる種類の品物があらゆる種類の人人に自由自在に売られた。かくして楽市《フライマルクー》は民衆の祭となって、十月末にいつも行われている〕の期間に、リボンや花冠で飾り、角には金箔《きんぱく》を貼った二頭の肥えた牡牛を市中引き回し、数日後籤引《くじび》き〔籤を買うには金が必要なわけで、こうして得られた収益金からしかるべき出費を除いた金額が公共の用途に使われる〕で払い下げる、という習慣が生じたとのこと。〔しかし、この物語ではまだ宗教改革が行われていないので、遅くとも十六世紀初頭、妥当なところ十五世紀末と考えたい。従って、この「牡牛祭」うんぬんはターラー銀貨同様ムゼーウスの単なる時代錯誤である〕。最後のお練りは一八七一年、最後の籤引きは一八九六年に行われた。「修道院の牡牛練り歩き」の図は彫刻家カール・シュタインホイザー（一八一三—七九）により古典的様式で大理石の壺に写された。これは一八五六年ヘルデンス門《トーア》〔現在は無い〕の近くの塁壁（市壁）斜面に立てられた。

以上の説明のうち訳者の補遺である〔　　　　〕内以外の記事は『ブレーメン事典』*Bremer Lexikon* による。

一〇　**香味焙り肉《クリューゼルブラーテン》**　中部ドイツ・テューリンゲン地方の名物料理。これはブレーメンの話だから、随分地域的に離れているが、テューリンゲン人のムゼーウスが万事心得てのおふざけである。

一一　**アメリカ大陸会議の公開信用状、あるいは連邦十三州全ての公開信用状**　アメリカ独立戦争（一七七五—八三）で勝利を獲ち得、独立を達成して以来、新興のアメリカ合衆国およびこれを形成する十三州の経済の安定性と信用能力はきわめて上昇した。

強いられた独立戦争勃発に先立ち、本国英国の圧制に対抗するため、ニューハンプシャーからサウスカロライナに至る〔ジョージアを除く。ジョージアは一七七五年の第二回大陸会議から参加〕十二の大陸植民地の革命的な会議や委員会から選出された五十五名の代議員がフィラデルフィアに集まり、一七七四年九月四日第一回大陸会議が開かれた。これがやがて戦時国家の連邦政府に発展する。軍事費を捻出するため、大陸会議によって発行されたのが信用状《ビル・オブ・クレデイツト》である。大陸会議発行の信用状は「大陸紙幣《コンテイネンタル・カーランスイ》」とも呼ばれた。また州《ステイト》となった十三の旧植民地も信用状を発行、これは「州紙幣《ステイト・ビル》」とも言う。戦時中大陸紙幣と州紙幣は大暴落するが、戦局の見通しが最も暗かった一七八一年二月、大陸会議によって財政監督官に任命されたロバート・モリスは、フランス王国からの借入金金貨二十万ドルを活用して、北米銀行を創立、財政破綻を立て直す。

一二　**燃える蠟燭のもとで競売に掛けられ**　ヨーロッパ中世においては、競売をする場合、あらかじめ蠟燭の所定の箇所に印をつけておき、競《せ》りが進行してそこまで蠟燭が燃えた時の最終付け値で落とす、という習慣があった。

一三　**馬勒《ばろく》**　手綱、馬の口にくわえさせる轡《くつわ》、面繫《おもがい》（馬の頭から轡にかけて飾りに付けた組紐、あるいは革の装具）の総称。

一四　**馬銜《はみ》**　轡の馬の口に当たる部分。

一五　**ロビンソン・クルーソー風物語《ロビンソナーデ》**　英国の作家ダニエル・デフォー（一六五九／六〇—一七三一）の『ヨーク

出身の海員ロビンソン・クルーソーの生涯と奇想天外な冒険』Daniel Defoe: *The Life and Strange Surprising Adventures of Robinson Crusoe of York, Mariner*（一七一九）——いわゆる『ロビンソン・クルーソーの冒険』——に引き続き、無数の模倣、翻案が出版された〔ドイツ語への翻訳は既に一七二〇年に初訳が出た〕。ほとんどどの国にもどの地方にもそれぞれ固有の難破小説ができたのである。ドイツでロビンソン物の児童文学として極めて成功を収めたのは、ヨアヒム・ハインリヒ・カンペ（一七四六—一八〇八）の『ロビンソンの息子』Joachim Heinrich Campe: *Robinson der Jüngere*（一七七九）であり、ロビンソン・クルーソー風物語《ロビンソナーデ》のうちこの上なく着想に富み、文学的に極めて価値ある作品としてドイツ文学史で言及されるのは、ヨーハン・ゴットフリート・シュナーベル（一六九二—一七五〇）の大作『幾人かの船乗りたち、とりわけザクセン人アルベルトゥス・ユリウスならびにフェルゼンブルク島に建設せられし彼のいくつかの植民地の奇妙な運命』Johann Gottfried Schnabel: *Wunderliche Fata einiger Seefahrer, vornehmlich Arberti Julii, eines gebornen Sachsen, und seiner auf Insel Felsenburg zustande gebrachten Kolonien*（一七三一—四三）——普通『フェルゼンブルク島』Die Insel Felsenburg として知られる——である。フランスのジュール・ヴェルヌ（一八二八—一九〇五）の『神秘島』Jules Verne: *L'Ile mystérieuse*（一八七四—七五）は彼のロビンソン物中の傑作とすべきだ、とのこと。完訳あり。もっとも、日本人がだれしも知っているのは『十五少年漂流記』である。原題名は『二年間の休暇』*Deux ans de vacances*（一八八八）。こちらももとより完訳が出ている。やはり邦訳のある、スイス人ヨーハン・ルドルフ・ヴィース（一七八二—一八三〇）の『スイスのロビンソン』Johann Rudolf Wyß: *Der schweizerische Robinson*（一八一二—二七）は、牧歌的でありかつ情緒面でも安定した読み物と思う。牧師夫妻と息子四人、合わせて六人のスイス人たちが、布教のためイギリス領海外殖民地へ向かう途中乗った船が難破、家族だけで漂着した島に楽土を築く家族版ロビンソン物語。出版したヨーハン・ルドルフ・ヴィースはベルン大学の哲学教授であり、司書であり、民謡・民話の研究者だが、父で牧師だったヨーハン・ダーフィト・ヴィースにこの話を聞きながら育った。そして、耳に残った物語や父の草稿やらをもとにしてこれを書き上げたものである。従って原作者はヴィース父子二人ということになる。ほとんど全てのヨーロッパの言語に翻訳されたが、それとともに訳者たちの書き換え・書き足し・削除といったほしいままの編集を経て、多数の異稿が存在する。

三　**家庭小説**　英国の作家サミュエル・リチャードスン（一六八九—一七六一）の『パメラあるいは美徳の報い』Samuel Richardson: *Pamela, or Virtue Rewarded*（一七四〇）——ドイツ語訳は一七七二年——のような流儀に倣った無数の模倣作が出ているが、これらを指すか、と思われる。

二三　**修道院物語**　ヨーハン・マルティン・ミラー（一七五〇―一八一四）の感傷的なヴェルテル風小説『ジークヴァルト。ある修道院物語』Johann Martin Miller: *Siegwart. Eine Klostergeschichte*（一七七六）――これはドイツ中で熱狂的に賛美された――に引き続いて出たたくさんの同種の作品のことであろう。

二三　**プリンプランプラスコ連**　疾風怒濤運動《シュトゥルム・ウント・ドラング》の作家の一人フリードリヒ・マクシミリアン・クリンガー（一七五二―一八三一）が疾風怒濤運動《シュトゥルム・ウント・ドラング》の敵対者に粗野な諷刺をほしいままにした作品に『天才プリンプランプラスコ。クニッパードリング一族とマルティン・ルター博士の時代のある手記』Friedrich Maximilian Klinger: *Plimplamplasko, der hohe Geist. Eine Handschrift aus den Zeiten Knipperdollings und Doctor Martin Luthers*（一七七〇）なるグロテスクな物語がある。ムゼーウスは彼を嫌悪していた。

二三　**カーケルラクども**　物語作家《ロマンスイエー》にして戯曲家だったヨーハン・カール・ヴェーツェル（一七四七―一八一九）が、一七八六年に精神病になる前に書いた最後の物語の一つである『カーケルラク〔油虫〕、あるいは、前世紀のある薔薇十字会員の物語』Johann Karl Wezel: *Kakerlak oder die Geschichte eines Rosenkreuzers aus dem vorigen Jahrhundert*（一七八四）を指す。ムゼーウスはヴェーツェルのグロテスクな誇張と明らかに唯物論的な傾向を不快に思っていた。

二三　**ローゼンタールの家族親戚一同**　共通タイトル『ドイツ人の新機軸小説集』*Neue Original-Romane der Deutschen* を冠し、一七八四年『エドゥアルト・ローゼンタール、ある冒険譚』*Eduard Rosenthal, eine abenteuerliche Geschichte* を皮切りに出版された一連の物語のことを仄めかしている。この小説が好評だったので、更に『クレールヒェン・ローゼンタール』*Klärchen Rosenthal*、『ローゼンタール家の物語』*Geschichte der Familie Rosenthal* などが続いた。一八七六年までにしめて十六巻が世に出ていた。

二三　**騎士たちは……騎《の》り回していた**　いわゆる騎士道小説はもう既に盛んだった、ということ。

二三　**ベルン〔ヴェローナ〕のディートリヒ**　Dietrich von Bern. 東《オストロ》ゴート族のテオデリヒ大王〔五二六年没。ただし、ベルン＝ヴェローナではなく、ラヴェンナで〕をもとした南部ドイツの伝説の中心人物。弱冠にしてもう巨人ジゲノートや勇者エッケと闘い、後にはヴォルムス近郊のローゼンガルテンでジークフリートをも相手にした。父の弟エルメンリヒ〔史実ではオドアケル〕のため彼はイタリアからハンガリアへ逃れなければならなくなったが、かの地で部下〔その中にはディートリヒの具足師で彼が幼い頃からの武芸の師範である古豪ヒルデブラントもいた〕もろともエッツェル〔フン族の王アッティラ〕に迎え入れられる。エッツェルの援助で武装を調えエルメンリヒに挑んだ戦いは一敗地にまみれるが、後に、新たに編成した軍隊でラヴェンナ市を攻略、王国を再び支配下に収めることに成功した。東ゴート王国の一部を占有したバイエルン人のもとで十二世紀以降ディートリヒを中心としてドイツ英雄伝説が集成された。ディートリヒ伝説はブルグンド＝フランク系のジークフリート伝説にも組み込まれたので、彼は「ニーベルンゲンの歌」の第二部でエッツェルの宮廷の場に登場する。

三　**ヒルデブラント**　Hildebrand.　前掲ディートリヒの忠臣。ドイツ最古の英雄叙事詩「ヒルデブラントの歌」Hildebrandslied の主人公。これは断片しか残っていない。息子ハドゥブラントと余儀なく闘わねばならなくなったヒルデブラントは、別の類詩によれば、自らの手で息子を殺す羽目に陥る。

三　**角あるザイフリート**　der gehörnerte Seyfried.　「角あるザイフリートの歌」*Das Lied vom hürnen Seyfried* はジークフリートの若き日の物語をメルヒェン風に改作したもの。十六世紀初頭に登場。一七二六年に民衆本《フォルクスブーフ》として散文で出版された。

三　**強者レンネヴァルト**　der starke Rennewart.　あるキリスト教徒の姫君への愛に引かされてキリスト教に改宗した異教徒の巨人。中世高地ドイツ語の最も有名な叙事詩人ヴォルフラム・フォン・エッシェンバッハによりその未完の韻文物語『ヴィレハルム』に取り入れられた。一二五〇年頃ウルリヒ・フォン・テュールハイムが続編『レンネヴァルト』を書いた。この人物像は極めて民衆的な伝説の登場形態の一つである。

三　**……征服していた**　十五世紀以降広範にドイツ語圏に流布するようになった「民衆本」には、伝説の主人公たちが、さまざまに形を変え、繰り返し登場した。そうしたことを指している。

三　**畏敬すべきトイアーダンク**　der ehrwürdige Theuerdank.　歴史的寓意的騎士文学。その構想と主題はおおむね「最後の騎士」と謳《うた》われた神聖ローマ帝国皇帝マクシミリアン一世（一四五九―一五一九）をもととする。初めニュルンベルクで一五一七年に出版されたこの詩は、騎士物語の体裁を取って、生硬な韻文で狩りや戦いでの皇帝の冒険の数数を物語り、かつ、マクシミリアンがブルグントのマリア（一三六三年から一四七七年まで存続、フランス王国と神聖ローマ帝国の間に位して勢力を拡大して行ったブルゴーニュ公国――ドイツ風に言えばブルグント公国――の最後の支配者シャルル豪胆公《ル・テメレール》（カール豪胆公《デア・キューネ》）の息女）に求婚した顛末を、さまざまの寓意的モティーフを鏤《ちりば》めた主人公トイアーダンクの嫁取りの旅に仕立て上げている。この書物は十六世紀と十七世紀に大いにもてはやされ、頻繁に改版・改作された。マクシミリアンとマリアの婚儀は一四七七年に行われ、舅がナンシーの戦いでスイス軍に敗れ、戦死したお蔭で皇帝はブルゴーニュ公領を手に入れた。しかし、マリアが一四八二年に逝去すると、これをフランス国王ルイ十一世に譲らざるをえなくなった。

一三　**円胴弦楽器《ラウテ》**　リュート。極めて起源の古い弦楽器。エジプトからアラビアを経て中世ヨーロッパに入り、十八世紀まで独奏、合奏に用いた。形はマンドリンに似、多数の弦を指または義甲で演奏。

一四　**アントウェルペン**　Antwerpen.　日本では英語読みのアントワープが一般。フラマン語でアントウェルペン、ドイツ語でアントヴェルペン、フランス語でアンヴェルス。現代のベルギー屈指の海港。フランドル地方の大商工業都市。詳しい注は「破の巻」に譲る。

一五　**女性愛好家であるかの賢者ソロモン**　Salomon der weise Philogyn.　全イスラエルの王ソロモンはその栄華と富と知恵で有名〔旧約聖書列王記上〕だが、女性を特に愛好したこと〔列王記上十一章一―三節など〕でも知られている。そこでソロモンといえば「女好き」の譬《たと》えになる。旧約聖書ソロモンの雅歌《がか》は本来、恋を唄い上げる古代イスラエルの若者たちと乙女たちの歌垣と思われるが、ソロモンが作ったものに擬せられるほど。

さて、これまた実は古代イスラエルの民の間に受け継がれていた教訓・格言・詩の集大成であろうが、賢王ソロモンの箴言とされた旧約聖書箴言の最後、三十一章十節「誰《たれ》か賢《かしこ》き女《をんな》を見出《みいだ》すことを得《え》ん、その価《あたひ》は真珠《しんじゅ》より尊《たふと》し」以降に、賢明・有能な妻の理想像が讃えられている。

一五　**メーメル在住のあのＥ＊＊老夫人**　当時ことのほか愛読されたヨーハン・ティモテウス・ヘルメス Johann Thimoteus Hermes〔一七三八―一八二一〕の小説『メーメルからザクセンまでのゾフィーの旅』*Sophiens Reise von Memel nach Sachsen*〔一七七〇―七三年の五巻本で、一七七五年に六巻本で出版〕を指す。うら若い乙女ゾフィーは彼女の養母であるメーメル〔現在リトアニア共和国のクライペダ。当時東プロイセンのメーメル地方の首邑〕在住のＥ＊＊老夫人に、重要な文書をその実の娘のもとから持ち帰るよう頼まれ、七年戦争の間ロシア軍に占領された東プロイセンの真っ只中を通ってザクセンに使いに出される。良縁を結ばせようとの思惑がＥ＊＊夫人の動機の一つでもあった、というムゼーウスの見解だが、これは著者が聞いたらきっと否定したことだろう。もっとも道徳的省察でびっしり覆われているこの小説で起こる出来事のかなりが、ムゼーウスの言いたいことを裏書している。ゾフィーは自分に求婚した二人の男性の間で去就に迷っているうち、結局どちらをも失う。そして、少なくとも第二版と第三版では憂鬱症のキュッブーツ修士と結婚する。

なお七年戦争は第三次シレジア戦争〔一七五六―六三〕の事。プロイセン国王フリードリヒ二世（大王）が英国と同盟して、オーストリア、ロシア、フランス、スウェーデン、ザクセン〔ザクセン王国と同君連合だったポーランドをも含む〕および神聖ローマ帝国等族〔一八〇六年までの帝国議会を構成する諸身分、すなわち諸侯・帝国直属都市・高位聖職者）の大部分と戦った。この戦争で五十万の人命が失われ、プロイセンとザクセンの繁栄は衰微した。ただしフリードリヒ二世の名声は極めて高まり、プロイセン王国は押しも押されもしないヨーロッパの列強となった。

一六　**バビロンの囚獄**　いわゆる「バビロンの捕囚」を指してはいるが、いぶせき小路の小さい部屋を囚獄に譬えたので、語句を変えたのであろう。

新バビロニア王国のネブカドネザル二世は紀元前五九七年ユダ王国の首都エルサレムを陥落させ、ユダ王エホヤキンを始め宮廷人、高級軍人・官僚など上層の者たちをバビロンに連行した。同様のことは紀元前五八七年にも行われる。五三九年ペルシア王国のキュロス二世がバビロニア国王ナボニドスを破り、バビロンに無血入城すると、翌五三八年ユダヤ人のエルサレムへの帰還と神殿の再建を許可した。

一六　**乳と蜜の流れる豊饒の国**　ユダヤの神がモーセに約束した土地。あるいは、ユダヤ人の考える豊かな土地。「われ降《くだ》りてかれらをエジプト人《びと》の手《て》より救《すく》ひいだし之《これ》を彼国《かのくに》より導《みちび》きのぼりて善《よ》き広《ひろ》き地《ち》乳《ちち》と蜜《みつ》の流《なが》るる地《ち》すなはちカナン人《びと》ヘテ人《びと》アモリ人《びと》ペリジ人《びと》ヒビ人《びと》エブス人《びと》のをる処《ところ》にいたらしめんとす」（旧約聖書出エジプト記三章八節）。「汝《なんぢ》は乳《ちち》と蜜《みつ》の流《なが》るる地《ち》より我《われ》らを導《みちび》き出《いだ》して曠野《あらの》に我《われ》らを殺《ころ》さんとす」（旧約聖書民数紀略十六章十三節）。「且《かつ》また汝《なんぢ》は我《われ》らを乳《ちち》と蜜《みつ》の流《なが》るる地《ち》にも導《みちび》きゆかず」（同十四節）。ただしもとよりここでは、何不自由ない豊かな暮らしのたとえ。

一七　**天体観測者ホロックス**　der Beobachter Horocks 姓の綴りに誤り。イギリスの天文学者ジェレマイア・ホロックス Jeremiah Horrocks（一六一九―四一）は一六三九年初めて金星の太陽面通過を観測した。

一七　**ご聖体の行列**　カトリック圏では司祭が捧持するきらびやかな容器（聖体顕示台《モンストランツ》）に入った聖体を中心に、教区の人人と堅信礼を受ける少年少女が教区を練り歩く。村全体、あるいは都市自治体全体がこれを盛大に祝うのである。練り歩く道筋は、地域にもよるが、彩り豊かな花や緑の葉などで美しく飾られる。このご聖体の祝日《フローンライヒナームスフェスト》は精霊降臨祭の次の日曜日後の木曜日と定められており、いずれにせよ陽光輝く六月ではあるが、移動祝日。一二六四年以降法王ウルバヌス四世によって全教会に導入された。従って前掲「牡牛祭」ですでに記したように、ムゼーウスはブレーメンがまだ宗教改革に曝されていない時期にこの物語を設定している、と思われる。

一八　**化粧室でのご機嫌伺い**　十八世紀のヨーロッパで上流階級の女性たちは化粧着《ネグリジェ》姿で寛いでいる化粧室《ブドアール》に男性客を迎え入れる習俗があった。もとよりある程度以上親密な相手に限られたし、建て前では小間使いも傍に控えているわけだが。

一八　**奉仕の霊**　新約聖書ヘブル人への手紙一章十四節。ただしここでは召使のこと。

一八　**雅び男《セラドン》**　Seladon.　羊飼いの名前。セラドン Céladonとは、フランスの作家オノレ・デュルフェ（一五六八―一六二五）の書いた、当時非常に有名であり、羊飼い小説という一つのジャンルを作り出した『ラストレ』Honoré d' Urfé: *L' Astrée*〔五巻。一六〇七―二七年〕の主人公。

一九　**クリュソストムス**　Chrysostomus.　キリスト教化されたローマ帝国の首都コンスタンティノポリス（ビザンティウム）の総主教に昇ったヨハネス教父（三四四―四〇七）は、説教が極めて巧みだったので、「黄金の口《クリユソストムス》」という異名があった。

一九　**キケロ**　Cicero.　マルクス・トゥリウス・キケロ（紀元前一〇六―四三）。ローマの政治家・雄弁家・著述家。

一九　**デモステネス**　Demosthenes.（紀元前三八四？―三二二）。アテネの政治家で雄弁家。

二〇　**アンフィオン**　Amphion.　ゼウスとアンティオペの息子。ギリシア神話によればヘルメスから弦楽器演奏の才能を授かった。テーバイ市建設の際城壁用の石材がアンフィオンの演奏に感動しておのずと組み合わされたとのこと。

二一　**神聖文字《ヒエログリフ》**　元来古代エジプト人の用いた絵文字のことだが、ムゼーウスは、恋人同士にはちゃんと意味が通じるが、第三者には全く分からない通信手段の意味で用いている。

二一　**放蕩息子《プロディガル》**　浪費家、道楽者。新約聖書ルカ伝十五章十一―三十二節。

二二　**黄金《きん》細工師**　中世ヨーロッパでは金融業を兼ねていた。

二二　**シュタイン**　重量の単位。一四―二二ポンド。

二二　**万聖節**　諸聖人の祝日。十一月一日。

二二　**一万一千の聖処女**　宗教伝説《レゲンデ》によれば、ブリタニア国王の姫君聖ウルスラがローマへの巡礼に出た折彼女に随伴した乙女たち。ローマからの帰途ケルンを包囲していたフン族の一軍に全て殺戮された、という。

二三　**砂糖**　砂糖がヨーロッパ人に知られるようになったのは、十字軍の東方侵攻が機縁であろう。それまでは甘味料としては蜂蜜があるだけだった。知られるようになったとは言え、この時代にはもとより、十八世紀頃から新大陸、とりわけカリブ海域で砂糖黍栽培と製糖作業が大大的に行われるようになるまで、長いこと貴重品であった。

二三　**ハンブルク**　Hamburg.　エルベ河とアルスター湖の間に拡がる現代ドイツ最大の海港で二番目に人口の多い都市。一五一〇年神聖ローマ帝国皇帝マクシミリアン一世によって帝国直属都市となったが、帝国議会に代議員を出すことができたのは漸く一七七〇年。

二四　**柔媚なリュディア調で**　中央ハ音から一オクターヴ上のハ音までの音階は、ギリシア式音楽体系によれば、リュディア音階とされていた。これはとりわけ快い響きと感じられた。リュディア音階は中世の教会旋法の一つでもある。

二四　**黄泉の国オルクス**　ローマ神話の「冥界」。「オルクス」は冥界を治める神の名でもある。ギリシア神話の「ハデス」に当たる。

二四　**音曲に優れたオルフェウス**　der harmonische Orpheus.　ギリシア神話によれば、オルフェウスはオリュンポス山の近くに住まい、そのたぐいなく素晴らしい歌は、野獣たちや森の樹樹さえ感動させた、とのこと。また、楽器、特に竪琴を発明した、あるいは改良した、とされる。黄金の羊の裘《かわごろも》を求めるイアソン率いるアルゴー船の遠征にも加わり、美しい声で船乗りを魅了し、難破させる怪物セイレンたちに仲間たちがおびき寄せられそうになった時、これと音楽の勝負を挑み、勝利を収めた。妻エウリディケが蝮《まむし》に咬まれて死ぬと、オルフェウスは諦めきれず、冥界へ下って行った。その妙なる楽の音が全ての障害を退けたのである。冥界の王ハデスも王妃ペルセポネも感動して、彼が妻を連れ帰ることを許した。彼に課されたただ一つの条件は、太陽の光を仰ぐまで決して背後を振り返らぬこと、であった。オルフェウスは感謝し、妻を伴って冥府を発ち、長く暗い道を歩いて行った。しかし、そのうちに、本当に妻は随《つ》いて来ているのか、騙されたのではないか、と不安になり、とうとう後ろを振り向いてしまったのである。エウリディケは確かに背後にいたが、かすかな叫びを挙げると、姿は見る見るうちに薄れて、消え去った。オルフェウスはひどく後悔し、再び冥府に戻ろうとしたが、今度は通してもらえなかった。

二四　**我らが丈夫《ますらお》たちの瘋癲《ふうてん》病気質**　疾風怒濤《シュトゥルム・ウント・ドラング》運動に対する辛辣なあてこすり。こうした才能の大激発がこの頃はすっかり沈滞したことを充分意識した上でのこと。ムゼーウスは疾風怒濤《シュトゥルム・ウント・ドラング》運動に従事した文学者たちに極めて反感を持っていた。ゲーテが若きヴァイマル公カール・アウグストの友人として一七七五年ヴァイマルの宮廷に出入りするようになった時、彼と共に、疾風怒濤運《シュトゥルム・ウント・ドラング》動の矯激な推進者である戯曲家ヤーコプ・ミヒャエル・ラインホルト・レンツとフリードリヒ・マクシミリアン・クリンガー（前掲「プリンプランプラスコ連」参照）が、一七七六年二人ながら追放されるまで、僅かな間ではあるがヴァイマルで活動したことも、ヴァイマル在住の先輩知識人であったムゼーウスの神経を大いに逆撫でしたことであろう。

二四　**丸花蜂**　Hummel.　膜翅目《まくし》蜂科の昆虫。形、習性も蜜蜂に似ているが、それよりも大きくて肥っている。働き蜂も体長一五ミリに達する。「リブッサ」にも出る。

二五　**冪《べき》**　同じ数の累乗積。たとえば十の三乗。

二五　**恋の玉章《ビレ・ドゥ》**　billet doux.　フランス語。恋文。

二六　**間切っているうち**　「間切る」とは帆船が向かい風に逆らって進む航法。風の向きに対してジグザグに帆走する。なんらかの理由で帆の操作に失敗すれば、前面から風をまともに受けて船は立ち往生してしまう。これを「裏帆を打つ」という。

二七　**聖クリストフォルス**　der heilige Christoph.　聖クリストフォルスは十四救難聖人に数えられる。最も人気のある聖人の一人で、あらゆる旅行者の守護聖人である。大抵は幼子イエスを肩に載せ、河を徒歩渉《かちわた》りしている巨大な姿で描かれる。イタリアの教会著述家ヤコブス・デ・ヴォラギネ（一二三〇頃—九八）が著した聖人物語集『黄金伝説《レゲンダ・アウレア》』によれば、彼はもと「呪われし者《レプロブス》」という名のカナン地方（古代パレスチナ西部）の人で、世界で最も強力な君主を探し、これに仕えたい、と思いついた。ある王の家来になったが、ある時この王は、悪魔ということばを耳にすると、恐れて十字を切った。レプロブスは、王より悪魔の方が強い、と考え、王の許を去って悪魔を探し、これに全身全霊を挙げて仕えた。しかしある時悪魔は十字架を避けた。悪魔は、イエス・キリストが十字架に架けられて死んだ時以来、十字架が恐ろしいのだ、と告白する。レプロブスは悪魔に奉公するのを止めて、キリストを探す。ある砂漠の隠者のもとへ行け、と通りがかりの旅人に教えられたレプロブスはそこへ赴く。隠者は贖罪として近くの危険な大河で旅人を渡してやる苦行を勧める。全ての人の僕《しもべ》になれば、王の中の王、イエス・キリストに会えるだろう、と。長い歳月、数多くの人人に奉仕したあと、幼子イエスが来て、河を渡して欲しい、と頼む。この人口に膾炙した伝説はこういう結末で終わる。肩に載せた子どもはひどく重く、レプロブスが疲労困憊してようやく対岸に着き、「おれは死ぬかと思った。世界中を背負ったような気分だ。もうちょっとでだめだったろう」と言うと、幼子は答える。「レプロブスよ、そなたは世界以上の者を背負ったのだ。そなたは世界の創り主を背負ったのだよ。私は王イエス・キリストだ」と。これ以来レプロブスは「キリスト《クリスト》を担える者《フォルス》」と呼ばれるようになった。

先に記したように、クリストフォルスが旅行者の守護聖人であることは、この伝説の物語る彼の資質からして当然だが、「葎穂《ホップ》の王様」が彼を自分の守護者としているのは、麦酒醸造には重量のある原料や製品の運送が必要不可欠なので、こうした立場からであろうか。史実としては、二五〇年頃皇帝デキウスの下で殉教した小アジアの人である。聖日は七月二十四日。「葎穂《ホップ》の王様」がこの日生まれであれば、守護聖人として崇めるのはもとより当然である。

二八　**政府ニ請訓スル《アド・レフエレンドウム》**　ad referendum.　ラテン語。「追って詳しく政府に報告し、その訓令を仰ぐ」の意。外交用語。

二八　**パリの議員諸公**　パリの議会は、他のいくつかの都市のそれと同様、ただし、最も有力ではあったが、第一身分（聖職者）、第二身分（貴族）、第三身分（市民）の代表から成る身分制代議員会であった。ルイ十三世時代、一六四一年リシュリュウ枢機卿《カルディナール》によって全く無力にされ、フロンドの乱でやっとマザラン枢機卿に抗して立ち上がったが、ルイ十四世の治世下では何の抵抗もしなかった。一七一五年太陽王の逝去に伴いその曾孫ルイ十五世が僅か五歳で即位したため、ルイ十四世の甥オルレアン公を摂政に任命してからは、十八世紀を通じてしばしば政府に叛旗を翻し、王の法律あるいは政令の認証を拒み、何度か〔たとえば一七二〇年と一七五二年〕パリから追放された。その後のフランスの議会としては、一七八九年五月五日全国三部会が一六一四年以来一七五年ぶりにヴェルサイユで開かれ、やがて第三身分の代表のみによる国民議会の誕生となり、大革命へと繋がるが、こうしたことは一七八七年に没したムゼーウスのもとより与り知らぬこと。

二八　**三大祝祭**　降誕祭《ヴァイナハテン》、復活祭《オーステルン》、精霊降臨祭《プフィングステン》。

二九　**動物精気**　人体内を循環し、微妙な生命機能を営む液体としてかつて信じられた。アリストテレスの動物学的著作に由来する、といわれる。デカルトにおいては、身体と精神を結びつけるための役割を与えられ、従ってその心身二元論の重要な鍵となる概念。「ローラントの従士たち」、「泉の水の精」でも出る。

二九　**バシャンの王オグ**　der König Og von Basan.　ユダヤの伝承にある巨人。旧約聖書では再再言及される。民数紀略二十一章三十三節。申命記三章一節――十一節。巨人であったことは、特にこの十一節で示唆されている。ヨシュア記十三章十二節。バシャンはカナンの地〔ヨルダン河東方の地味の肥えた土地〕の一つ。王オグによって治められていたが、モーセの率いるイスラエルの軍勢に滅ぼされた。良い家畜を産するので有名〔詩篇二十二篇十二節、アモス書四章一節〕。

二九　**終油礼**　終油の秘蹟。カトリック教で、信徒の臨終に際し、身体の苦痛を減じ、また心身に慰藉《いしゃ》を与えるために、死に行く者の身体に聖職者が香油を塗る儀式。

三〇　**苦艾酒**《ヴェルモット》　葡萄酒に苦蓬《にがよもぎ》〔菊科の灌木状多年生草本〕その他の草根木皮を加えて成分を滲出させ、砂糖で甘みをつけた苦味と芳香のあるリキュール。

三〇　**ソロモンの素描**　原注（3）・前掲「女性愛好家であるかの賢者ソロモン」参照。

三〇　**都市音楽師たち**　都市の祝祭などで演奏する特権を持っていた十五世紀から十八世紀にかけての音楽師。組合を組織して自分たちの権利を擁護していた。

三〇　**シャルマイ**　「リューベツァールの物語」、「泉の水の精」訳注参照。

三〇　**ヨブの報**《し》**らせ**　悲報、凶報。ユダヤの族長ヨブ（イヨブ）は神の試練に遭い、数数の惨事を体験した。旧約聖書ヨブ記。

三一　**銀梅花**《ミルテ》**の花冠**　銀梅花の枝を編んで拵えた冠。純潔の象徴として花嫁の冠に用いる。

三一　**ご祭壇に連れて行く**　結婚させる。

三二　**諸芸術**　諸諸の美しい技芸。造形美術の他に文学、音楽も含んだ。

三三　**プラークの大学生ども**　プラークはプラハのドイツ語名称。プラーク（チェコ語プラハ）大学は一三四八年神聖ローマ帝国皇帝カール四世（ボヘミア王カレル一世。「リブッサ」訳注をも参照）がパリ大学を模して設立した帝国領内で最初の大学。プラーク大学の学生たちが、十五世紀、あるいはその後のどの時代でもよいが、ムゼーウスが書いているように、放浪の音楽団を組織して喜捨を求めて回った、というのは未詳。ただし近世まで、貧乏な大学生が授業の無い夏に旅回りをして、無料の宿と食べ物を稼いだり、貧しい、貧しくないに関わらず、学生が優れた教師を求めて大学から大学へ遍歴の旅をしたのは事実である。

三四　**至福の野**《エリジウム》　Elysium.「三姉妹物語」訳注参照。

三四　**貸し倒れ売り掛け金**　債務者の支払い不能のため取り立てることができない未回収金。

三四　**マース**　一―二リッター。

三五　**擬似卵**　雌鶏の抱卵を誘うために巣の中に入れる人造の卵。ここでは、原注（8）にあるように、旅の資金にした時計が卵に似ているのと、この計画が何の成果も生まなかったことを掛けて、伏線にしている、と思われる。

三五　**代理祈禱**　当人にできない事情がある場合、聖職者に依頼する祈禱。普通病者や罪人のために行う。

三六　**シュッティング**　Schudding. シュッティング Schütting はあるが、シュッティングは無い。シュッティングは昔の商人たちの会館で、市庁舎、聖ペテロ大聖堂などとともにブレーメンの中心部を形成していた。

三六　***ἀπὸ τῶ ὁρᾶν ἔρχεται τὸ ἐρᾶν.***　ギリシア語。恋は眼《まなこ》よりす。

三七　**聖なるアナクの子孫**　「その民は汝《なんぢ》が知《しる》ところのアナクの子孫《しそん》にして大《おほ》きくかつ身長《たけ》たかし」（旧約聖書申命記九章二節）。「アナクの子孫」とは、ヘブロンから遠からぬ南カナンに住んでいた巨人民族。イスラエルの民はヨルダン河を西岸から東岸へと渡り、この人人の建てた町町を滅ぼした。

破の巻

## 訳注

三八　**アントウェルペン**　Antwerpen. 日本では英語読みのアントワープが一般。フラマン語ではアントウェルペン、オランダ語・ドイツ語ではアントヴェルペン、フランス語ではアンヴェルスまたはアンヴェル。十七世紀まではアントルフと呼ばれていた。現在ベルギー王国有数の都市。住民の大多数はゲルマン系のフラマン人。航洋船の航行可能なスヘルデ河右岸、河口から八八キロ上流に位置する。木造帆船時代、このような淡水港は極めて価値が高かった。航洋船は銅板を船底に貼り付けても海産二枚貝船喰虫の侵食に悩まされるが、淡水港に繋留中はその被害が進行することは無いし、一、二箇月放置すれば船喰虫は自然に落ちてしまうからである。ちなみにこうした利点に恵まれた淡水港であることはブレーメンも同じ。アントウェルペンは現在ベルギー、西部ドイツ、およびヨーロッパの最も重要な海港の一つである。ドイツとの中継貿易の中心地、一四六〇年創立の手形交換所の設置地として、また、新大陸からの大量の銀を扱う国際金融市場として、カール五世〔神聖ローマ帝国皇帝・イスパニア国王。在位一五一九—五六。イスパニア国王としてはカルロス一世〕の時代には西欧で最も豊かな商工業都市であった。一五三三年には世界初の商品取引所も建てられた。

三六 **ブラバント** Brabant. ネーデルラント・ベルギー低地の中央部。つまり現在のオランダ王国とベルギー王国にまたがる地方。ブルグント（ブルゴーニュ）大公国〔一三九〇以降〕、ハプスブルク家〔一四八二以降〕の支配下にあって、ブラバント地方は長いことネーデルラントの工業・商業・文化の中心地として繁栄した。

三八 **カムチャトゥカ** Kamtschatka. カムチャツカ。アジア東北部、太平洋に突き出している半島。十八世紀当時既にロシア帝国の手が及んでいた。

三八 **皇帝マクシミリアン** Kaiser Maximilian. 神聖ローマ帝国皇帝マクシミリアン一世（在位一四九三—一五一九）。皇太子の時の許嫁ブルターニュ公国公女アンヌはフランスのシャルル八世に奪われる（原注（1）、後掲訳注「嫁さん」参照）。

三八 **平和令《ランデスフリーデ》** マクシミリアン一世は一四九五年ヴォルムス帝国議会において帝国等族全ての賛同により永久平和令《エーヴィガー・ランデスフリーデ》を公布させた。これは帝国領内のいかなる私闘をも永久に禁止するものであった。これら諸改革は勿論すぐに崩壊し、平和令は帝国議会決議でしょっちゅう改めて提案し直されねばならなかった。

三八 **ヴェストファーレン** Westfalen. ドイツ北西地方。現在ノルトライン・ヴェストファーレン州の一部。フランツはブレーメンからニーダー・ザクセンを通って南西の方角に駒を進め、ヴェストファーレンを横切り、ネーデルラントに入ろうとしている。

三八 **浮浪人** 正確には、法律の保護を奪われた被追放者。直訳すると「侮蔑されし者」。

三九 **「我を憐れみたまえ《ミゼレーレ》」** 「主よ、我を憐れみたまえ《ミゼレーレ・メイ・デーウス》 Miserere mei, Deus」（ラテン語旧約聖書詩篇五十一篇冒頭の句）から。また、五十一篇はカトリック教会で聖歌として歌われるが、その聖歌を指す。

三九 **嘆き節《ラメント》** 哀歌、悲歌。

三九 **救護騎士修道会** 十字軍による支配が行われていた「聖地」パレスティナで専ら活動していた当時、いわゆる救護騎士修道会、とりわけ聖ヨハネ騎士修道会やドイツ騎士修道会の成員は、エルサレムのキリストの墓（「聖墓」）に参拝するため巡礼している人人をだれでも手厚くもてなした。

三九 **胴着《ダブレット》** 十四、十五世紀にヨーロッパの男子が着用したぴったり体に合った上着。

三九　**ショッペン**　昔は二分の一リッター。現在は四分の一リッター。

三九　**棒打ち刑《バストナーデ》**　「リヒルデ」訳注参照。

四〇　**車裂きの刑**　もっぱら殺人罪に問われた男性に執行された最も恥ずべき不名誉な刑罰。ゲルマン古代から十八世紀まで適用された。罪人は両腕両脛を拡げた恰好で地面に横たえられ、両手両足を短い杭に固縛され、四肢と胴体の下には横木が差し込まれる。従って全身が完全に地面から浮き上がることになる。死刑執行人は車輪を両手に持ち、これで罪人の四肢と背骨をことごとく突き潰す。突く回数は判決に規定されている。次いで、瀕死の、あるいは死んだ罪人はその車輪の輻《や》に編み込まれる。つまり、四肢が輻の上に一回、下に一回来るようにされる。最後に車輪は柱か絞首架の上に水平に置かれる。刑執行の際まず脛が砕かれ、次いで腕その他が砕かれる場合、死は非常に緩慢に訪れるので、罪人が車輪に編み込まれる時ですらまだ生きていることがしばしばだった。それゆえ車輪の第一撃が頸に対して行われるのが慈悲の徴とされた。処刑のたびに新しい車輪が用いられた。なおこれには九本か十本の輻が無ければならなかった。なお「車裂き」という訳語はこれまでの慣例に従ったが、「車折り」ないし「車砕き」とでもした方が適切と思う。

四〇　**皇帝**　神聖ローマ帝国皇帝。次の事項から察するに、マクシミリアン一世かカール五世に擬せられるが、「若い頃から」とあるので、ムゼーウスは前者を想定しているのであろう。それでも十五世紀末という時代設定では大分ずれが生じる。

四〇　**ゲオルク・フォン・フロンスベルク**　Georg von Fronsberg.　名うてのドイツの傭兵隊長（一四七三―一五二八）。マクシミリアン一世、カール五世の数数の戦役においてヴェネツィア共和国攻撃の部隊を率いた。「勇猛果敢」というのは、多分ヴィチェンツァの戦い（一五一三）における彼の勝利を回想しているか。

四〇　**小旗部隊《フェーンライン》**　傭兵隊長が指揮する連隊《レギメント》〔現代の連隊より兵員数は遥かに大きい〕を構成する一〇―一六個の部隊で、兵士四〇〇（三〇〇―六〇〇との説明もある）から成る。部隊長は傭兵隊長が任命する。もとより老練・剛勇な点が買われるわけである。

　なお、ドイツの傭兵《ランツクネヒト》については「急の巻」の訳注で詳しく記した。

四一　**ステントール**　Stentor.　『イーリアス』に登場する声の大きい布告《ふれ》役。五十人に匹敵する声量の持ち主だった、という。

四一　**パシャ**　オスマントルコ帝国の文武高官の称号。ムゼーウスは「バッサ」と記している。

四二　**食事用葡萄酒**　食事の際飲む辛口で軽いワイン。近世に至るまでヨーロッパ人の好みは豊潤で蜜のようにとろりと甘い南国で採れる濃厚なワインだった。従って前者は、当時の酒に一家言ある者には軽視される。ギリシアのマルヴァアジー、さてはポルトガルのマディラなどのように甘くこってりしたのを、食後であれ、食中であれ、ビールのように大杯でがぶ飲みするという酒の飲み方は、今日の感覚からすればあまりぞっとしないが。
四一　**台付きの大盃《ヴィルコンメン》**　歓迎《ヴィルコンメン》の際に用いられる大きな酒杯。
四二　**秘蔵の酒《ムッターファス》**　直訳すれば「母の樽」。取って置きの極上酒を入れた。母親が秘蔵子に極上品を与えるところから。
四三　**車陣**　古代・中世で荷車をぐるりと並べ、防御用の陣営としたもの。たとえばニコライ・ヴァシリーエヴィッチ・ゴーゴリの中編歴史小説『タラース・ブーリバ』（一八三五）では、ポーランド騎兵と戦うウクライナのザポロージェ・カザークの合戦場面に出て来る。
四三　**食事用小刀《トランショアール》**　トランショアールは食事用の（四角い）木皿〔これは元来木片に過ぎなかったわけである。平たいパンの上に料理が置かれたこともある。肉汁を吸い込んだパンは施しを求める物乞いや貧民に頒《わ》け与えられた〕。あるいは、そうした木皿に盛られた料理。
四三　**ダンツィガー**　ダンツィヒ黄金水《ダンツィガー・ゴルトヴァアッサー》のことであろう。ただし一五九八年創業なので時代は合わないが。これは、十八世紀当時東プロイセンに属していた港湾都市ダンツィヒ〔現在ポーランド北部のグダニスク。ここでヴィスワ（ドイツ語ヴァイクセル）河がバルト海に流入している〕産の甘く強いリキュール。オレンジ・レモンの皮、茴香《ういきょう》＝胡荽《コリアンダー》、肉豆蔻《にくずく》、小豆蔻《しょうずく》などの実、肉桂《にっけい》の樹皮で香味をつけたもの。現代のそれは無色で金箔片が混入されているが、往古のそれはただ黄色なだけだったようだ。三十年戦争時代を背景としたグリンメルスハウゼン『阿呆物語』Hans Jacob Christoffel von Grimmelshausen: *Der abenteuerliche Simplicissimus*（一六六九）の記述〔第三巻第九章冒頭〕からそう類推される。北国では、朝にこうした強い酒を少量飲んで英気を養う風習があった。
四五　**跑足《だくあし》**　馬が前脚を高く上げてやや足早に歩くこと。速歩《トロット》。
四七　**嫁さん**　フランス王シャルル八世（一四七〇―九八）は一四九一年暮れアンヌ・ド・ブルターニュとの婚姻によりブルターニュ公国を獲得する。アンヌは当時十四歳、ブルターニュ公フランソア二世の長女で、父の死後フランス北東部の辺境ではあるが独立国だった公領を相続していた。この結婚により公国の独立は事実上終焉を迎え、アンヌの死後フランス王国に正式に併合される。アンヌは神聖ローマ帝国皇太子マクシミリアンの許嫁だったのだが、フランス王権はブルターニュを虎視眈眈と狙って執拗な交渉を継続していたのである。確かに公領が編入されたことにより、フランス王領から成るフランスの国土統一がほぼ成就するのである。なお、マクシミリアンは一四九三年八月父フリードリヒ三世の跡を襲って神聖ローマ帝国皇帝マクシミリアン一世となる。これもムゼーウスがこの物語の時代背景としていつごろを考えていたかの材料になろう。

四七　**分散仕《ぶんさんし》舞《まい》**　江戸時代の法律用語で「破産」のこと。債務者が債権者全てに一定の割合で財産を「分散する」ところから。ムゼーウスの用いている bonis zedieren なる動詞が由来する名詞 Zedobonis はやはり古い法律用語なので、この語を当てた。

四八　**破産財団**　破産手続き上、総債権者に配当金として平等弁済するため、債務者の財産が委託され、選任された破産管財人によって管理される組織。

四八　**債務者拘留所**　債務を弁済できないために逮捕された負債者が入獄前に収容される施設。英語の sponging〔spunging とも綴る〕house に相当するか。スパンジング・ハウスに拘留するのは、債務者に債務があることについて注意を喚起する手段に過ぎない。監獄収監とは異なるのである。債務者でないことが証明されるか、債務者であると証明されても債務を完済した場合は、拘留を解かれる。完済できない場合は、監獄で三箇月過ごした後、債権者に財産を譲渡することに同意すれば出所できる。

四八　**ヘラー**　一二七六年帝国直属都市シュヴェービッシュ・ハル〔現在バーデン・ヴュルテンベルク州〕で初めて鋳造されたプフェニヒ銀貨。まもなく南ドイツ、東ドイツにも拡がる。包含する銀の総量は次第に低下、十五世紀の最初の四半期にはおおむねヘラー二枚で一プフェニヒに相当するということになった。後に一ライヒスターラー〔一五六六年から十八世紀まで主としてドイツで用いられた銀貨〕はおおむね五百七十六ヘラーに相当した。これではもう銀貨ではなく銅貨である。従ってこの物語の時代でも既にヘラー貨は極めて価値の低い硬貨だった。もとよりここでは、実際のヘラーではなく、「最後の一文まで」くらいの意味。

四八　**ポンポニウス・アッティクス**　Pomponius Attikus. ローマの騎士階級の人ティトゥス・ポンポニウス〔紀元前一〇九―三二〕。アテネに長年滞在していたので、「アッティカ〔アテネに帰属する中部ギリシア地方の名〕の」という添え名を付けられた。キケロの莫逆の友。近づく死を早めるため食事を摂らなかった。

四九　**荷厄介な賄《まかない》付き下宿人**　ムゼーウスが知っていた、と思われる十八世紀オランダの債務者拘置所の収監規則は以下の通り。債務者が拘禁されると、その債務者の生活費用として、一日五ストイフェル半から十八ストイフェルを、債権者が看守に支払わねばならない。この生活費は週払いで、滞納すると、看守が八日間の予告警告をした上で、その期間内に現金またはそれに代わる担保が入れられない限り、債務者は放免される。ジョン・ハワード著／川北稔・森本真美訳『十八世紀ヨーロッパ監獄事情』〔岩波文庫、一九九四〕に拠る。

四九　**グルデン**　十七世紀中葉以降は銀貨。それ以前となると金貨で、最初はフィレンツェで鋳造され、フィレンツェの紋章である百合が刻印されていたので花貨幣《フローリン》と呼ばれた。けれども、けちな裁判所が金貨五枚分もの金額を返してよこした、とは思えないから、ムゼーウスはグルデン銀貨のつもりだったのであろう。一グルデンは最初六十クロイツァーだったが、後に百クロイツァー。

五〇　**黄金に富んだペルー**　das goldreiche Peru.　一五三三年イスパニアの新大陸征服者《コンキスタドール》フランシスコ・ピサッロ（一四七五―一五四一）はパナマからインカ帝国に入り、皇帝アタワルパを捕らえる。皇帝は釈放を条件に帝国各地から莫大な金銀財宝を集め、これをピサッロに提供したが、ピサッロは約束を履行せず、アタワルパを殺す。かくてアンデス一帯に築かれていたインカ帝国の崩壊が始まる。ペルーの高地が高度に発達したインカ文明の中枢だった。

五〇　**ラインベルク**　Rheinberg.　デュイスブルク〔現在ノルトライン＝ヴェストファーレン州の工業都市。いわゆるルール工業地帯の中心。ルール河とライン河の合流地点に位するヨーロッパ最大の内陸港〕の北方、直線距離で約二〇キロにある。下《ニーダー》ラインから三キロほどしか離れていない。その下ラインはほどなくオランダに入る。人口の多いルール工業地帯から一変して、この辺は現代でも人影の少ない曠野であり、中小の町村が点在するに過ぎない。

五〇　**三十年戦争**　ドイツを主戦場として三十年間（一六一八―四八）荒れ狂った内戦。「リューベツァールの物語」訳注参照。

五〇　**レウク**　Luik.　フラマン語。ムゼーウスはLykと綴っている。フランス語ではリエージュ、ドイツ語ではリュッティヒ。現在ベルギー王国東部に位置する。マース（ミューズ）河畔の美しい古都。壮麗な司教座聖堂がある。十四世紀以降代代の司教はドイツの諸侯の待遇を受け、ケルンの大司教の管下にあった。もっともこの町は一四六八年、フランスのルイ十一世と戦ったブルグント大公カール豪胆公《デア・キューネ》（ブルゴーニュ大公シャルル豪胆公《ル・テメレール》）に破壊され、その後も様様の軍隊に占領されている。

五一　**狩の館**　王侯貴族の狩猟用の別邸。

五一　**騒霊**《ポルターガイスト》　Poltergeist.　特定の家に出没する姿を見せない精霊で、家具類、食器類を投げたり、家鳴り震動させたり、極めて騒がしい。「リューベツァールの物語」訳注参照。

五二　**この蠟燭は浄められてる**　カトリック教会の祭壇に奉献される蠟燭は司祭によって聖別されている、つまり、祓い浄められているので、宿の主人はこう言ったのである。

五三　**オタヘイティ**　「オ」はポリネシア語の定冠詞。今日のタヒティ。太平洋にあるフランス領ソシエテ諸島（フランス領ポリネシア）中最大で最も主要な島。「南海の楽園」と謳われ、画家ゴーガンの筆によってヴィジュアルな面で知られる。一六〇六年イスパニア人ドゥイロスによってヨーロッパに知られ、一七六七年六月英国人サミュエル・ウォーリス〔ドルフィン号とスワロウ号の二隻で。ただしフィリップ・カーテレット指揮の後者はマゼラン海峡の出口で前者とはぐれる〕により、一七六六年から六八年に掛けての世界一周航海の折に、一七六八年フランス人で初めて世界周航を行ったルイ・アントアーヌ・ド・ブーガンヴィユ（一七二九―一八一一）により、ウォーリスのタヒティ訪問後八箇月で、調査・探検された。後者は『世界周航記』Louis Antoine de Bougainville: *Voyage autour du monde*（一七七一）〔ドイツ語での出版は一七八三年〕を著した。英国のジェイムズ・クック海軍大佐《キャプテン》（一七二八―七九）は一七六九年と一七七三年、二人の博物学者ジョン・レンホウルド・フォースター（ヨーハン・ラインホルト・フォルスター。元来ドイツ人）とその息子のジョージ（ゲオルク）を乗艦させてより詳しく探査した。十八世紀のヨーロッパ人のタヒティに関する知識は専らこれらの航海について執筆された旅行記に拠る。そのうち有名な物はジョージ・フォースター（一七五四―九四）の『世界周航記』George Forster: *A Voyage round the World*（一七七七）〔ドイツ語での出版は一七七八―八〇〕。この本でとりわけタヒティはルソーの自然社会についての見解の生きた証拠とされた。邦訳あり。

五四　**弓なりの窓の縁**　城塞の分厚い石壁に開けられた窓なので、縁は人間が座り込めるくらいの幅があり、ここにいれば左右と頭上は壁だから、部屋の真ん中にいるより護られている感じがするわけである。

五四　**夕べの歌**　夜警はたとえば「刻《とき》は十時、天気は晴、静かな夜」などと声を張り上げる。

五四　**思想家にとって**　有名な医師ヨーハン・ゲオルク・リッター・フォン・ツィンマーマン（一七二八―九五）が著した論文『孤独について』Johann Georg Ritter von Zimmermann: *Über die Einsamkeit*（四分冊。一七八四―八五）を指す。

五四　**フアン・フェルナンデス島**　Insel Juan Fernandez. 太平洋にあるかつては人の住んでいなかった島。チリのバルパライソ管区に属する。首都サン・ティアゴ沖約六七〇キロにある。ダニエル・デフォーがロビンソン・クルーソーのモデルとしたスコットランドの海員アレクサンダー・セルカーク（一六七六―一七二一）は、船長と喧嘩をしたためここに置き去りにされ〔つまり、難破して上陸したのでは無い〕、四年四箇月の間（一七〇四―〇九）孤独な生活を送った。一七〇九年二月二日ウーズ・ロジャーズ船長指揮下の私略船〔敵国商船拿捕特許状を政府から与えられている私有の武装船〕により発見され、英国に戻った。この船長の書いた『世界周航記』Woodes Rogers: *A Cruising Voyage Round the World*（一七一二）にある記事がデフォーに執筆の刺激を与えたのである。彼の著書（一七一九）、およびこれに刺激されて夥しく出版されたロビンソン風物語《ロビンソナーデ》については、「序の巻」訳注参照。

五四　**隠遁修行者《アナコレート》**　「ローラントの従士たち」訳注参照。

五五　**もっと明るく燃えるように蝋燭の芯を切り**　「序の巻」に登場した「葎穂《ホップ》の王様」が聖クリストフォルスに奉献した巨大な蝋燭は、高価で香の好い蜜蠟蠟燭に決まっているが、旅籠の主人がフランツに只で持たせてくれた二本の蠟燭は、多分ずっと安価な獣脂〔羊などの脂肪から作る。従って燃えるとかすかな臭気がする〕蠟燭であろう。それでもこれは気前の良い話なのであって、普通庶民は灯心草（藺草）や、亜麻などからこしらえた灯心〔こちらはもとより、そんじょそこらに生えている灯心草と違い、いくばくか金がかかる〕を油脂に浸した物を用いたのである。灯心草は燃え尽きれば灰になってしまうが、灯心は時時特殊な道具（蠟燭鋏）で芯を切らないと、つまり、黒い燃え滓を挟み取ってやらないと、うまく燃えなくなる。蜜蠟蠟燭にはこうした手間はさほど要らなかった。

五六　**革砥《かわと》**　牛馬の革で作った砥。剃刀を研ぐのに用いる。もっとも現代日本の理髪店ではまず見掛けない。今日では差し替え式の剃刀が一般で、研ぐことはないので。

五七　**カプジ・バシ**　トルコの下級宮内官。

五七　**絹の紐**　トルコ皇帝はその逆鱗に触れた大官に縊死用としてこれを下賜するわけである。

五七　**かの心理学の雑誌《ジュルナール》**　心理学者・美学者・物語作家《ロマンスイエー》カール・フィリップ・モーリッツ Karl Philipp Moritz（一七五七―九三）によって刊行された雑誌「ΓΝΩΘΙ ΣΑΥΤΟΝ〔グノーティ・サウトン（汝自身を知れ）〕あるいは、経験霊魂学のための雑誌……数人の真理愛好者の後援に拠る」（一七八三―九三）を示唆。

五七　**中国の仏塔《パゴダ》**　英国王立アカデミー会員、建築家のサー・ウィリアム・チェンバーズ（一七二三―九六）がロンドンのキュウ・ガーデンズに建てた（一七五七―六二）中国風の（と言っても随分異様だが）仏塔《パゴダ》がムゼーウスの脳裡にあったかも知れない。サー・ウィリアムは東インド、中国へ旅行している。

五八　**領地管理官《アムトマン》**　中世後期の代官。のち王や公侯に代わって一定の地域の行政を任された官吏。ムゼーウスの父ヨーゼフ・クリストフはザクセン＝アイゼナハ公国の高級領地管理官《オーバーアムトマン》だった。

五八　**ブラウンシュヴァイク**　Braunschweig.　ドイツ北東部ニーダー・ザクセンの地方およびその首邑。ムゼーウスがこの物語を書いている十八世紀後期にはブラウンシュヴァイク＝ヴォルフェンビュッテル家の公爵たち、カール（在位一七三五―八〇）、カール・ヴィルヘルム・フェルディナント（在位一七八〇―一八〇六）の宮廷〔一七五三以降〕があり、文化的にも経済的にも繁栄していた。その精神面での開花は同時代のヴァイマルにほとんど比肩するものだった。

五八　**エーダー**　Oeder.　ブラウンシュヴァイクの古典語中高等学校《ギュムナジウム》カロリウムの数学および物理学教授で、ブラウンシュヴァイク公家の枢密顧問官兼財政局参議官だったヨーハン・ルートヴィヒ・エーダー Johann

Ludwig Oeder（一七二六—七六）。ムゼーウスは不確実な逸話に基づいて、この枢密顧問官が地域伝説で語り伝えられていたブラウンシュヴァイクの幽霊とかつて対面したことがある、と思ったようだ。この幽霊をしゃべらせようという試みは失敗したに違いない。このような仄めかしは今日ではもはやいちいち解明することはできない。もっともムゼーウスは『ドイツ人の民話』の、これに続いて一七八七年に出版された第五巻（最終巻）所載の物語「宝物探し」でまたこの話に立ち戻っている。同物語訳注「これに関する著者の詳細な声明」にある著者による「読者諸賢へ」参照のこと。

五六　**頭巾掛け**　頭巾の型を崩さないよう考案された頭の形の台。

五六　**エラスムス**　Erasmus.　ロッテルダムのエラスムスと言われたオランダの人文主義者デジデリウス・エラスムス Desiderius Erasmus、本名ゲルハルト・ゲルハルツ〔ゲルハルトの子ゲルハルト〕Gerhard Gerhards（一四六七—一五三六）であろうが、猿の逸話は未詳。

五九　**風呂の支度をしてやり**　理髪師は髪や髯の手入れの他、入浴の世話もしたし、刺絡《しらく》（瀉血）などの外科的医療行為にも従事した。十二世紀にはドイツの都市に公衆浴場ができたが、その所有者は理髪師だった。理髪師はやがて外科医にも成る。

五九　**あの預言者**　エリシャのこと。旧約聖書列王記略二章二十三—二十四節参照。エリシャがベテルの町へ上って行くと、町から小さい子どもたちが出て来て、「禿げ頭、上れ、禿げ頭、上れ」とからかった。エリシャは振り向いて睨みつけ、子どもたちを呪った。すると森の中から二頭の牝熊が現れ、子どもたちのうち四十二人を引き裂いたそうな。この爺様、年の功にそぐわずあまりにも大人げない、と思いませんか。

なお、エリシャについて更に詳しくは、「リヒルデ」訳注参照のこと。

五九　**これは信心のせいでした**　イエス・キリストは両手・両足を十字架に釘付けにされ、脇腹を槍で突かれた。深い信仰を持つカトリック教徒で、このような跡が体の対応する箇所に出た例は他にもあったようだ。これを聖痕と称する。

五九　**剃髪部《トンスラ》**　カトリックの聖職者は頭頂を剃って周りに毛を残していた、あるいは、いる。この苦行者はやはりそのようにして、イエス・キリストの受難にちなみ髪の毛を茨の冠のような形にしていたのである。

六〇　**永劫《エオーン》**　宇宙の一周期、永世、永劫。

六〇　**豊饒の角《コルヌ・コピアエ》**　ギリシア神話。ゼウスを懐胎した女神レアは、夫であり兄弟であるクロノスに飲み込まれないようこっそり産み落としたが、レアの母である大地ガイアは幼子ゼウスをクレテ島に運び、牝山羊のアマルティアに哺乳させる。後にこのアマルティアの角は、あらゆる富を無尽蔵に湧出させる「豊饒の角《コルヌ・コピアエ》」と見做されるようになった。

六一　**縷縷《るる》とおしゃべりをして……たっぷり語り聞かせた幽霊**　理髪師は類型としてしばしば多弁とされる。この理髪師の亡霊は、生前やはり多弁だったのであり、それなのに呪いから解放されるまでは全て身振り手振りで意思を伝えねばならず、そのことも過酷な罰であって、大層な苦しみを耐え忍んだに違いない。ムゼーウスは言外にこうしたことも仄めかしている、と思われる。なお、『千一夜物語』にも饒舌な理髪師が登場するが、それがムゼーウスに影響を与えた可能性もあろうか。

六一　**七人の眠れる聖人たち**　「三姉妹物語」訳注参照。また、「宝物探し」訳注ではいくらか詳しく記した。

六二　**夢魔《アルプ》**　Alp.　アルプとも。民間信仰の妖怪の一つ。英語のナイトメア nightmare〔ドイツ語のナハトマール Nachtmahr〕に当たる。古典時代には男の夢魔を淫夢男精《インクーブス》、女の夢魔を淫夢女精《スックーバ》と称した。ケルト人はこのような精霊を英雄〔「ニーベルンゲン伝説」のハーゲン〕や魔法使い〔「アーサー王伝説」のマーリン〕の父親に擬した。今日のドイツ語圏の伝承では、眠っている人間の上に重くのしかかる夜の変化。大麦、小麦、ライ麦、牧草の収穫期に野良で昼寝をしている田舎の人人を襲う夢魔は、真昼の魔物《ミッタークスデーモン》とか真昼の女怪《ミッタークスフラウ》と呼ばれる。睡眠者が、大変な重さの化け物にのしかかられた、という悪夢を見る場合、その原因は、心臓や呼吸器官の疾患、あるいは詰め込み過ぎの胃袋、きつ過ぎる衣類などである。

六三　**軽快帆船《カラヴェル》**　十四―十六世紀頃イスパニア、ポルトガル、トルコなどで用いられた軽快な帆船。五〇―一五〇トン。コロンブスが座乗したサンタ・マリア号はこの型。

急の巻

**訳　注**

六四　**ヴェーザー河に架かる橋**　Weserbrücke. ヴェーザー河に架かる橋が何と呼ばれていたのか、今のところ不明。ただし十五世紀末すでに橋が存在したとすれば、これは現在と同様、ヴェーザー河の中洲ヴェルダー島をいわば中継地として、旧市街〔河の右側〕と新市街〔河の左側〕とを繋ぐ橋であろう。旧市街の中心から走る通りの端からヴェルダー島に架かる方は大《グローセ・ブリュッケ》橋、ヴェルダー島と新市街を結ぶ方は小《クライネ・ブリュッケ》橋と二十世紀初頭の地図には記されている。この大《グローセ・ブリュッケ》橋・小《クライネ・ブリュッケ》橋に当たる、と考えてみた。現在は大《グローセ・ブリュッケ》橋・小《クライネ・ブリュッケ》橋は一つの名称「皇帝ヴィルヘルム橋《ヴィルヘルム・カイゼン・ブリュッケ》」となっている。次ページにブレーメン市中心部の地図を掲げる。

一五九六年の鳥瞰図〔ドイツ都市地図刊行会編「中世ドイツ都市地図集成」〈一〇〇〇―一六五七〉、遊子館、二〇〇〇年、に拠る〕をご覧戴きたい〔一三五ページ上図〕。新市街はまだできていないが、大《グローセ・ブリュッケ》橋に当たると思われる橋は存在する〔小《クライネ・ブリュッケ》橋は大《グローセ・ブリュッケ》橋の延長

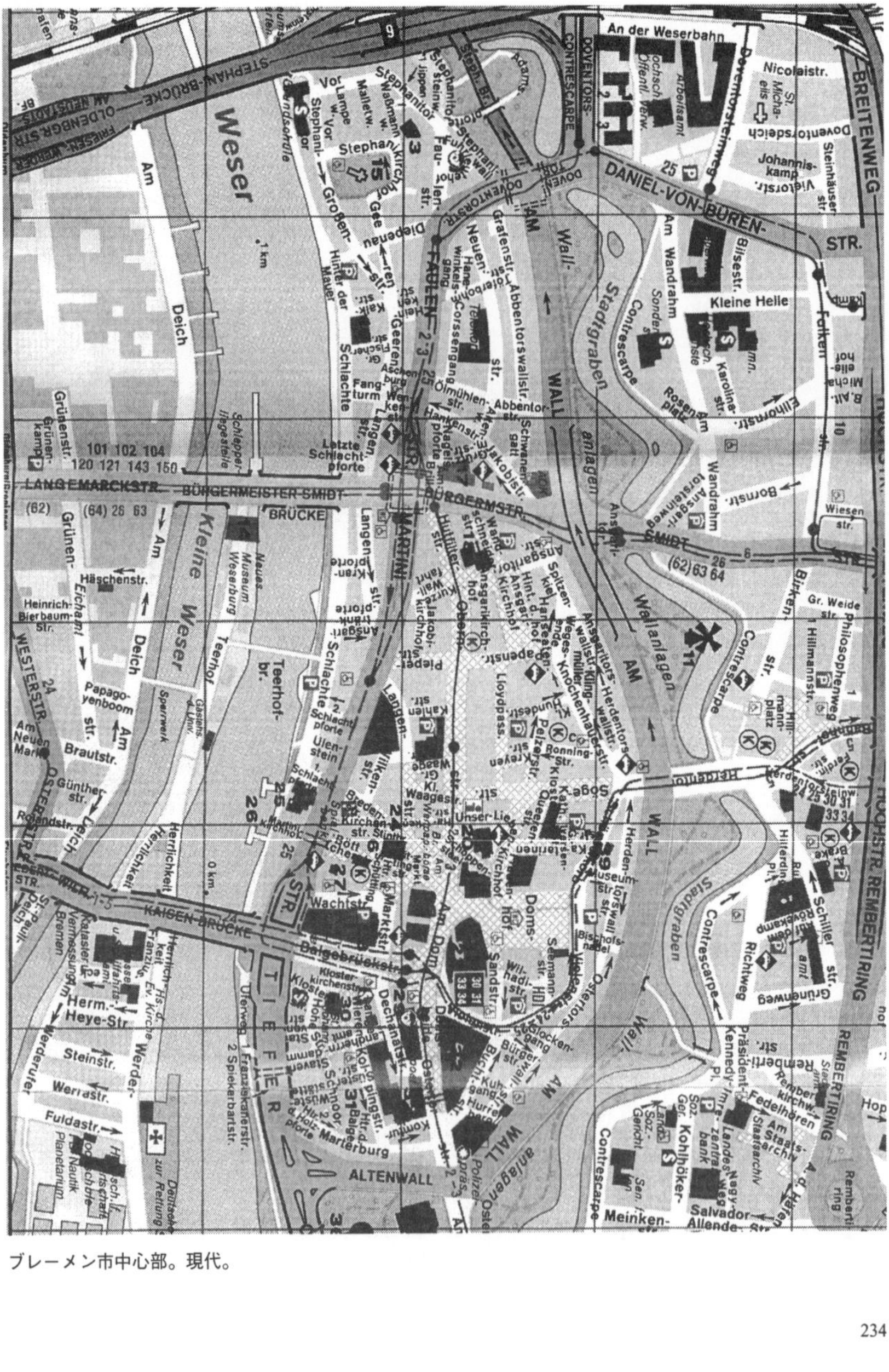


ブレーメン市中心部。現代。

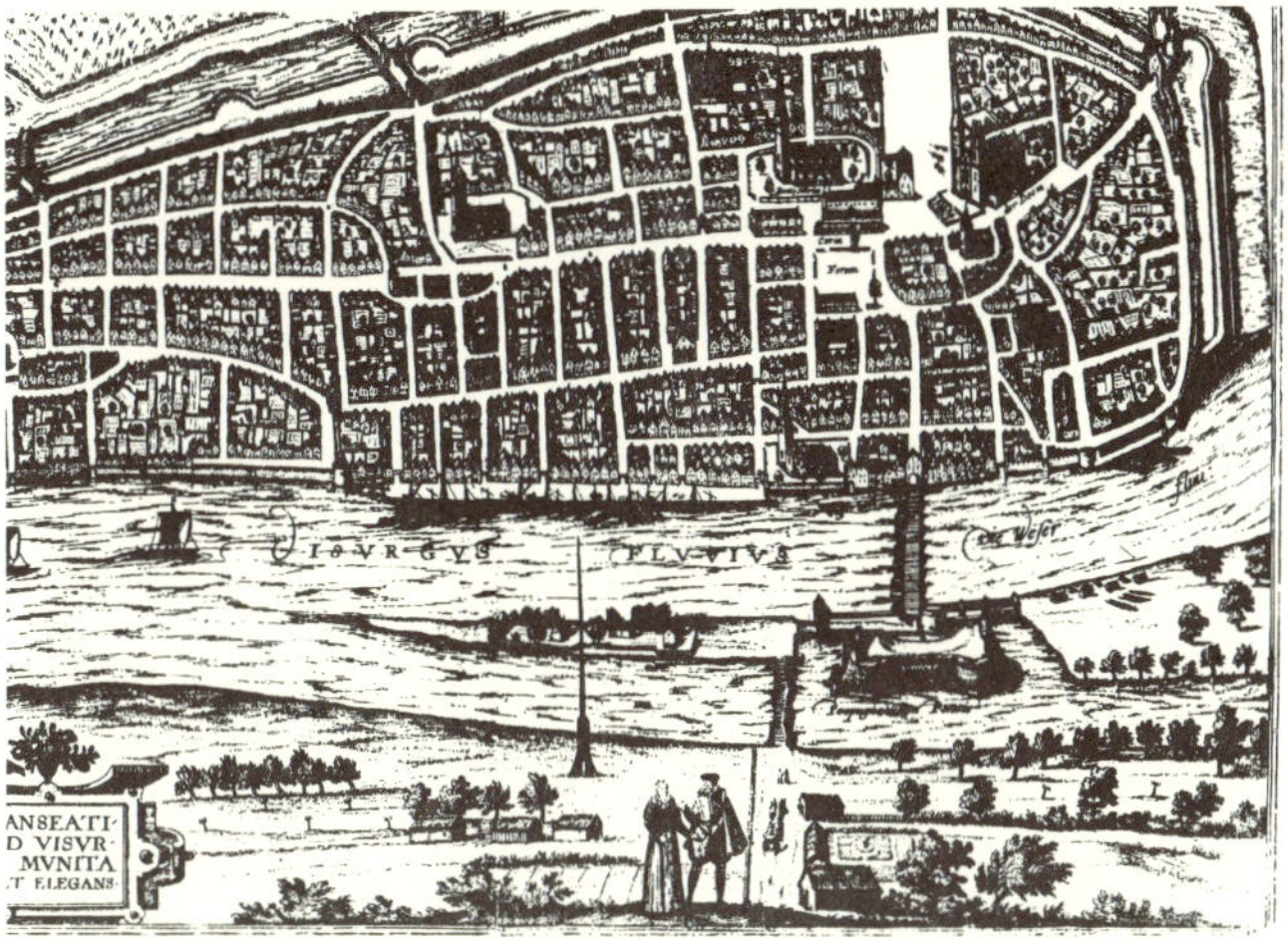


ブレーメン市鳥瞰図。1596年。

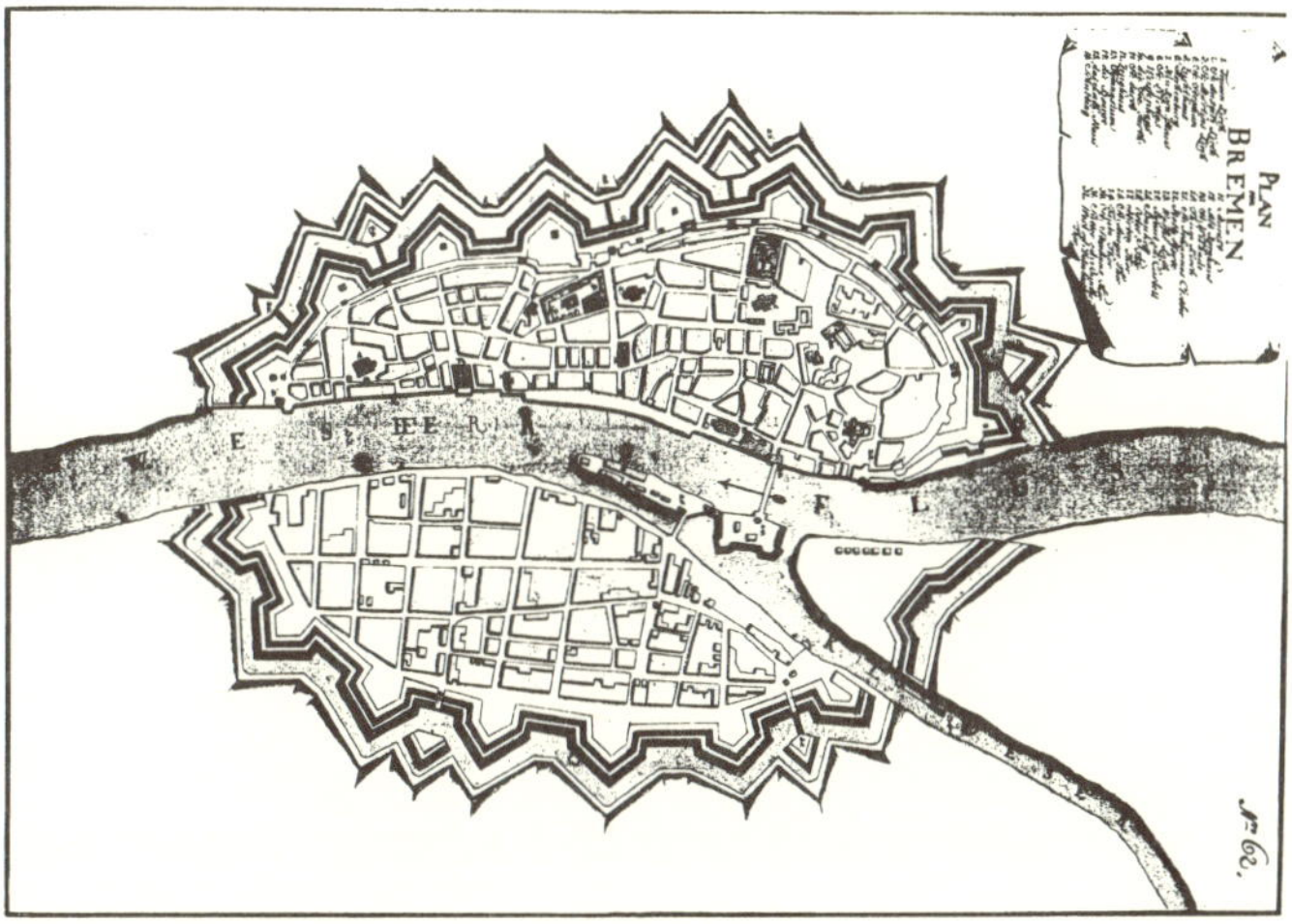


ブレーメン市平面図。1750年。

ではなく、ずれている」。もっとも、大《グローセ・ブリユッケ》橋の左袂は堅固な角面堡で囲まれ、中洲への出入り口は塔門となっているので、橋上が交通繁華であったとは到底考えられない。しかも後に新市街として発展するはずのヴェーザー河左岸は人家もまばらな田園である。しかし、ムゼーウスに、彼が設定した時代のブレーメンのヴェーザー河に架かる橋はこのような状況だった、との知識を求めるのは酷と申せよう。

一五九六年の鳥瞰図の下に掲げたのは一七五〇年の平面図（ドイツ都市地図刊行会編「近世ドイツ都市地図集成」〈一五七二―一八六〇〉、遊子館、二〇〇〇年、に拠る）で、函館の五稜郭で日本にも知られている砲の死角を排除した市壁にぐるりを囲まれている。新市街はもちろん既に存在している。ムゼーウスの脳裡にあったのは時代から言ってこちらの方である。これなら、新旧両市外を結ぶ大《グローセ・ブリユッケ》橋〔小《クライネ・ブリユッケ》橋は大《グローセ・ブリユッケ》橋の延長ではなく、ずれている〕は絡繹《らくえき》として人馬が絶えなかっただろうから、物乞い稼業もそこそこに繁盛したわけである。

六五　**救貧院**　Armenanstalt.　こうした施設がドイツでいつごろ作られたか未詳。英語の poorhouse に当たる。

六五　**授産場**　Arbeitshaus.　こうした施設がドイツでいつごろ作られたか未詳。英語の workhouse に当たる。英国では一八三四年に貧民収容のために作られた。労役の代償に食物と寝場所を提供するのだが、自治体の維持費がかさむため、だれも入所を好まないように、単調で過酷な労働、刑務所より貧しい少量の食事、陰鬱な概観の建物が工夫された、と言う。これ以前の英国の施設については未詳。

六五　**観相学の徒**　人間の顔の線や比率から性格判断をするラヴァーターの理論の支持者や擁護者。

六五　**廃兵**　傷病のため退役させられた兵士。近世になるとヨーロッパでは、老廃兵養護施設〔たとえばルイ十四世時代に作られたパリの廃《オテル・ダンヴァリード》兵院（現在はナポレオンの墓があることで有名）、チャールズ二世によって創建されたロンドンのチェルシーにある王立病院《ロイアル・ホスピタル》（陸軍の施設。現在も古風な制服を纏った廃兵たちが身を養っている）、グリニッジにあった王立病院《ロイアル・ホスピタル》（海軍の施設。現在海軍兵学校）など。後者二つはいずれも建築家サー・クリストファー・レンの設計に拠る壮麗な建物〕が作られ、少数の廃疾兵はここに収容されるようにもなったが、それでも物乞いで日日の糧を得るほか手立ての無い人人の方がずっと多かった。ましてや十五世紀末では傷病の身の退役兵の生活はまことに惨めだった。

六五　**取引所**　ブレーメンには十四世紀から取引所が置かれ、これもこの市の繁栄の原因の一つだった。取引所というのは、商人たちがそこに参集して、事業についての情報を交換、互いに取引きを成立させる流通機構の中枢である。たとえば一五三三年アントウェルペンは同地に設立された商品取引所のお蔭で、北ヨーロッパの商業と財政の中心地となっていた。この市の繁栄を身を以て体験したトマス・グレシャム（一五一九―七九）はロンドンに私費で取引所を開くことをエリザベス女王に請願する。その結果一五七六年建築が始まり、王立《ロイヤル・》取引所《エクスチエインジ》が設置される。一五七六年の「イスパニアの暴虐」〔イスパニア軍により、アントウェルペン市民六千人が虐殺され、八百戸が焼かれた事件〕後、アントウェルペンの栄華が傾くと、ロンドンとその取引所は北ヨーロッパで重要な地位を占めるに至る。

六五　**ぶらつきながら**《アンブランド》　ambulando.　ラテン語。なぜ、ムゼーウスがわざわざラテン語を使ったのか不明。当時の知識人あたりの流行語だったのか。それとも、アリストテレスの「逍遥学派《ペリパテティコイ》」でも示唆しているのか。

六七　**六グロート銀貨**　昔の北ドイツの銀貨。一グロートは一グロッシェンに同じ。

六七　**マッテンブルク**　Mattenburg.　マッターブルクMatterburg はあるが、マッテンブルクは無い。ムゼーウスの誤記である。誤記はこの他にも三箇所ある。マッターブルクはもとより旧市街の一角。旧市街東端の古市壁《アルテンヴアル》に沿って弧を描いている。いかにもかつて貧窮者が居住したであろう辺鄙な区域である。古市壁《アルテンヴアル》は現在は取り壊され、ブレーメン旧市街を取り巻く広い環状大通りの一部になっている。

六七　**傭兵**《ランツクネヒト》　Landsknecht.　元来「田舎出の連中」の意。ボヘミアやスイスの傭兵であるゼルドナー Söldner（給金をもらう者）に対して、十五・六世紀のドイツの歩兵の傭兵。王侯など軍の最高司令官が百戦錬磨の軍人に傭兵隊長《フエルトハウプトマン》（戦場隊長、ないし、戦場司令官《フエルトオーバースト》）として「連隊を創設する《レギメント》」特許状を与える。傭兵隊長は副官一名と数人の部隊長《ハウプトマン》を任命する。傭兵志願者が契約手付金を受領すると、検閲簿（兵役簿）に記入される。武装は各自自前で調達しなければならない。特に良い装備の者は二倍の給料を受け取った。給金は主計官〔これを「プフェニヒマイスター」と称する〕が支払った。並みの兵士は毎月四グルデン、部隊長は四十グルデン、傭兵隊長は四百グルデンといった具合。作戦がうまく行った場合には合戦手当てとか突撃手当てが出た。部隊長は小旗部隊《フエーンライン》〔兵員四〇〇。ただしいつの時代もぴったりそうであったかどうかは疑問。三〇〇―六〇〇とする説もある〕を指揮する。小旗部隊は連隊に一〇―一六個あった。従って「連隊」は近代陸軍の連隊より遥かに大きかったわけである。部隊長はそれぞれ副官としてロコナンテ＝ロイトナント〔「職務代行者」の意。現代では「中尉」と訳される〕を任命。各小旗部隊には傭兵隊長がじきじきに任命した旗手《フエーンリヒ》〔今日では「少尉」と訳される〕一名がいる。この旗手は軍事訓練に当たる義務がある。従って、「少尉」、すなわち、通常最も新参で、最も軍事的経験に乏しい士官が貴族出であるために任命された他、老練な古参下士官がこれに引き立てられることもありえた、と考えて良かろう。フェーンリヒはまたの名フェルトヴァイベルというし、フェルトヴァイバーは今日「特務曹長」と訳されるから。この下に兵士たちに選ばれたゲマインヴァイベル〔「軍曹」に当たるか〕一名とロットマイスター〔兵員一〇から成る分隊《ロッテ》の統率者。「伍長」に当たるか〕たちがいる。傭兵の武装は大部分、突撃用として長槍・矛槍《ヘレバルデ》・両手持ちの長大な剣、防御用として弩《いしゆみ》、火縄銃だった。

六八 **同業組合《ギルド》** 中世およびそれ以降の同業組合。比較的大きな都市ではさまざまな職種の手工業者が集まって職業別集団を構成、これからギルド〔ドイツの呼称。中部ドイツではイヌング、オーストリア・ハンガリアではツェヒェ、西上部ドイツではツンフト〕が最終的に生まれることになる。ギルド、ツンフトは一種のカルテルの役割を果たし、商品の質を維持し、成員の生活を相互扶助し、徒弟《レーアリング》（見習い）の養成に配慮した。徒弟は幼少年期から親方《マイスター》と契約を結んで修行を開始、四―十二年技術を学び、やがてしかるべき吟味（職人試験）に合格して職人《ゲゼレ》になる。職人は一定の年限修行して、この年限を終えれば親方になるわけだが、全員がなれたのではない。なお、ギルド、ツンフトの会員は親方のみだった。

物乞いは都市の下級階層〔職人と徒弟の一部、修行を受けずじまいの単純労働者、日雇い、市民の使用人である下男下女。市民権は持っていなかったが、数――約四割ほどだったと推定される――の上から見れば都市住民の間で重要な役割を果たしていた〕のそのまた下に位置していた。彼らは社会的に不可避な存在として受け入れられてはいたが、他方蔑視を受けてもいた。

六九 **ティーバー** Tieber. ティーファー Tiefer はあるが、ティーバーは無い。ティーファーという広い通りはヴェーザー河畔から西北に延びてバルゲ橋通《ブリユッケシュトラーセ》りと会う。この合流点で右に行けばバルゲ橋《ブリユッケ》通りで、左に行けばヴェルダー島へと架かる大橋《グローセ・ブリユッケ》の袂に出た。

六九 **バルゲン橋《ブリユッケ》** Balgenbrücke. バルゲ橋《ブリユッケ》 Balgebrücke はあるが、バルゲン橋《ブリユッケ》は無い。なお、現在のバルゲ橋《ブリユッケ》通りは皇帝ヴィルヘルム橋《ヴィルヘルム・カイゼン・ブリユッケ》の右袂から大聖堂広場《ドーム・ホーフ》までの大通り。

六九 **聖ヨハネ修道院** Johanniskloster. 現存。

六九 **大ローラント** großer Roland. 一四〇四年に建てられた五、六メーターの高さのローラント柱。現存のものは一九〇五年の再建。ローラント柱というのは片手に

ブレーメンのローラント像。
19世紀の銅版画。

剣を握った無帽の男性を表す立像であって、殊に北ドイツの諸都市の市の立つ広場《マルクトプラッツ》（後掲「市の立つ広場《マルクトプラッツ》」参照）に立っている。その成立と意味（カール大帝《デア・グローセ》（シャルルマーニュ）伝説に登場する英雄ローラント（ローラン）らしい）は長いこと論議の的だったが、今日ではおおむね、王権による「市の平和《マルクトフリーデン》」（市《いち》が立つ期間だけ保障される平和）の徴である「市の十字架《マルクトクロイツ》」に代わって十三世紀以降登場した、都市に与えられた市《マルクト》の開催権・管理権と「市の平和《マルクトフリーデン》」の象徴である、と看做されている。ブレーメンが市の権利を獲得したのは九六五年。

六九 **大聖堂《ドーム》** 聖ペテロ大聖堂。一〇〇〇年頃建設が開始された。

六九 **大聖堂広場《ドーム・ホーフ》** Domhof. 大聖堂広場《ドーム・ホーフ》は現存。もちろんこれを指していよう。旧市街中心部の北側。

六九 **シュリュッセルコルプ** Schlüsselkorb. シュッセルコルプ Schüsselkorb はあるが、シュリュッセルコルプは無い。シュッセルコルプ通りは大聖堂広場《ドーム・ホーフ》の北西からブレーメンの北側旧市壁に通じている。なお、現代のある版では、Schüsselkorb と正しい綴りになっているが、手持ちのもう二つの版の該当箇所では Schlüsselkorb とちゃんと「間違っている」。内一つの一八三九年出版というかなり古い版でそうだから、テキストとしては「間違っているのが正しい」のであろう。

六九 **市外のとある庭園** シュッセルコルプ通りはかつてヘルデンス門《トーア》という名の市門まで延びていた。現在は無いこの市門を抜けるとかつての市壁と市の北側の現存する濠の間の緑地帯に出たはずである。ここのどこかに父メルヒオールの庭園を置いたムゼーウスは正しい選択をしている。

六九 **腕尺《エレ》** 前腕、つまり肘から指先までの長さを基にした昔の尺度。約五〇—八〇センチ。

六九 **梅花空木《ツイムトローゼン》** Zimtrosen. 学名フィラデルフス。堂堂とした白い芳香を放つ花をつける。

六九 **指尺《シュパンネ》** 親指と小指を一杯に広げた長さを基にした昔の尺度。約二〇—二五センチ。

七〇 **己《おの》が至福の野《エリジウム》を……彼の末裔** この後の描写から察するに、自分の庭園にたくさんの動物の絵を展示した御仁がいたらしい。ただし「末裔」と言うのは、趣味の面での後継者を指すのであって、別段、メルヒオールの子孫が実在した、とムゼーウスは言いたかったわけではない。

七〇 **牧歌の谷《テンペ》** Tempe. ギリシアのテッサリア地方のオッサ山とオリュンポス山の間を流れる大河ペネイオスの牧歌的な谷。多くのアルカディアの物語の舞台となった。

七一 **黒犬に脅かされるとか、小さな青い火に照らされたりする** 財宝を守護する精霊が黒犬の姿でその財宝を所有する資格の無い発掘者に襲いかかることがある。また、財宝が埋蔵されている地点には小さな青い火が燃えることがある。

七二　**イスパニアの不恰好な銅屑**　これはイスパニアのペソ銀貨〔一五三七年以降南アメリカで鋳造された粗雑で値打ちの低い銀貨〕に対するネーデルラントの呼び方である。これでは宝とは言えまい。そこで、二十世紀初頭のドイツのメルヒェン研究家・編集者であるパウル・ツァウナートは、ムゼーウスが「最初は同様に大層不恰好な形をしていたドブローン、すなわち、極めて重要なイスパニアの金貨と取り違えた」のではないか、と推定している。本来のドブローン金貨は神聖ローマ帝国皇帝カール五世（イスパニア王としてはカルロス一世）（一五〇〇―五八）の治世下（在位一五一九―五六）に鋳造された物だが、後に他のイスパニア金貨の名称にもされた。初期のスイスのドゥブローネ金貨はフランスではピストールと呼ばれ、七・六四八五グラムの重さがあった〔現在純金一グラムは約千六百円だから、ドゥブローネ金貨が純度一〇〇パーセントなら、一枚一万二千円余になる〕。アレクサンドル・デュマが「ダルタニャン物語」三部作で描いた好漢ダルタニャンと三銃士の時代、つまり十七世紀フランスでは一ピストールが十リーヴル（フラン）に相当していたようである。こうした昔の通貨がどれくらいの購買価値があったか現代の物価で算定することはできない。生活自体が違うからである。ちなみに第一部『三銃士』では、ルイ十三世の時代、若きダルタニャンは僅か十五エキュー（約四十五フラン）の路銀で南仏ガスコーニュから長途パリへと志すし、その後盟友アラミスから軍馬一頭を八百リーヴルで譲ってもらい、また、別の折従者のプランシェに一回の飲み食いの費用として三リーヴルを与える、といった具合。

七二　**クロイソス**　Krösus.　紀元前六世紀中葉のリュディアの王。その豪富で有名。

七三　**ハローレン**　ハレ・アン・デア・ザーレ（ザーレ河畔のハレ）の岩塩坑労働者。独特な郷土衣装と古風な習俗、特異な方言によって際立っていた。これらの特色のため彼らの出自はケルト系、あるいはスラヴ系と考えられた。祝祭で橋からザーレ河に飛び降りたものか。

七三　**謗屋妬《そしりやねたみ》氏**　Freund Neidhard.　十三世紀ドイツの叙情詩人ナイトハルト・フォン・ロイエンタール Neidhart von Reuental をもじって、やっかむ（ドイツ語 neiden）人間のことを固有名詞のようにしたもの。ムゼーウスはtをdと間違えている。「宝物探し」にも出る。

七三　**市の立つ広場《マルクトプラッツ》**　ドイツの都市はここを中心に創設され、周辺に広がった。つまり目抜きの場所である。市庁舎やギルド・ホール（商工業者会館）も通常ここに面しているか、ここのごく近くにあるのが普通。

七四　**裁判所の手《て》摺《すり》**　裁判席と傍聴席を仕切る手摺。

七四　**内緒の《イン・ペット》**　in petto. ラテン語。胸の内での。秘密の。

七四　**女頭怪鳥《ハルピュイア》ケレノ**　女頭怪鳥《ハルピュイア》はギリシア神話のそこここに登場する、顔は乙女、体は鳥の忌まわしい怪物。「アルゴー船の遠征《アルゴナウタイ》」の一齣《こま》にも登場する。この場合は、あまりにも正確に未来を予言したので神神によって盲目にされたサルミュデッソスの王ピネウスを苦しめた。これも神神の差し金。食事のたびに二羽でやって来て、彼の食卓から食べ物を攫い、残りの食べ物も汚してしまう、という苛めよう。アルゴー船に乗組んでいた有翼の二人の勇士によって退治された。また、女頭怪鳥《ハルピュイア》ケレノは、彼女の島で略奪を働いたトロイア人を呪詛し、復讐の女神となって彼らに飢餓を予言した。

七六　**ちょっきん糸巻き枠**《シュナップ・ヴァイフェ》　一定数回転したあと作動するちょっきんと切るための装置の付いている糸巻き枠。木製の機械で、その上を紡がれた糸がぴんと張られて走り、桛《かせ》〔錘《つむ》に取った糸を巻く道具〕に巻かれる。

七七　**ヨブの報《し》らせ**　凶報。「ローラントの従士たち」訳注参照。

七七　**糸に涙で湿りをくれた**　糸玉から引き出した繊維を縒《よ》り合わせて強い糸にするのだが、その際唾で湿すのが普通だった。

七九　**躓《つまず》きの石**　憤りの原因、癪の種。旧約聖書イザヤ書八章十四節から。

七九　**教会の長子**　フランス国王の名誉称号。フランス王国はカトリック教会の長女とされていたので。

七九　**同じ処遇**　一七七三年フランス国王ルイ十六世は解散させられていた議会を回復した。これを示唆しているか。

七九　**二字から成る言葉**　「はい《ヤー》」Ja。

八〇　**新市街**　勿論十五世紀末はおろか、十六世紀にもブレーメンに新市街は無かった。新市街がヴェーザー河左岸にできたのは一六二〇年頃のこと。しかし、野暮は申すまい。

八一　**歳の市**《ヤールマルクト》　今日ではおおむね市町村の民衆の祭と同義である。それゆえ教会堂開基祭《キルメス》とも呼ばれる。キルメス、キルヒヴァイ、キルヒタークは元来教会堂が奉献された記念日だったが、やがて世俗の祝祭が優位になり、大抵は秋に行われ、収穫祭とも結びついた。盛り沢山の催し物、そこへ集まる近郷近在の人人を当て込んだ数多くの店や商人で大いに賑わった。かつては一週間も続いた、という。今日では三日が普通。

八一　**婚姻予告**　結婚に先立ち、これに異議のある者がいないかどうか確認するため、教会で司祭が婚姻予告を宣言する。

八二　**天使銀貨**《エンゲルグロッシェン》　二本の剣がぶっちがいになっている盾を持っている天使を打ち出し像とした、十五世紀末から一六二二年までのザクセン公のグロッシェン銀貨。ザクセンの上《オーバー》エルツゲビルゲの町アンナベルク近くのシュレッケンベルク産の銀で作られたのでシュレッケンベルガーとも呼ばれた。「リューベツァールの物語」にも出る。なお一グロッシェンは古くは十二プフェニヒに相当。

八二　**エルツゲビュルゲ**　Erzgebürge.　ムゼーウスはエルツゲビルゲ Erzgbirge をこう綴っている。

八二　**ヒルシュフェルト**　Hirschfeld.　園芸家クリスティアン・カーユス・ラウレンツ・ヒルシュフェルト（一

七四二—九二）。一七七三年キール大学哲学教授、一七八四年以降はキール近郊デュスターブロークで果樹学校を経営、『園芸理論』Christian Cajus Laurenz Hirsch-feld: *Theorie der Gartenkunst*（一七七七—八二。五巻）を著した。「リューベツァールの物語」にも出る。

## 解題

この物語のモティーフは三つある。一つはもとより相思相愛の男女が言わず語らずのうちに清らかな恋を貫き通し、紆余曲折のあげく、幸せな祝婚で大団円を迎えるげにもめでたき牧歌である。古来いくつかの創作文学の経糸《たていと》となっている。ただし、ここでは「言わず語らず」が文字通りで極端も良いところ、なんとも可憐素朴である。この点はムゼーウスの独創と思う。しかし、いずれにせよ民話種ではない。二つ目は、髪・髯剃りという相手の加害行為を相手に対してもやり返してやることにより、古城に憑依《ひょうい》した理髪師の霊の祓魔《ふつま》を成就する話だが、これは民話AT三二六「ぞっとするとは何か覚えたがった若者」の冒険の中に登場する妖怪譚に出て来る、主人公が体験する奇怪な出来事の一つ、と解釈される。最後のモティーフである、夢で啓示された宝を、夢を見た本人ではなく、その夢のことを物語られた主人公が掘り当てる話は大層有名で、民話の型としてAT一六四五「宝は家に」に分類される。では以下にそれぞれについて解説をして見よう。

（一）

めでたき婚姻に至るこの清純な型の恋愛に関わるのは、以下の作品とその主人公たちである。悲恋に終わるもの、たとえばベルナルダン・ド・サン＝ピエール『自然研究』第四章『ポールとヴィルジニー』（一七八八）などを入れればもっとあろうが、ハッピー・エンド型は意外と少ない。

ロンゴス作とされるギリシア語で書かれたローマ文学『ダフニスとクロエー』（二世紀後半〜三世紀初め？）では、レスボスの大島に山羊を飼う美少年ダフニスと羊飼いの美少女クロエー。どちらも実は良家の子女であり、父親が野に捨てて神神の裁量に任せた子どもたち。この作品が『ポールとヴィルジニー』成立に深い影響を与えたことは言うまでもない。

サミュエル・リチャードソンの書簡体小説『パミラ』（一七四〇）の貞操堅固な美しい小間使いパミラ・アンドルーズとその「ご主人」。しかし、後者はもともと社交界の放蕩者であり、パミラを誘惑し続けるのだから、次第に行状が改まり、パミラと正式に結婚するとは言え、問題のテーマに属するかいささか疑問。

リチャードソンと同時代のヘンリー・フィールディング『トム・ジョーンズ』（一七四九）はなんともおもしろい長編小説で、主人公はさまざまの事件の後、初恋の女性と結婚する。この青年の感情過多だが善良な資質は疑えないが、本来精神的恋愛に没頭するタイプではない。従ってこれもこの範疇に入れるに相応しいかどうか。

ウォルター・スコット『アイヴァンホー』（一八一九）では、勇気・寛容・礼節、いずれをとっても中世騎士の亀鑑ウィルフリッド・アイヴァンホーと、サクソン王家の直系である高貴なローウェナ姫。ただし、聡明で情細やかなユダヤの乙女レベッカがアイヴァンホーに恋心を抱いていることに単純な二人はとんと気づかない。

アーダルバート・シュティフターのいかにもビーダーマイアー調の小品『森の小径』では、資産家のテオドーア・クナイクト〔初期の「習作」に拠る。後の一八四五年発表のもっとずっと短いものでは、タイトルは同じだが主人公の姓はキングストンとなっている。なお、主人公は精神的に未発達な変人だったのを、聡明で常識豊かな少女との出逢い以来感化されて年齢相応の大人になるが、出逢った時には既に中年。けれども初初しい性質ではあるので、少年・少女、あるいは青年と乙女の恋物語に入れてよかろう。いや、ちょっとこじつけかな〕と温泉地近傍の山地に父親と住む農家の少女マリーア。

シャーロット・ブロンテ『ジェーン・エア』（一八四七）では、作者の分身である女家庭教師ジェーン・エアと勤め先のお屋敷の主人ロチェスター。

チャールズ・ディケンズ『デイヴィド・カパーフィールド』（一八五〇）の主人公である孤児デイヴィドは、甘やかされて育った可愛いばか娘ドーラと結婚しはするが、雇い主の弁護士カンタベリーの娘、優しいアグネスと愛し合う。アグネスはドーラの死を待って倫理的に祝福された結婚を成就する。え、デイヴィドのやつ、好い気なもんだ、ですって。

アレクサンドル・デュマ『黒いチューリップ』（一八五〇）では、黒いチューリップの栽培者コルネリウス・ファン・ベルル青年と、逮捕されて虜囚の身となった彼の牢番の娘である純情可憐なローザ・グリフィス。

テオフィル・ゴーティエ『キャピテン・フラカス』（一八六三）では、ガスコーニュの貧乏貴族である雄雄しいシゴニャック男爵と彼が身を寄せた旅回りの劇団一座の娘役である清純な美女イザベル〔実はさる大公のご落胤〕。

レフ・ニコラーエヴィッチ・トルストイ『戦争と平和』（一八六八―六九）のピエール（ピョートル）・ベズーホフと愛くるしく活発なナターシャ（ナターリア・ロストヴァ）はどうだろう。ナターシャは未成熟な少女期、美貌の青年アナトーリに誘惑されて駆け落ちを企て、阻止されると自殺を図る。また、ピエールにはエレンという妻がいた。けれどもやがて二人は真摯で謙虚な人生を旨とし、幸せな子沢山の結婚生活に入るのだから、これは相思相愛の純愛に入れても良いのではあるまいか。

ロバート・ルイス・スティヴンスン『黒い矢。二つの薔薇の物語』（一八八八。中村徳三郎訳では『二つの薔薇』）の、百年戦争直後から三十年に亘って英国を荒れ狂ったヨーク公家とランカスター公家の抗争、いわゆる薔薇戦争の嵐の中で紆余曲折の末添い遂げる勇敢なディック（リチャード）・シェルトン〔後にサー・リチャード〕と健気なレイディ・ジョアナ・セドリイ。同じくR・L・S・の『キャトリオナ』（一八九三。中村徳三郎訳では『海峡を渡る恋』）では、スコットランド低地《ロウ・ランド》の郷士である誠実なデイヴィド・バルフォア青年とスコットランド高地《ハイ・ランド》マグレガー氏族《クラン》の凜凜しい乙女キャトリオナ・ドラモンド。

ラファエル・サバチニ『スカラムーシュ』（一九二一）の弁護士にして役者、かつ突然名剣士に変身するアンドレ・ルイ・モローとその名付け親である郷紳カンタン・ド・ケルカデュウ氏の姪アリーヌ・ド・ケルカデュウ。

もちろんいずれも、だんまりではなく適切な科白入りではあるが。

なお、サバチニは半ば以上いわゆる大衆小説作家の仲間に入ろうが、この分野になると、純愛・結婚型は沢山見つかる。

日本、朝鮮の古典には該当するものがあるかどうか。浅学菲才なせいかどうも思いつかない。勿論悲恋はある。中国ならば、あれほど文学に富んでいる国だから、必ずある、と意気込んだが、今のところこれまた一向見つからない。貧しい書生、あるいは小商人が妓女に馴染み、お互いに誠意を貫いて幸せに結ばれる、というモティーフの物語は幾つか挙げられるにしても。素人娘は大家の深窓の令嬢でなくとも、そうそう人目に触れるわけではなかったから、目と目だけの恋愛でさえも成立しにくかったのであろうか。

〔二〕

AT三二六「ぞっとするとは何か覚えたがった若者」*は次のような話である。

ぞっとするとはどういうことか知らない若者が、ぞっとすることを発見しに世間に出掛ける。

彼はさまざまの奇怪な体験をする。これらは類話において適当に組み合わされる。

(1)教会で悪魔とカード遊びをする。
(2)ある幽霊から着ている物を盗む。
(3)夜、絞首台の下に行く。
(4)夜、墓地に行く。
(5)夜、幽霊屋敷に行く。そこで死人の体の一部が次次に暖炉の煙突を落ちて来る。これらはすぐにくっついて一体となる。
(6)夜、幽霊屋敷に行く。そこで化け物じみた猫どもをやっつける。
(7)夜、幽霊屋敷に行く。そこで死人の体の一部が次次に暖炉の煙突を落ちて来る。これらはすぐにくっついて一体となる。この男と九柱戯《きゅうちゆうぎ》遊びをする。
(8)夜、幽霊屋敷に行く。そこで理髪師の幽霊に剃られる。
(9)夜、幽霊屋敷に行く。そこで悪魔の指の爪を切る。

平然と怪奇を遣り過ごした主人公は財宝を手に入れる。あるいは褒賞として王女と結婚する。結婚した後も主人公は怖いとは何か分からず、始終そのことを言い続けるので、我慢ができなくなった妻は、眠っている間に、冷たい水を彼に浴びせ掛ける。あるいは、ぬらぬらする鰻・ぴちぴち跳ねる小魚をたくさん彼の背中に乗せる。これで主人公は、ぞっとするとは何かを、なるほど心理的にではなく、肉体的にであるにしても、漸く学ぶことができる。

KHM四番「ぞっとすることを覚えるために旅に出掛けた男の話」*、ルートヴィヒ・ベヒシュタイン*『全メルヒェン集』所収三〇番「勇ましい笛吹き」*がまず手近に挙げられるこの種のメルヒェンである。後者はフランケン地方の口承がもとである。

「勇ましい笛吹き」の全文を試みに訳してみたが、原文は単調で、間接説話が多用されている。ただし二葉の挿絵は十九世紀ロマン派の画家ルートヴィヒ・リヒターの筆になる楽しいもの。〔　〕内は訳者の補遺である。

「勇ましい笛吹き」

昔むかし、笛を吹かせたら名人芸の音楽師があった。そこで世間を遍歴して回り、いろんな村や町で笛を吹いては、それで暮らしを立てていた。この男はそんな具合で、ある日の夕暮れ時、とある小作人《バハター》*の百姓屋敷に行き当たり、そこに泊めてもらうことにした。なにしろ夜にならないうちに次の村へ辿り着くことはできなかったので。小作人に親切に迎えられたのはいいが、一緒に食事をし、ご飯が済んだあとちょっと何曲か笛を演奏しなきゃならなかった。音楽師がこれを済ませて窓から外を覗くと、月明かりでほんの近くに古いお城があるのが見えた。どうやら一部は崩れている様子。「あれはどういうお館で、どなたの持ち物ですか」と小作人に訊くと、相手はこんな物語りをした。何年も何年も前のこと、あそこにとても金持ちだが、なんともごうつくばりの伯爵が住んでいた。伯爵は下下《しもじも》をひどく苛め、貧乏人に施しをしたためしも無し、とうとう跡継ぎが無いまま亡くなった〔けちんぼだからついぞ結婚しなかったせい〕。その後一番近い親戚が財産を手に入れようとしたが、これっぽっちの金も見当たらなかった。だから、伯爵が宝を埋めてしまったらしい、それは今でもあの古いお城に隠されてるかも、ともっぱらの評判。もうたくさんの人間が宝探しのために古城に出掛けたのだが、帰って来る者がだれ一人いない。そこでお上《かみ》は古城への立入りを禁止し、国中の人間全部に厳しくこれを警告した、と。

音楽師は注意深く耳を傾け、小作人の話が終わると、自分もあそこに行きたくてむずむずする、自分は勇ましくて、ぞっとするって何のことだか分からないくらいだから、と言った。小作人は、若い命は大事にしなきゃならない、お城に行ってはいけない、と一所懸命、果ては

跪《ひざまず》かんばかりに頼んだが、哀訴嘆願も役には立たず、音楽師はびくともしなかった。

小作人の二人の下男が二つの角灯《ランタン》に火をつけて、勇ましい音楽師を不気味な古城まで送って行く羽目になった。城に着くと音楽師は下男たちを角灯《ランタン》一つとともに帰してやり、自分はもう一つを手にして勇敢に高い階段を昇って行った。昇りきると大きな広間に入ったが、広間を廻って幾つもの扉があった。音楽師は最初の扉を開けて中に入り、そこにあった古風なテーブルに腰を下ろし、その上に灯りを置いて、笛を奏でた。小作人の方はというと一晩中心配で心配で眠れず、何度も窓から外を眺め、上で客人がまだ音楽をやっているのを聞くたびに、言いようも無く喜んだ。けれども自分の所の壁時計が十一時を鳴らし、笛の演奏が止んでしまうと、ひどくびっくりして、幽霊だか悪魔だか、あるいはその他の城に巣食っている代物がきっとあの好青年の頸根っこを捻ってしまったに違いない、と思い込んだ。音楽師はというと、怖さなんぞ感じないで演奏に耽っていたのだが、小作人のところであまり食べなかったので、とうとう空腹になってしまい、部屋の中をあちこち歩いて、見て回った。すると生のレンズ豆〔扁《ひら》豆〕が一杯入った鍋があるのに気付いた。別のテーブルには水をたっぷり湛《たた》えた容れ物、塩の入った容れ物、それから一壜の葡萄酒があった。彼は急いで水をレンズ豆に注ぎ、塩を加え、薪も傍にあったから暖炉に火を起こし、レンズ豆のスープを煮た。スープが煮える間、彼は葡萄酒の壜を空にし、それからまた笛を奏でた。レンズ豆が煮えると、彼はそれを火から下ろし、テーブルの上に用意されていた皿によそい、元気溌剌これにむしゃぶりついた。その時計を見ると十二時頃だった。すると突然扉が開き、二人ののっぽで黒装束の男たちが部屋に踏み込んで来たが、棺が一つ載っている棺台を担いでいた。こやつらはこれを一言も言わず、平然と食事を続けている音楽師の前に置くと、来た時と同様音も立てずに扉から外へ出て行った。二人がいなくなると、音楽師はぱっと立ち上がって、棺を開いた。中に横たわっていたのは、ちっぽけで皺くちゃ、白髪白髯の年取った小人だった。けれども若者はびくともせず、小人の体を引っ張り出すと、暖炉の前に置いた。そして、暖まったかな、と思うと、生気が戻った。そこで音楽師はレンズ豆をあてがってやり、一所懸命この小人の面倒を見た。いやもう、おっかさんが子どもにうまうまさせてやるような具合に。すると小人は完全に元気になって、若者に「わしに随《つ》いて来い」と言った。小人が先に立ったが、若者は角灯を手に取り、平気の平左で後をついて行った。小人は彼を案内して高い崩れた階段を下り、とうとう二人は地下深いぞっとするような丸天井の穴蔵に着いた。

　ここには金が大きな山に積んであった。小人は若者にこう言い付けた。「この山を丁度真っ二つになるよう分けるのじゃ。したが、何も後に残らぬようにな。さもなくば、わしはおぬしの命を貰い受けるぞ」。若者はにっこりしただけで、すぐさま二つの大きなテーブルの上へ、あちらへ、またこちらへと数え始め、僅かの間にその金を大きく二つに分けた。が、しかし、最後にクロイツァー銅貨が一枚残ってしまった。でも音楽師はちょいと思案してから、懐中小刀を出すと、刃をクロイツァー銅貨の上に置き、ありあわせた槌を振るって二つに切り割った。さて、彼が半分をこちらの、もう半分をあちらの山へ投げると、小人は上上の機嫌になって、こう言った。「素晴らしい男だの、おぬし。おぬしはわしを救うてくれた。もう何百年もわしは貪欲な根性から掻き集めた自分の宝を見張らにゃならなんだ。だれかがこの金をうまく真っ二つに分けてくれるまではなあ。これまでだれ一人やってのけられた奴はおらんかった。それでわしは連中を残らず絞め殺さにゃならなんだ。さて、このうち一山はおぬしのもんじゃ。もう一山の方は貧民どもに頒《わ》けてやってくれい。ありがたい御仁だて、おぬしはわしを救うてくれたのじゃ」。そう言うなり小人は消え失せた。若者は階段を昇り、前の部屋に戻ると、自分の笛で幾つか楽しい小曲を吹いた。

　音楽師がまた演奏しているのを聴いて小作人は喜び、翌日ごく早朝に城に上がって行き（というのも日中はだれでも入れたので）、嬉しさ一杯で若者を迎えた。こちらは相手に一部始終を物語り、それから自分の財宝のところに降りて行き、小人の指図通りにして、半分を貧民

たちに頒け与えた。それから彼は古い城を取り壊させたが、間も無く元の場所に新しいのが建ち、金持ちになった音楽師がここに住んだ。

グリムの『ドイツ伝説集』（略称ＤＳ）では、さる貴族がシュレスヴィヒの港湾都市フレンスブルクの旅館の化け物が出るという大きな部屋で一夜を過ごし、そこで右の(5)のモティーフに属する怪奇に出逢う話、ＤＳ一七六番「亡霊の宴会」*ただ一つが辛うじて類話と言えよう。亡霊どもは大挙してこの部屋で宴会を行い、貴族に対しても、自分たちのもてなしを受けるように、と誘う。これを拒むと、返杯をするように、と銀の酒盃を持たされて無理強いを受ける。その際神に祈ると、亡霊どもは消え失せ、後に銀の酒盃が残る。しかし、この貴重品も王の所有となってしまうので、主人公は宝を手に入れるわけではない。

理髪師の幽霊に頸から上をつるつるに剃られるが、お返しに相手にもそうしてやることで、彼を呪いから救済する、というモティーフについてはもっと考えて見なければなるまい。管見の及ぶ限りでは、グリンメルスハウゼンの『阿呆物語』（一六六九）第六巻第十五章で語られている幽霊譚がこれの類話である。スイスの強欲奸悪な貴族が、生前不法な手段で手に入れた金のために呪われて子孫の屋敷の特定の部屋（ここの一隅にその金が隠してある）に出没、この金が変じた理髪道具でその部屋の泊り客の鬚を剃り、かつ責め苛む、というもの。しかし出現した亡霊の姿は堂堂たる貴族のそれで、理髪師の風采では無い。主人公ジンプリチウスは亡霊から事情の全てを打ち明けられ、毛一本剃られることなく祓魔に成功し、貴族の曾孫である貴族屋敷の当主から絶大な感謝を受ける。これ以外は今のところ心当たりが無い。

〔三〕

ＡＴ一六四五「宝は家に」*は次のような話である。

ある男がこんな夢を見る。ある離れた町に行けば、そこのこれこれの橋の上で宝を見つけるだろう、と。宝が見つからないまま、この男は橋の上で会った別の男に夢の話をする。すると相手は、自分もしかじかの町に宝がある、という夢を見た、と語り、詳細にその場所を描写する。これは最初の男の家である。最初の男は故郷に戻り、宝を発見する。*

これは中東から移入され、ヨーロッパ各地に広く定着した伝説・昔話である。*

ムゼーウスの『ドイツ人の民話』の注釈者であるノーバート・ミラーは次のように指摘する。

ムゼーウスはおそらく、オーストリアのバロック時代の説教師アブラハム・ア・サンタ・クララ*（一六四四―一七〇九）がその著『大悪党ユダス』で物語の枠組みとした話に素材を得ているのであろう。そこでは、債権者たちに怯えて自宅に閉じ籠もっているのはホラント州のドルドレヒト*の若者である。夢は彼にケンプテン*に赴くよう指示する。彼はそこに辿り着き、自分の夢の話をしてくれた物乞いの描写から、それがドルドレヒトの父親の庭園であることに気づく*。

日本の民話にも酷似したものが知られている。その存在をどう解釈するか近年まで論議の対象であったし、柳田國男も取り上げた岐阜県高山の「味噌買橋」の物語である。

一九九一年櫻井美紀氏（「語り手たちの会」主宰）が精緻・詳細な考証を重ねたあげく、以下の事実を見事に証明した。イングランド*民話「スウォファムの行商人」が、神話学者、童話研究家である松村武雄によって翻訳され、その義姉で小学校訓導、童話研究家の水田光（結婚後山崎光子）によって「夢の橋」と題して翻案された。また松村の翻訳は「世界童話大系」（一九二四―二七。全二十三巻。近代社）の第七巻『蘇格蘭《スコットランド》・英蘭《イングランド》篇（蘇格蘭童話集・英蘭童話集）』（一九二六）に収められ、それが一九三三年頃、当時高山西小学校の教師をしていた小林幹《みき》によって「味噌買橋」として書き変えられ、同小学校の教育活動の一環である冊子『郷土口碑伝説集』に入り、他の執筆者たちの手を経て、柳田國男の『昔話覚書』（一九四三）で言及され、書承→口承→書承→口承となり、各種の昔話資料に混入した*、と。

DSでは二一一番「橋の上の宝の夢*」がこれに当たる。グリム兄弟の出典注記によれば以下の通り。

アグリコラ『格言*』六二三「自信の無い薬剤師」。一三二ページ。

プレトリウス『占い棒*』三七二、三七三。

これはルター派の神学者で説教師ヨハンネス・アグリコラ*（一四九四―一五六六）の『七百と五十のドイツ格言集*』と、ヨハンネス・プレトリウス*（一六三〇―八〇）の『宝探シノ愉シミ。これぞ占い棒の亀鑑《かがみ》*』を指す。

次に「橋の上の宝の夢」の全文を訳載する。

「橋の上の宝の夢」

昔ある人がこんな夢を見た。レーゲンスブルク*の市《まち》の橋の上に行け、そうすれば金持ちになる、と。その人はやはりそこへ出掛け、一日、あるいは二週間もの間、その場所を歩き回った。すると、あの男、毎日橋の上で何をしているのだろう、と訝《いぶか》しく思った一人の裕福な商人が近づいて来て、何か探し物でも、と訊ねた。「私は夢を見たのです。レーゲンスブルクの橋の上へ行け、そうすれば金持ちになるだろう、って」と返事すると、「ああ」と商人は言った。「なんでまあ夢の話なんぞなさる。夢は儚《はかな》いまやかしですぞ。わしもこんな夢を見たことがあります。あそこの大きな樹の下に（そう言ってその樹を指差した）金が一杯詰まった大きな釜が埋まっとる、とな。しかし、わしは一向に頓着《とんちゃく》しませんのじゃ。夢は儚いものですからのう」。そこでこちらはそこへ向かい、その樹の下を掘ったところ、莫大な宝が見つかった。お蔭で彼は金持ちになり、夢は正夢だったことが分かった。

アグリコラはこう付け加えている。「私はこの話を何度も父上から聴いた」と。けれども他の都市だということになっている話もある。たとえばリュベック*（あるいはケンペン*）ではこうである。その市のパン屋の下働きが、橋の上で宝を見つけるだろう、という夢を見た。彼が何度も橋の上をあちこち歩き回っていると、一人の物乞いが話し掛け、その訳を訊いた。聴き終わると、自分はメルケン*の教会墓地の菩提樹《しなのき》の下（あるいは、ドルドレヒトのある茂みの下）に宝がある、という夢を見たが、そこに足を運ぼうとは思わない、と語る。パン屋の下働きは「そうさね、人はよくばかげた夢を見るもんだ。おいら、自分の夢を譲っちまわあ、そいでおいらの橋の宝物はあんたにくれてやるよ」と応える。けれどもその場所へ行って、菩提樹の下の宝を掘り出す。

ヤーコプ・グリムは『小論文集』に収められている論文の一つで「橋の上の宝の夢」について記している。*これは科学アカデミーで一八六〇年十二月六日朗読されたもの。彼は、一八三〇年代に幾つかの断片が発見され、講演の二年前に出版された叙事詩「カールマイネート」Karlmeinet から説き起こし、主人公である幼少時代のカール（後のカロルス・マグヌス＝カール大帝*＝シャルルマーニュ*）を語るのに詩人は、ホデリヒとハンフラート*という男たちのこの子に対する敵意から出発する、と紹介する。ホデリヒとハンフラートは元来パリ近傍の村バルドゥーフ*に住む農民であった。以下にヤーコプの語る粗筋により「橋の上の宝の夢」とその後日談を紹介する。

ある静かな真夜中一人の小人が長兄のホデリヒの寝台に歩み寄り、起こし始めたので、ホデリヒはびっくりして眠りから覚めた。「ホデリヒ」と小人は言った。「夜が明けたらすぐに起きてパリなるかの橋*の上に行くがよい。かしこでそなたの身に楽と苦が生ずるであろう。以上じゃ」。ホデリヒはなにもかも幻想だと思い、寝返りを打ってまた眠ってしまった。けれどもなんということもなかった。次の夜小人がまた抜き足差し足で忍び寄り、こう告げた。「ホデリヒ、起き上がってパリなるかの橋の上に行け。そこでそなたはその身に起こる楽と苦を味わうはず。以上じゃ」。ホデリヒはこの不思議な要求に悩んだが、小人がいなくなると眠りが訪れたので、また寝込んだ。けれども小人は手を引かなかった。三晩目にも寝台の前にやって来て、眠っているホデリヒの脇腹を小突いたので、彼は憤慨して目を覚まし、小人がこう呼び掛けるのを耳にした。「聴け、明朝パリなるかの橋の上に行き、楽と苦を味わうのじゃ。これ以上のことは教えぬぞ」。ホデリヒはなぜこうしたなにやかやが起こるのか訳が分からなかったが、とにかく翌朝夜が明けると起床してパリを目指した。そして例の橋に到着すると、これからどうなるのか、と待ち設けながら一休みした。さて、何が起こったかお聞きあれ。橋を渡って自分の店に戻るところだった一人の両替商が、ホデリヒが座り込んでいるのを見て、おはよう、と声を掛けた。ホデリヒはお辞儀をしてやはり挨拶を返した。「どこから来なすったね、あんた」と両替商は訊ね始めた。「ああ、旦那」とホデリヒは言った。「おらあバルドゥーフからめえりました。そいで、ほんとのことを申しますと、小人がもう三晩ちゅうものおらを寝かしてくれないんで。おらにここさ来て橋の上で立ちんぼしてろ、って言いつけたでがす。すぐと楽と苦を味わうだから、ってな。だもんで、ずうっとおらそれを待ってるだ」。「はあ」と両替商は応じた。「お前さんが阿呆だってことがわしにはようわかる。わしのところでも去年真夜中にせっかちな小人が寝床までやって来おって、わしに起きて、バルドゥーフ村へ出掛けるよう命令したものじゃ。わしはそこの小川のほとりの緑の牧場で他のどこにも見当たらんほどの莫大な宝を見つけるはずだ、とな。もしこのわしが、小人の言うなり気なりにそんな無駄足を踏むほど阿呆だったら、したたかに杖でぶん殴られても仕方が無いとこだ。うかうか惑わされて小人のたわごとに従うなんてえ間抜けなお前さんは、その報いにわしの手から横ずっぽうに一発もらうのが当然だわい」。あっと言う間にホデリヒはほっぺたに平手打ちを喰らい、こんな言葉を浴びた。「とっとと行っちまえ、このとんちき野郎、癲癇《てんかん》にとっつかれるがいい。わけの分からぬまやかしに唆《そそのか》されて道に踏み迷うつもりなら、きさまなんぞ決してのんびりできまいぞ。うちへ帰って自分の仕事に精出すんだな」と。商人はひどくかんかんになっていたので、もしホデリヒが逃げ出さなかったら、更にもっと苦がその身に起こったことだろう。さてこういう訳で横っ面をぶたれたホデリヒは予言された橋の上での苦を体験した。で、彼の身に起こるはずの楽の方はというと、よくよく知っているバルドゥーフの牧場に約束の宝が埋まっている、との両替商の教えであって、これは聞き落としはしなかったのだ。ホデリヒは急いで家に帰り、彼ら二人の地所にある小川のほとりの牧場の納屋の横手*に埋まっている莫大な宝の発掘が自分たちに委ねられた次第を、弟にこっそり告げる。ハンフラートは即座にそれを掘り出そうと言い出し、次の夜兄弟二人は鍬と鋤を持ってしかじかと告げられた場所に出向き、掘り始めて間もなく一つの鉛の壺にぶつかり、その中に夥しい宝を見つける。(中略)

　この発見で兄弟の人生はただちに大転換した。彼らは村を引き払ってパリに赴き、利益の上がる金融業を営み、富を更に著しく増やした。王ピピン*と取引きするようになった彼らはピピンのために何度も重要な事業を行い、金を立て替える機会があった。こうした金を返却できない王は、その代わりに領地や城、町町を抵当に入れねばならなかったので、その結果彼らは王国でピピンに次いで最も強大、最も有力な男たちになった。けれども今や邪な性格になって来た彼らは不義非道にもますます高い栄誉を狙い始めた。その後間もなくピピンが死の床に就くと、彼は幼い息子のカールを彼らの手に託し、このがさつな百姓たちをフランス*全土を支配するムンマーMummer、つまり、摂政、後見人にしたのである。

このようにしてカールマイネート伝説の導入部は極めて効果的に結ばれる。裏切り者どもはカールマイネートにまず帝王らしからぬ教育を施そうと試み、次いでその命すら狙い、こうして彼が王国から逃亡せざるを得ないように強いる。その後全ての公権力は彼らの手に帰すが、やがて若き英雄が赫赫たる勝利を遂げて帰国し、不忠な罪人どもにその数数の悪行を絞首架で償わせる。*

英国のグリムと自負したジョゼフ・ジェイコブズ*編『続英国お伽話』*には「スウォファムの行商人」*なる類話がある。大学および大学院同期の旧友、名古屋工業大学工学部元教授渡辺正氏がかつてこれと「味噌買橋」を比較検討した折、その論考*で初めて原文を目にしたものである。そぞろ懐久の情に堪えず、氏が論考に引用・記載したテクスト全文を左に訳出してみた。

「スウォファムの行商人」

昔むかしロンドン橋《ブリッジ》が端から端までずらりと店に覆われて、鮭*が橋脚《アーチ》の下を泳いでいた頃*のこと、ノーフォークのスウォファムに*一人の貧しい行商人が住んどった。この男、生計《たつき》のために、荷を背中に背負い、犬をお供に連れてとぼとぼ歩き、うんとこさ骨を折らねばならなんだ。その日の仕事が終わると、腰を下して眠るのがこの上ない楽しみで。さて、ある夜のこと、彼はある夢を見た。夢の中で目にしたのはロンドンの市《まち》のあの大きな橋。耳に響いたのは、もしお前がそこへ行けば良い報らせを聞くだろう、ということ。彼はこの夢にろくすっぽ注意を払わなかったが、次の夜もまた同じ夢を見たし、三夜目もそう。そこで男は心中つぶやいた。「どういう成り行きになるか、なんとしても試してみなきゃなんねえ」。そうしててくてくロンドンの市まで出掛けたものさ。道は長かった。だからあの大きな橋の上に立ち、右手と左手に幾つもの高い建物を見、水が轟轟流れ、何艘もの船が帆を上げて通り過ぎて行くのを眺めた時には本当に嬉しかった。彼は一日中往ったり来たり。けれども楽しくしてくれるようなことは何にも耳にしなかった。翌日もそこに立ってきょろきょろし、また改めて橋全体を往復したけれど、見ること、聞くこと、何も無し。

さて三日目になって男が相変わらず突っ立ってきょろきょろしていると、すぐ近くの店の主人が彼に話しかけた。

「なあ、あんた、わしゃ、あんたが何もせんで立ちんぼをやっとるのが不思議でたまらん。売る品物は持っていないのかの」。

　行商人いわく「うんにゃ、ねえです、全くの話」。

「それで物乞いをするわけでもないのだね」。

「我と我が身が養えるうちはやりましねえ」。

「それじゃ、ねえ、あんた、ここで何をしたいんだね、どんな用事があるんだね」。

「そうさね、親切な旦那。実を言うと、おら夢を見ただ。ここさ来れば良い報らせがあるちゅうな」。

　店の主人は心の底から大笑いした。

「これはしたり、お前さん、そんな愚かなことで旅をするなんてとんまもいいとこだて。言うてあげるがな、可哀そうなばかな田舎の衆、わし自身も夜さり夢を見る。昨日の晩わしゃ、スウォファムというところにいる夢を見た。とんとわしの知らん町だが、わしの間違いでなきゃあノーフォークにある。で、思うにわしゃ、ある行商人の家の後ろにある果樹園の中におった。それでこの果樹園には大きな英国樫《オーク》の樹があった。それからどうやら、わしが穴を掘れば、その英国樫《オーク》の樹の下に莫大な宝が見つかるはずなんだがの。だが、わしがだ、ただもうそんなあほらしい夢のために退屈な長旅をやらかすほどの愚か者だ、と思うかね。いやあ、お前さん、お前さんより賢い人間から分別を学びなされ。うちへ帰って自分の仕事に励むこった」。

　行商人はこれを聞いて一言もしゃべらなかったが、内心殊の外喜び、急いで家へ取って返すと、大きな英国樫《オーク》の樹の下を掘り、途方も無い大財宝を発見した。彼はおっそろしい金持ちになったが、富み栄えるようになっても自分の義務を忘れなかった。というのは彼はスウォファムの教会を再建したのでね。そこで彼が亡くなると、皆は堂内にそっくり石で刻んだ、荷を背中に背負い、犬をお供に連れている彼の彫像を安置した。わたしが嘘をついているのでない証拠に、その石像は今日でもそこに立ってますよ。


　現代ドイツの民俗学者、口承文芸研究家レアンダー・ペッツォルトは「橋の上の宝の夢」についてこう簡単に纏めている。*

　この伝説は東洋のある短い物語*に遡る。これは『千一夜物語』*にあるので知られており、バグダードとカイロの間が舞台である。十字軍時代にこの話がヨーロッパに伝わった。一三〇〇年頃「カール・マイネート叙事詩*」の中でパリの橋と地域限定され、そこから、ドイツ、オーストリア、スカンディナヴィアその他に広まり、その土地土地でそこの名高い橋が話題となる。このようにして一四〇〇年頃まずレーゲンスブルクのドナウ河に架かる橋が登場する。

なお、右の記述が記載されている彼が編纂した『ドイツ民間伝説』には五二九番として、フンスリュック*の伝説である、その地の小村アルト・リンツェンベルク*とコーブレンツ*〔ライン河とモーゼル河の合流点にある有名な都市〕の橋を舞台とする「橋の上の宝の夢」が収録されている。試みに全文を訳出した。

「橋の上の宝の夢」

フンスリュックのホッホヴァルトの縁にあるアルト・リンツェンブルクの住人で、姓をエンゲルという男が、ある時三夜続けてこんな夢を見た。

　コーブレンツの橋の上、
　そこでお前の運が開ける。

このことを親類たちにしゃべったところ、やいのやいのとうるさいので、とうとう彼は運を探しにコーブレンツへ旅立った。そこに着くなりすぐにモーゼル河に架かる、袂にトリーアの選帝侯の城*が建っているあの古い橋*の上へと出掛け、運が開けないかな、と期待しながら往ったり来たりした。でも、一向幸せが訪れそうになかった。無駄な出費と辛い長旅を考えてむしゃくしゃした男は、どんどん時刻が移るので、もう立ち去ろうとしたが、その時橋上で歩哨に立っていた一人の兵士が、そわそわ橋を往復している百姓の奇妙な行動に注意を惹かれて、言葉を掛け、一体ここで何を探しているのか、と訊ねた。「ああ」とエンゲルは言った。「わっしは三度続けさまに夢を見やしたんで。コーブレンツの橋の上、そこでお前の運が開ける、とな。だもんで、わっしはもうまる一日《いちんち》ちゅうものここをうろつき回ったんでがすが、運にはからきしお目に掛かりましねえ」。すると兵士はげらげら笑って、こう応えた。「夢なんかこれっぱかりも当てにしちゃいかん。たとえばおれはしょっちゅうこんな夢を見とる。リンツェンブルクの古い崩れた天水溜め《ツイステルネ》の中に黄金の詰まった釜があるのだ。けれど、おれが随分訊いてみたのに、リンツェンブルクがどこにあるか、だれもおれに言えん。だからそんなとこは全然ありゃせんのだよ」。「あはあ、これでよおく分かったわい」と百姓は考え、急いで別れを告げて、遠い家路についた。そして家に戻ると、言われた場所でちゃんと宝を見つけた。

この伝説の源は案外ムゼーウスの「沈黙の恋」なのかも知れない。論者がそう思いついた根拠は次の三点に過ぎないのだが。

(1)主人公の（名ではなく）姓がわざわざ記されている。「エンゲル」とは「天使」という意味である。そして天使は「沈黙の恋」で廃兵の夢に現れてお告げをする守護天使を連想させる。

(2)主人公に宝の夢の話をするのは「沈黙の恋」の場合と同じく兵士である。なるほど、こちらは除隊兵ではなく、現役ではあるが。

(3)この兵士は橋の上で歩哨に立っている。「沈黙の恋」でムゼーウスは、物乞いたちが施しをしてくれる人たちを待ち受ける様子を再三兵士の立哨に譬えている。

民話の世界では、口承→書承→口承がかなり頻繁に繰り返されている。従って論者の根拠微弱な仮説も一概に捨て去りきれない。

## 解題注

二四四 **「ぞっとするとは何か覚えたがった若者」** AT326. The Youth Who Wanted to Learn What Fear Is.

二四五 **「ぞっとすることを覚えるために旅に出掛けた男の話」** KHM4. Märchen von einem, der auszog, das Fürchten zu lernen.

二四五 **ルートヴィヒ・ベヒシュタイン** Ludwig Bechstein. 一八〇一年ヴァイマルに生まれ、一八六〇年文書保管人としてマイニンゲンに没する。彼は韻文物語、長編小説・短編小説を書いたが、特に民間伝承の収集と著作によって貢献した。ドイツ語圏の神話、伝説、メルヒェンの出版物多数。そのうちメルヒェン関係を挙げれば、『ドイツメルヒェン読本』*Deutsche Märchenbuch*（一八四四）、『新ドイツメルヒェン読本』*Neues deutsches Märchenbuch*（一八五六）がある。

二四五 **「勇ましい笛吹き」** Ludwig Bechstein：Der beherzte Flötenspieler> *Sämtliche Märchen.* Wissenschaftliche Buchgesellschaft. Darmstadt 1972.

二四五 **小作人《パハター》** Pachter. 貴族や修道院のような荘園領主から土地を賃貸契約している農民。かつての我が国の小作農のように貧しいのが当然、という階層と考えることはない。

二四八 **「亡霊の宴会」** DS176. Geistermahl.

二四八 **「宝は家に」** AT1645. The Treasure at Home.

二四八 **宝を発見する** 出典はアールネ／トンプソン『民話の型』 Antti Aarne / Stith Thompson：*The Types of the Folktale. A Classification and Bibliography.* Helsinki 1964. Suomalainen Tiedeakatemia. p.469.

二四八 **中東から移入され、ヨーロッパ各地に広く定着した伝説・昔話である** 東京大学教授杉田英明氏により完璧に解明されている。『葡萄樹の見える回廊』（岩波書店二〇〇二年）第六章「橋の上の宝の夢」（二五九―三一七ページ）。これには櫻井美紀氏や、奈良教育大学教授竹原威滋氏など近年の関連研究も網羅されており、注の形で書き込まれている。

二四八 **アブラハム・ア・サンタ・クララ** Abraham a Santa Clara. 本名ウルリヒ・メガーレ Ulrich Megerle. 一六四四年バーデンのクレーンハインシュテッテンに生まれ、一七〇九年ウィーンで没する。一六七七―八二年および一六八九年以降宮廷説教師。口喧しい弾劾者、機知に富んだ語り手、熱狂的カトリック教徒として、しばしば市場で怒鳴っているような文体で、同時代のウィーンを見事に叙述した。主著『大悪党ユダス』*Judas der Ertz-Schelm*（一六八六—九五）四巻。

二四九　**ドルドレヒト**　Dordrecht.　オランダ、すなわちネーデルラント王国の南ホラント州の都市。ユトレヒトの南方を西へ流れるワール河が、もっと曲がりくねっているがやはり西進するマース河と合流する地点に位置する。「ライン河のヴェネツィア」とも呼ばれる。町そのものが古い歴史を持つ港である。一二〇〇年頃都市となり、中世のホラント伯爵領の最も重要な町だった。ブリールに次いで一五七二年イスパニア兵を追い出したホラント州最初の都市。

二四九　**ケンプテン**　Kempten.　南ドイツのシュヴァーベンの都市。イラー河畔にある。ローマの殖民都市カンボドゥヌムが起源。

二四九　**庭園であることに気づく**　出典　Johann Karl August Musäus : *Volksmärchen der Deutschen*. Wissenschaftliche Buchgesellschaft. Darmstadt 1976. S.858.

二四九　**櫻井美紀氏……以下の事実を見事に証明した**　これに先立ち一九八八年、岩手県の民話「大工と鬼六」が北欧の教会建立縁起の翻訳→翻案→口承→採録である、と劇的な出生証明をしたのも櫻井氏である〔櫻井美紀著〈「大工と鬼六」の出自をめぐって〉（「口承文藝研究」第十一号所収。日本口承文藝学曾、一九八八）〕。訳者も一九七三年にノルウェーのオーラフ王の教会建立伝説、および、スウェーデンのルンドの大聖堂建立伝説と「大工と鬼六」が酷似していることだけは指摘し得たのだが、そこまではだれしも言えること。そして訳者には途中の経路を論証・解明することは能わなかった〔鈴木滿著「がたがたの竹馬小僧——グリム昔話の鑑賞——」（「比較文學研究」第二十三号所収。東大比較文學曾、一九七三）〕。

二四九　**各種の昔話資料に混入した**　出典　櫻井美紀著〈昔話「味噌買橋」の出自——その翻案と受容の系譜——〉（「口承文藝研究」第十五号所収、日本口承文藝學曾、一九九二）。

　なお、櫻井氏の前掲二論文は次の単行本に収められている。櫻井美紀著『昔話と語りの現在』（日本児童文化史叢書二〇、久山社、一九九八）。

二四九　**「橋の上の宝の夢」**　DS211. Der Traum vom Schatz auf der Brücke.

二四九　**アグリコラ『格言』**　Agricola: *Sprichwort*, 623. Der ungewissenhafte Apotheker, S.132.

二四九　**プレトリウス『占い棒』**　Praetorius: *Wünschelrute*, 372,373.

二四九　**ヨハンネス・アグリコラ**　Johannes Agricora.　本姓シュニッター。一四九四（一四九二?）年ザクセンの都市アイスレーベンに生まれ、一五六六年ベルリンに没す。一五二六—三六年アイスレーベンで説教師および教師を務め、一五四〇年以降ブランデンブルク選帝侯ヨアヒム二世の宮廷説教師。ルターとメランヒトンに反対して、真の悔い改めは信仰から来るものでなければならないのだから、法を説くべきではない、とするアンティノミスムス論争を展開した。

二四九　**『七百と五十のドイツ格言集』**　Johannes Agricora : *Siebenhundert und funffzig deütscher Sprüch-wörter.* Wittenberg.1529.

二四九　**ヨハンネス・プレトリウス**　Johannes Praetorius. 本名ハンス・シュルツェ Hans Schultze.。文人。一六三〇年アルトマルクのツェトリンゲンに生まれ、一六八〇年ライプツィヒに没す。ライプツィヒ大学修士。彼の著作は価値のある民俗学的資料を含んでいる。特に同時代の民間信仰に関して。たとえば、『しれじあナルりゅーべつぁーるノ怪奇譚』*Daemonologia Rubinzalii Silesii*（一六六二―六五。五巻）、『ブロッケン山事跡』*Blocksberges Verrichtung*（一六六八）など。

二四九　**『宝探シノ愉シミ。これぞ占い棒の亀鑑《かがみ》』**　Johannes Praetorius : *Gazophilaci gaudium, das ist ein Ausbund von Wündschel-Ruthen.* 1667.

二四九　**レーゲンスブルク**　Regensburg.　バイエルンの都市。レーゲンス川がドナウ河に合流する地点にある。大きな船の航行はここまで。ドナウ河はここで幾つもの島島によってふたつの流れに分かたれる。島島のうち大きいのは上ヴェルト、下ヴェルトだが、その間の河流が複雑に流れる箇所に十二世紀以来石造の橋が架かっている。この橋の下と下流でドナウ河は名高い渦を作る。もとよりレーゲンスブルクには他に三つ橋があるが、物語の舞台に相応しいのはここだろう。市庁舎、かつての司教宮殿、聖ペテロ大聖堂、マルクトプラッツなどのある旧市街中心部のすぐ近くに架かる。ドイツ最古の石造の橋。これはその名も「石の橋《シュタイネルネ・ブリュッケ》」である。次ページに南方からレーゲンスブルクを遠望する図を掲げる。これは一五七二―一六一七年に刊行されたゲオルク・ブラウン／フランス・ホーエンベルクの手になる『世界都市図帳』*Civitates Orbis Terrarum* に収録されている、とのこと（「中世ドイツ都市地図集成」に拠る）。また、その下に掲げるのは一七五〇年の平面図である（「近世ドイツ都市地図集成」に拠る）。

二五〇　**リュベック**　Lübeck.　かつての自由ハンザ都市。旧市街はトラーヴェ川がバルト海に注ぐ二一キロ上流に位置する。西は上トラーヴェ川、ホルステン港《ハーフェン》、ハンザ港《ハーフェン》に、東はザンクト・ユルゲン港《ハーフェン》、クルーク港《ハーフェン》に囲まれた丘の多い島の上にある。つまりぐるりが水で取り巻かれている。旧市街と外域を結ぶ橋は当然二、三に留まらないが、ブレーメンの象徴的存在であり、市の正門とも言えようホルステン門《トーア》に続く往時のホルステン橋《ブリュッケ》あたりが舞台になろうか。

二五〇　**ケンペン**　Kempen.　ラインラントの小さい町。デュッセルドルフの近傍。聖職者にして神秘主義者トマス・ア・ケンピス（一三八〇―一四一七）の誕生地。さて、有名な橋があろうか。前掲「ケンプテン」Kempten

レーゲンスブルク鳥瞰図。1572ー1677年。

レーゲンスブルク平面図。1750年。

の誤りか。
二五〇 **メルケン** Mölken. 未詳。リュベックの一地区か。けれども現代のリュベックの地図では索引に見当たらない。
二五〇 **ヤーコプ・グリム……記している** Jacob Grimm: Der Traum von dem Schatz auf der Brücke. *Kleinere Schriften*.III., S.414-428.
二五〇 **カロルス・マグヌス＝カール大帝＝シャルルマーニュ** Carolus Magnus = Karl der Große = Charlemagne. カール一世（七四二―八一四）。フランク王国国王。ローマ皇帝。短軀王ピピンの息子で、メロヴィング朝フランク王国の宮宰〔マヨールドームス。王国の行政・財政面の長〕カール・マルテル（大槌のカール）Karl Martell の孫。七六八年ピピンの死後兄弟のカールマン Karlmann と共に政権の座につき、七七一年のカールマンの死後はフランク王国の単独の支配者となる。やがてザクセン公国とランゴバルト王国を征服、西ヨーロッパで彼に臣従していないのはイングランド他ブリテン諸島の諸国とイスパニアだけという強大な国家の君主となり、八〇〇年法王レオ三世によりローマ皇帝に戴冠され、西ローマ帝国を復興した。ギリシア・ローマ文化がキリスト教文化に継承されて、西ヨーロッパの地で栄えることになる。これがカロリング・ルネサンスであり、カール大帝はこれを創始した功労者である。
二五〇 **ホデリヒ** Hoderich. この名には、カール一世の父ピピンによって七五一年廃位されたメロヴィング朝フランク王国の最後の王ヒルデリヒ Childerich〔フランス語綴りではヒルデリク Childéric〕を想起させる響きがある。廃王は王位を奪われてから三年後、七五四年に死んでいる。
二五〇 **ハンフラート** Hanfrat.「カールマイネート叙事詩」の原典に当たった杉田英明氏〔氏は「カールマイネット」と表記している」は「ハエンフライト」と表記している。前掲『葡萄樹の見える回廊』二九三ページ。
二五〇 **バルドゥーフ** Balduch. ヤーコプは、この村は疑いも無く中世のバリアクム Balliacum、現今のバイイ Bailly（セーヌ・エ・オアーズ県、ヴェルサイユ郡、マルリ・ル・ロア小郡）を想起させる、と断言している。（Jacob Grimm: Der Traum von dem Schatz auf der Brücke. Gelesen in der Akademie der Wissenschaften am 6. December 1860. S.417.）このバルドゥーフという音には、中東生まれの原話に出て来る大都市バグダードの名が微かながら谺《こだま》しているような気がする。
二五〇 **パリなるかの橋** 杉田英明氏は、この橋がパリのシテ島に架かる現在の「両替橋」（ポントオ・シャンジュ）Pont au Change、当時の「大きな橋」（グランド・ポン）grande pont（原詩一二〇行に出る）であろう、と解明している。ここには多くの両替商や貴金属商が店を構えたので、「両替商橋」（ポントオ・シャンジュール）Pont-au-Changeur ――のちに「両替橋」――と呼ばれるようになった、とのこと。前掲書二九七ページ。

二五一　**納屋の横手**　「納屋うんぬん」はヤーコプのドイツ語訳には見えない。

二五一　**ピピン**　Pippin. ピピン三世、ピピン短軀王 Pippin der Kurze、または 小ピピン Pippin der Kleine（七一五頃—六八）。カール・マルテルの息子。父の後を継いでネウストリアの宮宰（マヨールドームス）となり、アウストラシアの宮宰だった兄弟のカールマンが七四七年修道僧になると、フランク王国全土を統一。七五一年ソアッソンで既に名目だけの王に過ぎなかったメロヴィング朝の国王ヒルデリヒ三世を退位させ、これに代わって王に推戴される。ここにカロリング朝フランク王国が始まる。

二五二　**フランス**　Frankreich. フランク王国 Franken-reich とは記されていない。

二五二　**絞首架で償わせる**　出典 Grimm, Jacob: Der Traum von dem Schatz auf der Brücke. S.416-419.

二五二　**ジョゼフ・ジェイコブズ**　Joseph Jacobs. 一八五四年オーストラリアのシドニーに生まれ、一九一六年アメリカ合衆国ニューヨーク州のヤンカーズで没する。オーストラリア生まれの英国人民間伝承研究家。十九世紀の子供向きお伽話の最も人気ある脚色者の一人。ユダヤ人史、ユダヤ文化の研究者でもあり、文学研究家でもあった。一八七二年英国に移住。ケンブリッジ大学卒業。一八八九年から一九〇〇年まで雑誌「民間伝承」Folk-Lore を編集。ジェイコブズは一般に次のような民間伝承の学問的および通俗的著作の多作な著者として最も知られている。『イソップ寓話』*The Fables of Aesop.*（一八九四）、『英国お伽話』*English Fairy Tales.*（一八九〇）、『ケルトお伽話』*Celtic Fairy Tales.*（一八九二）、『インドお伽話』*Indian Fairy Tales.*（一八九二）、『続英国お伽話』*More English Fairy Tales.*（一八九四）、『不思議な旅の本』*The Book of Wonder Voyages.*（一八九六）、『ヨーロッパのお伽話の本』*Europa's Fairy Book.*（一九一六）。一九〇〇年家族とともに合衆国に移住、『ユダヤ百科事典』*Jewish Encyclopedia* の編纂などに当たる。

二五二　**『続英国お伽話』**　Joseph Jacobs : *More English Fairy Tales.* London 1894.

　なお、これに先立ちジェイコブズは『英国お伽話』を出版している。双方を纏めた現代の出版はたとえば次の通り。

Joseph Jacobs : *English Fairy Tales being the Two Collections >English Fairy Tales< and >More English Fairy Tales<, compiled and annotated by Joseph Jacobs.* The Bodley Head, London/Sidney/Toronto, 1968.

二五二　**「スウォファムの行商人」**　The Pedlar of Swaffham.

二五二　**その論考**　渡辺正著〈日英童話比較考「スウォファムの行商人」と「味噌買橋」の場合〉（「比較文學研究」第十七号〔特輯児童文学研究〕所収、東大比較文學会、一九七〇）。

二五二　**ロンドン橋《ブリッジ》が……ずらりと店に覆われて**　これは二代目のロンドン橋。一七五〇年上流にウェストミンスター橋が架けられるまでロンドンの唯一の橋だった。一八三二年に取り壊される。現代のあまり個性の無い花崗岩の橋は三代目である。一一七六年、修理・改築を繰り返しながらそれまで一千年の長きに亘り役目を果たして来た初代の木造ロンドン橋に代わり、石造の橋の建設が着工された。一二〇九年漸く完成。十九の橋脚が支え、中央橋脚の上には聖トマス・ア・ベケットに奉献された礼拝堂が建立されたが、その後この礼拝堂の壁の周囲に家屋や店舗が群がり建ち、遂に橋を端から端まで覆い尽くした。これら百数十軒の家屋・店舗は橋からテムズ河の上へ張り出しており、ロンドン市中で最も賑やかな商店街を形成していたが、もともと荷馬車が二列に並んで通行できるほど道幅が広かった中央の車道は極めて狭くなってしまい、頻繁に交通渋滞が起こった。もっとも、全家屋・店舗が撤去されるのは十八世紀半ばを過ぎてからである。

二五二　**鮭が……泳いでいた**　紀元四世紀末頃までローマ帝国の属州ブリタニアのロンディニウムには、南側の市壁と西側の市壁の近くを流れるテムズ河とフリート川の他に、比較的小さなウォールブルック川が市の中心部を通ってテムズ河に流れ込んでいたが、これらの河川には魚が豊富に棲息し、雑魚ばかりでなく鮭や鱒が群がっていた。しかし、いつ頃まで鮭や鱒がロンドン橋の下を泳いでいたのであろうか。カンタベリー大司教トマス・ア・ベケット（一一一八頃―七〇）の秘書ウィリアム・フィッツスティーヴンによれば、十二世紀末あたりのテムズ河には魚が群がっていた、とのこと。ロンドンはまだのんびりした田園都市だったのである。エドワード・ラザファードはその長編小説『ロンドン』の第九章「ロンドン橋」の「一三六一年」と題した節で、少年リチャード・ウィッティントン〔あの「ウィッティントンと猫」の伝説で有名なディック・ウィッティントン〕にテムズ河の豊富な鱒や鮭を釣らせている〔E・ラザファード著・鈴木主税／桃井緑美子訳『ロンドン』、集英社、二〇〇一年、上巻四四五ページ〕。中世後期チューダー王朝時代にロンドンの巨大都市化が進行し始めると、フリート川やウォールブルック川はやがて臭気芬芬《ふんぷん》の汚泥で一杯になり、テムズ河も汚染されて行ったが、それでも潮流で駆動される揚水機が十六世紀半ばロンドン橋に設置され、近傍の多数の家屋に水を供給した。この揚水機は十八世紀半ば、ロンドン橋上の家屋・店舗が撤去された折の図でもなお稼動している。しかし、こうした不潔な水は度重なる疫病流行の原因にもなったくらいだから、人間はともかく、鮭には耐えられなかったではないかな。

二五二　**スウォファム**　Swaffham.　イースト・アングリア地方のノーフォーク州にあるサクソン時代からの町。ノーフォーク人は「ノーフォークの茹で団子《ダンプリング》」などと田舎者の代表視されている、とのこと。渡辺氏の論考に拠る。

二五三 **レアンダー・ペッツォルトは……纏めている** Leander Petzoldt. Herausgegeben von.: *Deutsche Volkssagen.* Verlag C.H.Beck. München 1978. S.469.

二五三 **東洋のある短い物語** 十世紀のイラクの法官アブー・アリー・アル＝ムハッスィン・アッ＝タヌーヒー（九三八―九四）のアラビア語による逸話集『悲しみのあとの喜び』の第六章「夢のもたらす福音ののち苦難を脱して安楽へと至った人々」三十五話のうち第十四話。杉田英明著『葡萄樹の見える回廊』二六二―二六三ページに拠る。

二五三 **『千一夜物語』にある** イギリスのバートン版『千夜一夜物語』では第三百五十一夜の後半～第三百五十二夜の冒頭に収められている「おちぶれた男が夢のお告げで金持になった話」（大場正史訳『全訳千夜一夜物語』第九巻・角川文庫・昭和二十七年初版・九七―一〇二ページ）がこれに当たる〔なお、フランスのマリュドリュス版の邦訳である岩波文庫の『千一夜物語』には該当が無い〕。文庫版で僅か六ページの短い物語である。粗筋は以下のごとし。

　バグダードに大金持ちがいたが、財産をすっかり遣い果たしてしまった。苦しい労働で暮らしを立てていたが、ある夜、幸運はカイロにある、そこへ行って探せ、との夢を見る。カイロに着いた時には日暮れだったので、あるモスクに入って眠る。夜盗の一団がこのモスクからその隣の家に侵入する。家人の叫びで警備頭が部下を連れて駆けつける。夜盗は逃げてしまい、警備頭はイスラム教寺院《モスク》で眠っているのを発見した男を逮捕、棕櫚《しゅろ》の笞でしたたかに打ち、牢獄に放り込む。三日後引き出して訊問。男は委細を話し、「幸運」というのは、受けた笞打ちだった、と悔やむ。警備頭は笑いこけて、「浅はかな奴め」と決め付ける。そして、自分も、バクダードのこれこれの家の花園風の中庭の噴水の下に莫大な財宝が埋めてある、との夢を三度も見たが、行きはしなかった、たわごとを真に受けおって、このばか者めが、と男を戒め、路銀としていくらかの金を恵み、バクダードへ帰らせる。ところで、警備頭の話した家というのは男の家に他ならなかったので、男は財宝を掘り出して豊かになる。

　主人公がフランツのように亡くなった父親から巨富を相続し、それを濫費した挙句貧乏になったのかどうか、物語からは全く分からないが、自宅の花園風の中庭の一角から財宝が出て来るところを深読みすれば、「沈黙の恋」と同様、これも亡き父の隠して置いた物、と解釈できないことも無い。

二五三 **「カールマイネート叙事詩」** Karlmeinetepos. この表題「カールマイネート」はヤーコプ・グリムの命名に

拠る。ヤーコプは前述の「橋の上の宝の夢」なる論文冒頭でこう語っている。なお、〔　　　〕内は論者の補遺。

三〇年代〔一八三〇年代〕にこれまで知られたことの無い古い下ライン・ドイツ語〔杉田英明氏によれば、中部ドイツ語の方言の一つリプアーリ語。『葡萄樹の見える回廊』二九二―二九三ページ〕の詩の幾つもの断片が出現した。私はこれにカールマイネート Karlmeinet という適切な名前を付けた。なぜなら、これは幼少時代のカールの伝説を語っているものだし、既にレアリ・ディ・フランツィア Reali di Francia〔未詳〕がカールにマイネット Mainetto なる異名を与えているからである。

「カールマイネート」とは「小さなシャルルマーニュ」のことである。ヤーコプの論文朗読に二年先立つ一八五八年、欠落部を補綴されてA・フォン・ケラーA. v. Keller により出版された。ゲルマニストにしてロマニストのカール・バルチュ Karl Bartsch〔一八三二―八八〕の注釈付きである。なお、バルチュは一八六一年「カールマイネートについて」Über Karlmeinet を刊行している。この詩は三五〇〇〇行以上に亘る。

なお、ヤーコプは「小さいシャルルマーニュ」という矛盾した表現〔なぜなら、「シャルルマーニュ」は「大シャルル」、「大カール」という意味だから〕について、このように述べている。(Jacob Grimm : Der Traum von dem Schatz auf der Brücke. S.415.)

カールと同義である周知のカールマン Karlmann が誤って、しかしながらまた当然にもシャルルマーニュ Charlemagne やカロルス・マグヌス Carolus Magnus に発展したように、シャルルメーヌ Charlemaine の場合でもロマンス語の mains, minus を連想させ、更に縮小形のマイネート Mainet、イタリア語のマイネット Mainetto を形成するのは自然のことだった。

二五　**フンスリュック**　Hunsrück. ライン粘板岩山地《シーファー・ゲビルゲ》の南西部。南西部をモーゼル河によってアイフェル山地から、東部をライン河によってタウヌス山地から、南東部をナーエ河によってファルツ山地から分かたれ、標高五〇〇―六〇〇メーターの高原を形成している。

二五　**アルト・リンツェンベルク**　Alt-Rinzenberg　未詳。

二五　**コーブレンツ**　Koblenz. 父なるライン河に母なるモーゼル河が合流する要衝の地に位置する商工業都市。合流部には三角形の岬が突き出ており、「ドイツの角」das Deutsche Eck と呼ばれる。かつてローマ軍の砦があった場所に建設された。

二五　**トリーアの選帝侯の城**　das kurtrierische Schloß.

現在の古城砦《アルテ・ブルク》 Alte Burg。十三世紀の建築。橋の右袂に立っている。現在市立図書館。

二五四　**あの古い橋**　バルドゥイン橋。選帝侯バルドゥイン Kurfürst Balduin が建設したアーチ型の石橋。ライン河に架かっていて左袂に広大な選帝侯の城 Kurfürstliches Schloß が聳えているプファッフェンドルフ橋 Pfaffendorfer Brücke ではない。「モーゼル河に架かる」と明記されているのだから。なお「選帝侯バルドゥイン」とはモーゼル河畔の古都トリーア Trier の大司教バルドゥイン・フォン・ルクセンブルク Balduin von Luxemburg, Erzbischof von Trier（一二八五―一三五四）のこと。神聖ローマ帝国皇帝ハインリヒ七世の兄弟。

# 屈背のウルリヒ

## 訳注

八五　**フィヒテルベルク**　Fichtelberg. ドイツ東部ザクセン地方とベーメン（ボヘミア）の国境を形成する延長一二五キロの山塊エルツゲビルゲで二番目に高く、ザクセンの最高峰（一二一四メーター）である山。雲母片岩から成る。

八五　**ボヘミア**　Böhmen. 「リブッサ」の訳注、解題参照。

八五　**皇帝ハインリヒ四世**　Kaiser Heinrich der Vierte. 一〇五〇―一一〇六年。ザリエル（＝フランケン）朝（一〇二四―一一二五）第三代ドイツ王、神聖ローマ帝国皇帝。教皇グレゴリウス七世（在位一〇七三―八五）との聖職叙任権闘争で名高い。ハインリヒは一〇七五年ミラノの大司教を新たに叙任、司教職叙任への皇帝の権利を主張しようとしたが、グレゴリウスはこの行為に抗議、ハインリヒに服従を要求した。ハインリヒはその後ヴォルムスの公会議で教皇の廃位を宣言。この決定に激怒した教皇は対抗処置として皇帝を破門した。ドイツ諸侯も、ドイツの司教たちも、この破門決定以来皇帝から離反する動きを見せた。その結果ハインリヒは忍び難きを忍び、ひそかにアルプスを越え、当時教皇が滞在していたトスカナ女伯マティルデの居城カノッサ城の門前で、三日間修道衣をまとい裸足で雪中に立ち尽くし、教皇の許しを乞うた。いわゆる「カノッサの屈辱」である。教皇はマティルデなどの執り成しを受け、ハインリヒの破門を解いた。その後グレゴリウスは再度ハインリヒを破門するが、今回は形勢が変わり効き目がなかった。その後のグレゴリウスの教会政策にドイツの高位聖職者たちが不満を抱き、教皇ではなく、皇帝に加担したからである。ハインリヒは一〇八一年軍勢を率いてローマを包囲、一〇八四年これを陥落させ、グレゴリウスに対抗するラヴェンナのギルベルト（クレメンス三世）を教皇に指名して、グレゴリウスを教皇位から追った。グレゴリウスは逃れたサレルノの地で翌年客死する。皇帝ハインリヒ四世の治世はほとんど戦闘に明け暮れていたが、彼は教会と教会に支援される諸侯たちとの争いに際して、勃興して来た市民階級と政治的影響力を獲得しつつあった都市の経済力に頻繁に依存した。一一〇五年息子に謀反を起こされ、捲土重来を果たせず翌年リュッティヒ（古都リエージュ。現ベルギー王国のレウク）で没した。息子は神聖ローマ帝国皇帝ハインリヒ五世、ザリエル朝最後のドイツ王。

八五　**異邦の南国**　ここで「異邦の」と訳した形容詞は「ヴェルシュ」welsch。とすると、ドイツ語圏以外ならどこでもよさそうだが、ムゼーウスにはこの形容詞をアルプスを越えた南の豊かな地方に添えた事例が幾つもある（「リューベツァールの物語」他）。そこで、イタリアを示唆する「南国」をも補った。教皇と争った神聖ローマ帝国皇帝ハインリヒ四世の事跡を考えると、ゲネヴァルトはこの辺を暴れまわったやつなのかなあ、とも思えるし。

八五　**この騎士殿……暮らしの糧《かて》としていた次第**　いわゆる「盗賊騎士《ラウブリッター》」である。「泉の水の精」の導入部参照。

八五　**沢鵟《ちゅうひ》**　Weih.　鷲鷹科の猛禽。中型の鷹。体長五〇—六〇センチ。アジア北部からヨーロッパにかけて繁殖する。「リブッサ」にも出る。

八五　**馬騎《うまの》り**　Tummler.　グリムの『ドイツ語辞典』には多数の語義が記されていて、どれがふさわしいか確定し難い。ここでは仮に語義の一つ「調馬師」Bereiter・「調教師」Zureiter の意としてみた。

八七　**バンベルク**　Bamberg.　バイエルン北部フランケン地方中心部の実り豊かな領域にある都市。レークニッツ川がマイン河に合流するほんのちょっと手前の河畔に位置する。一〇〇七年バンベルク司教区が設立され、以降マイン河上流一帯の宗教的経済的政治的中心として繁栄した。現在世界遺産に指定されている。

八八　**四出《しで》の木**　Hainbuche.　白樺科の落葉喬木。犬四出・赤四出・熊四出などの総称。

八九　**頭をがくがく震わせ……顎を突き出している有様**　これはＫＨＭなどでも見られるが、年老いた魔女に対するドイツ語圏の伝統的な形容である。

八九 **シビュラ** Sybille.「リューベツァールの物語」訳注参照。

八九 **緊急洗礼** 私《し》洗礼とも。洗礼を司る聖職者が近くにいなかったり、新生児が死にそうな場合、俗人が緊急に施す洗礼。

八九 **ルクレツィア** Lukrezia. 古代ローマの伝承によれば、タルキニウス・コラティヌスの妻ルクレティア Lukretia はローマ王国最後の王タルキニウス・スペルブス〔傲慢王タルキニウス。タルキニウス七世。在位紀元前五三四―五一〇〕の息子に凌辱され、汚された名誉を償おう、と自ら命を絶った。ルクレティアは既にローマ時代から婦徳の亀鑑《かがみ》とされた。

九〇 **サルダナパロス** Sardanapalus. アッシリア王国最盛期に当たるサルゴン朝最後の帝王アッシュルバニパル（在位紀元前六六八―二七）のギリシア名。なお、「ローラントの従士たち」訳注参照。

九〇 **マルチパン** すりつぶした扁桃《アーモンド》に砂糖と香料を混ぜて焼いた菓子。動物・植物を初めさまざまな形に作られる。極めて甘い。

九〇 **四旬節風粗食** 素食（精進食）。謝肉祭《カーニヴァル》直後の灰の水曜日から復活祭前の一週間である聖週間が始まるまでの間の六週間半（ただし六回の日曜日は除くから正味四十日、すなわち四旬日）が四旬節《レント》である。ドイツ語では断食期間《ファステンツァイト》と呼ばれるように、もともとは昼間断食し、極めて慎ましい食生活を送った。断食をしないまでもカトリック教徒はこの期間肉食をしない建前だった。卵、乳製品、魚介類、ある種の水鳥などは許されていたとはいうものの、穀物や野菜を主材料とする簡素な食事が本来だったのである。

九〇 **母乳の慄え**《ミルヒシャウアー》 母乳が胸に生じるとき産婦を襲う熱病のような慄え。

九一 **矢の届く距離** 訓練の行き届いた射手によって引き絞られて長い矢を放つ六尺《フィート》もの長さのある櫟《いちい》の木で作られた長弓《ロング・ボウ》と、強靭な弦を一種の巻上げ機で引いて掛け金に掛け、弦の当たる溝に短い太い矢を嵌《は》めこみ、引き金を引いてこれを猛烈な勢いで射出する弩《いしゆみ》とでは、矢の届く距離も異なるであろう。しかしいずれであっても、中世ヨーロッパの傭兵隊の射手の場合、百歩、二百歩では届くかどうかはおろか、的に当たるのが常識だったらしい。「矢の届く距離」を仮に三百歩とし、一歩を八〇センチとすれば、二四〇メーターに換算される。

九二 **権利喪失期限** 法廷における執行日で、この日最終判決が下され、これに対して以後異議申し立てが許されない。

九二 **奥方は三日目を……ともくろんだ** ムゼーウスは法律用語を多用して滑稽感を出している。

九三 **妖精**《フェ》 Fee.「フェ」はフランス語フェ fée から。「予言、神託、定められたこと、運命」などを意味するラテン語ファトゥム fatum に由来する、と思われる超自然的存在。女性である。フランス語圏では優しく愛らしい年若なフェから意地悪で醜い年取ったフェまでさまざまな登場形態がある。ドイツ語圏では概して人間に親切で恵みを与えてくれる「賢い女《ヴァイゼ・フラウ》」〔これは本来は人間で、ゲルマン太古においてはその叡智や深い経験により族長や戦士さえ指導した巫女的存在だった、と思われる。その民族的記憶がメルヒェンに谺《こだま》してこのような登場形態になったのであろう〕の代わりにこの語を用いることがある〔たとえばKHM五〇番「茨姫」に登場する十三人のフェたち〕が、これはあくまでも移入例に過ぎない。

九三　**女魔法使い**　Zauberin.　ドイツ語圏のメルヒェンでは男の魔法使い Zauber と同じく人間である。男の魔法使いの場合はさまざまであるが、女の魔法使いの場合は、特に同胞に親切ではないけれども、さりとて〔メルヒェンの〕魔女 Hexe のように絶対的に邪悪な存在でもない、と言えよう。KHMでの登場例は極めて少ないが、その代表はKHM一二番「ラプンツェル」の「ゴテル婆さん」。他には〔これらではあまり良からぬ存在ではある〕KHM六九番「ヨリンデとヨリンゲル」、KHM一三四番「六人の家来」、KHM一九七番「水晶の珠」。ただし、最後に挙げた話は南欧種か、と思われる。

九四　**森女**　Waldfrau.　DS一五一番「荒荒しい精霊たち」には「野男」・「森男」と並んで「森女」が扱われている。具体的な描写はされていないが、猟場、狩場、つまり森林や原野に出没する荒荒しい超自然的存在で、北イタリアのヴィチェンツァやヴェローナ一帯に居住するドイツ系住民の間で恐れられており、彼らは十二月半ばから一月半ばまで決して猟場に脚を踏み入れず、牧人はこの期間決して家畜を外に出さない、とある。レアンダー・ペッツォルト『ドイツ民間伝説』Leander Petzoldt: *Deutsche Volkssagen.* には「森の小人女」Waldweibchen, Waldfräulein、「苔小人女」Moosweibchen の話が収録されている。三〇五—三〇九。これらは身体が小さく、人懐こいが、人間の悪意に遭うと復讐をする。

九四　**ノルネン**　Nornen.　北欧神話に登場する運命を司る女神たち。ウルズ（過去）、ヴェルザンディ（現在）、スクルド（未来）の三姉妹。彼女たちには北欧神話の大神オーディンでさえ従わなければならない。

九四　**女性のエルフ**　Elfe.　北欧の神話・伝説に登場する小妖精。明るく軽快な性格で、時として人間に悪戯をしたり、産まれたての赤子を攫《さら》って妖精の世界に連れて行ったりすることもあるが、本質的には親切にふるまう、と言ってよかろう。男性形は Elf である。

九四　**呪われたお姫様**　城の姫君が何か魔に呪われて古城の中や山中深くに封じられ、特定の条件が揃わないと解放されない、という伝説がしばしばある。

九四　**白衣の夫人**　weiße Frau.　DSにはたとえば二六八番「ベルタ夫人あるいは白衣の夫人」がある。この話では「白衣の夫人」とは王侯の城に出現する白装束の女性で、これら王侯の祖先と考えられる。別に悪いことはしない。

九四　**キルケ**　Circe.「リブッサ」訳注参照。

九四　**エンドルの魔女**　die Hexe zu Endor.　旧約聖書サムエル前書二十八章によればこうである。預言者サムエルによってイスラエルの王となったサウルはペリシテ人らと戦って勝利していたが、そのうち敵の人命は女でも赤子でも全て殺戮し、また彼らの財産である家畜らをも滅ぼし尽くせ、とのサムエルの過酷な指示に飽き、家畜などは無傷で略奪・占有するようになった。サムエルはサウルに失望し、次の王としてダヴィデに香油を注ぎ、やがて死ぬ。サウルはペリシテ人の大軍と戦うことになった時、すっかり自信を失って、サムエルの霊を口寄せにして招こう、と考える。しかし、彼は既にイスラエルの国中から巫女や魔法使いを追放していたのである。家臣が、エンドル〔エン・ドル〕に口寄せのできる女がいる、と知らせたので、サウルは身を窶《やつ》し、二人の兵士を連れただけで、その女を訪れる。女は初め、これは自分を陥れる罠だ、とサウルの依頼を拒むが、サウルが主の名に掛けて誓ったので、口寄せをする。召喚されたサムエルの霊は、ダヴィデが次代の王となること、イスラエル軍はペリシテ軍に大敗すること、サウルとその子どもたちは部下もろとも戦死することを告げる。サウルは絶望して立ち去る。

「エンドルの口寄せの女」、つまり、死霊をあの世から呼び寄せてその言葉を自分の口から語るのを稼業としていた巫女が、老齢であったとか、醜かったとか、あるいは、口寄せ以外の魔術を心得ていたとかの記述は一切旧約聖書には無い。後世、そのような存在だったのだろう、と憶測する者が少なくなく、ためにいろいろ尾鰭を付けて引用され、「エンドルの魔女のように醜い老婆」などと類型化されたようだ。「ローラントの従士たち」訳注をも参照。

九四　**マンデル**　ドイツの昔の数量単位。卵などの一五―一六個。穀物の刈り束の一五―一六束。

九五　**司教**　バンベルクの司教である。つまり、この都市の最高権力者。この物語の背景とその生涯が多少重なり合う司教オットー一世（在位一一〇二―三九）はドイツで最も傑出した司教の一人。彼はバンベルク司教区を大いに繁栄させ、帝国の政治に多大な貢献をした。とりわけたくさんの修道院を建設、また、一〇八一年に焼失していた大聖堂を再建した。

九五　**高位の聖職者**　大司教、司教、大修道院長など。

九五　**美女**《ニンフ》　Nymphe.「ニンフ」はギリシア神話に登場する、森、河、泉、山や洞窟、海などに棲む女性の精霊。

九五　**典雅の女神**《グラティア》　Grazie.　ギリシア神話の三柱の女神たち、アグライエ（輝き）、エウプロシネ（喜悦）、タリア（栄え）に相当するローマ神話の典雅の女神グラティアエの単数形。「三姉妹物語」にも出る。

九五　**火天**《エンピユロス》　古代ギリシア・ローマの自然哲学者が考えた五つの天のうちの最高天。浄火と光の国。上へ上へと志向する火が最も軽い元素となってここに集まる、とされた。これによって天が輝く現象が説明された。また、ヨーロッパ中世においては、ダンテの『神曲』でもそうだが、エンピュロスは最高の光明の天となっている。

九五　**六十個**《ショック》　昔のドイツの数量単位。六〇。

九七　**ドイツ民族の神聖ローマ帝国**　das Heilige Römische Reich Deutscher Nation.　この正式名称は十五世紀から始まる。これは古代ローマ帝国あるいはカロリング帝国の復活を意味するものではあるが、「神聖」はキリスト教、つまり教皇の権力を一方の焦点に、「ドイツ民族」はドイツ民族、つまりドイツ王の権力をもう一方の焦点とする楕円状のヨーロッパ支配構造を意味する、と言ってよかろう。理念的には八〇〇年フランク王カール一世が教皇レオ三世の手によってローマ帝国皇帝（カール大帝《デア・グローセ》＝シャルルマーニュ）に戴冠された時から、実質的には九六二年ドイツ王オットー一世（九一二―七三）が教皇ヨハネス十二世からローマ帝国の帝位を受けた時から、とされる。一八〇六年帝国諸領邦のうち十六が離脱、フランス皇帝ナポレオン一世を盟主とするライン同盟に参加、解体は不可避となり、次いでナポレオンの最後通牒を受けた神聖ローマ帝国皇帝フランツ二世（オーストリア皇帝）は退位した。オットー一世の即位以来八四四年である。しかし、成立と同時に凋落《ちょうらく》が始まったこの帝国の実体を定義するのは難しい。ブルボン王朝下のような中央集権的絶対主義国家であったことはないし、イングランドのように統一された法制度を持ったわけでもない。

九七　**戦士**《チャンピオン》　中世の馬上槍試合《トーナメント》で闘い合う騎士のこと。最終的に勝利を得た者は、試合を司会する「栄誉と愛の女王」から栄冠を授けられるのが習いだった。

九七　**婚礼神**《ヒュメネーオス》　Hymenäos.　ギリシア神話で婚礼を司る神。

九八　**行宮**《あんぐう》　皇帝が都を離れた際一時滞在する場所。行《あん》在所《ざいしょ》とも。ハインリヒ四世の帝都は一応ゴスラールだったが、他の有力な諸都市にも巡遊した。

九八　**クレッテンベルク**　Klettenberg.　中部ドイツ、ハルツ山地の伝説に「クレッテンベルクの最後の伯爵」Der letzte Graf von Klettenberg がある。ルートヴィヒ・ベヒシュタインの『ドイツの伝説』Ludwig Bechstein: *Deutsches Sagenbuch.* Leipzig 1853. によれば、彼はハルツ山地に夥しい所領を有していたホーエンシュタイン、ローレ、およびクレッテンベルクの伯爵エルンスト七世 Ernst VII, Graf von Hohenstein, Lohre und Klettenberg である。生没年は示唆さえされていない。ムゼーウスの郷国テューリンゲン北部はハルツ山地の麓にまで及ぶので、彼の念頭にあったのは多分この伯爵家であろう。ケーフェルンブルク伯爵領と境を接している、とも記されていて、これはテューリンゲンにあったから補強材料になる。もっとも、クレッテンベルクはオーバーザクセンの伯爵領〔最後のクレッテンベルクの伯爵は一二八〇年死去〕の名称でもある。ドイツ語圏の固有名詞としてはその他枚挙に遑《いとま》が無い。

九六　**アドニス**　Adonis.「リヒルデ」訳注参照。

九七　**法廷**《アレオパゴス》　軍神アレスの丘の上にあった古代アテネ最高の司法機関。

九八　**愛神**《アモール》　Amor.　アレキサンドリア期から後期に掛けては、背中に翼を生やし、弓を携え、箙《えびら》を肩に掛けた、丸裸で悪戯な幼い少年として登場するのが普通。箙に挿した矢には黄金の鏃と鉛の鏃の二種類があり、黄金の鏃が付いた矢で射られた者は人への恋の炎に身を焦がし、鉛の鏃《やじり》が中《あた》った者は人が厭わしく思えてならなくなる。詳しくは「愛神《アモール》となった精霊」訳注参照。

九九　**うっかりしたら綱に引きずられる**　鯨捕りのことがムゼーウスの脳裡にあったのかも。

一〇〇　**サムソンが……断ち切った**　サムソンは旧約聖書士師《しし》記に記されているイスラエルの士師（裁判官）の一人。イスラエルがペリシテ人の支配下にある時、二十年間士師としてイスラエル人を裁いた。ペリシテ人は何度か彼を殺そうとしたが、彼は極めて力が強かったので、謀殺の試みはことごとく失敗した。彼がペリシテ人のデリラという女を愛するようになると、ペリシテ人は、どうすればサムソンを縛り上げて苦しめることができるか、彼から訊き出したら大金を与える、と同族のデリラに申し出る。デリラは三度彼に問い、三度偽りを教えられる。一度目は、乾いていない新しい弓弦《ゆんづる》七本で縛れば無力になる、との答。デリラがその通りにして、ペリシテ人がやって来た、と声を掛けると、サムソンはこれらを易易と断ち切る。その二度目に彼は女にこう告げるのである。「もし人用ひたることなき新しき索《なわ》をもてわれを縛りいましめなばわれ弱くなりて別《ほか》の人のごとくならん」（「七本の」とは書かれていないが、前後の記述から見てそうなのだろう）。三度目もサムソンは偽りを告げる。「汝もしわが髪の毛七繚《ふさ》を機《はた》の緯線《よこいと》とともに織《おら》ばすなはち可《よ》し」と。デリラが眠ったサムソンの髪の毛をその通りにし、釘でこれを止め、また、ペリシテ人がやって来た、と声を掛けると、サムソンは眠りから覚め、「織機《はた》の釘と緯線《よこいと》とを曳抜《ひきぬけ》り」。ただし、執拗にせがまれたサムソンは四度目に、その力が髪の毛にあるという真実を愛人に白状してしまう。彼女は膝の上でサムソンを眠らせ、その髪の毛七房を剃り落とす。髪の毛を剃られたサムソンは無力になってペリシテ人に捕らえられ、両眼をえぐられて苦役をさせられる。しかし、その後髪の毛は次第に伸び、その力も回復し始める。ある時ペリシテ人は彼を見世物にして楽しもう、と大きな建物に入れる。建物の中にも屋上にも夥しい見物人が集まる。サムソンは建物を支えている二本の柱を両の手で押し、建物を倒壊させ、自らも死ぬが、そこにいた全ての人も圧殺する。

一〇一　**親衛騎士**《パラディン》　「三姉妹物語」訳注参照。

一〇二　**ケーフェルンブルクの伯爵**　Graf von Kefernburg. テューリンゲンに実際に存在した伯爵家。「ケーフェルンブルク」は Käfernburg, Kevernburg とも綴る。この伯爵家は一一四一年ジッツォ三世により創設され、一三〇二年に断絶している。従って残念ながらいかなるケーフェルンブルクの伯爵もハインリヒ四世の宮廷に伺候することはできなかった。なお、テューリンゲン最古の町アルンシュタット Arnstadt は一時ケーフェルンブルク伯爵家に領有されていた。

一〇一 **ゴスラール** Goslar. ハノーファーの歴史ある山中都市。北ハルツ山地、ランメル山《ランメルスベルク》の麓にあり、ゴーセ河に臨んでいる。ゴスラールの町もランメル山《ランメルスベルク》も世界遺産に登録されている。最も名高い世俗建築物は神聖ローマ帝国皇帝の館である。これは現存するロマネスク様式最大のドイツの宮殿（一〇三九―五六）。ザクセン朝（九一九―一〇二四）のドイツ王初代ハインリヒ一世（八七六―九三六）が王宮を構えて以来、オットー一世（初代神聖ローマ帝国皇帝。大帝《デア・グローセ》）治下に発見されたランメル山《ランメルスベルク》の銀・銅・鉛鉱（漸く枯渇して閉山したのは一九八八年）によって重要なものとなったゴスラールは、ザクセン朝とザリエル朝のドイツ王たちが好んで宮廷を置いた。十一世紀にハインリヒ二世（九七三―一〇二四。ザクセン朝最後の王）が領有する経済圏の中心となったゴスラールに王宮を設け、ハインリヒ三世はこの都市をザリエル朝最大の宮廷所在地に発展させる。十一―十二世紀にゴスラールは神聖ローマ帝国の最も重要な行政地となった。帝国議会はここで二十三回開催され、王たちや皇帝たちの行幸は百回にも及んだ。

一〇一 **聖所《パフォス》** Paphos. キュプロス島の海岸都市だった古パフォスを指す。ここは愛と美の女神アプロディーテの聖所で有名。女神はここで海から島に上がった、という。「リヒルデ」、「泉の水の精」訳注をも参照。

一〇一 **幼い頃の子守女は軽率にも……付け加えてしまった** 抱っこしていた幼児を石の床などに落として骨を折ってしまったのである。こうした揶揄《やゆ》口調はこれに続く記述と併せ、現代人には快くないが、当時の時代感覚と考えて戴きたい。

一〇二 **ヤヌスの神殿の門を開いた** ヤヌスはローマ神話の神。ローマにヤヌスの神殿は無数にあったが、これらの門は平和時には閉ざされ、戦時には開かれた。ムゼーウスは恋の戦が再開されたことを仄めかしている。

一〇三 **ティルスの情婦** die Tyrische Buhlschaft. 情婦デリラを指す。ムゼーウスがなぜこんな表現を用いたのか不明。ティルス（テュロス）は古代フェニキアの港湾都市。

一〇四 **アウクスブルク** Augsburg. 「泉の水の精」訳注参照。

一〇四 **アレクサンドリア** Alexandria. アレクサンドレイアとも。アレクサンドロス大王によって同名の都市がいくつも建設されたが、ここではそのうちで最も有名な、紀元前三三一年ナイル河三角州《デルタ》の西側を流れるカノボス分流の河口近く、地中海とマレオティス湖北岸の間に建設された下エジプトの都市を指す。アレクサンドロスの大帝国の後継王国の一つプトレマイオス朝の首都として繁栄。六四三年アラブ軍の占領により、貿易都市としてのアレクサンドリアは滅びた。ハインリヒ四世の時代はイスラム教国の一つファーティマ朝支配下。

一〇五　**抗弁権**　相手方の権利が存在する場合でも、その行使を妨げる権利。

一〇六　**盾持ち**　騎士に扈従《こじゅう》する平民身分の兵士を指すこともあるが、ここでは騎士になる修行期間騎士の身の回りの世話をする年若な貴族の子弟。

一〇七　**バジリスク**　Basilisk.　伝説の怪物。石をも砕く毒気を吐き、人をにらみ殺す毒眼を持っている、という。王冠を頂く蛇、あるいは鶏頭の蛇として描かれる。しばしばコッカトリスと混同される。これは歳を取った雄鶏の卵をその雄鶏、あるいは蛇、あるいは蟇蛙が抱くことによって生まれる。

一〇七　**十誡《じっかい》**　ユダヤ教、キリスト教で、神がモーセに与えたという十箇条の訓戒。

一〇八　**ご綸言**　綸言は「天子の仰せられた言葉」、「詔《みことのり》」の意。中国でも「綸言汗の如し」（一旦外へ出た汗が体に戻ることがないように、天子が口から出した言葉は取り消すことができない。『礼記』）とされる。ここでは皇后の言葉だが応用した（この前に出る「逆鱗」についても同じ）。

一〇九　**マントノン夫人**　Madame Maintenon.　マントノンの女侯フランソアーズ・ドービニエ（一六三五―一七一九）。ルイ十四世の愛人で後に妻となる。彼女は早くから熱烈な信仰に身を捧げていた。そこで一六八五年貧しい貴族の娘たち三〇〇人のための教育施設サン・シール修道院を建立した。ルイ十四世の死後一七一五年夫人はそこに隠遁する。

一〇九　**ラーイス**　Laïs.　白拍子《ヘタイラ》、高等娼婦《クルティザンヌ》。ラーイスは二人いる。いずれも有名なギリシアのヘタイラの名前。

一一〇　**扶養推薦状《バーニスブリーフ》**　litterae panis.　ラテン語。十三世紀以降帝国の終焉に至るまで神聖ローマ帝国皇帝が、困窮した俗人を無償で生涯、あるいは暫定的に扶養するようどこかの修道院に要請した扶養推薦状。

一一〇　**聖墓**　イエス・キリストの墓。

一一〇　**エジプトの肉の鍋……たまらなくなった**　モーセに率いられて、神ヤハウェが約束した地に向けてエジプトを出たイスラエルの民は、二箇月後シナイ半島の曠野《こうや》に入ると、苦しさに耐えかねて、モーセとその兄アロンにこのように不満をぶちまけた。「我等エジプトの地に於《おい》て肉の鍋の側《そば》に坐り飽《あく》までにパンを食《くら》ひし時にヱホバの手によりて死《しに》たらば善《よか》りしものを汝等《なんぢ》はこの曠野《あらの》に我等を導きいだしてこの全会を飢《うゑ》に死《しな》しめんとするなり」（旧約聖書出エジプト記十六章三節）と。

一一〇　**ティロル**　Tirol.　現代のオーストリア南部からイタリア北部にかけて広がる山地。

一一〇　**ロヴェレト**　Roveredo.　片仮名表記は「ロヴェレト」にしておく。ロヴェレドはスイスのグラウビュンデン州の町。だからこれはムゼーウスの誤記である。ロヴェレト Rovereto ならエッチュ河谷にある南ティロルの主要都市。南にはダンテが滞在したリッツァーナの町がある。しかし、ロヴェレトができたのは十二世紀の末だから、残念ながらこの時代にはまだ存在していない。

二一　**パドヴァ**　Padua.　イタリアの綴りでは Padova なので、片仮名表記はこちらに倣った。北イタリアの極めて古い都市。十三世紀半ばに創立された大学がある。

二一　**女医師様**《シニョーラ・ドットレーナ》　Signora Dottorena.　「シニョーラ・ドットレーナ」はそのまま素直に訳せば「ドットレーナ夫人」である。しかし、ムゼーウスは、イタリア語のドットーレ（博士、医師）Dottore の女性形がドットレーナだ、と誤解しているような気がするので、あえてこう訳出した。

二二　**ウゲッラ様**《シニョーラ》　Signora Ughella.　令嬢ウゲッラは当然未婚。従って敬称は「シニョリーナ」Signorina でないとおかしい。また、このままでは母親のシニョーラと混同される。そこでウゲッラを「シニョーラ」としている以降の箇所は訳語で回避した。

二二　**馬勒**《ばろく》　「沈黙の恋」訳注参照。

二三　**ラファエロ**　Raffael.　ラファエロ・サンティ（一四八三―一五二〇）。画家。イタリア・ルネッサンス最盛期の巨匠。中部イタリアのウルビノ公国の宮廷画家ジョヴァンニ・サンティの息子として生まれる。

二三　**ディアーナ**　Diana.　古代イタリアの伝統的信仰においては光明、豊饒、出産の女神であり、ネミの湖に近い森に祀られていた。ギリシア神話のアルテミスと同一視されるようになると、全くアルテミスの形で表されるようになった。アルテミスは元来山野の動物たちと狩猟を司る女神だが、古典期ギリシアとなると処女神として女性とその生活の保護者とされる。だからいささか矛盾するが産褥の守りでもある。通俗概念では、アルテミスもディアーナも純潔な男嫌いの狩猟の女神である。また、月の女神とも考えられた。

二三　**婦人部屋**《ギュネツエーウム》　古代ギリシアの家屋内の婦人用の部屋。

二三　**サー・ジョン・バンケル**　Sie John Bunkel.　イギリスの著述家トーマス・エイモリ（一六九一―一七八八）の啓蒙主義的長編小説『ジョン・バンクル殿の生涯』Thomas Amory: *The Life of John Buncle Esq.*（一七五六―六六）を指す。ピストリウスの翻訳『ヨーハン・ブンケルの生涯と覚え書と意見。並びに興味深きさまざまの婦人部屋の生活』Pistorius: *Leben, Bemerkungen, und Meinungen Johann Bunkels, nebst dem Leben verschiedener merkwürdiger Frauenzimmer.* がある。レッシングなどと親交のあったベルリンの出版者で著述家でもある啓蒙主義者クリストフ・フリードリヒ・ニコライ（一七三三―一八一一）が一七八八年出版したものだが、これを廻ってニコライとヴィーラントとの間に猛烈な論争が起こり、それには全ドイツの文学界が介入した。

二五　**カリオストロ伯爵**　Graf Cagliostro.　「誘拐《かどわかし》」でム

ゼーウスは Graf von Cagliostro と表記している。カリオストロ伯爵アレッサンドロ（一七四三―九五）、本名ジュウゼッペ・バルサモのこと。十八世紀の冒険的山師の一人。シチリア島のパレルモ生まれ。早くから自然科学の知識を身に付け、一七六九年以降ギリシア、エジプト、近東を旅行。一七七一年ロンドンとパリを訪れ、錬金術師として卑金属から黄金を作ってみせたり、祓魔師として幽霊を祓ったりして、多額の金を稼いだ。ロンドンでは伝統ある秘密結社フリーメーソン会の一員となり、会の最高階級にまで上り、フリーメーソンの新たな一派（エジプト・フリーメーソン）をも設立した。ライプツィヒとベルリンを経てミタウ（リトアニア語イェルガヴァ）へ赴き、そこでデア・レッケ女伯を魅了。一七八五年パリに移った彼はカリオストロ伯爵アレッサンドロと名乗り、長寿の霊液を持っている、と主張した。ムゼーウスがこの物語を書いた当時はまだ名声の絶頂にあったが、のち有名な醜聞「王妃の頸飾り事件」（「宝物探し」訳注参照）の黒幕となり、事件発覚後バスティーユ監獄に収監され、一七八六年五月追放される。一七八九年ローマ教皇庁に逮捕され、異端のかどで死刑の判決を受けるが、教皇ピウス六世から一七九一年恩赦を受け、終身禁錮《きんこ》刑に減刑された。一七九五年ウルビノ近郊で病死。

二五　**ネストール**　Nestor. スパルタの西、ピュロスの砂浜に王たるネストールは、ホメロスの『イーリアス』でギリシア軍の将帥中最年長の老将とされている。

二六　**ヒポクラテス**　Hippokrat. 大ヒポクラテス。ギリシアの人。紀元前四六〇年頃コス〔後掲「アエスクラピウスの娘」参照〕に生まれ、紀元前三七七年テッサリアのラリッサで没する。彼の生涯は伝説でさまざまに飾られており、確実なのは医師として数数の旅を行ったということだけである。古代既に彼は最も偉大な医師とされた。いまだに医聖と謳《うた》われている。

二六　**妖婦**《セイレン》　Sirene. 上半身は女、下半身は鳥の形をした海の怪物。大体地中海西方の海上、海峡などの岸から、こよなく美しい歌で舟人《ふなびと》を誘い、自分らのもとに引き寄せて、その肉を喰らい尽くす。『オデュッセイア』にも「アルゴー遠征隊《アルゴナウタイ》の物語」にも登場する。

二六　**復讐の女神**《フリア》　Furie. ローマ神話の復讐の女神。ギリシア神話のエリュネ（普通複数形でエリュニス）に当たる。転じて、怒り狂う女。

二七　**サラバンド**　アラブの影響を受けたイスパニアの舞踊から発達し、十七―十八世紀にフランスで流行した四分の三拍子の典雅な舞踏。

二八　**アエスクラピウスの娘**　アエスクラピウスはローマ神話での名。ギリシア神話ではアスクレピオスに当たる。「アエスクラピウス、アスクレピオスの娘」とはすなわち女医のこと。アスクレピオスはテッサリアのラリッサの領主プレギュアスの娘コロニスと太陽神アポロンの息子。すこぶる医術に長けた。死者を生き返らせたため、大神ゼウスの雷火で打ち滅ぼされたが、のち後悔したゼウスにより天界に上されて神の一人となる。以後アスクレピオスは医術の神として広く信仰・尊崇され、アルゴス地方の東部エピダウロスを初めとしてギリシア各地に神殿・治療所が設けられた。なおエピダウロス以外ではコスの島が医学の中心として名高く、ここにはアスクレピオスの後裔を名乗るアスクレピアダイ一族が住み、医学塾を開いていた。

二九 **騎士の拍車** 黄金鍍金《きんめつき》の拍車は騎士であることを示す標《しるし》の一つ。ちなみに盾持ち（騎士見習い、従騎士）は銀鍍金の拍車を付ける。

二九 **跑足《だくあし》** 「沈黙の恋」訳注参照。

二九 **ローマ皇帝アウグストゥス** Kaiser Augustus. 本来の名はガイウス・オクタウィウス（紀元前六三—紀元一四）。通例初代ローマ皇帝とされる。

二九 **急がば廻れ** 急ぐ時には危険な近道より安全な本道に廻った方が却って早く目的地に到着する、の意。

二九 **ブリクセン** Brixen. 南ティロルの町で保養地。標高五六一メーター。プローセ山（二五〇五メーター）が町を見下ろしている。リエンツ川がアイサーク川と合流する地点にある。既に四世紀から司教座所在地。十一世紀には神聖帝国直轄の高位聖職者封領となり、ティロルと同盟を締結。一〇八〇年にはここで教皇グレゴリウス七世に対抗する司教会議が開催された。

二九 **愛馬《ロシナンテ》** 騎士道小説を読み耽ったあまりとうとう、騎士ドン・キホーテ・デ・ラ・マンチャ、と名乗って諸国遊歴の旅に出たイスパニアの郷士《イダルゴー》アロンソ・キハーノ氏の愛馬の名。ご主人の酔狂のためとんだ迷惑を蒙った痩せ馬である。「リューベツァールの物語」にも出る。

三〇 **事ノ仔細ノ書面ニヨル陳述《スペシエス・フアクティ・アド・スタートゥム・レゲンディ》** species facti ad statum legendi. ラテン語。

三〇 **何ラ損傷モ無キ現状回復トイウ恩典《ベネフィキウム・レスティトゥティオニス・イン・インテグルム》** beneficium restitutionis in integrum. ラテン語。

三一 **クロディウス** Clodius. ユリウス・カエサルの党人でキケロの敵として知られ、放埒な行状のため憎まれていた、プルケル（美男）なる異名を取った護民官プブリウス・クロディウスは、男性の参加が死罪で禁じられているボナ・デア（貞潔と多産の女神）の祭の際、その妻が自分の愛人だったカエサルの家に忍び込んだ。彼は紀元前五二年敵党派に殺された。

三一 **ウェスタの神聖さ** ウェスタはローマ神話固有の神神の一柱で、公私の竈《かまど》を司る女神（ギリシア神話のヘスティアに当たる）。その聖火が燃えている神殿に奉仕するウェスタルと呼ばれる六人の巫女（女祭司）たちは良家出身で清浄無垢な処女でなければならなかった。従って「ウェスタの神聖さ」とは女性の純潔を指す。ローマ人の信仰によれば、ローマの安泰はひとえにこの聖火が燃え続けることにかかっていた。

三一 **ヴェストリス** Vestris. イタリア人ガエターノ・アッポリーノ・バルダッサーレ・ヴェストリス（一七二八—一八〇八）のこと。彼はパリのオペラで十八世紀最も重要な踊り手だった。「舞踏の神」と賞賛され、自らと同格の大人物としてはヴォルテールとフリードリヒ二世（大王《デア・グローセ》）あるのみ、と自負していた。

二一　**百合の王妃**　フランス国王ルイ十六世の王妃マリー・アントアネット（一七五五―九三）。百合はフランス王国の紋章。

二一　**棒打ちの刑《バストナーデ》**　特に足裏に加える棒打ちの刑。

二二　**……という代物**　これではループレヒト伯爵が舞踏の名手との設定になる。しかし、瘤取話の類話では、更に瘤を付けられてしまう悪玉ないし損な役回りの人物は、瘤を取ってもらう善玉ないし得な役回りの人物と対照的に、踊りが下手糞なため（魔物などである）相手の不興を買うのが通例。ムゼーウスとしては奇妙な錯誤と言えよう。

二二　**亜麻槌《ブラウエル》**　ブロイエルとも。亜麻をほぐすのに用いられる丸い頭部を持つ木槌。

二二　**エジプトの暗黒**　旧約聖書によれば、イスラエルの民がエジプトから出るのを許さないエジプト王《ファラオ》に対し、ヤハウェはモーセを通じて数数の災厄を下した。その一つが三日間エジプト全土を覆った真の闇である。エジプト人はその間、お互いの姿を見ることも、自分のいる場所から立ち上がることもできなかったが、イスラエル人の住んでいる所ではどこでも光があったそうな。出エジプト記十章二十一―二十三節。

二三　**アビシニア**　Habyssinien.　エチオピアのこと。

二四　**寡婦相続料**　夫と死に別れたあと、残された妻に保証される遺産。

二四　**アマディス**　Amadis.　中世、イスパニアから全ヨーロッパへと広がった散文騎士物語の主人公。その本家本元かつ同類のうちで最も良いできなのはイスパニアの『アマディス・デ・ガウーラ』*Amadis de Gaula*（『ガリアのアマディス』）。フランスでは『アマディス・ド・ゴール』*Amadis de Gaule* として有名だが、素材はおそらくフランス種（ゴール＝フランスだから）であろう。発祥は十三世紀、あるいは十四世紀だが、現存する最古のイスパニア語の版で、ガルシア・デ・ロドリゲス・デ・モンタルボの校閲になるものは一五〇八年の刊行。高潔で礼儀正しく、温和かつ繊細、そして敬虔なキリスト教徒である騎士アマディスは騎士道の権化であり、ひたむきな恋愛道の亀鑑《かがみ》である。セルバンテスはこれを郷士《イダルゴー》アロンソ・キハーノ氏の愛読書としている。イスパニアとフランスでは極めて一般的だったが、やがて（そのパスティーシュといってもよい）『ドン・キホーテ』に取って代わられた。

二六　**疑い深いトマス**　Thomas.　十二使徒の一人トマスはイエスが復活して弟子たちのもとに現れた時、皆と一緒にいなかった。仲間たちが、主《しゅ》を見た、と彼に言ったが、信じようとしなかった。「トマスいふ、『我はその手に釘の痕《あと》を見、わが指を釘の痕にさし入れ、わが手をその脇に差入《さしい》るるにあらずば信ぜじ』」（ヨハネ伝第二十章二十五節)。

二七 **皇帝マクシミリアン一世** Kaiser Maximilian der Erste. 一四五九―一五一九。神聖ローマ帝国皇帝フリードリヒ三世の息子。一四八六年以降ローマ王、一四九三年神聖ローマ帝国皇帝。「沈黙の恋」訳注をも参照。

二七 **フランケン地方** Franken. バイエルン北部。マイン河流域を占める地方。

二七 **肉欲界《フライシユリヒ》にある** 〔 〕内は訳者の補遺。

二七 **帝国等族** 「沈黙の恋」訳注参照。

二七 **ミラディ** フランス人などヨーロッパ人がイングランドの貴婦人に対して付ける尊称。マイ・レディ My lady の訛。文学で有名なのはアレクサンドル・デュマの「ダルタニャン物語」三部作の第一部『三銃士』の冒頭から登場する妖婦ミラディである。レディは本来侯爵夫人、伯爵夫人、子爵夫人、男爵夫人に対する呼び掛けに用いられる。たとえば、ダービーの侯爵夫人はレディ・ダービーとなる。準男爵《バロネット》および勲爵士《サー》の夫人にも使われるが、この場合は夫の姓に付く。つまりサー・ホレイショ・ホーンブロワーの妻は、レディ・ホーンブロワーである。もっともこの他に爵位のある家に生まれた令嬢は既婚でなくてもレディと呼ばれるから、ムゼーウスがイングランドの未婚の令嬢に「ミラディ」を付けたのも間違いではない。

二七 **ミラディ・ヘイスティングズ** Milady Hastings. ウォレン・ヘイスティングズ Warren Hastings (一七三二―一八〇八)の令嬢を指すのであろう。ウォレン・ヘイスティングズは一七七二年英国東インド会社初代ベンガル総督、一七七三年初代インド総督の地位に就いた。しかし、彼はインドで専横な圧制を行った、と非難されており、帰国(一七七五年)の二年後一七八七年四月、王国下院は彼に対する弾劾《だんがい》裁判を開く手続きに入ることを決定した。十箇月後裁判が始まり、七年以上にも及ぶが、最終的に彼は無罪になった。実際は、総督ヘイスティングズのもとでブリテン王国の(東インド会社を通じての)インド支配はむしろ改善されたのだが、彼への個人的怨恨や「殿様《ナバブ》(英語式発音ではネイボブ)」と呼ばれるインドで巨富を築いて帰国する成金たちへの本国社会の反感などから、このような事態になったのである。ヘイスティングズは一七五〇年東インド会社の社員となり、一七六一年から一七六四年カルカッタ評議会成員、一七六九年マドラス政府成員、一七七二年初代ベンガル総督、一七七三年初代インド総督。ムゼーウスは、当然ヘイスティングズも大層な富豪になったもの、と考えているわけ。

二七 **ネッケル嬢** Fräulein Necker. パリ切っての富豪として知られたジュネーヴ出身の新教徒銀行家ジャック・ネッケル(一七三二―一八〇四)の娘。彼女はのちドイツとフランスのロマン派を結び付けたことで大層有名になったスタール゠オルステン男爵夫人アンヌ・ルイーズ・ジェルメーヌ(一七六六―一八一七)、すなわちスタール夫人である。スタール夫人は事実その持参金で夫の壊滅していた財政状態を健全化した。なお、ジャック・ネッケルは一七七七年六月破綻《はたん》に瀕しているフランス王国財政の総指揮を執ることをルイ十六世から委ねられ、財政面ばかりでなく、拷問の廃止、刑務所改革なども王に進言、受け入れられるが、貴族の反発に遭って一七八一年五月失脚。

三七　**ド・マティニャン嬢**　Fräulein von Matignan.　未詳。

三八　**ブルトゥイユ男爵**　Baron von Breteuil.　ロシア帝国に君臨した女帝《ツァーリナ》エリザヴェータ一世が逝去（グレゴリオ暦一七六二年一月五日）してから、暗愚なその息子ピョートル三世の皇帝《ツァーリ》としての短い統治、その皇后（のち女帝《ツァーリナ》エカチェリーナ二世）のクーデター成功（同年六月二十九日）、ピョートル三世の突然死（同年七月六日）などに関する報告を、ルイ十五世によりロシア帝国駐在フランス王国全権大使として派遣されていたブルトゥイユ男爵が本国政府宛てに行っている。このブルトゥイユ男爵が、ムゼーウスがここにその名を挙げている肩書きが同じ人物の父親、あるいはもしかすると本人である可能性はある。

三八　**四十万リーヴル**　一リーヴルは一フラン。仮に一フラン＝八百円〔これが書かれてから約半世紀後のモンテ・クリスト伯爵の時代のフランスではまあこんなものだった、と思われる〕としても三億二千万円となる。

**解題**

言うまでもない。これはいわゆる「瘤取話*」である。民話としての話型番号はAT五〇三「小さい人人の贈り物。小人たちが傴僂《せむし》から瘤を取り、それを他の男にくっつける」*。

筋は以下のごとし。

I　小人の親切。(a)旅人が魔女たち、あるいは地面の下から来た人人〔妖精、小人〕の舞踏に加わる。あるいは彼らのために演技・演奏する。あるいは、(b)曜日の名をもっと挙げることによって彼らの唄に付け足しをしてやる。あるいは、(c)彼らが自分の髪の毛を刈り、鬚を剃るのを一向気にしないで、なすがままに任せる。

II　報酬。(a)彼らは旅人の瘤を取ってくれる。あるいは、(b)旅人に黄金をくれる。

III　道連れは罰を受ける。(a)旅人の貪欲で不手際な道連れはその瘤をくっつけられる。あるいは、(b)黄金の代わりに石炭を渡される。

西欧でこの手の話が文献の形で現れるのは古代ギリシアのエピダウロスにある医神アスクレピオス*の神殿にある碑文に刻まれた説話である。

テッサリアのパンダロスは額に痣《あざ》があった。そこでアスクレピオスの神殿に行き、その神域内の宿坊で眠った。

夢のお告げ通り包帯を取ると、痣は消えていた。そこでパンダロスは、お礼として金を奉納しよう、と思い、自分の奴隷を神殿に遣わした。ところがその奴隷も額に痣があったので、主人から預かった金を隠し、夢に現れた医神に、神が痣を消してくださるなら神像を捧げる、と誓った。奴隷が包帯を取ると、自分の痣が消えていないかったばかりか、主人の痣も額に付いていた*。

江戸時代末期の国学者喜多村信節《のぶよ》の百科全書的考証随筆『嬉遊笑覧』付録の「或問《わくもん》」に「鬼に疣をとらる」との欄外頭書きに続き、『著聞集』に「鬼に疣を取られたる話あり」と記事が見える*。疣は普通イボを表わすが、内容からして瘤を示していることは明らかである。ただし、橘成季《たちばなのなりすえ》撰「古今著聞集《ここんちょもんじゅう》」には該当する話がない。次いで『笑林評《しょうりんひょう》』の記事を「これと全く同じ」として載せている。『笑林』は後漢（二一五―二二〇）の邯鄲淳《かんたんじゅん》撰の笑話集であるが、原書は今日湮滅《いんめつ》していて、二十三条が遺るだけだそうな。『笑林評』はこの二十三条に唐代の人楊茂《ようも》謙《けん》が評を加えたもの。瘤の話は全く同じのが明の馮夢龍《ふうぼうりゅう》撰『笑府』にある。『笑府』は清代に遊戯道人なる者に改編されて『笑林広記』と改題された。原本は中国には伝わらないが、日本にも舶載され、平賀源内によって抄訳されている由*。喜多村信節が記している漢文を試みに読み下しにして見る。

一人《あるひと》頂《うなじ》に懸疣《けんゆう》有り。涼を取るに因《よ》りて夜廟中《びょうちゅう》に宿す。神、此れ何人《なんびと》ぞ、と問う。左右《さゆう》答えて曰く。気毬《ききゅう》を蹴る者なり、と。神其の毬を取り来たることを命ず。其の人疣を失い、踴躍《ゆやく》に勝《た》えずして出ず。次なる晩、復《また》疣有る者来たりて廟に宿す。神前《さき》の如く之を問う。左右乃ち以て毬を蹴る者とす。対《こた》えて神曰く、昨の毬将《を》他《かれ》に還《かえ》すべし、と。其の人、旦《あかつき》に至り竟《つい》に両疣を負いて去れり。

頸部に膨らんだ瘤がある男が二人登場。瘰癧《るいれき》（結核性リンパ腺炎）だろうか。それとも甲状腺異常が原因なのだろうか。いずれにせよこれこそ「癭」なのである。廟とは土地神か何かのお社《やしろ》。左右とは神の脇侍の土偶。気毬は蹴《け》鞠《まり》。

日本ではこの類話を扱った文献の最も古いものとして『宇治拾遺物語』のその三「鬼に癭《こぶ》取られし事」がある。宇治拾遺の成立は十二世紀終わり頃とされる。右頬に大きな癭のある木樵《きこり》の翁が山中の鬼どもの宴会で踊を披露、なんとも滑稽で巧みなので気に入られ、必ずまた宴席に参加するよう、担保として癭を取られる。左頬に癭のある隣家の翁がこれを聞きつけ、同様にして取ってもらおう、と山中に出掛ける。しかしこちらは踊がまことに不器用。鬼どもは以前の翁と同一人物と思い込んでいるので、こう下手な舞いぶりならもう来なくたっていいや、とばかり担保の癭を右の頬にくっつける。

次いで江戸時代初期の笑話集安楽庵策伝の『醒睡笑』

に巻一「謂被謂物《いへばいはれるもの》の由来」〔こじつけ語源説〕所収の話と巻六「推《すい》はちがうた」〔思い込みはずれ〕所収の話がある。前者では、踊り上手のある出家が天狗どもの集まりに、腰に円座*をぶらさげた剽げた恰好で参加、大いに気に入られるが、また来るように、と担保として目の上の癭を取られる。後者では、それを真似してやはり目の上の癭を取ってもらおうとした老人が、約束通り来たのは感心、と〔前者と間違えられて〕前者の癭をもくっつけられてしまう。もともと一つの話の前半・後半であるものを策伝が巻の共通主題に合わせてそれぞれの巻に編集し直した、と思われる。

なお、『宇治拾遺物語』・『醒睡笑』で共通して使われている漢字「癭」は本来は頸部の瘤を指す。

伝承の宝庫中近東には勿論類話を載せた文献がある。

エジプトのカイロに生まれた十五世紀のアラブの学者、詩人、文人アル・ナワージー*も、ヨーロッパ後代のレーディにおけるように、背中に瘤のある二人の男〔ただしこちらの場合、背中だけでなく胸にもある〕の話を語っている。妖精や魔女・悪魔の代わりにアフリート〔エフリート。アラーと人間の中間に位する魔物・魔神。炎の精霊《ジン》の一族〕が一役買う。

背中に瘤のある男が〔寂れて人気《ひとけ》のない〕公衆浴場《ハンマーム》で独りで一杯やって、愉快に唄を唄っていると、この魔物が建物の壁を突き破って侵入して来る〔公衆浴場の廃墟のような汚穢《おあい》に縁のある場所には、このような魔物が好んで跳梁した〕。恐ろしい象の恰好をしている。ところが男は怖がるどころか、相手を食事に加わるよう招待する。魔物は喜んで、何か望みはないか、と訊ねる。「背中と胸の二つの瘤を厄介払いできりゃ、あたしゃ嬉しいんですがね」との返事を聞いたアフリートは手でそれを撫で、両の瘤を〔後述パーネルの詩にあるのと同様〕部屋の天井に投げつける。そこで男はすらりとした体になって、ご機嫌で家に帰ることができる。それを聞いたもう一人の背中に瘤のある男が〔浴場の〕同じ部屋で唄を歌う。しかしアフリートが壁から入り込むと、男は恐怖に怯えて黙りこくり、ぶるぶる震えているばかり。そこでかんかんになった魔物は、元からあった二つの瘤の上に更に例の陽気な男から取ってやった瘤を貼り付けてしまう。

西欧では十七世紀のイタリアおよびアイルランドに文献がある。*さまざまな点で文人の筆が加えられている。

ナポリで一六四七年に刊行された『べねゔぇんとナル不思議ナ胡桃《クルミ》ノ樹ノ物語』*De nuce maga Beneventana* の中で、南イタリアの都市ベネヴェントの医師ピエトロ・ピペルノはこう語る。

背中に瘤を持つ靴屋のロンベルトは、ご聖体の祝日《コルプス・クリスティ》〔カトリック教会の大祭で、聖霊降臨節――復活祭の五十日後――のあとの第二木曜日に行われる」前の宵、ベネヴェントから自分の故郷アルタヴィラへと旅をしていたが、野原の川のほとりで一群の男女が踊っているのを見つけた。ロンベルトは、この人たちは牧草の草刈り人だ、と思い、おもしろがって仲間に入る。

この連中、楽しそうに唄を歌うのはいいが、これが、

月曜日、火曜日、水曜日、
木曜日が来て金曜日、

の繰り返し。そこで靴屋がこう締め括る。

そして土曜日、日曜日。

聞いた皆は大喜びで、一巡りする歌詞を歌って興に入る。踊り疲れた一同はやがて大きな胡桃の樹の下で、飲めや食えや、と盛大に宴《うたげ》を催すが、そのうちこの夜の踊り手たちの一人がしたたかに靴屋の瘤をひっぱたく。すると瘤は背中から胸へとつるりと動いてしまう。びっくり仰天したロンベルトが「イエス様、マリア様」と叫ぶと、宴席の客は全て食卓と灯火もろとも突然ふいと消え失せた。こいつはどうも魔女どもと係わり合いになってしまったわい、と怖じ気づいた靴屋は急いで旅を続けた。白白明けに我が家の扉をほとほとと叩くと、女房は最初中へ入れるのをどうしても承知しなかった。うちの亭主じゃない、と言い張って。つまり瘤はもう綺麗さっぱりロンベルトの背中から消え失せていたからである。

それからまた。

フランチェスコ・レーディは一六九八年ロレンゾ・ベッリーニ宛ての書簡の中で、瘤を背中に持った二人の男の話を報告している。* これはムゼーウスの物語の二人の登場人物に合致する。

その一人の方は、悪魔どもがベネヴェントの胡桃の樹の下で行われている魔女の集会《サバト》に連れて行き、バターでできた鋸《のこぎり》でその瘤を切り取り、マルチパン〔擂《す》り潰した扁桃《アーモンド》を砂糖で練った焼き菓子〕の膏薬《こうやく》で傷口を塞いでくれた。これを聞いて、同じく魔女たちのところへ踊りに出掛けたもう一人は、そこでおそろしくぶきっちょなふるまいをしたので、悪魔どもは最初の男の瘤を「地獄の業火のもとの一つである」瀝青《チャン》で彼の胸に貼り付けてしまったそうな。

近世アイルランドの詩人トーマス・パーネル*の詩「古代イングランド様式の妖精物語」*A Fairy Tale in the Ancient English Style* は、同様のアイルランドの民間伝承を素材としたものだが、アーサー王の時代を借り、シェークスピアやスペンサーのお蔭で知られるようになった妖精の世界を舞台にしている。

麗しの姫イーディスに二人の若い騎士エドウィンとトウパズが求婚する。前者は背中に瘤があり、後者はすらりとした体つきである。自分の不具を悲しみながら、夜独りで廃墟になったとある城館のそばまでさまよって行ったエドウィンは、一群の小人たちが灯火を手にして近づいて来るのを目にする。妖精の王オーベロンは親切に、エドウィンが何を悲しんでいるのか、と訊ね、妖精たちの踊りに加わるよう命じる。そしてロビン・グッドフェロー*が彼を天井めがけて投げ上げると、瘤はそこに貼り付いたままになる。雄鶏が啼いて陽気な一団が消え失せると、瘤から解放されたエドウィンは、気も晴れ晴れと家路を辿《たど》る。けれども彼の恋敵のトウパズは、同じように妖精を待ち受けようとしたために、手ひどいもてなしに遭う。つまり、天井に投げ上げられて、エドウィンの瘤をくっつけられてしまった、というわけ。

ムゼーウスはおそらくこのパーネルの詩を「屈背のウルリヒ」に利用したのではないか、とボルテ／ポリーフカは『KHM注釈』（BP）の欄外注で記している。*

グリム兄弟編著『子どもと家庭のためのメルヒェン集』、すなわちKHMにこの手の類話がある。

ＫＨＭ一八二番「小さい人人の贈り物」Die Geschenke des kleinen Volkes がそれ。ただし初版（一八一二年第一部、一八一五年第二部）にも、第二版（一八一九年）にも無い。KHMに収録されたのはずっと遅く第六版（一八五〇年）で、それまで一八二番だった「えんどう豆の試験」Die Erbsenprobe を削除した代わりである。収録材料の原題は、E・ゾンマー編『ザクセンとテューリンゲンの伝説』一番「山の精たちの贈り物」E. Sommer: *Sagen aus Sachsen und Thüringen.* Nr.1 ‚Der Berggeister Geschenke' とある。一八四六年ハレ・アン・デア・ザーレで口承から採録の由。*

仕立屋*と黄金《きん》細工師*が道連れになって旅をしている。二人のうち後者だけが背中に瘤を背負っている。月夜、ある丘の上で小さな男女たちが唄を歌いながら輪舞をしておるのを見る。輪の中央にいる、他のものよりいくらか体の大きい白鬚《しらひげ》の爺さんが、輪の中へ入るよう、無言で彼らを誘う。黄金細工師が先立ちで二人は、小人たちが開いてくれたところから輪の中に入る（唄や踊りには参加しない）。爺さんはやがて腰の小刀を手に取り、二人の頭髪と鬚をつるつるに剃り落としてしまう。それから傍らの石炭の山を指差して、それをポケットに詰め込むよう身振りをする。二人はその通りにして、また歩き出す。丘を下って谷に入ると、真夜中を告げる鐘が鳴る。唄はぱたりと止み、何もかも消えてしまう。

宿を見つけて泊まった二人が翌朝目覚めると、石炭は黄金に変わっており、髪も鬚も元通り生えそろっている。

黄金細工師は欲を出して、もう一度丘の上へ出掛けよう、と言い出す。仕立屋は、これで十分、と答え、同行はしないが、おつきあいにもう一晩泊まることにする。

　黄金細工師はいくつか袋を用意して出掛ける。同様のことが起こる。黄金細工師は袋に一杯石炭を詰め込んで宿に引き上げる。翌朝見ると、石炭は石炭のまま。また、昨日の朝変化していた黄金も石炭に戻っている。髪も鬚も元通りではなく、つるつるのまま。それから背中の瘤と同じ大きさの瘤が胸にもついている。

　仕立屋は、道連れなのだから、自分の黄金で一緒に暮らそう、と言う。黄金細工師は一生背中と胸に瘤をつけ、髪も鬚も生えないで過ごした。


　小人ではなく、猫*がそれに代わる話がヨーロッパにある。これはフラマン人*の民話「背中に瘤のある二人の男と猫たち」*で、ここに登場する猫たちはキリスト教に反感を持つ魔物である。全訳を左に掲げる。


「背中に瘤のある二人の男と猫たち」

　昔むかし、背中に瘤のある男が二人おってな、友だち同士だった。ある日二人は連れ立って荒れ野を散歩をしとったが、夕暮れ時に道に迷ってしもうた。とっぷり暗くなって来たのに、一向帰り道が分からん。それどころか事はまずくなるばかりで、二人はお互いの姿が見えんようになった。二人のうち片っぽうはようやく道を探し当てた。もう一人は迷いに迷ってあてどもなく歩き回り、真夜中、丁度十二時を打った時、野っ原《ぱら》の、とある十字路*にたどりついた。するとな、へんてこりんな物音が聞こえたげな。ぶっちがいのどっちの道からも得体《えたい》の知れんお化けのような代物《しろもの》どもがやって来て、ぐるりと輪を作ったようなあんばい。さあて、それから、連中は十字路のまん真ん中で、狂ったようにぴょんぴょこ跳ね回りはじめ、こんな唄を歌いよった。

　踊れや、おどれ、お手手をつないで、
　坊主っくり《バテルケ》のフェリクス*、坊主っくりのフェリクス、
　踊れや、おどれ、お手手をつないで、
　坊主っくりのフェリクスがおっ死《ち》んだでな。

　背中に瘤のある男がよくよく眺めると、お化けのような代物は猫で、ここへ集まって踊っとるわけ。こりゃあ魔女にかかわりあった、とは分かったけれど、別に怖くもありはせん。近づいてこう訊いたのさ。

「にゃあにゃあ猫ちゃん、おいらも一緒に踊ってもいいかい」ってね。

「いいとも、いいとも」。猫たちはみんな声をそろえて叫んだので、男は勢いよくぐるぐる飛び回り、踊るわ、跳ねるわ、いやもうまったくおもしろいこと。

　すると突然一座の頭分《かしらぶん》のいっぴきのでっかい牡猫が踊りの輪の真ん中に出て、おどかすような身振りで「一緒

に踊ったなあどこのどいつだ」と訊いたもの。

「背中に瘤のあるやつでえす」と猫一同がどなる。

「背中に瘤のあるやつなんぞわしらの仲間にゃおらんわい」とお頭。「したが、こやつは男らしくふるまったし、ぴょんぴょん達者に踊れるわさ。わしはこやつにひとついいことをしてやるぞ。みっともない瘤を取ったるがな」。

牡猫はすぐさま鉤爪《かぎづめ》を瘤に打ち込むと、それを「根っきり葉っきりこれっきり」ってな具合に引っこ抜いて、爪の一本に高高と引っ掛けた。そうしてそれから男は輪から締め出された。

男は、瘤がなくなった、と合点《がてん》が入って、歩きながらひっきりなしに叫び続けたもんだ。「おいらの瘤を厄介払い、おいらの瘤を厄介払い」ってね。

朝早く家に戻った男は、自分がどんな経験をしたか、仲良しにとっくり語って聞かせた。こちらは友だちの幸せが羨ましくってたまらず、自分も背負ってるお荷物とおさらばすることはできまいか、いっぺん試してみよう、と決心した。

この二人目の背中に瘤のある男は、やっぱり真夜中頃にな、例の十字路に立っとった。すると猫どもが現れて、すぐさま踊ったり歌ったりを始めたもんだ。「にゃあにゃあ猫ちゃん、おいらも一緒に踊ってもいいかい」とこっちが訊く。

「いいとも、いいとも」。猫たちはみんな声をそろえて叫ぶと、輪を開いて場所を空けてくれた。

背中に瘤のある男は仲間に加わり、一座は狂ったようにぴょんぴょこ跳ねる。

踊れや、おどれ、お手手をつないで、
坊主《バテルケ》っくりのフェリクス、坊主っくりのフェリクス、
踊れや、おどれ、お手手をつないで、
坊主っくりのフェリクスがおっ死《ち》んだでな。

だけど、輪舞は今度はそううまくはいかなんだ。なぜってな、背中に瘤のある男は何びきかの猫の脚を踏んづけたもんでな。

唄が終わったとたん、頭分が輪の真ん中に進み出て、

「一緒に踊ったなあどこのどいつだ」とがなった。

「背中に瘤のあるやつでえす」と猫たちが答える。

「背中に瘤のあるやつなんぞわしらの仲間にゃおらんわい」とお頭。「そのうえこやつは踊りを一向わきまえとらん。ま、待ちな。わしらはひとつこやつに何か褒美をくれてやろう」。牡猫はたちどころに爪から例の瘤を外すなり、力一杯ぴしゃありと惨めな男の腹に打ち付けた。それから男はげらげら嘲笑《あざわら》われて、おとといおいでと追い出された。

可哀そうに男は神の御手《みて》に撃たれたようなもの。前にも増してひどく体が重とうなり、今じゃ一つでなく二つの「どたま*」を運ばにゃならん身となった。この男が家

へ帰った時、どんな気分だったか、おまえさんがた、よう分かるだろ。もう生きとるのにゃあうんざりだし、それから友だちにすこぶる腹を立てとった。男の言い草では、自分の不幸せはこの友だちのせいだ、とな。男は友だちを探しに行き、やいのやいのと責め立てたので、二人はすぐさま口論となり、取っ組み合いの喧嘩を始めた。瘤のある方が負けて、死んで戦《いくさ》の場に残されたっちゅうわけ。

結びは陰惨で、メルヒェンというよりは伝説にふさわしい。ともあれ、これは『宇治拾遺物語』の類話といくつもの点で共通している。

日本の民話「瘤取り爺」はどなたもご存じだろうから、ここでは類話の共通項を粗筋として箇条書きで記すに留める。『日本昔話大成』に拠る。*

(1)瘤のある爺さま。瘤が付いているのは頬、あるいは、額〔つまり、『醒睡笑』の話と同じで、いわゆる「目の上のたん瘤」。宮城県登米《とよま》郡、岩手県花巻市、北上市、遠野市、青森県三戸《さんのへ》郡→いずれも前掲書に拠る。東北地方ではおしなべてこの型と考えてよいのか〕、あるいは部所不明。いずれにしても背中ではない。

(2)お宮、山、森など人里離れたところへ行く。握り飯、豆などが転げるのを追って鼠穴などを通って異界へ出る、という型もある。

(3)歌い踊る超自然的存在〔天狗、鬼、獣、化け物〕を見る。楽しくなって、あるいは、一緒になるのが一番、と考えて、仲間に入る。円座をぶらさげて踊ることもある。

(4)満足した超自然的存在は、再び来させるための担保として、あるいは、楽しませてくれた褒賞として、爺さまの瘤を取る。他に宝を与えることもある。

(5)瘤のある別の爺さまが、瘤のなくなった爺さまを羨む。あるいは、貰った宝をも羨む。真似をして同じ場所へ行く。

(6)歌い踊る超自然的存在の仲間に入るが、芸が拙いので彼らの不興を買い、この瘤を持って行け、と、生来の自分の瘤のほかにもう一つくっつけられて帰る。

お隣の朝鮮半島にも類話が存在する。*これも頬に瘤がある老爺が主人公。

ただし、編者の崔仁鶴《チェインハク》が「慶尚北道金泉市の林鳳順(五十八歳)」によって語られたこの話を記録したのは一九六八年、とあるので、日本からの伝播・流入の可能性を全く否定できないのが残念である。

箇条書きの粗筋を以下に記す。

(1)片頬〔どちらの頬か明記されていない〕に瘤のある爺さまが山へ柴刈りに行き、山中で日が暮れてしまう。藁小屋で一晩明かすことにして、怖さを紛らわすために唄を歌い始める。

(2)気がつくとトケピ*がたくさん集まって、爺さまの唄を聴いている。止めようとすると、どんどん歌っておくれ、と言われる。

(3)夜が明けると、頭のようなトケピが美しい声の秘密を訊く。爺さまは、この瘤のお蔭だ、と答える。頭のトケピは、瘤と宝物と交換しよう、と提案。爺さまは承諾して、瘤を取ってもらった上、宝物をたくさん与えられて帰宅する。

(4)隣村のやはり瘤のある爺さまがこれを聞いて、自分も瘤を取ってもらおう〔宝物への欲心は記されていない〕と考え、前の爺さまからよく教えてもらって、同じ場所へ行き、同じことをする。

(5)夜明けがた、頭のトケピが声の秘密を聴く。瘤のお蔭だ、と話す。トケピは、前に取った瘤のせいでひどい声になってしまった、と怒り、以前の瘤を爺さまのもう一方の頬にくっつける。爺さまは両頬に瘤をつけて村へ帰る。

モンゴルの類話については拙著『昔話の東と西』で紹介したが*、AT五〇三との共通点が少ないので、ここで改めて論述はしない。

**解題注**

二七八 **「瘤取話」** 詳しくは、鈴木満著『昔話の東と西 比較口承文芸論考』所収「瘤取話――その広がり――」(四二一―七〇ページ)を参照されたい。

二七八 **「小さい人人……くっつける」** The Gifts of the Little People. Dwarfs take hump from hunchback and place it on another man. Antti Aarne / Stith Thompson : *The Types of the Folktale*. FFC 184. p.170.

二七八 **アスクレピオス** Asklepios. 医術の神として広く信仰・尊崇され、ギリシア各地に神殿・治療所があった。詳しくは本文訳注「アエスクラピウスの娘」を参照のこと。

二八〇 **テッサリアのパンダロスは……主人の痣も額に付いていた** 竹原威滋「異界訪問譚における山の精霊たち――世界の〈瘤取り鬼〉をめぐって――」(『説話――異界としての山』所収。二三八―二六七ページ)に拠る。

二七九 **『著聞集』……と記事が見える** 『嬉遊笑覧』下巻六四三ページに拠る。

二七九 **『笑林』……抄訳されている由** 『中国古典文学全集』三十二巻「歴代随筆集」解説(五六五ページ)に拠る。

二八〇 **円座** 藁、蒲《がま》、藺《い》、萱《かや》で渦巻き形に編んだ円形の敷物。訓ワラフダ、ワラウダ。ここでは山仕事をする者、旅の者などが、山路、野路での休息のため木の切り株や石の上に腰を下ろす時、保温の道具として臀部にぶらさげていたものであろう。

二八〇 **アル・ナワージー** al-Nawadji. シャムス・アル・

ディーン・ムハンマド・ベン・ハサン・ベン・アリー・ベン・オトマン・アル・カーヒリー（一三八六―一四五五）。カイロに生まれカイロで没する。後期古典文学の典型的代表者。彼の公務はカイロのいくつかのイスラム神学校《マドラサ》におけるハディース〔預言者ムハンマドおよびその教友に関する言行録〕の教師だった。スーフィー教派と密接な関係にある。数回のエジプト国内旅行に加え、二度メッカ巡礼を果たす。往時の学者の常として、彼は修辞学と詩学のよく知られた教本といくつかの作品に関するたくさんの評釈と注解を著した。詩人としては、豊かな報酬を与えてくれる高官たちや多数の学芸の保護者《マエケナス》らのために頌徳《しょうとく》文を書いて繁盛した。後援者たちの趣味に従って、彼は同時代の上流階級にとりわけ人気がある主題を扱った詞華集を編んだ。例によって例の如く、これらのうちかなりは純文学《ベル・レトル》と好色文学の端境《はざかい》にある。アル・ナワージーは三―九世紀以降アラブ文学で特別な位置を占めた葡萄酒についての詞華集の長いシリーズを編纂し続けた。また、当時の韻文と文学をも論じた。彼は二十五章と結びの一章から成る葡萄酒百科全書を書いたが、これらの章は必ずしもきちんと順序立てられているわけではなく、連携が緊密でないこともしばしばである。アル・ナワージーはヨーロッパでも早くから注目を浴びた。十七世紀に既にフランス王国のパリにあり東洋研究の中心だったコレージュ・ド・フランス Collège de France のアラビア語講座教授であった東洋学のデルブロー d'Herbelot（一六二五―九五）はその著書『東洋叢書《ビブリオテク・オリアンタール》』*Bibliothèque orientale*（マエストリヒト、一七七六）の中で一章を彼に割いている。十九世紀の前半になると彼の詞華集の抜粋や翻訳に出くわすことがよくあるようになる。現代の文学研究においては彼の詞華集はアラブ文学の初期の作品によってその背景まで究明された〔以上はほぼ『イスラム百科事典』*Encyclopaedia of Islam*. E.J.Brill. Leiden 1979-2003. New Edition. に拠る。東京大学教授杉田英明先生のご高教を仰いだことをここに心からの感謝を籠めてお断りしておく〕。

二六〇 **西欧では……文献がある** 前述ナワージーの物語〔彼の『葡萄酒詩詞華集』*Halbat al kumait* にある「傴僂たちと象」Les bossus et l'éléphant というバセ Basset の「民俗学会報」Bulletin de folklore 2, 256 所載のフランス語による翻訳からのドイツ語訳に拠る〕を含め、ヨハンネス・ボルテ／ゲオルク・ポリーフカ『グリム兄弟の子どもと家庭のためのメルヒェン集注釈』Johannes Bolte / Georg Polívka : *Anmerkungen zu den Kinder- und Hausmärchen der Brüder Grimm.*（略称ＢＰ）第三巻三二四ページ以降の解説に拠る。

二六一 **フランチェスコ・レーディは……報告している** Opere 5, 228. 1778.

二六二 **トーマス・パーネル** Thomas Parnell. 一六七九―一七一八。アイルランドの首都ダブリンに生まれた。

詩人、エッセイスト。アレクサンダー・ポープ Alexander Pope の友人。十八世紀の代表的文人。

二六二　**ロビン・グッドフェロー**　Robin Goodfellow.　悪戯好きでブラウニー Brownie に似た妖精。パック Puck またはホブゴブリン Hobgoblin とも呼ばれる。

二六二　**ムゼーウス……で記している**　BP第三巻三二五ページ。

二六二　**一八四六年……採録の由**　BP第三巻三二四ページ。

二六二　**仕立屋**　Schneider.　ここでは、寡欲で親切、かつ控えめな人物という設定。KHMでは、小気《こき》が利いて頭のいいのが活躍する話が他にあるが、「仕立屋七人で男一匹」などと不当な悪口を被ることもあるくらい、大体が温和な小男というイメージ。

二六二　**黄金《きん》細工師**　Goldschmied.　ここでは、欲張りでずうずうしい男という設定。中世ヨーロッパでは黄金細工師が金融業に従事したこともあったせいか、民間伝承で悪役にされることが多い。

二六三　**猫**　ヨーロッパにおける飼い猫はもともと古代エジプト起源で、かの地では大いに愛され、国外への持ち出しは厳禁されていたが、エジプトがローマ帝国の支配下に入ると、禁制も廃れ、あるいは、無くなり、ヨーロッパにも広まるようになった。しかし、ヨーロッパには、猫を愛する人たちばかりでなく、これを魔性の存在として嫌悪する者たちもあった。魔女の使い魔として、鼠、鼬《いたち》、黒犬などのほかに、猫、それも往往にして黒猫が擬されるのは周知のことだが、猫を飼う、という習俗がヨーロッパ土着ではなく、外来のものであることを考えれば、それも無理からぬことであろう。事情は日本でも同じで、飼い猫は元来奈良時代中国から船載された外来動物である。中国には無いといってよい「化け猫」―貍《り》（山猫、野猫）が怪異を働く話は晋の干宝撰とされる『捜神記』（四世紀）に散見、また、老婆に化けてある大家に住み込み、家族を次次に取り殺す、という話が清の蒲松齢の奇譚集『聊斎志異《りょうさいしい》』にあるが――なる民間信仰が広く一般に流布したのも理解しうる。

二六三　**フラマン人**　一部がそれぞれフランス、ベルギー、オランダにまたがるフランドル地方に住むゲルマン系住民。言語はオランダ語の方言であるフラマン語。

二六三　**「背中に瘤のある二人の男と猫たち」**　Harlinda Lox : *Herausgegeben und übersetzt von. Flämische Märchen.* Märchen der Weltliteratur. Nr.27 ,Die beiden Buckligen und die Katzen.'

　東フランドル〔ほぼ現在のベルギーに当たる〕の話で十九世紀末期以前に採録されたもの。

二六三　**十字路**　人気のない十字路は、民間信仰によれば、物《もの》の怪《け》が好んで出没する場所で、しばしば魔除けのために小さな礼拝堂が設けられていたり、十字架が立てられていたりする。十字路には浄域である教会墓地での葬儀が許されなかった自殺者の亡骸もかつて埋められた、という。

二八三　**坊主っくりのフェリクス**　このあたりの聖職者〔ベルギーは宗派から言えばほとんどカトリックであり、原文ドイツ語テキストの中でわざわざフラマン語で記されているパテルケ paterke は「神父」pater の縮小形〕であるフェリクスという御仁が死んだのを、魔性の猫どもが歓喜してことほいでいるのである。そこで「坊さん」の卑称である「坊主っくり」を訳語とした。

二八四　**「どたま」**　原文 Kästchen。Kästchen は Kasten（箱）の縮小形だが、Kasten には「頭」の意味もあるので、四角いより丸い方がよいか、と後者を採った。

二八五　**『日本昔話大成』に拠る**　関敬吾著『日本昔話大成』第四巻、「本格昔話三」二五八―二七二ページ「瘤取り」。

二八五　**朝鮮半島……存在する**　崔仁鶴編著『朝鮮昔話百選』一九八―二〇〇ページ。

二八六　**トケピ**　「なまりではトカピともいう。日本の鬼に全く似たものだとはいえないが、妖《あやか》しの小鬼に似ている。トケピの正体は、昔話に登場する場合は小鬼の姿をして、貧しい者を富ませ強欲を懲らしめなどするが、世間話では、ほうきが人間に化けたり、火のかたまりが女性に化けたりしたものに人間が化かされた場合も、トケピに惚れたという」（崔仁鶴編著『朝鮮昔話百選』一三一ページ、注1）。

二八六　**モンゴルの類話……紹介した**　鈴木満著『昔話の東と西　比較口承文芸論考』所収「瘤取話――その広がり――」（五三―五五ページ）。

## 訳注

二九　**愛神《アモール》になった精霊**　Dämon Amor.　Amor はドイツ語ではアーモル、またはアーモールだが、ラテン語ではアモールに近いので、こちらを片仮名表記に採用した。ラテン語アモール amor は愛。ローマ神話では愛の神。ローマ神話ではまたクピードー Cupido（欲望）とも言う。ギリシア神話のエロスに相当する。エロスも愛（性愛）、あるいは恋を意味し、そのまま神名ともなっている。これは強大な神格であるが、それだけにエロスの出自はさまざまに説明される。古典期（紀元前五世紀）以降は美の女神アプロディーテ（ローマ神話のウェヌス）の息子とすることが多くなった。青年に近い美しい少年として描かれるが、アレクサンドリア期から後代に掛けては、背中に翼を生やし、弓を携え、箙《えびら》を肩に掛けた、丸裸で悪戯な幼い少年として登場するのが普通。箙に挿した矢には黄金の鏃《やじり》と鉛の鏃の二種類があり、黄金の鏃が付いた矢で射られた者は人への恋の炎に身を焦がし、鉛の鏃が中《あた》った者は人が厭わしく思えてならなくなる。この物語では、指環に閉じ込められて指環の所有者が命じるままに魔力を発揮する精霊〔古代ギリシアや中近東の説話では神と人間との中間的存在として活躍〕がアモールの役目を務める。『千一夜物語』の「アラディン、あるいは魔法のランプ」には、お馴染みのランプの魔神（奴隷）の他に指環の魔神（奴隷）が、「靴直しのマアルフとその妻ファティマー」にも同様の精霊が出て来る。ムゼーウスが読み得たであろう、『千一夜物語』を初めてヨーロッパに紹介したフランス語訳のガラン版（一七〇四—一七）——あるいはガラン版のドイツ語訳版〔最も古い版は一七一一年と一九年、次の版は一七八一—八五年〕——には後者は入っていないが、前者は入っている。

三〇　**北の大海嘯《おおつなみ》**　一三〇九年の大海嘯でリューゲン島のうちルーデン Ruden と呼ばれていた部分は海に呑み込まれた。

三一　**ポンメルン**　Pommern.　バルト海に面する旧ドイツ領の地方名。第二次世界大戦後バルト海に注ぐオーダー川以西はドイツ（当時東ドイツ）領、以東はポーランド領となった。

三二　**リューゲン島**　Insel Rügen.　ドイツ最大の島。面積九二六・四平方キロ。バルト海のポンメルン沿岸にある。狭隘《きょうあい》なストレーラ海峡《ズント》によって大陸と隔てられている。リューゲン島には最古ゲルマン人が居住していたが、民族大移動の折スラヴ人に占有され、独自の君侯に治められていた。一一六八年デンマークの統治下に入る。そうこうするうち完全にドイツ系が定住するようになっていた島は、一二二一年に締結された相互相続契約に基づき、一三二五年ポンメルン＝ヴォルガストに属し、一四七八年ポンメルンと統合、一六四八年スウェーデン王国、次いで一八一五年プロイセン王国の手に落ちる。美しい観光地、のどかな保養地として人気が高い。

一二五　**オボトリート人**　Obotliten.　今日のホルシュタインとメクレンブルクに住んでいたスラヴ系の種族。ザクセン戦争で彼らが支援したカール大帝《デア・グローセ》（＝シャルルマーニュ）に自主独立を承認されたが、のちにフランク王国から疎外された。一一七〇年バイエルンとザクセンの君主ハインリヒ獅子公《デア・レーヴェ》（一一二九—九五）によってドイツ文化とキリスト教に引き戻された。ハインリヒはポンメルンとメクレンブルクを征服、リュベックを建設、東方におけるドイツ人の殖民に尽瘁《じんすい》したのである。

一二六　**アルコン**　Arcon.　リューゲン島の北端（ヴィトヴ半島）、四六メーターの高さの白亜の岩をアルコナ岬《カプ》と言う。極めて有名。現在灯台と牧歌的な漁村ヴィットがある。かつてここにはスラヴ人の城塞ウルカンと北ドイツに居住するスラヴ人最大最後の聖域スヴァンテヴィトがあった。これらは一一六八年デンマーク王ワルデマール一世によって破壊された。城塞の遺構はいわゆる「城の輪《ブルクリング》」、「壁《ヴァル》」で、アルコナの陸寄りにある一八—二五メーターの城壁。ドイツにおけるスラヴ文化史の一齣《ひとこま》を語る。

一二七　**二つの当てにならない元素**　水と風。これに火と地が加わって「四大」（地・水・火・風）となる。一切の物体を構成する、と考えられた四元素。

一二八　**海浜権に照らして奴隷の身とされた**　ある土地で遭難した難破船の船体、積荷、船員、船客は、浜に打ち上げられた鯨（寄せ鯨）などと同様、その土地を支配する最高権力者の所有に帰する、という中世の慣習法を示唆している。

一二九　**未知の男ヴァイデヴート**　Weidewuth der Unbekannte.　原注（4）参照。

一三〇　**琥《こ》珀《はく》海岸**　バルト海沿岸にはバルト海の海底にある琥珀が豊富に打ち上げられる。

一三一　**アンゲル族の地**［イングランド］England.　イングランドは言うまでもなく大ブリテン島からスコットランドとウェールズを除いた地域だが、ここではその語源「アンゲル族の国、土地」Engeland（中世英語）としてムゼーウスが使用した、と考えてみた。

一三二　**跑足《だくあし》**　「沈黙の恋」訳注参照。

一三三　**こくまる鴉**　Dohle.　鴉の一種。体長三三センチ、翼長六五センチ。短く強い嘴を持つ。ヨーロッパ全土に棲息。野原の雑木林や町の塔に巣を作る。

一三四　**兄鶲《このり》**　Sperber.　「リブッサ」訳注参照。

一三五　**ホメロスの描くオリュンポスの高処なる神神の集い**　古代ギリシアの伝説的大詩人ホメロスによれば、ギリシア神話の大神ゼウスを初め枢要な神神は、ギリシア最北部テッサリアのオリュンポス山の頂上の宮殿で、絶えることのない饗宴を開いているとのこと。その食べ物をアンブロシア、その飲み物をネクタルという。

三三七 **メクレンブルク** Mecklenburg. 北ドイツ低地の一部の名称。紀元一世紀にはゲルマン諸部族が居住していたが、六世紀にはスラヴ系のオボトリート人、ヴィルツ人、レダリーア人に占有される。しかし、ここでは町の名とされている。

三三七 **廃止命令書** オーストリア皇帝ヨーゼフ二世（一七四一—九〇。マリア・テレジアとフランツ一世の長男。神聖ローマ帝国皇帝）は、一七八〇年それまで共同統治者だった母マリア・テレジアが死ぬと、ただちに諸改革を断行し始めた。一七八一年教会政治面での改革を開始、一七八一年十月二十日宗教寛容令を発布、幾つかの修道院の廃止、その資産の没収、宗教基金の創設を命じた。その際ローマン・カトリックの国家教会という概念を保持しはしたが、その措置は憎悪と反抗を引き起こした。しかし、結局彼の治世の間約六千もの修道院が閉鎖され、その財産は国有化された。なお「リブッサ」訳注参照。

三三七 **修道会士** 修道院の集会における出席権と議決権を持つ修道士。

三三八 **ダヴィデの勇士たち** 旧約聖書サムエル後書二十三章八節以降にダヴィデに仕えて武勲を顕した三十七名の勇士とその勲功が述べられているが、ここでは、十三節—十七節の三勇士のことを指していよう。ペリシテ人の軍を避けてある洞窟に潜んでいたダヴィデの許に三十七名の中の頭立った男たちが訪ねて来る。ダヴィデはベツレヘムの城門の傍らにある井戸の水が飲みたい、と洩らす。男たちはペリシテ人の前哨部隊を突破し、その井戸の水を汲んで来る。

三三九 **微風**《ゼフィロス》 Zephyr. ギリシアでは春の季節の西風。和やかな微風である。この影響で西欧文学ではゼフィロス、ゼフィールというと「そよかぜ」の意味になる。「泉の水の精」にも出る。

三四〇 **うるさい慰め手** 慰めようとして却って人を苦しめる者。「汝《なんぢ》らはみな人を慰めんとして却つて人を煩《わづら》はす者なり」（旧約聖書ヨブ記十六章二節）。

三四一 **故郷では認められない** 「預言者故郷に容れられず」を指している。「イエス彼らに言ひたまふ『預言者おのが郷《さと》、おのが家の外《ほか》にて尊ばれざる事なし』」（マタイ伝十四章五十七節）。「また言ひ給ふ『われ誠に汝らに告ぐ、預言者は己が郷にて喜ばるることなし』」（ルカ伝四章二十四節）。なお、「予言する」は「未来の物事を予知して語る」であり、「預言する」はキリスト教やイスラーム教で「神の霊感に打たれた者が神託として語る」であるが、ドイツ語ではどちらも同じ prophezeien で、「予言者」・「預言者」は同じ語 Prophet なので、区別しにくい。すぐあとに出る「ヨナタン」も聖書本来なら「預言者」と表記すべきだろう。

三四二 **ヴィスワ河** Weichselfluß. ポーランド語ヴィスワ。バルト海地域最大の河川。現ポーランドを北へ流れてバルト海に注ぐ河川。クラクフ（ドイツ語クラカウ）、首都ワルシャワ（ドイツ語ヴァルシャウ）、グダニスク（ドイツ語ダンツィヒ）などの大都市がこの沿岸にある。ドイツ語ヴァイクセル。ラテン語ウィストゥラ、英語ヴィスチュラ。

一四三　**東アンゲル族**　die Ostangeln.　アングロ・サクソン七王国の一つ、イーストアングリア王国を指しているのであろう。五世紀ゲルマン民族の一派アンゲル族とザクセン族はブリタニアに侵入、ブリトン人とケルト人を駆逐し、お互い同士も離合集散を繰り返しつつ、六世紀末にはイングランドに七つの王国を形成していた。ノーサンブリア、マーシア、イーストアングリア、エセックス、ウエセックス、サセックス、ケントである。

一四四　**手押し車**　前部中央に一つの車輪を備えた小さな荷車で、うしろに突き出た二本の把手を持って押す。「宝物探し」に挿絵がある。

一四七　**月面の隈《くま》が背中に粗朶《そだ》を担《にな》った男の姿になる**　ドイツ語圏の伝承の一つ。安息日に森へ薪を盗みに出掛けた男がキリストに呪われて月面に送られたのだ、とのこと。水桶を手に提《さ》げた男の姿、というのもある。

一四七　**二本の角を生やし、鉤爪《かぎづめ》と尻尾を持ち、馬の脚をした小悪魔**　悪魔は山羊の角を頭に生やし、片方が馬の脚で、しかも蹄《ひづめ》が割れている、とされる。また、蝙蝠《こうもり》の翼が背中に付いているとも。こうした悪魔の通俗的描写はキリスト教のものだが、一つ一つの属性にはさまざまの説明が必要。浅学菲才の訳者には何だかよく分からない。ただし、ムゼーウスがこの物語の舞台に設定した地方と時代はキリスト教化が及んでいなかったはずなので、作者としていささか不用意に思われる。また、民間信仰においては通常悪魔とデーモン（魔神・魔物）は区別される。

一四七　**彼の予言者ヨナタンと**　von seinem prophetischen Jonathan.　ヨナタンはイスラエルの王サウルの息子。ペリシテ人の英雄戦士ゴリアテを投石器で殺し、その首級を持って来た少年ダヴィデと親友となる。父がダヴィデを妬み、憎んで、殺そうとした折、父の怒りをも恐れず諫言している。実はヨナタンは「預言」などしていないが、聖書は、更にダヴィデとヨナタンの親交ぶりを記す途中で、人人が神託を受けて神懸かり状態になったと見え、「預言した」と記している（旧約聖書サムエル前書十八章—二十章）ので、ムゼーウスが何か混同したのかも知れない。

一四八　**これは大きさと人口に鑑《かんが》みると……ともいうべき存在だった**　バクダードやカイロの繁華にわざわざ言及しているのは、ムゼーウスが『千一夜物語』を幾分なりとも読んでいたことを示唆する、と言えよう。

一四八　**サリカ法典**　本来フランク族の一派サリ部族の古代部族法。十四世紀以降これは特に女性を王位継承から締め出すのに用いられた。神聖ローマ帝国皇帝、オーストリア皇帝カール六世（ヨーゼフ・フランツ。一六八五

—一七四〇）は一七一三年、男系継嗣が得られぬまま、息女マリア・テレジアの即位を確保するため、オーストリアの全ての継承地は常に不可分のままで、男系の継嗣がいない場合も皇帝の息女が襲うべきであることを規定した国事勅書を発布した。

一四九　**エンデュミオン**　Endymion.　ギリシア神話のある伝承によれば、月の女神セレーネが愛した容姿の極めて美しい青年。女神はひと目見て恋に落ち、別れるのに忍びず、遂に彼をある山中の洞窟の中で眠らせ、夜な夜なそこを訪れて逢引した、とのこと。

一五〇　**典雅の女神**《グラティア》　Grazie.　「三姉妹物語」、「屈背のウルリヒ」訳注参照。

一五〇　**恋愛詩人**《ミンネゼンガー》**ヤコービ**　Minnesänger Jacobi.　ミンネゼンガーは本来宮廷恋愛詩人のこと。十二—十四世紀のドイツの宮廷で自ら作詞・作曲した歌を自分で弾き語りした、主として貴族・騎士階級出身の抒情詩人で、その詩は宮廷の高貴な上臈《じょうろう》たちに捧げるミンネ（愛）を主題としたので、この名がある。しかしここでは、十八世紀当時一般に知られていた作詞家・牧歌詩人ヨーハン・ゲオルク・ヤコービ（一七四〇—一八一四）を指す。

一五〇　**パンドラの箱**　紀元前八世紀頃のギリシアの詩人ヘシオドス著す『仕事と日』によれば以下のごとし。天界から火を盗んで与えてくれたプロメテウスのお蔭で、人間族は幸せに暮らせるようになったが、これは大神ゼウスには認め難いことだった。そこでプロメテウスは高山の頂きの巌に鎖でいましめられ、毎日大鷲に肝臓を喰らわれるという恐ろしい罰を受けているのだが、ゼウスはこれだけでは飽き足りず、人間族に更にひどい災厄をもたらそうと考えた。これが神神によって拵え上げられた美しい乙女パンドラで、彼女はやはり神神の「贈り物」が詰められた箱を携え、天界から下り、プロメテウスの弟エピメテウスの許にやって来た。この箱は開けてはいけない、とされていたのだが、好奇心の強いパンドラはある日とうとう蓋を取ってしまった。中からもやもやと出て来たのはありとあらゆる災厄で、以来人間は病気など数限りない害悪に悩まされているのである。なお、最後に箱の底に残ったのは希望。この希望のお蔭で人間は辛いことがあってもいつかは、と我慢するのだが、しかし、これも神神の送った災禍だとも考えられる。ただし、以上はパンドラと彼女が携えて来た箱の中身についての一説に過ぎない。

一五〇　**ばあや**《アーヤ》　Aya.　イスパニア語。ご養育係の女性。

一五二　**プロイセン**　Preußen.　かつてドイツ北部の大部分を占めた地方。プロイセン王国（一七〇一成立）はかつてドイツ諸領邦のうちで最も強力。統一ドイツ帝国の誕生（一八七一）は、プロイセンとフランス（第二帝政）との戦いであるいわゆる普仏戦争に前者が勝利したことに起因する。第一次世界大戦後はドイツ共和国を形成する自治権を持つ自由国。ナチス時代には一行政区画に過ぎなくなり、第二次大戦後は連合国ドイツ管理委員会から解消を命ぜられ、一九四七年以降地方名としても存在しない。英語プルッシア Prussia。

一五二 **ダンツィヒ** Danzig. 現ポーランドの港湾都市グダニスク。ヴィスワ河の左岸、バルト海から六キロの位置にある。太古の交易場所。九九七年にその名が挙げられる。一一四八年古文書にポンメレレン（ポンメルン）公国の首都として記される。一三〇九年ドイツ騎士団領。一三六一年ハンザ同盟に加入。一四五四年ポーランド王国と結ぶが、自由と土地所有権は保持、ポーランドの対外貿易を独占して大いに繁栄した。降って一七九三年プロイセン領。一八〇七―一四年フランス帝国総督の支配下に置かれる。一八一四年再度プロイセンに帰属。第一次大戦後国際連盟の保護下で「ダンツィヒ自由市」となったが、第二次大戦後ポーランド管理下にある。

一五二 **ラテン語の名称ゲダーヌムに拠る** 未詳。

一五二 **ヴェンド人** Wenden. 東ドイツ、北ドイツに居住していた（今日でも少数残存）スラヴ系民族の呼称。ソルブ人とも。「三姉妹物語」に登場する悪役の魔法使いツォルネボックは、ソルブ人の王と設定されている。ドイツ人は長いことヴェンド人を蔑視していたようである。ここでムゼーウスはその埋め合わせをしている、とも言えようか。「三姉妹物語」訳注参照。

一五二 **ヴァルハラ** Valhala. ヴァルハラ（ドイツ語ヴァルハル）は北欧神話で大神オーディン（ドイツ語ヴォーダン）が戦場で倒れた勇士たちを迎え、もてなし続ける殿堂。「戦」の「広間」の意。勇猛な戦死者を選んでその魂をここへ運ぶのはオーディンに仕えるヴァルキュリア（ドイツ語ヴァルキューレ）の役目。キュリア、キューレは「選ぶ女」。勇士たちはここで決して無くならない猪の焙り肉を喰い、強い蜂蜜酒をあおって長夜の宴を張っている。

## 解題

「精霊（＝魔神、魔物）アモール」Dämon Amor という原題名を「愛神《アモール》になった精霊」と意訳してみた。一、二、三と三つに分かれているが、原典も（番号こそ振られていないが）はっきりした三部仕立てである。

　この物語の素材となるような資料がリューゲン島、ダンツィヒ、メクレンブルク地方に存在するのかどうか未詳。指環の虜囚である精霊については、訳注にも記したように『千一夜物語』の「アラディン、あるいは魔法のランプ」他に出て来る指環の魔神（奴隷）のモティーフがただちに思い浮かぶが、ムゼーウスがどのような版でこの話を読み得たか、あるいは読み得ておらず、他からの伝聞でモティーフを知ったのか、ということについては残念ながら確証がない。けれども類推はできる（後述）。また民衆本《フォルクスブーフ》『クサクサの洞窟の城』*にも指環の奴隷のモティーフがある、とか。しかし、これをムゼーウスが読んだかどうかは分からない。ともあれ、『千一夜物語』のヨーロッパへの紹介・流入を考えてみよう。

ヨーロッパにおける東方趣味《オリエンタリズム》の下地は既に十七世紀に作られていた。「十七世紀以降になると、東方旅行の見聞や、奇譚を物語った旅行者たちの話がさかんにとり入れられ、とり行なわれていた」*。日本における比較文学の創始者である一世の碩学泰斗、敬愛する島田謹二先生はそう記し、次いでこう続ける。「その頃の実例をイギリスにとる。――エリザベス朝には、リチャード・ハックルートの『大航海記』があった。すぐそのあとにサミュエル・パーチャスが出た。一六〇三年のリチャード・ノルズの『トルコ史』は、のちにジョンソン大博士もバイロン卿も讃美したものといわれるし、ジョージ・サンディスの『東方紀行』になると、十八世紀を通じていつも愛読されていた。スミルナやコンスタンティノポリスを訪れて、東方の物語を公にする人の数は、だんだん多くなった。ペルシャ物語とか、トルコ譚とか文芸作品まがいのものの数もだんだん増えてきた。この大潮流にもっとも巧みにのって、一代の目をアラビアに向かわせたのは、アントワン・ガランの有名なフランス訳本『千一夜物語』であった。（中略）一七〇四年に出始め、一七一七年にわたったガランのフランス訳本『千一夜物語』は、『アラビアン・ナイト・エンターテーンメンツ』という題名の下にすぐ英訳された。いわゆるアラビアン・ナイトのイギリスにおける波動ぶりは、比較文学史上の好題目である」。

東洋学者・古銭研究家アントアーヌ・ガランは、一六四六年四月四日フランス王国北東部ピカルディのモンディディエ近郊の町ロロー（現在ソンム県）に七番目の子として生まれた。四歳の時父が死に一家は貧しくなるが、ガランは精励勤勉なため後援者を得、そのお蔭で十歳になるとノアイヨンの学校に入り、ヘブライ語、ラテン語、ギリシア語を学び、まもなくここを出て、パリのコレージュ・ド・フランスで東洋の諸言語を学ぶとともにギリシア語の仕上げを終えた。二十四歳（一六七〇）にして学者としての才幹を認められ、オットマン朝トルコ帝国駐在フランス大使ノアントル侯爵の随員として司書兼特別秘書の資格でイスタンブール（旧コンスタンティノポリス）へ向かう。一六七五年ノアントル侯爵に従いエルサレムを訪れる。一六七九年ルイ十四世の大臣コルベールに、その死後はルーヴォア侯爵に命ぜられ、国王の古《アンティケー》物研究家《ル・デュ・ロア》という肩書きで近東《レヴァント》の科学的調査に携わる。これら数次の近東旅行によって近代ギリシア語に親しみ、トルコ語、ペルシア語、アラビア語を習得することができた。一七〇一年貨幣銘刻・メダル学会会員になることを認められ、一七〇九年東洋学者として名高いデルブローの後を襲ってコレージュ・ド・フランスのアラビア語講座教授となる。一七一五年二月十七日パリに死す。

『千一夜物語』《アルフ・ライラ・ワ・ライラ》のフランス語訳 *Les mille et une nuits: Contes Arabes,* traduits en Français par M. Galland（『千一夜物語』）を一七〇四―一七年に刊行（全十二巻）したこ

とで知られる。
ただし「これは全体の四分の一の物語を含むに過ぎず、且つ宮廷の人々のために編まれた翻案であり、すべてルゥイ十四世時代の文人趣味によつて歪曲されて、アラビヤの物語の原典とは殆んど関係のないものとさへ云へるくらゐであつた」*。

ガラン訳に基づく最も古いドイツ語訳のタイトルは『千一夜』*Die tausend und eine Nacht*。タランダー* Talander の序文付き（「リーグニッツにて。一七一〇年七月七日」の日付あり）で、一―二巻が一七一一年ライプツィヒの出版書店ヨーハン・ルートヴィヒ・グレディッチュ／モーリッツ・ゲオルク・ヴァイトマン Verlag Johann Ludwig Gleditsch / Moritz Georg Weidmann から、三―四巻が一七一九年同じくライプツィヒの出版書店ヴァイトマンから（フランス語版が出るとただちに訳して刊行していることが分かる）、そうして全巻纏めたものが一七三〇年、やはりヴァイトマン書店から発行されている。

次のドイツ語訳『千一夜――アラビアの物語』*Die tausend und eine Nacht. Arabische Erzählungen.* は六巻本で、一七八一―八五年ブレーメンでの出版。訳者はホメロスやオウィディウスの訳者として定評のある文人、文献学者ヨーハン・ハインリヒ・フォス Johann Heinrich Voß（一七五一―一八二六）である。これもガラン版に基づく。タイトル・ページに「アントン・ガラン氏のフランス語版から」と明記されているからである。またフォスにはアラビア語の知識はなかった。フォスにこの訳業があったことはドイツでもほとんど知られていなかったようである。これについては最近の研究*がある。

ムゼーウスは『ドイツ人の民話』第一巻初版の序文である「我が畏友、思想家にして、＊＊市の聖ゼーバルト教会聖物保管係ダーフィト・ルンケル殿に捧げる緒言」（一七八二）の中でフォスのドイツ語訳に極めて好意的に言及している。そこで彼が一七八二年にこの六巻本のうち既刊の一～二巻を既に読んでいたことは確かだし、『ドイツ人の民話』執筆完了までに全巻を読んだ、と考えてよかろう。また、それ以前に前述の最初のドイツ語訳を、あるいは直接フランス語でガラン版を読んでいた可能性もある。いずれにせよガラン版には「アラディン、あるいは魔法のランプ」*が入っているのである*。また、物語中メクレンブルクを大都市だとしているが、大都市の譬えとしてバクダードやカイロを挙げているのも、『千一夜物語』での知識を反映している、と思えてならない。

『千一夜物語』のその後のドイツ語訳の諸版は次のごとし。ハービヒト Habicht／フォン・デア・ハーゲン von der Hagen／シャル Schall 版（一八二五―四三、十一巻）、グスターフ・ヴァイル Weil 版（一八三七―四一、四巻）、カリ・フォン・カルヴァート Cary von Karwath 版（一九〇六―一一、十巻）、クレーフェ Creve 版（一九〇七―

〇八、十二巻)、エンノ・リットマン Enno Littmann 版(一九二一―二八、六巻)。

英訳ではエドワード・ウィリアム・レイン Edward Wiliam Lane 版(一八四〇―四一、三巻)、ジョン・ペイン John Payne 版(一八八二―八四、十二巻)、リチャード・フランシス・バートン Richard Francis Burton 版*(一八八五―八八、十六巻)がある。

新たなフランス語訳にはジョゼフ・シャルル・ヴィクトール・マルドリュス Mardrus 版(一八九九―一九〇四、十六巻)が挙げられる。

バートン版とマルドリュス版はそれぞれの原版の完訳である。ドイツ語の諸版については完訳があるのかどうか詳らかではない。なお、バートン版とマルドリュス版には完全な邦訳がある。*

**解題注**

二九五　**民衆本《フォルクスブーフ》『クサクサの洞窟の城』**　Volksbuch: *Der Schloß in der Höhle Xaxa.*　未詳。

二九六　**十七世紀以降になると……とり行なわれていた**　島田謹二「童話文学の一大源流――『千一夜物語』雑考――」(『比較文學研究』十七号〈特輯児童文学研究〉所収、東大比較文學會、一九七〇)。

二九七　**ただし「これは……であった」**　マルドリュス版の翻訳である豊島与志雄/佐藤正彰/渡邉一夫訳『千一夜物語』第一巻(岩波文庫、昭和十五年第一刷)の解題に記されている。なお、岩波文庫版はかつて全二十六巻だったが、新刊では全十三巻になっている。

二九七　**タランダー**　Talander. 未詳。

二九七　**最近の研究**　Ernst Peter Wieckenberg: *Johann Heinrich Voß und ‚Tausend und eine Nacht‘*. Könighausen & Neumann. 2002.

二九七　**「アラディン、あるいは魔法のランプ」**　「アラジンと魔法のランプの物語」。同じくマルドリュス版の翻訳である渡邉一夫/佐藤正彰/岡部正孝訳『千一夜物語』第十八巻(岩波文庫、昭和三十二年第一刷)に入っている。

二九七　**ガラン版には……入っているのである**　島田謹二前掲論文に拠る。

二九八　**バートン版**　極めて詳しい注が施されている点定評がある。

二九八　**バートン版とマルドリュス版には完全な邦訳がある**　バートン版の邦訳は、大場正史訳『全訳千夜一夜物語』全二十一巻(角川文庫、昭和二十六―三十一年初版)。これは装幀を新たにしてちくま文庫(筑摩書房)で刊行。ただし「アラディン」は入っていない。訳者によれば、これは「拾遺編」Supplemental Nights にある、とのことで、

拾遺全七巻の物語(サプレメンタル・ナイツ)は(中略)補遺その一に「アラジン」を、その二に「ア

リ・ババ」を予定してをり、逐次『千夜一夜余話集』として訳出してゆきたいと思つてゐる。しかし、たとひその中に収められた比較文学的方法による物語の解説を省いても、なほ優に十巻くらゐを占めるであらう。これが完訳にはさらに数年の日子を要するわけである。

（第二十一巻所収「邦訳者の跋」）

と記されている。マルドリュス版の邦訳については前掲「ただし『これは……であつた』」の項を参照。

## リブッサ

### 訳　注

一五三　**リブッサ**　Libussa.　チェコ語リブシェ Libuše. チェコの伝説上の人物。七世紀頃〔史実ではそんなに古くは無い〕ボヘミア君主国プシェミスル Přemysr 朝を創始し、首都プラハ（ドイツ語プラーク）の建設を予知した、とされる超能力を持つ女性。

一五三　**ヨハンネス・ドゥブラヴィウス**　Johannes Dubravius.　かつてモラヴィア（チェコ語モラヴァ、ドイツ語メーレン、ラテン語モラウィア、英語モラヴィア）の首都で要塞だったオロモウツ（ドイツ語オルミュッツ）の司教（?―一五五三）。ラテン語で『ぼへみあ史』*Historia Bohemica* を著す。何度も新版が発行された。リブッサの物語は三十三巻の同書のうち第二巻で語られている。ムゼーウスは僅かな細部を除いてはこれに従っている、とのこと。これに反し、後掲『ぼへみあ人《ビト》ノ発祥ト事跡』からは小さな逸話が引かれているだけだそうな。

一五三　**ぼへみあ**　Böhmen.　ラテン語、英語ボヘミア。モラヴィアとともに現チェコ共和国を形成。ドイツのバイエルンと西部を接し、ザクセンと北部を接し、ポーランドのシレジアと北東部を接し、モラヴィアと東部を、下オーストリア《ニーダー・エースターライヒ》と北部を接する。面積およそ五万二千平方キロ。首都プラハはチェコ共和国の首都でもある。

一五三　**アエネーアス・シルヴィウス**　*Aeneas Sylvius.* エネア・シルヴィオ・ピッコロミーニ（一四〇五―六四）。人文学者、神学者。枢機卿を経て、教皇ピオ二世となる。当該書籍は神聖ローマ帝国皇帝フリードリヒ三世（一四一五―九三）の秘書官として勤務していた間に著したもの。

一五三　**『ぼへみあ人《ビト》ノ発祥ト事跡』**　*De Bohemorum origine ac gestis Historia.* ラテン語の著書。リブッサの物語はこの著述の第六章、第七章で語られている由。

一五五　**ボヘミア森《ベーマーヴァルト》**　Böhmer Wald.　現在はボヘミア（ベーメン）とドイツのバイエルン地方との間の山地がこう呼ばれている。最高峰一四五八メーター。ウィーン周辺のウィーン森《ヴィーナーヴァルト》やドイツ南西部の黒　森《シュヴァルツヴァルト》などもも連想されるが、こうした森《ヴァルト》は、かつては巨木の聳える鬱蒼たる森林だったにしても、今日ではかならずしも全てが樹木の密生した場所ではなく、町や村、耕牧地が点在する緩やかな起伏の丘陵地帯と考えた方がよい。

一五五　**どっしりした粘土から捏《こ》ね上げられた人間**　「ヌホバ神《かみ》土の塵を以《も》て人を造り生気《いのちのいき》を其《そ》の鼻に嘯入《ふきいれ》たまへり」（旧約聖書創世記第二章第七節）。

一五五　**樹の精《ドリュアス》**　Dryade.　ギリシア神話のドリュアス。あるいはハマドリュアデス。古代ギリシア人は、森、河、泉、山や洞窟、海にはこれらを司る女性の精霊であるニンフが棲んでいる、と信じていた。これらは一般には不死とされているが、ドリュアスは樹木とともに生まれ、樹木を住処としているので、宿っている樹木が死ねば死んでしまう。そこで古代ギリシアでは、理由なく樹木を伐採するのは不信心な行為とされ、甚だしい場合には罰せられた。

一五五　**妖精《エルフ》**　Elf.　「屈背のウルリヒ」訳注参照。

一五五　**ウンガーラント公チェフ**　Herzog Czech von Ungerland.　チェフのドイツ語綴りは普通 Tschech でチェヒという片仮名表記が近い。ここではチェコ語の発音に近い片仮名表記にしてみた。チェコの伝説によれば、チェフ Čech はチェコ人の最初の指導者とのこと。チェヒ Čechy という土地名は彼に由来している、というわけ。通常、チェヒは国家としての「チェコ」ではなく、前掲「ボヘミア」の意で用いられることが多い。十四世紀の未詳の著者の手になる最古の、そして民族感情に満ち溢れているチェコ韻文年代記に、一三一〇年までにボヘミアへチェフが到来した、と記されている由。「ウンガーラント」は「ウンガルン」、つまりハンガリアであろうか。

一五五　**クロクス**　Krokus.　ドゥブラヴィウスはラテン語で Croccus と記している。これだと「クロックス」との片仮名表記の方がより近い、と思われる。しかし、チェコ語では Krok。当惑するが「クロクス」で統一する。また、彼の三人の娘のうち上の二人の名がカジ Kazi およびテタ Teta と記されているチェコ人の記事もあり、これまた困ったものである。

一五五　**盾持ち**　貴族出身で騎士見習いの少年のこともいうが、ここでは騎士の身の回りの世話をし、戦いの折は兵士として騎士に随《つ》き従う平民出身の従士。

一五八　**アスクレピオス**　Aeskulap.　ギリシア神話の医神。ローマ神話では訛ってアエスクラピウス。詳しくは「屈《くぐ》背《せ》のウルリヒ」訳注参照。「アスクレピオスの息子たち」というのは練達の男性医師のこと。彼らは当然ながらある種の予兆を基に病気をあらかじめそれと診断できる。そして自身に死が訪れる場合もそれを予知しうるわけである。

一六〇　**神酒**《ネクタール》　大神ゼウスを始め枢要な神神はオリュンポス山の頂きの宮殿に集い、いつ果てるともない饗宴を楽しんでいる。その神神の食べ物はアンブロシア、飲み物はネクタールと呼ばれる。

一六二　**精霊**　Genien.　ゲーニエン、単数形ゲーニウス Genius。ゲーニウスは古代ローマの民間信仰によれば、ローマ人男性が一人一人持っている守護精霊。ローマ人女性が持っている守護精霊はユノ。従って「精霊一般」の意味で用いるには無理があろう。ムゼーウスは「樹の精《ドリュアス》」の意で用いている。

一六二　**あんよはお上手を習う紐**《ひも》　「泉の水の精」訳注参照。

一六二　**山鶉**《やまうずら》　Rebhuhn.　ヨーロッパ山鶉。

一六三　**例の嘘をつかない篩**《ふるい》　『グリム以降のドイツ昔話』の編者として有名なパウル・ツァウナートはヤーコプ・グリムの『ドイツ神話学』を引用して、これを注釈している。〔　　〕内は訳者の補遺。

中世以来広く行われた篩転《まろ》ばせ Siebtreiben あるいは篩回し Siebdrehen は、だれだか分からない犯罪者を見つけ出すために、賢い女《ヴァイゼ・フラウ》〔古代ゲルマンの巫女の末裔的存在。賢明な占い女と考えればよい。決して邪悪ではない〕たちあるいは魔女、男の魔法使いらによって行われたが、れっきとした人人が採用することもあった。女は豆篩を両手の中指の間に挟んで、呪文を唱え、疑わしい者たちの名を呼んで行く。犯人の名を口にした時、篩は揺れ始め、回転するのである。

一六三　**評判高いシールバハの聖マルティン**　der renommierte St. Martin von Schierbach.　これについてはムゼーウス自身が匿名で出版したその著書『観相学的旅行、まずは観相学的日記』 *Physiognomische Reisen, voran ein physiognomisches Tagebuch*（一七七八―七九。四分冊）でこう言及している。「使徒のごときシールバハの聖マルティンは、その行ったさまざまな不思議な奇蹟のほかに病気の牝牛をその影によって癒した」。シールバハの聖マルティンは未詳。ムゼーウスが創作した聖人であろうか。聖マルティン、あるいは聖マルタン、聖マルティヌスと言えば、フランスのトゥールの司教だった「トゥールの聖《サン》マルタン」St. Martin de Tours（三一六？—三九七／四〇一）のみである。十一月十一日が祝日で、この日の前夜に行われる子どもたちの提灯行列はドイツ語圏のカトリック教地域でも楽しい習俗となっている。フランスの守護聖人。

一六三　**デルフォイなるアポロン神の鼎《かなえ》**　ギリシアのパルナッソスの峰の麓デルフォイのアポロンの神殿の奥には青銅の鼎状の床几があり、これにはピュティアと呼ばれるアポロン神に仕える巫女が座り、大地の割れ目から噴き出る冷気を吸って神懸かり状態になって、神託を下した、といわれる。デルフォイはゼウス大神に次ぐ声望あるこの偉大な神に対する信仰の中心として大いに繁栄した。

一六三　**ラベ河**　Elbe.　チェコで最も長い河。ドイツ語エルベ、ラテン語アルビス、チェコ語ラベ。ポーランドとチェコの国境を形成するズデーテン山地の一部リーゼンゲビルゲのボヘミア側に源を発し、ボヘミア盆地に流入、プラハを貫流して来たヴルタヴァ（ドイツ語モルダウ。ムゼーウスはムルダウ Muldau と記している）河を合わせて、チェコとドイツのザクセン地方の国境を形成するエルツゲビルゲを横切ってドイツに入り、沿岸にドレースデン、マクデブルク、ハンブルクの諸都市を眺め、北海に注ぐ。全長一一五四キロ、うちドイツ領内七三八キロ。

一六五　**白鳥の唄**　瀕死の白鳥は最も美しい声で啼く、という昔からの言い伝えがある。芸術家の最後の名作。辞世の詩句、遺言。「リヒルデ」にも出る。

一六六　**恋煩い《セラドン》の男**　Seladon.　フランスの文人オノレ・デュルフェの長編牧歌小説『アストレ』Honoré d'Urfé: *Astoré*（一六〇七。死後の出版）の主人公セラドン Céladon のこと。繊細で上品な羊飼いセラドンはアストレと相思相愛だが、二人が清らかな恋を全うして遂に結ばれるまでさまざまな障害で隔てられる。しかしセラドンは終始一貫恋人に対する誠実さを変えない。現代人の目から見ると、彼は優柔不断で不器用な内気な恋人であるに過ぎないようだが……。

一六六　**メデイア姫**　Fräulein Medea.　ムゼーウスは Medea と綴っているが、ドイツでは普通 Medeia である。巨船アルゴーに乗り組んで、黒海の奥の王国コルキスまで、黄金の羊の裘《かわごろも》を取りに出かけたイアソンを頭とする五十人のギリシアの勇士の物語に登場する。この薬草学に通じたコルキスの王女は、イアソンに一目惚れし、その激しい愛を成就させるため、黄金の羊の裘を万難を排して手に入れてやるばかりか、父王アイエテスの追跡を逃れるため、実の弟を殺して海中に投じる。ギリシアに帰ってイアソンと結婚したメデイアは、イアソンのために王位簒奪者である彼の叔父をまたしても煮殺してしまう。これだけ尽くしたのにも関わらず、共にコリントスに逃れた夫イアソンがその地の王の娘クラウサに恋して、これと結婚しようとすると、毒を塗った衣をクラウサに贈り、惨殺する。そしてイアソンとの間にもうけた二人の子どもをイアソンの面前で刺し殺し、龍に牽かせた車に乗って逃亡する。アイスキュロス、ソフォクレス、ピンダロスは仮借ない魔女として、エウリピデスは愛憎に引き裂かれる悲劇の女性として描いている。メデイアが愛児たちを殺す場面を描いたユージェーヌ・ドラクロア（一七九八―一八六三）の「怒れるメデ」は有名。

一六七 **エーテル**　ギリシア哲学で天空に充満する霊気とされたもの。

一六七 **ツィヒムやオヒム**　Zihim und Ohim.　手元のルター訳ドイツ語聖書では、ツィヒムは砂漠の獣に、オヒムは梟に対応している。旧約聖書イザヤ書十三章二十一節にこうある。「猛獣《あらきけもの》かしこにふし吼《ほゆ》るもの其の家に満ち駝鳥かしこにすみ牡山羊かしこに躍らん」。第二十一節は口語訳では以下の通り。

かえって、ハイエナがそこに伏し
家々にはみみずくが群がり
駝鳥が住み、山羊の魔神が踊る。

となると、「ツィヒム」は鬣狗《ハイエナ》、「オヒム」は木梟《みみずく》に当たるようだ。

一六七 **キルケ**　Cirke.『オデュッセウス』に登場する魔女。太陽神ヘリオスとティターンの一人クレイオスの娘ペルセイスとの間に生まれた。同腹の兄弟にはメデイアの父であるコルキスの王アイエテスがいる。つまりキルケはメデイアのおばに当たる。彼女の島アイアイエに流れ着いたオデュッセウスの部下たちはほとんどキルケに一服盛られて豚に変えられてしまう。オデュッセウスはヘルメス神の助言のお蔭でこれを免れたばかりか、部下たちも元の姿に戻させ、髪美しいキルケの望みに応じて共寝をし、歓待されて一年間アイアイエに滞在する。

一六七 **四大**　万物を形成するとされた四つの元素、地・水・火・風。

一六九 **ナバル**　Nabal.　極めて裕福なカレブ人。王となる前のダヴィデが、武力によるその保護の代償として貢納を要請したのに、これを大層無礼に拒んだ、と言う。「けちん坊、しみったれ」の代名詞。旧約聖書サムエル前書二十五章二―三十七節。

一七〇 **大貴族**《マグナート》　昔のハンガリアやポーランドの大貴族のこと。ムゼーウスはボヘミアの大貴族にもこの呼称を用いている。

一七〇 **麞**《のろじか》　Reh.　のろ、のろじか、くじか。角の小さいすらりとした小型の鹿。大きな枝状の角を持つ堂堂とした角鹿《ヒルシュ》とともに中部ヨーロッパではお馴染みの鹿。秋になると肉屋の店頭にぶらさがっていたりする。

一七〇 **投げ矢**　手《て》矢とも。ごく短い投げ槍に矢羽根を付けたものと思えば良い。

一七〇 **弩**《いしゆみ》　「屈背のウルリヒ」訳注参照。

一七二　**エウロペ**　Europa.　ムゼーウスの書いている通りの綴りなら「オイローパ」であり、これがヨーロッパの語源とのこと〔実は古代アッシリア語で「日の入り」、「西方」を意味する「エレブ」に由来するのだそうだが〕。ローマの詩人オウィディウスの『変身譚《メタモルフォーセス》』によれば、彼女は地中海の東岸フェニキアの見目麗しい少女だった。これに心をそそられた大神ゼウスは雪白の牡牛に化けてそこへ降り、少女と仲良しになった。無邪気なエウロペは綺麗で人懐こい牛にすっかり心を許し、とうとうその背に乗った。すると牡牛は少女を乗せたまま沖へ泳ぎだし、遥かな海を渡ってクレテの島まで連れて行った。ここでゼウスはエウロペとの間に三人の息子をもうけた、という。ミノス（子孫代代クレテの王となった）、サルペドン、ラダマンテスである。

一七三　**福音書でああものっそりと……座り込んでいる牡牛**　新約聖書ヨハネの黙示録四章の記事を指す。ヨハネはこんな光景を見たそうな。天に玉座があり、そこに座っている方がおられた。玉座の周りに二十四の座があって、そこに黄金の冠をかぶった二十四人の長老たちが座っていた。玉座の中央と周りに四つの生き物がいた。それらの前にも後ろにも一面に目があり、またそれらが生やしている六つの翼の周りにも内側にも一面に目があった。第一の生き物は獅子のよう、第二の生き物は若い牡牛のよう、第三の生き物は人間のような顔を持ち、第四の生き物は鷲のようだった。これらの生き物は昼も夜も絶え間なくこう唱えていた。

　聖なるかな、聖なるかな、聖なるかな、
　全能者である神、主《しゅ》、
　かつておられ、今おられ、やがて来られる方。

確かにちょっとうんざりさせられる生き物たちのようですね。

一七四　**ポーランド国会**　近世のポーランド王国国会の規定によれば、国会の行動機能を停止させるにはたった一票で充分だったのである。これを自由拒否権《リベルム・ウエト》と言う。ポーランドにおいて国会構成員各自が保有していた、異議申し立てによって議決を阻《はば》むことができる権利。一六五二年初めて遂行され、一七六四年まで専横に行使された。五十五国会中発動されたのは実に四十八回にも及ぶ。

一七四　**水蛇《ヒュドラ》**　Hydra.　ヘラクレスの十二の功業の一つに頭のたくさんあるヒュドラ退治がある。これはレルネの地に棲息する水蛇で、頭を切ってもすぐ新しいのが出て来る怪物だった。ヘラクレスは甥のイオラオスを連れて行き、イオラオスはヘラクレスが蛇の頸を切断すると、その切り口を火で焼いて新しい頭が生えるのを防ぎ、かくして殺した。

一七四　**ヴィシェフラト**　Vizegrad.　ドイツ語綴りに従えば、片仮名表記はヴィツェグラートとなろう。チェコ語綴りでは Vyšehrad。「高い城」の意。片仮名表記はチェコ語に従った。プラハの南方、重重しく滔滔《とうとう》と流れるヴルタヴァ（ドイツ語モルダウ）河の右岸（東側）にある。ボヘミアの伝説ではこの巌上がボヘミアの君主たちの最初の城ということになっている。一時ヴィシェフラトは閑却されたが、プシェミスル朝最後の王ヴァーツラフ三世が一三〇六年殺され、男系嗣子が絶え、その父ヴァーツラフ二世の娘婿でドイツ王ハインリヒ三世の王子ヨーハンがボヘミア王となり〔ルクセンブルク朝の始まり〕、ヨーハンの長子カレル一世（ドイツ王、のち神聖ローマ帝国皇帝カール四世）が、ボヘミア王として戴冠する者はヴィシェフラトの麓に赴き、ここを戴冠式の出発点としなければならない、と定めると、再び脚光を浴びた。

一七四　**サルマティアの諸侯たち**　die sarmatischen Fürsten. 本来サルマティアというのは、古代のヴィスワ河とカルパティア山脈の向こうの東ヨーロッパを指す。ギリシアの歴史家の記述を総合すれば、紀元前六―四世紀頃この地方で遊牧、紀元一世紀頃まで黒海北岸で活躍した騎馬民族がサルマティア人。ただし、ポーランド人はしばしばドイツ人からサルマティア人と呼ばれるので、ムゼーウスは漠然とポーランドの諸侯あたりを考えていたのか。

一七五　**ソロン**　Solon. 紀元前六四〇頃―五五九。アテナイの立法者。いわゆるギリシアの七賢人のうちで最も有名。

一七五　**十二頭の獅子の間に座す英明なソロモン**　der weise Salomon zwischen den zwölf Löwen. 旧約聖書によれば、父ダヴィデの跡を継いで紀元前十世紀頃イスラエルの王となったソロモンはその知恵と栄華で有名。ソロモンの富についての旧約聖書の記述の中でその玉座はこのように描かれている。「王又《また》象牙をもて大《おほい》なる宝座《くらゐ》を造り純金を以《も》て之《これ》を蔽《おほ》へり　其《その》宝座に六《むつ》の階級《きだ》あり　宝座の後《うしろ》に円《まろ》き頭あり　坐する処の両旁《りようほう》に扶手《てかけ》ありて扶手の側《わき》に二《ふたつ》の獅子立てり」（列王紀略上十章十八―十九節）。

一七五　**クラクフ**　Krakau. ドイツ語ではクラカウ。ポーランド語クラクフ Kraków。ここでは片仮名表記はポーランド語に従う。ボヘミアに近いポーランドの由緒ある都市。確かに伝承によればヴィスワ河畔のこの古都の歴史はクロクスと結びついている。一〇〇〇年頃にはボヘミアに属していた。次いでポーランドの諸侯ボレスラフ・クロドリ（九九二―一〇二五）に征服され、クラクフ司教座所在地となり、十二世紀にはポーランドのある地方侯国の中心であった。一時またボヘミアに帰属した（一二九〇―一三〇五）こともあるが、一三二〇年から一五九〇年までポーランド諸王の王都であり、一三二〇年から一七六四年までポーランド国王が戴冠し、その墳墓の地となる都市だった。

一七七　**ヴラドミル**　Wladomir. チェコ語ではwは普通使わず、外来語に僅かあるのみだが、ムゼーウスはこう綴っている。

一七七　**蜜蜂**　Biene. 膜翅目《まくし》蜜蜂科の昆虫。働き蜂の体長一〇―一五ミリ。一匹の女王蜂と少数の雄蜂がいて、他の多数の働き蜂は元来雌だが生殖能力がなく、花蜜や花粉の採集、蜜の貯蔵、営巣、育児を行う。

一七七 **雀蜂** Wespe. 膜翅目雀蜂科の昆虫。大型蜂で体長約四〇ミリ。腹端に毒針を持ち、毒は強烈。

一七八 **宿敵の獅子** はて、蜜蜂の不倶戴天の仇といえば、A・A・ミルン『ウィニー・ザ・プー』（熊のプーさん）でも分かるように、甘い物好きの熊公のはずだが……。果たして獅子が蜜を好むやいなや。

一七八 **蜜を貯めた樹** 中が空洞《うろ》になっている大木は蜜蜂には絶好の巣作りの場所となる。

一七八 **丸花蜂** Hummel. 「沈黙の恋」訳注参照。

一七八 **蜜蜂の姫君** Imme. 前掲「蜜蜂」Biene の雅語。ムゼーウスは女王蜂となる雌蜂をこれで表現しているわけ。

一七八 **夢魔**《アルプ》 Alp. 「沈黙の恋」訳注参照。

一八二 **遣る瀬無く焦がれる羊飼い** 牧歌小説のセラドン（前出）のような類型を指す。

一八二 **ミジスラ** Mizisla. ドイツ語読みならミツィスラという片仮名表記が近いだろうが、チェコ語の発音にしておく。ただし、このような人名はチェコには無いようである。

一八二 **方尖塔**《オベリスク》 一個の巨大な石材から刻まれた、上に行くほど細くなり、先端が金字塔《ピラミッド》状に尖っている長細い石柱。古代エジプト特産。太陽神崇拝の象徴。二本が対となって邸宅、神殿の門、墳墓の扉の前に立てられた。

一八三 **ブリタニアの我儘な娘とその母国との内輪喧嘩** アメリカの十三の植民地とブリテン王国との戦争、つまりアメリカ独立戦争（一七七六―八三年）。ムゼーウスの『ドイツ人の民話』全五巻は一七八二―八六年の出版だから、はっきりとはしないが彼の執筆期間とこの戦争とはかなり重なり合っているはず。

一八三 **ドイツの雄雄しい息子ら** 英国がその陸兵《ソルジャー》不足〔陸兵は法律上強制徴募《プレスギャング》が許された水兵とは異なり、建前は志願制。従って恒常的に不足していた。各教会区《パリッシュ》から籤《くじ》で選ばれた男たちから成る国民軍《ミリシア》は数に不足はなかったが、本来国土防衛軍であるため、本人たち、および議会の承認が得られなければ、海外派遣ができなかった〕を解決するため、ドイツの領邦国家の君主に多額の金を払い、その軍隊をいわば傭兵として賃借し、大陸での戦闘に送ったことは有名。いくつもの領邦君主が徴募兵士を訓練して英国に売りつけた。ヘッセン＝ダルムシュタットの方伯《ラントグラーフ》ルートヴィヒ九世（一七一九―九〇）は特に悪名高いが、彼の弁護をすれば、祖父エルンスト・ルートヴィヒと父ルートヴィヒ八世が強大なルイ十四世の真似をして、このちっぽけな君主国を借金まみれにしてしまったからである。ルートヴィヒ九世はプロイセンのフリードリヒ・ヴィルヘルム一世（軍人王《ソルダーテンケーニヒ》）を模範として、味気ない倹約な軍隊式生活を送り、侯国に再び健全な財政状態をもたらした。

一八三 **ヴェーザー河** die Weser. 北西ドイツを北流して

北海に注ぐ河。延長四八〇キロ。ヴェッラ川とフルダ川が合流してヴェーザーになるが、ヴェッラ川まで入れれば延長七五六キロ、内四八〇ないし五四八キロが舟航可能。フルダ川の畔にはヘッセン侯国の首都カッセルが、北海への流入点にはヴェーザーミュンドゥングがあって、その間には多くの都市、町、村が栄えている。その代表を挙げれば、ヴェーザーミュンドゥングから一二四キロ上流、ブレーメンの外港ブレーマースハーフェンからなら六八キロ上流に中世以来の大商工業都市、貿易都市ブレーメンがある。これに流れ込む支流や運河から成る網の目状の内水面を動脈とすれば、これは北西ドイツの大動脈である。

一八三　**クロエ**　Chroe. ここでは一般に「恋人の女性」の意味で用いられている。元来はロンゴスの『ダフニスとクロエ』（二世紀末）の可憐で無垢な羊飼いの少女。

一八三　**気高い勇士の群が祖国ドイツに帰還する**　大陸に派遣されたドイツの領邦国家の兵士たちは、英国陸軍が降伏すると、あるいは敗戦の混乱で部隊がばらばらになると、やむを得ず、あるいは自ら進んで、現地の女性たちと通婚、土着した例も少なくないようだ。ドイツに帰還しなかった兵士たちもいるわけ。

一八三　**美しいイタケの王妃**　ペネロペイア。トロイア攻囲のギリシア軍の将領の一人、イタケの島の王オデュッセウスの貞淑な妻。二十年間海洋と島島を放浪した夫の帰還を待ち通した。彼女の美貌とその夫の財産を狙う夥しい求婚者たちをなんとかあしらいながら。

一八三　**ウリクセス**　Ulyß. ウリクセス Ulixes はオデュッセウス Odysseus（民間語源説では「憎む」の意）のラテン語名。リウィウス・アンドロニクス（紀元前二三八年に在世）が初めて『オデュッセイア』（『オデュッセウスの詩』の意）をラテン語に訳し、ローマ人の文学の源泉とした。以来オデュッセウスはラテン語名でも知られるようになった。

一八四　**楡**《にれ》　Ulme. 春楡、秋楡など楡科の落葉喬木の一部の総称。材は堅牢で、建築材、器具材として用いられる。樹皮は強靭で、紙、綱、織布などとする。高さ三五メーターに及ぶ種類もある。

一八四　**庭蔓草**《ガルテンツヴィルン》　Gartenzwirn. 蔓草の類であろうが未詳。

一八四　**ツォル**　インチに相当。一般に二・五四センチ。

一八四　**純潔なウェスタの巫女**　ウェスタル。ローマ神話のウェスタはギリシア神話のヘスティアと同じく公私の竈《かまど》を司る女神で極めて重要な存在。ローマのこの女神の神殿には常に聖火が燃えていて、いずれも高い家柄〔建前はそうでなくても良かったが〕出身の六人の純潔な処女〔いとけない少女の折にローマ市民の家庭から選ばれる〕の巫女（女祭司）がそれを守っていた。この聖火の保存はローマの安寧と不即不離の関係にある、とローマ人は信じていた。従ってウェスタルが男性と関係を持つなどということは、いわば国家に対する大逆罪であった。巫女の任期は三十年で、それが終われば結婚することも自由だったが……。なお、「屈背のウルリヒ」訳注をも参照。

一八五　**マルター**　昔の穀物の容量単位。一〇〇―七〇〇リッター。

一八六　**テミス**　Themis.「置き定められたもの、掟、法」の意。ギリシア神話の法と正義の女神。

一八六　**農　夫**《ラントザース》　Landsaß.「ラントザース」とは普通ドイツ中世の小作農のことを指すが、話の趣きからすると、ここでは自由農民らしい。

一八八　**猟人**《ニムロデ》　Nimrod.　ニムロデ、ニムロド。ノアの息子ハムの息子クシの息子。つまりノアの曾孫。勇敢な猟人。「クシニムロデを生《うめ》り　彼始めて世の権力《ちから》ある者となれり　彼はヱホバの前にありて権力ある猟夫《かりうど》なりき　是故《このゆえ》にヱホバの前にある夫《かの》権力ある猟夫ニムロデの如しといふ諺あり」（旧約聖書創世記第十章第八―九節）。彼はバビロニア王国を建設した、とされている。転じて、狩人、狩猟好き、狩猟狂。

一八八　**ソルブ人**　「三姉妹物語」訳注参照。

一八八　**ツォルネボック**　Zornebock.　ムゼーウスは「三姉妹物語」でも敵役の強大な魔法使いとして登場させている。やはりボヘミアに侵攻しようとして、リブッサのために一敗地に塗《まみ》れ、リブッサに魔法の武器を与えられた騎士のために殪《たお》される、ということになっている。「三姉妹物語」訳注をも参照。

一八八　**英雄アキレウス**　Achill der Held.　ミュルミドン族の王家の出身ペレウスは海の女神の一人テティスとの間に男の子アキレウスをもうけた。テティスは息子を不死身にしよう、と考え、一説では、人間の子として死すべき部分を夜な夜な火の上にかざして焼き取った。また一説では冥府の川スティクスの水に漬けた。いずれにせよ、テティスは子どもの踵《かかと》を手で握ってこの施術を行ったので、手で覆われた踵は不死とはならなかった。「アキレス腱《けん》」（急所、弱点）という言葉はここから生まれたのである。その後アキレウスはトロイア戦争に参加、トロイアのプリアモス王の長子でトロイア一の英傑ヘクトルを殪すなどの豪勇振りや、素晴らしい脚力、そして、パリスの矢に踵を射られての死が、ホメロスの『イーリアス』で描かれる。

一八九　**例の三柱《みはしら》の有名な女神たちが……ある羊飼いに頼んだ**　いわゆる「パリスの審判」で、トロイア戦争の原因である。ペレウスとテティス（前掲「英雄アキレウス」参照）の婚儀はオリュンポスの神神が臨席して行われたが、その際招きを受けなかった争いの女神エリスは、ヘスペリデスの園から黄金の林檎を一個取って来て、饗宴の場に投げ込んだ。これには「一番美しい女神へ」と記されてあったとも、投げ込みながらエリスがそう叫んだとも。いずれにせよ女神たちの間には早速争いが始まったが、結局最も自信のある三柱の女神たち、つまりゼウスの妃で権勢あるヘラ、凜凜《りり》しいアテナ、そして当然ながら、自分こそ、と思っている美と愛の女神アプロディーテのどれか、ということになった。だれがそうなのですか、と女神たちから責められたゼウスは、賢明なのでもちろん自身裁定を下すことを避け、これをイダの山で羊を牧していた少年パリスに委ねた。パリスは実はトロイアの王プリアモスの次子。出産の際母ヘカペは、自分が炬火を産んで、それがトロイアの町中を焼き尽くす夢を見た。そこで父プリアモスはこの不吉な子を死なせようとして山に棄てたのだが、牝鹿がこれを養ったので、いたしかたなくイダの山で羊飼いをさせていたのである。三柱の女神たちは装いを凝らして少年の前に出たが、それぞれひそかに贈り物を約束し、裁定を有利に導こうともした。ヘラは、世界の支配権を、アテナはあらゆる戦での勝利を、そしてアプロディーテは世界一の美女を与えよう、と申し出た。そして若いパリスは最後のものに惹かれ、アプロディーテこそ黄金の林檎を受けるに相応しい、と断言した。アプロディーテがパリスに約束した美女は、スパルタ王メネラウスの妃のヘレネで、パリスが彼女の心を奪い、ともども王宮から逃れてトロイアに去ったのだが、これがギリシア勢がこぞってトロイアを攻め、トロイアがヘカペの夢のように灰燼に帰す原因となったことは言うまでもない。

一九〇　**係争物件**《オブイエクトウム・リティス》　Objektum Litis.　ラテン語 obiectum litis をムゼーウスはドイツ語風に綴っている。「争いの対象」。ローマ法の専門用語。

一九〇　**諸侯領**《ゲシュパンシャフト》　ムゼーウスはハンガリアの行政区（マジャール語「城の管区《ヴァール・メジエ》」）を表すドイツ語を借用しているようである。「領邦」、「藩領」。

一九〇　**軍を統率する公を持たぬ軍**　ein Heer ohne Herzog.「公《ヘアツォーク》」「公爵」に当たるドイツ語 Herzog は元来「軍《ヘーア》」「軍隊」Heer を「率いる《ツィーエン》」ziehen 人の意。

一九一　**紡錘**《つむ》　糸紡ぎの大事な道具。糸を巻きつけるとともに縒《よ》りをかけるのに用いる。糸紡ぎは女性の仕事とされたので、ドイツでは紡錘《シュピンデル》は糸巻き竿《クンケル》とともに女性の象徴、代名詞でもある。

一九二　**兄鷂**《このり》　Sperber.　鷲鷹科の猛禽。中型の鷹。鷂《はいたか》は雌で兄鷂は雄。ともに鷹狩りの鷹として用いられるが、鷂の方が大きい。ここでは譬えられているのが狩猟狂のミジスラ騎士なので、あえて雄の和名を選んだ。

一九二　**鷲木菟**《わしみみずく》　Uhu. 梟科の大型の鳥。全長約六六センチ。大きな耳角を持つ。

一九二　**野雁**《のがん》　Trappe. 野雁科の鳥。全長雄一メーター、雌七五センチ内外。体は肥大し、嘴は太くて短く、体形は七面鳥と雁の中間。

一九二　**大雷鳥**《おおらいちょう》　Auerhuhn.　雷鳥科の鳥。逞しい体格で、六―七・五キロの重さ。ムゼーウスはその男性形 Auerhahn をことさら用いている。

一九二　**鸛**《こうのとり》　Storch.　鸛科の鳥。全長一一〇センチ、翼開張二メーターに達する。体は純白で、翼の大部分は光沢ある黒色。長い脚は赤い。ヨーロッパ産の亜種は朱嘴鸛《しゅばしこう》といい、子どもを守る愛情の深い鳥として知られ、また、人間の赤ん坊を運んで来る、という民間信仰がある。

一九二　**青鷺**　Reiher. 鷺科の鳥。全長約九〇センチ、翼を開くと一五〇センチを超えるものもある。嘴は黄色で長い。体は白く、背中は青灰色。後頭部に青黒色の長毛がある。

一九二　**比較的大きな鳥たち**　以上の鳥は全てドイツ語では男性名詞〔Trappe は女性名詞でもあるが〕。ムゼーウスはこの会議の面面が男性であることに読者の注意を向けさせている。

一九二　**沢鵟**《ちゅうひ》　Weih.「屈背のウルリヒ」訳注参照。

一九六　**銀梅花**《ミルテ》**の花冠**　「沈黙の恋」訳注参照。

一九六　**ロト**　数字の組み合わせによる富籤。

一九七　**債務者拘置所に拘留されている者**　近世のヨーロッパでは、負債が払えないで債権者に告訴されている者は、行政機関の執行吏に逮捕されて債務者拘留所に入れられた。債務を弁済すればただちに拘置を解かれる。この拘置処分は、本当に債務があるのか、あるとすれば返却がどの程度できるのか、を判断する裁判に確実に出頭させるための手続きなのである。「沈黙の恋」訳注参照。

一九七　**ヘルメスの秘法**　ヘルメスとは古代エジプトの月神トートのギリシア語名称。ヘルメス・トリメギストス（「三倍も偉大なる」、あるいは、「この上なく偉大なるヘルメス」の意）。トートは月を司る神ゆえに数と計量の神であり、そのため更に掟に従う世界秩序の神、知恵の神とされ、あらゆる教育、芸術、学問、特に錬金術と魔法の創始者ともなった。錬金術と魔法は「ヘルメスのわざ」と呼ばれた。古代エジプトの信仰によれば、トートは彼の叡智を数巻の書物に書き記した、とのこと。これを発掘して解読できれば世界の秘密に通じることになる。矢島文雄編『古代エジプトの物語』（現代教養文庫八三五、社会思想社、一九七四）に関連する物語が「サトニ・ハームス奇談」として収録されている。

一九七　**ヒュオン**　Hüon. 古いフランスの武勲詩《シャンソン・ド・ジェスト》の主人公騎士ユオン・ド・ボルドー Hyon de Bordeaux のこと。シャルルマーニュ伝説の一つに登場。ギエンヌ公爵。臣従の誓いを立てるためパリのシャルルマーニュ大帝の宮廷に伺候する途中、大帝の卑劣な王子シャルロに襲われるが、逆にこれを殺す。そこで激怒した大帝により贖罪の条件として苛酷な難題を課される。バクダードを都とするイスラム教国の王《スルタン》の顎鬚一摑みとその歯四本を持って来ること、彼が食事を摂っている時にその前に姿を現し、その際彼の最も高貴な賓客の首を切り落とすこと、彼の美しい息女の唇に三度接吻をすることである。ユオンは遍歴の騎士としてパレスティナに向かい、そこから中東の地に入る。その途中妖精王オーベロンに逢う。オーベロンは彼に魔法の道具をくれる。軽く吹けば聴く者全てを踊らせ、強く吹けばオーベロンが助けに来てくれる角笛、それから敬虔な者が十字を切れば活力を蘇らせる葡萄酒で一杯になる酒盃である。ユオンはこれらの呪具と、中東の地で会った友人たちの助力、そしてなによりも彼の武芸と高潔な心情のお蔭で課された三つの難題を解決し、キリスト教徒になった王女を花嫁とする。ムゼーウスの友人で、やはりヴァイマルにいたクリストフ・マルティン・ヴィーラント（一七三三―一八一三）はこの詩を一七八〇年韻文叙事詩『オーベロン』に仕立て上げた。ここではHyonがHüonとドイツ語式に綴られているので、ムゼーウスもそう記したわけ。そこで訳者も「ヒュオン」と片仮名表記した。

一九八　**例の代弁者**　リブッサ姫が語った鳥の譬え噺には「目がよく見えない鷲木梟」が代弁者として登場するが、人間たちの動きではこれに対応する者をムゼーウスは描写していない。まあ、おそらく、もったいぶった老齢の高位聖職者あたりの役どころではあろうが。

一九九　**ヴルタヴァ河**　Muldau.　ムゼーウスはこのようにムルダウと表記しているが、ドイツ語では普通モルダウMoldauである。チェコ語ではヴルタヴァ。ボヘミアのラベ（ドイツ語エルベ）河の主要な支流。全長四二五キロ。ボヘミア森《ベーマーヴァルト》に発した初初しい二つのヴルタヴァが合わさって南東に流れ、一キロの長さの狭い峡谷（いわゆる「悪魔の壁《トイフェルスマウアー》」）を貫流したあと北へ転じる。南ボヘミアのチェスケー・ブディエヨヴィツェ（ドイツ語ベーミッシュ・ブードヴァイス）盆地を横切り、大抵は狭い峡谷を流れてプラハの下手に至る。ここまでを表現しているのがチェコの国民音楽家ベドルジハ・スメタナ（一八二四―八四）の交響詩「我が祖国」の第二曲。それから平地に入り、メルニクでラベに合流する。プラハはこのヴルタヴァ河の畔に築かれた都市である。

二〇〇　**ウルカヌス**　Vulkan.　ローマ神話の火の神、トっては鍛冶の神とされたウルカヌス、あるいはウォルカヌス。ギリシア神話の片足の不自由なヘパイストスに当たる。ヘパイストスは愛の女神アプロディーテの夫として扱われることがある。『オデュッセイア』では戦の神アレスがアプロディーテと不義の恋をし、こっそり彼女の許に通うことになっている。ヘパイストスはこれを知り、透明で細く、極めて強靭な網をこしらえ、これを寝室に仕掛けておき、忍んで来たアレスを絡め取り、オリュンポスの神神の前で晒し者にするのである。このようにヘパイストスの宮殿はオリュンポスの高みにあるのだが、ローマ時代になると、ウェルギリウスやホラティウスの詩では、独眼の巨人キュクロプスどもを助手として、シチリア島のエトナ火山などの噴火口内を仕事場にしている、となっている。

二〇一　**牛追い棒**　牛を使役する時牛の脇腹を突いて督励する尖った棒。「二」でリブッサ姫が若者に与えた棒はこれ。

二〇二　**モルゲン**　昔のドイツの地積単位。地方により異なるが約三〇アール。つまりほぼ三反。午前《モルゲン》中に耕せる広さから。

二〇三　**信用状**　ムゼーウスは **Kredenzbrief** と記しているが、これでは意味をなすまい。**Kreditbrief** の誤りであろう。

二〇二 **プリミスラス** Primislas. これはラテン語風の綴りなので片仮名表記もラテン語風にしておいた。ボヘミア生粋の君主の系統はプシェミスル朝（前掲「リブッサ」および解題参照）と呼ばれるが、その縁起が農耕にいそしんでいたこの若き郷士の名に基づく、というわけ。「プシェミスル」とは「熟慮する者、思案する者」の意（石川達夫著『黄金のプラハ　幻想と現実の錬金術』、平凡社、二〇〇〇年、に拠る）とのこと。

二〇二 **鷲** ドイツの紋章は鷲。

二〇二 **神神のご子息** 神聖ローマ帝国皇帝、オーストリア皇帝ヨーゼフ二世（一七四一—九〇）に対する啓蒙主義者ムゼーウスの敬意表明である。啓蒙専制君主ヨーゼフ二世は二十四歳で即位したものの、共同統治者として実権を掌握していた母である女帝マリア・テレジアが死んだ一七八〇年の末から、漸く親政を開始することができた。内政面での諸改革のため次次と法律を制定するが、とりわけ農奴制の撤廃、カトリック教会の世俗的権力の制限を実行したので、当時絶対主義君主制の変革が期待された。実際一七八一年公布された宗教寛容令により、カトリック教会との繋がりが弱まり、ヨーゼフ二世が死ぬまでに約六千もの修道院が閉鎖され、その資産は国有化された。

二〇三 **満ちて行こうとする月** トルコ。オスマン帝国。その旗印は新月に星。もっとも既にその勢力は凋落しつつあった。これをヨーゼフ二世が「雲から引き下ろし」たというのは、一七八〇年六月〔まだマリア・テレジアは生きていたが歳末近くに没する〕ドニエプル河畔でロシア帝国の女帝《ツァーリナ》エカチェリーナ二世と会見、その後ペテルブルクにおいてオスマン帝国に対するオーストリア・ロシア同盟を締結したことを指すか。オスマン帝国のヨーロッパへの勢力伸張は一六八三年の第二次ウィーン包囲でその頂点に達した。これは三十五万の兵と三百門の大砲を動員した大作戦だったが、オーストリア軍は堅固な防備に拠って攻撃によく耐え、やがてポーランド王ヤン・ソビエスキーの率いる十万のヨーロッパ混成軍が参戦、ウィーン北方でトルコ軍と会戦して大勝利を収めた。オスマン軍はベオグラードまで撤退し、かくして第二次ウィーン包囲はトルコ側にとって惨憺たる結果に終わる。

二〇三 **ネーゼル** 昔のドイツの容積単位。一般的には半リッター。

二〇四 **喜びの駒**《フロイデンプフエールト》 君公の葬儀の際には柩《ひつぎ》の後からいわゆる喜びの駒《フロイデンプフエールト》に乗って、壮麗に飾り立てた騎者が随いて行ったもの。これは新たな統治者に対する国の喜びを表す。哀悼の徴として人の乗っていない、黒い覆いを掛けた馬が葬列の先導をした。これがいわゆる悲しみの駒《トラウアープフエールト》である。「愛の信実《まこと》」にも出る。

二〇四 **秋牡丹**《アネモネ》 Anemone. 金鳳花《きんぽうげ》科二輪草属の多年草。高さ三〇センチ内外。赤、青、紫、白などの色がある。翁草、白頭翁。

二〇四　**縁を削られたドゥカーテン金貨**　一般の金銭授受の際金貨が刻印された額面通りに通用するなら、強欲な金持ちが手に入った金貨の縁を目立たぬように薄く削り取ることもあったわけ。一枚一枚ではごく僅かな量でも、夥しい金貨にそのような手術を施せば、不当な利益は大きかったであろう。ドゥカーテン金貨は良質で有名な中世—近世の金貨。ただし十九世紀ドイツでは銀貨。

二〇五　**客人を手厚くもてなす女王ディド**　die gastfreie Königin Dido.『アエネーイス』によれば、陥落したトロイアから父と息子を連れて唯一脱出に成功した英雄アエネアスは、難船して辿り着いたカルタゴで、女王ディドに手厚くもてなされ、善美を尽くした饗宴で接待された。ディドとは相思相愛の仲になるが、国家建設の使命感に燃え、その恋を振り切ってイタリアの地に渡る。ディドは巨大な火葬檀を築かせ、アエネアスの船を見送りながら自死自焚《ふん》した。

二〇五　**歓迎の大杯**《ヴィルコンメン》　ドイツ語で「ようこそ」と言う意味でもある高い脚の付いた大きな酒盃。

二〇五　**憂いを払う玉箒**《はばき》　原文「歓びを与えるもの」。すなわち、酒。

二〇五　**一体今いくつ杏が入っているのでしょう**　簡単な謎謎ですね。答はすぐあとに出て来ますが、肝心なのはそこに至る考え方です。これは代数式を作らなくても答えを出すことができます。最後の者は、残りの半分とももう三個で籠が空になるのだから、「残りの半分」は当然三個なわけ。つまり最後の者が貰うのは六個。ここから逆算すればよろしい。

ただし数式にすればこうなる。

$$\frac{x}{2}+1+\frac{x}{4}-\frac{1}{2}+1+\frac{x}{8}-\frac{1}{4}-\frac{1}{2}+3=x$$

二〇五　**その数を今一度それだけ……を増した数になりましょう**　数式はこうなる。

$$2x+\frac{x}{2}+\frac{x}{3}+5=60+(60-x)$$

二〇五　**財務総監**《ゲネラール・コントロルール》　General-Kontrolleur.　ムゼーウスはこれでフランス王国の財務総監《コントロルール・ジエネラール》 controlleur générale を示唆しているか。もっとも、ルイ十六世治下で財政紊乱を極めていた当時の財務総監では羨ましい地位では無いが。

二〇五　**その数とその数の三分の一と……増した数があることになりましょう**　数式はこうなる。

$$x+\frac{x}{3}+\frac{x}{2}+\frac{x}{6}=45+(45-x)$$

二〇六　**K＊＊レンベルクの会計同業組合**《ギルド》　ムゼーウスが匿名で著わした『観相学的旅行』の中に「カーレンベルク」として出て来る。カーレンベルク市民というのはどうやらラーレの市民、あるいはシルトの市民（双方ともドイツ中世の民衆本《フォルクスブーフ》に出て来る愚か村の村人）の同類らしい。シルトの市民は自分たちの総数を計算することができなかった。数える者がいつも自分を数に入れることを忘れたからである。

二〇六　**やっこさん、女から籠《れこ》をもらいやがった**　「籠をもらう」einen Korb bekommen (erhalten) というドイツ語の慣用句は「肘鉄（肘鉄砲）を喰らう」という慣用句に和訳するのが普通。このドイツ語の慣用句の成立については別の説もある。もっともこうした民間語源学はおもしろいけれど、深入りしても別に収穫は無かろう。

二〇七　**軍を統率する公《ヘアツォーク》**　前掲「軍を統率する公を持たぬ軍」参照。

二〇七　**あの名高いパルミラの女性**　シリアとメソポタミア間の交易で大いに栄えたオアシス都市パルミラの権力者オダエナトゥスの妻ゼノビア。二六七年夫が甥に殺されると、息子ウアラダトゥスのために統治権を掌握、勢力をローマ帝国の東方属領シリア、エジプトにまで拡張、ササン朝ペルシアとも互角の戦いに終始した。二七〇年女帝《アウグスタ》を名乗る。やがて帝国内の内乱を処理した皇帝アウレリアヌス治下のローマ帝国と衝突、二七二年に敗北、首都パルミラを占領され、凱旋式のためローマに連行される。のちある元老院議員と結婚、ローマで生涯を終わる。ギボン『ローマ帝国衰亡史』（第十一章）に拠れば、ゼノビアはラテン語、ギリシア語、シリア語、エジプト語に通じ、ホメロス、プラトンにも造詣深く、また美貌であり、更に夫とともに狩猟にも興じ、軍の先頭にも立った、と言う。

二〇八　**ドイツで最も輝かしい宮廷**　ボヘミアがドイツのうちに入れられているのは現代ヨーロッパ人には抵抗があるであろう。ハプスブルク家嫌いのチェコ人にとってはもちろんである。しかし、ボヘミア王国が実際にまだ（ドイツ民族の）神聖ローマ帝国の一部だった十八世紀のムゼーウスのような人士、少なくともドイツ人には、当然な感覚だったわけだし、神聖ローマ帝国が消滅（一八〇六）しても相変わらずオーストリア帝国の支配下にあった十九世紀でもこれは常識だった。たとえばシレジアの文人アイヒェンドルフ男爵ヨーゼフ（一七八八—一八五七）は、その『日記』Joseph, Baron von Eichendorff: *Tagebuch* にレーゲンスブルクの名高い石の橋を、ドイツ三大名橋の一つ、と記し、プラハの橋（カレル橋。約五二〇メーター）は最も長く、ドレスデンの橋は最も美しく、レーゲンスブルクのそれは最も頑丈だ、と注記している。また、オーストリアの劇作家イグナーツ・フランツ・カステッリ（一七八一—一八六二）は、プラハをとりわけ人目を惹く女性に譬えている（『ドイツへの旅』Ignaz Franz Castelli: *Reise nach Deutschland*）が、これも文脈から見るとドイツの都市としての扱いにおいてである。

二〇八　**城下町**　ヴィシェフラトのこと。

二〇八　**プラーフ**　Práh. この都市名起源説は有名。

二〇八　**閾**　Schwelle. しかし、ある時代「プラーフ」は「鴨居」を指したそうな。石川達夫著『黄金のプラハ　幻想と現実の錬金術』ではこの点で貴重な指摘がなされている。コスマスの『年代記』（解題参照）では、「低いプラーフのもとでは大きな男たちも身を屈める」とある由。つまり、「プラハの栄光に対して人人が敬意を抱き、頭を下げるようになるだろう」（前掲書）と示唆しているのだ、とのこと。その後ムゼーウスの誤訳がドイツ語圏全体に広まって、プラハ闕起源説となったようだ。

二〇九　**くろっくすハ……どぅぶらゔぃうす**　原文ラテン語。なお〔　〕内は訳者の補遺。

二〇九　**マコト已《ヤ》ム無ク退《シリゾ》キシガ……どぅぶらゔぃうす**　原文ラテン語。

二〇九　**ローマ皇帝ニシテ……特権ヲ付与セラレタリ、ト**　原文ラテン語。

## 解題

ボヘミアというラテン語名称は、ローマの歴史家タキトゥスによれば、紀元前一世紀に至るまでここに居住していたケルト人の一派ボイェル族に由来する、とのこと。彼らに続いてゲルマン人のマルコマンニ族が、のちには他のゲルマン系部族が入った。八世紀になって漸くスラヴ系の諸部族がドイツ人が入殖していた地域に移住、その結果二つの民族が混在するようになった。

九世紀に大モラヴィア王国（八三〇年頃成立。モイミール一世が南東・中部モラヴィアおよび西スロヴァキアを統一して創始）に帰属。これが十世紀にマジャール人に攻められて滅びると、ドイツの封主権を承認する形で自主独立した。なお、西スロヴァキアはマジャール人に占有され、以後ハンガリアによるスロヴァキア支配は、第一次世界大戦後の中欧諸国の領土再編に至るまで、実に一千年に及ぶことになる。

最初のボヘミアの君主の系統はプシェミスル朝である。つまりボヘミアに割拠して争い合っていた諸部族をプシェミスル家が統一した。

伝承でプシェミスル朝最初の国君妃とされるリブシェに纏わる物語は、プラハのコスマス Cosmas（一一二五没）の『年代記』で初めて周知の形を取るようになった。また、ドゥブラヴィウスその他によってもドイツ語圏、イタリア、イスパニアなどにも広まった。けれども、ドイツのクレメンス・ブレンターノの戯曲『プラークの創設』Clemens Brentano: *Die Gründung von Prag*（一八一五）、およびオーストリアのフランツ・グリルパルツァーの戯曲『リブッサ』Franz Grillparzer: *Libussa*（一八一九以降の執筆。一八七二刊行）の題材はムゼーウスから採られた、と言う。このムゼーウスの物語の題名を「リブッサ」のままにしようか、「リブシェ」としようか、随分迷ったが、結局ドイツ語圏での彼女の伝承伝播に貢献したらしいムゼーウスの表記に敬意を表することにした次第。

チェコの有名な作曲家スメタナにはオペラ『リブシェ』がある。

オーストリアの後期印象派の画家グスターフ・クリム

トは眼光炯炯《けいけい》たる厳かな風貌の、いかにも巫女らしい女性として「リブッサ」を描いた。

プラハのヴィシェフラト公園には左手を上げて立つリブシェと斧を携えてその傍らに座るプシェミスルの像がある。これはミスルベクの彫刻「プシェミスルとリブシェ」。

史実では、プシェミスル朝出身の最初のキリスト教徒統治者で、おそらくプラハの砦を築いた（八八〇頃？）のはボジヴォイ公（八五〇―九五）であろうか。その息子のブラティスラフ公（一世）の長子であるキリスト教徒のヴァーツラフ公（一世。在位九二四―二九／三五。後世ボヘミアの守護聖人聖ヴァーツラフとされる）は積極的にキリスト教を受容、布教を支援したが、これに反対する弟の異教徒ボレスラフ（もっともこちらも後にキリスト教に改宗）と彼を支持する貴族たちによって暗殺される。

その後ボレスラフ公（一世。在位九二九／三五―九六七／七二）はマジャール人の進出を阻止するためドイツの力を借りようと、ドイツ王オットー一世（初代神聖ローマ帝国皇帝。オットー大帝《デア・グローセ》）に九六二年臣従を誓い、貢納の義務を負う。

ボレスラフ一世の息子ボレスラフ二世（在位九六七／七二―九九）の下で九七三年プラハに独自の司教座が設けられ、マクデブルクのベネディクト会士ティートマーが初代司教に就任。

二世の息子ボレスラフ三世（在位九九九―一〇〇三）の後ボヘミア公国は暫くポーランドの支配下（一〇〇三―二九）に陥る。しかし、ポーランド勢力は神聖ローマ帝国皇帝ハインリヒ二世によって駆逐される。

続く君主たち、特にブジェティスラフ一世（在位一〇三四―五五）の下でボヘミアにとって一応栄光の時代が始まる。モラヴィアが取り返され、ポーランドと戦って勝利も収める。しかし、ドイツの羈絆《きはん》から脱しようとする試みは失敗に終わり、一〇四一年ドイツ王ハインリヒ三世に破れ、同年に締結された平和条約はボヘミアとモラヴィアをドイツに極めて緊密に結び付ける。ブジェティスラフ一世はその死（一〇五五）の直前、息子たちに相続所領を分割しようと企てたので、その死後息子たちの間に紛争が起こり、この混乱はほとんど半世紀続く。一〇八五年ボヘミア公ブラティスラフ二世（在位一〇六一―九二）は神聖ローマ帝国皇帝ハインリヒ四世への貢献が認められ、初代ボヘミア王（在位一〇八五―九二）に封じられる。

ブラティスラフ二世の孫ブラディスラフ二世（公としての在位一一四〇―五八。王としての在位一一五八―七三）の弟息子プシェミスル・オタカール一世は神聖ローマ帝国皇帝ハインリヒ六世から一一九二年ボヘミア公（在位一一九二―九三、一一九七―一二〇五）に封じられたが、一一九七年漸く政権の座に就く。一一九八年ボヘミア王（在位一一九八／一二〇五―三〇）。

その息子ヴァーツラフ一世（一二〇五―五三）もボヘミア王（一二三〇戴冠）。平和を愛したが、さまざまな戦争に巻き込まれる。息子オタカール（二世）との抗争もその一つ。

ボヘミア王としては五代目、プシェミスル朝で最も強力な統治者だったプシェミスル・オタカール二世（在位一二五三―七八）の下、ボヘミアはオーストリアおよびシュタイアーマルクを統合することによってドイツの諸領邦のような大国の地位を得たが、やがてプシェミスル・オタカール二世は、弱小なるがゆえにドイツ諸侯からドイツ王に選挙されたハプスブルク家のルドルフ一世（のち神聖ローマ帝国皇帝）を侮ってこれと対決、一二七八年モラーヴァ河平野（ドイツ語マルヒフェルト）における会戦で敗死。政治的勃興は恐ろしい反動を蒙った。

プシェミスル朝は一三〇六年、ヴァーツラフ二世（在位一二八三―一三〇五）の息子ヴァーツラフ三世（在位一三〇五―〇六）がオロモウツで暗殺されて遂に断絶する。

一三一〇年ドイツ王ハインリヒ七世は王子ヨーハンがヴァーツラフ二世の末娘エリシュカと結婚したことでボヘミアを獲得、ヨーハンをボヘミア王（在位一三一〇―四六。ボヘミア王としてはヤン）に封じる。ルクセンブルク朝の始まりである。ただしヨーハンはボヘミアに地歩を占めることはできず、晩年は大抵国外で過ごした。

その長男ドイツ王（一三四六以降）カール四世（一三一六―七八）は名実ともにボヘミア王となる。ボヘミア王としてはカレル一世（在位一三四六―七八）である。彼はプラハで生を享け、フランスの宮廷で育てられ、一三三三年プラハに戻り、モラヴィア辺境伯として、父の代理で統治した。一三四六年ボヘミア王に即位。選帝侯五人に支持され、一三五五年神聖ローマ帝国皇帝に戴冠。ボヘミアの農業、鉱山、交易、運輸を振興、国力を充実させるとともに文化的にも向上を図った。プラハに大司教座を設け、またパリ大学の範に倣いプラハに帝国最初の大学（カレル大学。カロリヌム）を一三四八年創設。これはウィーン大学（一三六五創設）、ハイデルベルク大学（一三八六創設）より古い。プラハ城（九世紀半ば以来ヴルタヴァ河左岸の小高いフラチャヌイの丘の上にあり、河を隔てて東側のプラハ旧市街、新市街を見下ろす）とフラチャヌイ城の連結した今日の姿の大要塞、新市街、カレル橋《カルルーフ・モスト》が建設されたのもこの王の治世下である。従って今日のプラハの基礎はほぼカレル一世が築いた、と言ってよかろう。プラハとボヘミア王国の黄金時代である。一三四七年以降黒死病《ペスト》が繰り返しヨーロッパを襲ってはいたが。カレル一世はプラハで死去。

しかし、ドイツ系の王家と地付きのボヘミア人との蜜月はその息子の代に既に徹底的に破綻する。カール四世（カレル一世）の長子ヴェンツェル（一三六一―一四一九）は十五歳で既にドイツ王・ローマ王、父の死後ボヘミア王（在位一三七八―一四一九）となる。ボヘミア王としてはヴァーツラフ四世。酒癖が悪く、乱暴なこの王はボヘミア貴族および聖職者と抗争、一三九三年総司教代理ヤン・ネポムツキー、すなわちネポムクのヤン（一三三〇〈一三四〇?〉—九三）を、〔教皇使節の教皇への書簡によれば〕公衆の面前で通りから通りへと引き回した挙句、両手を後ろ手に縛り、両足と頭を車輪のように括りつけ、カレル橋からヴルタヴァ河に突き落として溺死させた、とのこと。一三九三年三月二十日の夜のことである。プラハ大司教の支持者だったためらしいが、一四五〇年頃登場した伝説によって初めて、王妃ソフィアの告解の秘密を明かせ、との酔った王の強要をあくまでも拒んだため、一三八三年四月二十九日溺死させられた、ということになった。その後聖ヤン・ネポムツキーはボヘミアの守護聖人〔橋の守護聖人としてドイツ語圏でも尊崇されて来た。聖ヨハンネス・ネポムク〕とされ、カレル橋を飾る三十の彫像の最初の一つとなった。ヴァーツラフは一三九四年暴虐な支配に憤激した貴族たちに襲われ、数箇月間オーストリアのヴィルトベルク城に監禁され〔伝説によれば、彼はある献身的な少女の助けによりプラハ城から逃げ出した、と言う。「宝物探し」訳注参照〕、ボヘミアでの本質的な主権を諦め、一四〇〇年にはドイツ王・ローマ王としても四人の選帝侯によって退位させられた。もっとも、一三七八年から一四一七年まで二人の教皇が並立する「教会大分裂《シスマ》」、また、カレル大学の総長ヤン・フスのコンスタンツ公会議での火刑判決と執行、それに続くフス派の叛乱という厄介な問題もあり、ヴァーツラフ四世ばかりを内政混乱の責任者にすることはできないかも知れない。

　次のドイツ王、ボヘミア王、のちの神聖ローマ帝国皇帝はジークムント。ボヘミア王としてはジギスムント（在位一四二〇。一四三六—三七）。ルクセンブルク朝ボヘミア王国は彼の死とともに断絶。

　この後フス派の貴族イジーがボヘミア王に選出される。次はポーランド王家ヤゲウォ朝出身のヴラディスラフ五世（二世）（在位一四七一—一五一六）。彼はハンガリア王でもあった。その後彼の息子ルドヴィク（在位一五一六—二六）が継ぐ。十歳で即位。ハンガリア王でもあった。神聖ローマ帝国皇帝カール五世の妹マリアと結婚しているが、若く、また気が弱かったため、国内の無政府状態を収拾することができなかった。一五二六年八月二十九日彼の率いるポーランド、ハンガリア、ボヘミア連合軍はドナウ河畔モハーチ〔ハンガリアとクロアチアの国境付近のハンガリア側〕の会戦で、オスマントルコの名君スレイマン一世が指揮するトルコ軍に壊滅させられ、敗走中に溺死。

　彼の姉アンナの夫オーストリア大公フェルディナント一世〔後神聖ローマ帝国皇帝。戴冠一五五六〕が、一五二六年十月二十三日ボヘミア王（在位一五二六—六四）に選挙され、かくしてハプスブルク朝ボヘミア王国が始まる。フェルディナントはその妻を通じてハンガリアの王位継承権も持ったため、彼によって、時時ちょっと中断されはしたが一九一八年まで続くオーストリア、ボヘミア、ハンガリアというこの近隣三国の統合が始まるのである。しかしルター派の新教徒が多数を占めるボヘミアと厳格なカトリック教徒である王家との対立はこの国の統治を困難なものにし、新教を奉じるボヘミア貴族の叛乱が神聖ローマ帝国皇帝フェルディナント二世に徹底的に打ちのめされた〔一六二〇年十一月八日の白山《ビーラー・ホラ》の戦い〕ことにより、ボヘミアの栄光は十七世紀に完全に失われた。

ボヘミア王国はオーストリア＝ハンガリア二重帝国＝王国の一部として名称上は第一次世界大戦終了時まで存在した。しかし民族としてのチェコ人はハプスブルク家に象徴される民族としてのドイツ人の支配に不満を鬱積させており、オーストリアに対する忠誠心は無かった、としてよかろう。第一次世界大戦の折は、ロシアとの戦いに動員されても同じスラヴ人であるロシア側に捕虜にされると、チェコ軍団を組織して、ロシア側で戦った兵たちもいる。チェコの作家ヤロスラフ・ハシェクの『世界戦争における善良な兵士シュヴェイクのさまざまの体験』（邦訳としては、栗栖継訳『兵士シュヴェイクの冒険』全四巻。岩波文庫、一九七二）の主人公シュヴェイクの言動にはチェコ人の面目躍如たるものがある。

けれどもいわゆるハプスブルク帝国、つまりハプスブルク朝神聖ローマ帝国の一部としてその域内の文化・文明の交流に浴し続けることができたため、ボヘミアおよびモラヴィアは先進地域として繁栄し、今日も豊かな工業資源、高度な技術水準に支えられ、強い経済力を誇っているし、文化の各分野で畏敬すべき業績を挙げている。

なお訳注でも、この解題でも、「チェコ王国」という名称は一切使わなかったが、もし、そうした呼称を用いるとすれば、それはボヘミア王国、モラヴィア辺境伯領、シレジア公国、および両ラウジッツ〔北ドイツのエルベ河とオーダー河の間の地方。南半を上《オーバー》ラウジッツ、北半を下《ニーダー》ラウジッツと称する。ただし、後ザクセン選帝侯領になるなど帰属は歴史的に複雑〕の四つの領邦を合わせたもの、すなわちボヘミアの王冠の下に統治された領域を示す。

モラヴィアはボヘミアとともに現チェコ共和国を形成している。ボヘミアと西部を、スロヴァキアと南東部を、下オーストリアと南部を、ポーランドのシレジアと北部を接する。面積およそ二万二千平方キロ。

# 解説

著者ヨーハン・カール・アウグスト・ムゼーウス Johann Karl August Musäus（一七三五—八七）、およびその個性メルヒェン〔シャルル・ペローの『過ぎし昔の物語あるいはお伽話、ならびに教訓』のように、文人がその個性を十二分に発揮して民話を再話したものをこのように名付けることがある〕集である『ドイツ人の民話』*Volksmärchen der Deutschen*（一七八二—八六）について詳しくは、前巻鈴木滿訳『リューベツァールの物語　ドイツ人の民話』（国書刊行会、平成一五）の巻末「解説」をご覧戴きたい。ここでは原典の構成を中心にこの解説の一部を再録〔ただし三つの日本語題名を若干訂正〕、更に今回必要な事項を追記するに留める。

テューリンゲン東部の古都イエナに官吏の一人息子として生まれ、ザクセン・ヴァイマル公国の首都ヴァイマルで学者・文人として生涯を送ったムゼーウスが一気にその名声を高め、ペローとグリム兄弟を繋ぐ存在としていまだに口承文芸研究史上重要とされるのは、最晩年の著述『ドイツ人の民話』全五部のお蔭である。これは民間に伝承された宗教伝説《レゲンデ》、伝説《ザーゲ》、昔話《メルヒエン》を素材として、十八世紀当代のもろもろの事象をいかにも楽しげに引き合いに出しながら、極めて贅沢豊富に語彙を使い回しする一種独特の饒舌な、かつ才気溢れる文体で、大人向けの物語に仕上げた十四話から成る。

　『ドイツ人の民話』の構成は以下のごとくである。なお、日本語題名に＊が附されている六話は、前掲『リューベツァールの物語　ドイツ人の民話』所収。

第一部　三姉妹物語＊　リヒルデ＊　ローラントの従士たち＊
第二部　リューベツァールの物語＊　泉の水の精＊
第三部　リブッサ　奪われた面紗《ヴェール》＊　愛の信実《まこと》
第四部　沈黙の恋　屈背《くぐせ》のウルリヒ　愛神《アモール》となった精霊
第五部　メレクザーラ　宝物探し　誘拐《かどわかし》

ERSTER TEIL

Die Bücher der Chronika der drei Schwestern

Richilde

Rolands Knappen

ZWEITER TEIL

Legenden von Rübezahl

Die Nymphe des Brunnens

DRITTER TEIL

Libussa

Der geraubte Schleier

Liebestreue

VIERTER TEIL

Stumme Liebe

Ulrich mit dem Bühel

Dämon Amor

FUNFTER TEIL

Melechsala

Der Schatzgräber

Die Entführung

今回訳出した「沈黙の恋」、「屈背《くぐせ》のウルリヒ」、「愛神《アモール》となった精霊」、「リブッサ」は、原典での分量から言うと全体の二割程度。しかしながら、本訳書『沈黙の恋　ドイツ人の民話』は、原典の四割程度を訳出して収録した前巻『リューベツァールの物語　ドイツ人の民話』四四四ページにはもとより及ばないものの、その七割強もの割合のページ数となっている。これはひとえに訳注・解題が前巻に較べ格段に詳細なためである。

訳注は、十八世紀のドイツ人であるムゼーウスがどのような歴史的、地理的、社会的、および生活文化的環境にあったかが、お読みくださる方方に髣髴《ほうふつ》とするよう、これも一つの読み物のつもりで付けた。

最初の三つの物語の解題は、訳者の専門とする比較口承文芸論の立場から記してある。つまり、「沈黙の恋」では、「橋の上の宝の夢」という西欧で汎く知られている伝説に、「屈背《くぐせ》のウルリヒ」では、世界的に広まっている民話である「瘤取話」に、「愛神《アモール》となった精霊」では、『千一夜物語』によって私たち日本人にもいくらかは馴染み深い「指環の魔神（奴隷）」（「アラディンと不思議なランプ」に登場。「ランプの魔神（奴隷）」の活躍に押されて影が薄いが）なる主題《モティーフ》に少少、それからとりわけ『千一夜物語』自体のヨーロッパへの流入に紙数を費やした。一つ一つが小さい論文とも言えようが、決してしゃっちょこばった代物ではない、と存ずる。最後の「リブッサ」では、ボヘミア、すなわちチェコの建国伝承が扱われている関係で、訳注・解題ともに、ボヘミアの歴史と「百塔の都プラハ」とも「黄金のプラハ」とも呼ばれるあのこよなく美しい都市を、中欧に少なからぬ関心を持つ人間として一応納得が行くまで調べて記した。

残りの四話である「メレクザーラ」、「宝物探し」、「誘拐《かどわかし》」、「愛の信実《まこと》」は、今年中にも一巻として本訳書に続けて出版する予定である。長編「メレクザーラ」は、十字軍士としてパレスティナに出征、虜囚《とりこ》の身となったが、イスラムの美姫に恋されてその援けでかの地を逃れ、教皇の特別許可を得て姫と結婚、貞節を守っていた故郷の妻に加え二人目の妻を持ったグライヒェン伯爵の名高い伝説に基づく。数数の作家に素材とされたこの伝説は解題で詳しく取り上げるつもり。また、前巻解説でその一部を紹介したに過ぎなかった「我が畏友、思想家にして、＊＊市の聖ゼーバルト教会聖物保管係ダーフィト・ルンケル殿」に宛てた形の緒言の全訳をもこれには収録する。ダーフィト・ルンケルは仮構の人物で、ムゼーウスが自分自身の啓蒙主義的立場の戯画《カリカチュア》として用いたものだが、この緒言で、ヴォルテールに代表される自由思想家の流れを汲む、合理性を重んじる啓蒙主義者であるムゼーウスが、なぜ民衆の間に口伝えで継承されて来た民話の魅力に惹き付けられ、これらを採録し、再話したのかが明らかにされている。

右の第三巻『メレクザーラ　ドイツ人の民話』(仮題)が上梓《じょうし》されれば、『ドイツ人の民話』の全貌が本邦で初めて披露されることになる。ただし、次のことをお断りしておく。訳者の管見の及ぶ限りでは、これまで同書の物語のうちで大部分が翻訳されたのは「奪われた面紗《ヴェール》」で、大阪外国語大学教授市川明氏の『ムゼーウス　奪われたヴェール。「白鳥」をめぐる神話と伝説』(貞松・浜田バレエ団私家版、一九九〇)においてであり(龍谷大学名誉教授中山淳子氏のご懇篤なご教示に拠る)、更に「沈黙の恋」が、「橋の上の宝の夢」研究論考の一端として、東京大学教授杉田英明氏の大著『葡萄樹の見える回廊』(岩波書店、二〇〇二)第六章に「無言の愛」という邦題で梗概と一部の邦訳が紹介されている。

杉田英明氏には、右のご論考で大いに助けて戴いたばかりで無く、直接ご親切なお教えをも蒙った。東京外国語大学名誉教授沓掛良彦氏(訳者と大学院同窓とは申せ、あちらは斯界《しかい》に遍《あまね》き鬱然たる大家)にはギリシア語関係で甘えてしまい、武蔵大学人文学部ヨーロッパ比較文化学科の同僚である新進気鋭の中欧研究者阿部賢一専任講師には、「リブッサ」の訳注・解題で、チェコ語の片仮名表記を初めとして再再お世話になった。もとよりこれらの点で本書に誤りがあれば全て訳者の責任である。「沈黙の恋」の中でちょっと遊んでみた特定地域の日本語表現では、ヨーロッパ比較文化学科の同僚である優しい西村淳子教授および訳者の叔母芹澤君代にすっかりおんぶしてしまった。また、ここでことさらお名前は挙げないが、他にも様様な方がお力を貸してくださった。

訳者の論文集『昔話の東と西　比較口承文芸論考』(国書刊行会、平成一六)は、一昨年惜しくも早世された穎秀《えいしゅう》そのものの文筆家米原万里氏に書評で過分に褒めて戴いた(米原万里著『打ちのめされるようなすごい本』（米原万里全書評一九九五―二〇〇五、文藝春秋、二〇〇六）所収）が、昔話を世界的視野で楽しんでやろう、と志される向きは、こちらもお気楽に繙《ひもと》いてくだされば、と思う。たとえば、「瘤取話」が「屈背《くぐせ》のウルリヒ」の解題よりずっと詳しく論じられている。なお、かように嗜《たしな》みも忘れて我田引水の宣伝をつかまつるのは、前掲書も本訳書も、訳者が多年勤務する武蔵大学から出版助成というまことにありがたい恩恵を蒙《こうむ》っているからで、事情をお汲み取りの上、どうか幾重にもご海容賜りたい。

今回も出版を引き受けてくださった国書刊行会編集長礒崎純一氏、蕪雑な原稿に事細かく目を通し、校正に尽瘁《じんすい》してくださった編集部員島田和俊氏に、末筆ながらここに心からお礼を申し上げる。

鈴木　満

二〇〇七年早春

## 訳者略歴

鈴木《すずき》 満《みつる》

東京に生まれる。東京大学大学院比較文学比較文化専修博士課程満期退学。専修大学文学部専任講師を経て、武蔵大学人文学部欧米文化学科助教授。現在武蔵大学人文学部ヨーロッパ比較文化学科教授。著書に、『昔話の東と西　比較口承文芸論考』(国書刊行会)、『図解雑学　グリム童話』(ナツメ出版企画)、共著に、『鷗外の人と周辺』(新曜社)、『ヨーロッパ学入門』(朝日出版社)など、訳書に、『世界の民話　中近東』『世界の民話　パキスタン』(ぎょうせい)、E・ニールセン『アンデルセン』(理想社)、『リューベツァールの物語　ドイツ人の民話』(国書刊行会)など。

沈黙の恋　ドイツ人の民話　ISBN978-4-336-04839-4

平成19年2月15日　印刷
平成19年2月20日　発行

著　者　J・K・A・ムゼーウス
訳　者　鈴木　満
発行者　佐藤今朝夫

〒174-0056 東京都板橋区志村1-13-15
発行所　株式会社　国書刊行会
TEL.03(5970)7421(代表)　FAX.03(5970)7427
http://www.kokusho.co.jp

印刷・㈱キャップス＋㈱エーヴィスシステムズ　製本・㈲青木製本